人民艺术家·王蒙
创作70年全稿

小说编

在伊犁　新大陆人

· 14 ·

人民文学出版社

王 蒙

目 录

在 伊 犁

淡灰色的眼珠 …………………………………（ 3 ）
哦,穆罕默德·阿麦德 …………………………（ 32 ）
虚掩的土屋小院 …………………………………（ 60 ）
好汉子依斯麻尔 …………………………………（101）
葡萄的精灵 ………………………………………（132）
爱弥拉姑娘的爱情 ………………………………（140）
逍遥游 ……………………………………………（157）
边城华彩 …………………………………………（214）
鹰谷 ………………………………………………（236）

后记 ………………………………………………（283）

新 大 陆 人

海鸥 ………………………………………………（289）
轮下 ………………………………………………（311）
卡普琴诺 …………………………………………（341）
画家"沙特"诗话 …………………………………（353）
温柔 ………………………………………………（371）

在 伊 犁

(系列小说)

淡灰色的眼珠

一九六九年春末的一个中午,我的房东老大娘的继女桑妮亚,带着她的井然有序的五个小不点儿,到她继母家——也就是"我们家"来喝奶茶。喝茶是在室外的凉棚下面进行的,差不多每年积雪刚化时——有时候残雪还未尽消,一天三顿饭就在室外进行了。伊犁的维吾尔人是非常重视呼吸新鲜空气的,或者用他们的一种粗犷的说法,多在户外活动的目的是为了"吃空气"。

茶喝了一碗又一碗,馕吃了一块又一块。我想起一句维吾尔谚语来了:"因为富才把钱花光,因为馕多才把茶喝光。"诚然如此,馕与茶的关系是这样的:愈吃馕就愈想喝茶,愈灌奶茶就愈想吃馕,良性循环。循环完了,桑妮亚和她的继母便嚼起茶叶来,满嘴都是砖茶的剩叶子,咀嚼得津津有味。这时,桑妮亚的小三和小四之间忽然爆发了"文攻武卫",两个小丫头吐字不清却是分明地骂出了最最最侮辱女性的语言,而且小手乱扑乱抓。桑妮亚要骂,却被剩茶叶堵住了嘴,呜呜呜地叫了几声以后,好不容易把正嚼得有滋有味儿的碎茶叶吐到了碗里,大喝一声:

"该死的,用你们的脑袋喂狗去吧!"

有效地用棒喝制止了武斗以后,桑妮亚抓起碗里的茶叶,似乎是准备来个"二进宫",但这时她看见了我。我正在用瓦片磕擦砍土镘上挂着的泥,整裤脚、系鞋带,准备上工。她不好意思把吐出的茶叶再抓回来放进嘴里,便把茶叶放下,把碗一推,问我:"听说您调到二队去了,是吗?"

"是的,大队书记让我到二队去了。"

"那你认识马尔克木匠了吧?"她问。

马尔克木匠,哪一个是马尔克木匠呢?

阿依穆罕大娘从容地把茶叶碎渣(已经嚼得其碎如粉了)吐净,对她继女说:"马尔克傻郎又不在队上劳动,老王上哪认识他去。"

马尔克傻郎?呵,想起来了,四天以前,我去二队队部办公室找会计开条子领劳动补助粮,曾碰到一个高大、英俊、黑头发、大眼睛(眼睛这样大的人并不多见)、眼珠发蓝、高鼻子、大手大脚的男子,他的形象,用《史记》里的语言是称得起"美丰仪""伟丈夫"的。这个美男子正在为口粮问题与会计争吵,他说话的声音非常大,而且一口一个"伟大导师教导我们说"。少年老成的会计一脸倦意,根本不理会他的喊叫。见到我进来,小老会计欠了欠身,用无力的手与我走过场式地一握。我说明来意以后,他慢腾腾地、艰难地拉开抽屉,找纸、找笔、找图章和印油,用十分钟的时间给我开了一个本来用十秒钟就可以开好的条子。

这个期间,"伟丈夫"紧紧握了我的手,自我介绍说:"马尔克,"又用汉语说,"我是木匠。"

"您懂汉话?"我问。

他从鼻子眼里一笑,问会计:"队里到底给不给我口粮?"

会计回答:"拿你的小摇床去黑市换小麦去吧!"

马尔克骂了一句,但他骂人的样子并不凶恶,倒是一副斯文相,还笑眯眯的,好像他是在说一句甜言蜜语。然后他又大叫道:"伟大导师教导我们,人总是要吃饭的,不吃饭就不能干活!你们……"

"明天到瓜地浇水去,上工就给粮食,这是革委会的规定……"

"他们完全不按毛主席的教导办事。毛主席说,要向生产的深度和广度进军……"他连连地摇头,叹息,伤心地走了。

桑妮亚和她的继母说的大概就是他了,难道他的外号叫

"傻郎"？

我点点头，告诉阿依穆罕妈妈和桑妮亚妹妹，马尔克木匠我已经见过了。

"你见过马尔克木匠的妻子阿丽娅吗？"桑妮亚问。

我模仿当地人用舌头"啧"了一响，表示否定。

"阿丽娅是整个毛拉圩孜公社最漂亮的女人。"桑妮亚拉长了声音，用唱歌一样的声调，笑眯眯地说。说的时候，她眯着眼睛，略略向前探着头，鼻梁上方，眉间下方，出现了可爱的细小的皱纹，一副完全倾倒的表情。我从来没见到过一个女人这样心悦诚服、如醉如痴地称道另一个女人。何况桑妮亚本人也是相当俊的，身材挺拔、轮廓鲜明，除了下巴略嫌长嫌尖以外，其他方面可以说是无可挑剔。尤其惊人的是，她三十多岁，已经生了五个孩子，但腰身没有变粗，皮肤没有变糙，肌肉也没有变松弛。用当地维吾尔人的说法，她是一个"结实得厉害"的女人。而她说起马尔克木匠的妻子阿丽娅时，那神情真是不折不扣的五体投地。她连连摇头，说："唉，老王哥！唉，老王哥！"似乎没见过阿丽娅是我做错了一件事，至少是丢失了一件最不该丢失的东西，因而使她无限惋惜。

在队部办公室与马尔克的邂逅以及桑妮亚对于阿丽娅的介绍引起了我对这对夫妇的兴趣。马尔克一般不在队上干活，我很少有机会见到他，但同队的其他社员向我介绍了许多有关他们的情况。马尔克原籍在霍城县清水河子那边，一九六四年年底他才孤身来到了这里——这么说，他在毛拉圩孜公社的资格，比起我来不过多四个月。他的母亲是俄罗斯族，他的父亲的民族归属则众说纷纭，有的说是维吾尔，大部分人坚决不信，认为他的父亲不但不是维吾尔而且不是穆斯林，最有力的论证是小会计提出来的，他说他切近观察过，马尔克没有行过割（包皮）礼。有人说他爸爸是蒙古人，有人说是汉人，有人说是满族，还有人说他爸爸其实是一个英国商人，从巴基斯坦进入克什米尔地区，然后进入我国西藏的阿里，经叶城、喀什噶尔、阿克苏……最后经过霍城,与那个俄罗斯女人做了露水夫妻,才有了马尔克。至于阿丽娅,家庭是上中农,最初嫁给裁缝阿卜杜拉赫曼,后来与阿卜杜拉赫曼离了婚。由于她没有兄弟姐妹,一个人继承了父亲留下的产业,成为令许多人垂涎的美丽的富孀。但是,她整整过了十年单身生活,拒绝再次出嫁给任何人。一九六四年冬天,马尔克到达这里的第一天晚上,就被她收留了。"缘分,这也是缘分。"人们说。

找了一个机会我问房东老大娘阿依穆罕:"您为什么把马尔克叫做马尔克傻郎呢?"阿依穆罕妈妈嗫嗫嚅嚅,回答不上来,"大家都这样叫嘛,他总是有犯傻的地方吧。他自己不出工还天天跟别人辩论,娶了个媳妇像是他的大姐……"

房东老大爷穆敏打断了她的话,似乎不赞成她这样含含糊糊地背后批评别人。矮个子的老大爷面带神秘的微笑,富有哲理意味地说:"所谓人,就是带傻气的种子嘛!谁能说自己不傻呢?我,还有老婆子,还有你——老王,还有马尔克,还有阿麦德与萨麦德(提这两个名字的含义犹如汉语中的张三、李四),我们都是人,我们不是都各有各的傻气吗?"

说完,他理理自己的银白的胡须,非常满意。

对于阿丽娅的前夫阿卜杜拉赫曼裁缝,我也做了一些观察。他已有五十多岁,未老先衰,戴着一副老式的厚厚的滚圆的花镜片,驼着背,身材高而瘦,皮肤松弛,脸面浮肿,眼睛里布满血丝,一说话就露出了黄舌苔极厚的舌头和一口黑牙。他的形象是令人厌恶的,但据说他是方圆百里技术最出色的裁缝、全活,南疆式、北疆式、哈萨克式、汉族式、俄罗斯式的男女服装,他都拿得下来。不仅农村,连伊宁市的一些干部职工,也常常慕名跑上八公里,拿着衣料到他这儿来。他大概是全大队最有钱的人了,有六间北房,还有一片占地一亩二分的大果园。几次"运动"中都有人打过他的主意,给他规定了种种上缴利润的制度,但都堵不住他。他吃自己的手艺,自有四面八方的人来求他、助他。他也很注意和干部们搞好关系,给本公社有实权的干部及他们的家属做衣服,总是奉送手工,或者只象征性地收一两毛钱。所以他的根基是稳的。至于他的婚姻状况,有人说他结过四次婚了,有人说五次,有人说六次。阿丽娅大约是他第三个妻子,和阿丽娅离婚以后,他又娶过两次亲,都是比他小二十几岁的丫头。他现在的妻子叫玛渥丽姐,我见过,二十多岁,目光流动,眼神有点凶,喜欢光脚在街上走路,小腿上有厚厚的泥巴,喜欢一边走路一边嗑葵花籽,嗑空了仁儿的葵花籽皮沾满嘴巴,积累了一批以后清理吐啐一次。她说话的声音很大,而且里面包含着一种类似撕裂绸帛所发出的尖利的噪音。

阿卜杜拉赫曼其人给我的印象是阴沉的。当他摇摇摆摆地躬着身,自满自足而又虚弱地从公社门口的大路上走过时,在我的身上常常产生一种压抑感,相当沉重的压抑感。

而马尔克木匠却叫人快活。

这年六月底的一天,全队开夏收动员大会。我到毛拉圩孜公社已经是第四个年头了,也是第四次参加这种例行的、既空洞又具体、既热烈又淡漠、既是形式主义的又是必不可少的全体社员大会了。依例,这样的会一开就是一天。农忙食堂就在这一天开张,先宰一头牛,打两坑馕垫底。这天的中午,肯定是牛杂碎汤,汤中最好吃的叫做"面肺子"。先和好面,洗出一桶淀粉水,留出面筋,再把淀粉水灌入牛肺,把牛肺撑得比老牛在世时深吸气的时候还要大五倍——真是大得吓人,封上口,与牛肝、牛肚、牛腰、牛肠……煮在一起,熟了以后,既有牛杂的荤腥味,又有一种类似北方人夏季吃的荞麦面扒糕的光滑筋道的触感。牛肉则腌晾起来,细水长流地吃。这个以面肺子牵头的牛杂碎汤,乃是这种例行动员会的最吸引人处之一。

其次,这个会上多少还要预分一点现钱,少则三块五块,多则十块二十块。目的讲明,是为了社员买一点盐、茶和手电筒用的电池。

至于这种会上的动员报告,我已听过三次,差不多能背下来了。

一个是夏收的政治意义,一个是愚公移山的精神,一个是一星期地净、两个星期场净的进度指标。这个指标纯粹是牛皮。这里地多人少,小麦是主要作物,一个整劳力要收割二十亩左右小麦,一个场要打几百吨麦子,怎么可能那么短的时间结束?再说这里夏季干旱少雨,远远不像关内龙口夺粮那样紧迫。前三年的实际情况是收割完要一个月,打场完要三个月。一九六六年特大丰收,都入冬了,伊犁许多地方(包括我当时所在的生产队)麦子还没打完,经过冰封雪冻,次年四月雪化地干以后又继续打,有的打到五一劳动节,个别队一直打到新麦快下来才完事。但社员们在这种动员会上对从关内照搬来的收麦进度指标从来不提异议。相反,每当队长问"怎么样"的时候,社员们也照例众口一声,像小学生回答课堂提问一样地用第一人称复数祈使式回答:"完成任务!"

这种动员报告的最精彩、最细腻也最科学的部分是算细账:"社员同志们,如果我们每人每天撒落十五个麦穗,按千粒重平均数与麦穗的平均含粒数计算,我们每天就要损失小麦××××斤,全大队一天损失就达×××××斤,全公社损失××××××斤,全伊犁州、全新疆×××××××斤,而我们如果做到每个人都能不丢一个穗,我们每天就要多收××××斤……全新疆就要多收×××××斤,就够阿尔巴尼亚人民吃××个月,够越南人民……"

一九六九年六月底的一天,凌晨。我躺在与房东二老同住的一间土屋的未上油漆的木床上,一边听小园里苹果树上的羽翼初丰的燕子呢喃,一边想着这一天的盛会与热而香的牛杂碎,一边想着算细账的数学方法的务实性与浪漫性的统一,一边想着各省革命委员会纷纷成立到底是吉还是凶。这时,忽然听见一阵吵闹声。

是谁这么早在我们的窗户根底下喊叫?我连忙起了床,披上衣服,顾不得洗脸,走出房子。院门从里面锁着一种式样古老的长铜锁,房东二老还正睡着。我不愿意为找钥匙而惊动他们,便从打馕的土炉(新疆俗话叫做"馕坑")旁的高台上上了墙头,一跃而下,来到当街。只见高大俊美的马尔克木匠推着一辆自行车,自行车货架子上面与两旁绑了许多东西,正和大队一位十七岁的民兵争执。我走近一看,原来他的自行车上驮着三个小摇床,看样子他要骑自行车把三个小摇床拉到伊宁市早市上去卖,而小民兵根据革委会夏收指挥部的命令予以堵截。

马尔克衣冠齐整,精神焕发,虽然受阻,但是并不急躁,而是耐心地、有板有眼、有滋有味地与小民兵辩论。他说:"……亲爱的兄弟,哦,我的命根子一样的弟弟啊,你的阻拦是完全正确的,是的,百分之百的正确。我们的夏收,具有伟大的历史意义。不错,我应该参加会,不参加会是不对的,它是我的缺点,它是我的错误,我愿意深刻地认识,诚恳地检讨,坚决地改正。但是伟大的导师教导我们,遇到什么事,都要想一想,眉头一皱,计上心来,心之官则思。世界上的事,怕就怕认真,政策和策略是党的生命,万万不可粗心大意。关心群众生活,打击贫雇农,便是打击革命。而我呢,是真正的无产阶级,真正的雇农,我来到毛拉圩孜公社的时候,已经两天两夜没有吃饭,晚上睡觉没有枕头,我是用土坯做枕头的。那么,是谁,发扬了深厚的阶级感情帮助了我呢,亲爱的我的命根子一样的弟弟呀,那就是你的阿丽娅姐姐呀!当然,这是党教导的结果,也是人民群众的帮助的结果。群众是真正的英雄,而我们自己则往往是幼稚可笑的,不了解这一点,就不能够得到起码的知识。没有文化的军队是愚蠢的。那么,我的兄弟,你的阿丽娅姐姐现在是怎么样了呢?唉,安拉在上,她偶染沉疴,一病数月,茶饭不思,热火攻心。天啊,真主啊,保佑她吧!那么我又能做什么呢?我愿意替她生病,我愿意替她死。然而,世界上只有主观唯心主义最省力气,可以不负责任地瞎说一通,做得到吗?结合实际吗?哪怕是最好的理论,如果只夸是好箭,束诸高阁,那就是教条主义。我呢,就做了这三个摇床,劳动使猴子变成了人,劳动使我有了三个摇床。兄弟,你看我做得好吗?看这圆球!看这旋工!看这色彩!不,这不是摇床,这是黄金,这是宝石,这是幸福。

睡在这样的摇床上的孩子将成长为真正可靠的接班人。做了摇床你怎么办呢?坚决学习大寨,先治坡,后治窝,割掉资本主义的尾巴。卖给私人?不,我决不能卖给私人,斗私批修,办学习班是个好办法嘛……"

马尔克诚恳地、憨直地、顽强而又自得其乐地一套一套地讲个没完,他的目光是那样清澈,天真无邪,又带几分狂热。他说话的声音使我联想起一个正在钻木头的钻子,嗡嗡嗡,嗡嗡嗡,嗡嗡嗡。他的健壮的身躯,粗壮的胳膊,特别是两只大手的拙笨的姿势,使你无法对他说话内容的可信性发生怀疑,何况那是一个除了怀疑我自己,我不敢也不愿怀疑别的一切的年月呢。

马尔克可能说得有点累了,他把车支好,与我握手问安。然后,他掏出一个绣得五颜六色的烟荷包,还特别把烟荷包拿近我和小民兵,让我们参观一番,显然,那是阿丽娅给他做的喽。他解开缠绕了好几道的带子,拿出一沓裁得齐齐整整的报纸,折一道印,用两个手指捏出一小撮莫合烟末,看颜色他的烟还算中等偏上的,他用熟练的动作把烟末拨拉匀,卷好,舔上口水,用打火机点着烟,抽上两口,先"敬"给我(我在这三个人中是年龄最大的),然后给了小民兵一张裁好的纸条,一撮烟末,最后自己卷起烟,吸了两口,又滔滔不绝地说了起来。

由于我很亲热地接过沾了他口水的莫合烟,我们的关系似乎在这一刻又亲密了些。所以他这一次一面说一面用一种相当谦恭的态度不断地问:"我说的正确吗?"由于他个子高,和我说话的时候,要微微躬身俯就。我呢,唯唯诺诺地点着头。

我的习惯性点头使他受到了鼓舞,他向迷惑不解、面呈难色的民兵指着我说道:"请看,书记在这里嘛,书记已经点头称是了!"

我一怔,然后才反应过来,他所说的"书记",原来是我,我慌忙摇头摆手:"我不是书记!我可不是书记!"

"您不要谦虚,"他断然制止我,"干部嘛,又是汉族大哥,当然是书记!对于我这样一个小小的木匠来说,所有的汉族干部,都是书记!所有的少数民族干部,都是主任!所有的民兵兄弟,"他拍一拍小民兵的肩膀,"都是连长!"

按照维吾尔语的状物比喻方法,那位叫做刚刚长出一圈小蚂蚁似的胡须的民兵从马尔克的话里似乎得到了点启发,用求助的眼光看着我,问道:"老王哥,这叫我怎么办呢?按照革委会的命令,夏收期间,任何社员不准去伊宁市,我们在各个路口都站了人……"

这时又围拢过来几个起得早的乡邻,他们都替马尔克说情:"让他去吧,等你娶了媳妇养了儿子,让他做一个世界上最漂亮的小摇床送给你!"

我不能再不表态,便问马尔克:"你去伊宁市,需要多长时间呢?"

"一个小时!绝对只需要一个小时!我骑自行车经过奴海古尔(伊宁市一个住宅区,原先多为塔塔尔人聚居)到卫生学校,把摇床送给卫生学校的一个朋友。请注意,我不卖,我是送给他的,因为我们是朋友,我们维吾尔人的规矩,是朋友就什么都可以要,也什么都可以给。他呢,会给我一些小麦,还给我一些药,给阿丽娅治病。一切革命队伍的人都要互相关心、互相爱护……"

一个小时?我翻了翻眼,觉得难以相信。前不久公社一个小伙子向我"借"一个小时的自行车,我借给了他,结果呢,是两天两夜以后才还给我的。对于这样的"一个小时",我并不陌生。但我不愿说破,便说:"那就让他快去快回吧,回来,还赶得及开动员大会,再说,中午还有面肺子吃呢。"

民兵同志接受了我的建议,放马尔克走了。马尔克在骑上自行车蹬出了五米远以后,回头向我甜蜜地一笑,他笑得是这样美好,以致使我想起白居易在《长恨歌》里描写杨贵妃回眸一笑的名句来。

这一天的夏收动员会开得一如既往,只是在麦收意义中增加了"用实际行动埋葬刘少奇资产阶级司令部"一条,并且分析说,丢麦穗掉麦粒，主要是受了"黑六论"的影响。牛杂碎汤做得很香，可能因为近两年肉食供应一天比一天紧张，大家吃肉少了，所以觉得这一碗汤喝下去回肠荡气，心旷神怡。几个眼尖心狠的，看到每人盛完一碗以后大铁锅内尚有盈余，便咕嘟咕嘟把能烫出食道癌来的新出锅的杂碎汤三下五除二吸了进去，又盛回了第二碗。

晚上各自回家，房东老妈妈阿依穆罕用多日存攒、但日前被大猫皮什卡克（皮什卡克的故事我将在另一篇小说中述及）偷吃了五分之二的酸奶油给我们做了奶油面片，我吃了个不亦乐乎。饭后阿依穆罕又熬了火候恰到好处的清茯茶，我与房东二老一面品茗，一面促膝谈心（说"促膝"，纯是写实，而非借喻。因为我们都是盘着腿坐在羊毛毡子上的）。这时，听到有人在门外喊："穆敏哥！老王哥在这里吗？"

穆敏老爹起身迎了出去，然后把躬身垂手、彬彬有礼的大个子马尔克引了进来。由于是第一次进这个家，马尔克毕恭毕敬地摊开并并拢两手，掌心向内，诵读了几句祝祷的经文，然后房东二老与他一同摸脸呼"阿门"，然后马尔克向我们三个人以年龄为序一一施礼问候。我们腾出地方，请马尔克坐在上首，马尔克直挺挺地跪坐在那里，显出一种傻大个子的傻气，接过阿依穆罕递过来的清茶，呷了两口。

"什么时候回来的？"我问他。

"回来了一个小时了。"他恭顺地答。

从"一个小时回来"到"回来了一个小时"，我服了。人类语言的排列组合真是奥妙无穷。

马尔克呷了几口茶，又掰下一小角馕蘸了蘸茶水，吃掉之后，说明来意："我是为了邀请老王哥才到这里来的，我早就想邀请老王同志到在下那边去坐一坐。'他会来吗？'我这样想着，犹犹豫豫。但在我们心里，"他指指自己的心窝，"我们对老王同志是有敬意、有理解也有友谊的。今天早晨，如果没有老王哥，我就去不成市上了。

唉,好人哪!我们应当相信群众,我们应当相信党噢!回家与阿丽娅一说,阿丽娅说,快把老王同志请来坐坐,我们要好好地坐一坐,我们要好好地谈一谈心,我们心贴着心……这岂不好哉!"

房东二老催促说:"老王,快去吧!请去吧!"

于是我不好意思地浅浅一笑,这也是维吾尔人受到邀请时应有的神态,然后我起身随马尔克去了。

这时已是北京时间晚上十一点多,按乌鲁木齐时间是九点多,而按伊犁的经度来计算,不过是晚上八点半左右,暮色苍茫,牛吼犬吠,羊咩驴叫,一副夏收开镰前的平静景象。如果马尔克不来,我本打算在茶足饭饱之后磨磨镰刀,早早入睡以养精蓄锐的。他来了,我当然也很高兴,但一边走一边发愁,依我的经验我知道,"来者不善",这一去,肠胃面临着超负荷大干一场的任务,真后悔晚间把猫吃剩的奶油吃得过多了。另一方面我也鼓舞自己,既去之,则安之,一定抖擞精神去加劲吃、喝、说话,借此机会好好地了解了解这颇有特色的一家。

他的家就在有水磨的那条街的拐角处,在一株大胡杨树的下面。暮色中我见他的小院门和小门楼修得整整齐齐,木门上浮雕出几个菱形图案,最上面正中是一颗漆得鲜红的五角星,五角星中心镶着一个特大号的料器的毛主席像章。小木门似乎还有一个特殊的机关,他左一拉右一按,没等我看清门就自动开了,我们走进去,门又自动关上了。

进得门来,只有一条小小的曲径,两边竟全是盛开的玫瑰花,红的红,白的白,芬芳扑鼻。我既赞叹,又有些疑惑地看着他的小门和花径。他解释说:"这个院子还有个旁门,我的牲畜和毛驴车从那个门走。"于是我点点头,用力吸吮着玫瑰花香,随他走到花径尽头,来到一个把三间房前全部覆盖了的大葡萄架下面。葡萄叶已经长肥,葡萄珠还只有米粒般大小。我清了清自己的鞋子,马尔克为我推开门,从房里射出一道强光,我躬身进门模仿穆斯林先叫了一声:哎斯萨拉姆哎来依库姆（问安的话），然后抬头，只觉强光照得我睁不开眼，原来矮矮的房梁上，挂着一盏汽灯！

我知道这个公社许多队都是有汽灯的。那是一九六四、六五年社教运动中为大办文化室而买的，社教队还没离村，大部分汽灯就坏了，不知道是灯的质量不好还是使用保管不善。等社教队撤走之后，文化室纷纷关、停、并、转，有的改成了木匠房，有的改成了粮油或农机具仓库，但也都还有一些书报和简易书架、报架缩在一角接尘土，有的文化室里还有各种金字标语、红绿纸花、彩灯等饰物，也都自生自灭。至于汽灯，从一九六五年底以来我连残骸都没见过了。

因此，马尔克家的雪亮刺眼的汽灯使我觉得兴奋。好不容易调整好了瞳孔以后，我看到在外屋有两个女人，两个女人本来是跪在那里用形状像腰刀的维吾尔式切刀切胡萝卜，见我进室问安，她们便站了起来。"请进，请进，老王请进！"第一个女人说。她亭亭玉立，穿着隐约透出嫩绿色衬裙的白绸连衣裙，细长的脖子上凸出的青筋和锁骨显示出她的极为瘦削，鹅蛋圆脸，在灯光下显得灰白、苍老，似乎有一脸的愁雾。乳黄色的头巾不知是怎样随意地系在头上，露出了些蓬松的褐黄色的头发。鼻梁端正凝重，很有分量，微笑的嘴唇后面是一排洁白的小牙齿，可惜，使我这样一个汉族人觉得有点别扭的是，有一粒光灿灿的金牙在汽灯的强光下闪耀。但最惊人的是她的眼睛，在淡而弯曲的眉毛下面，眼睛细而长，微微上挑，眼珠是淡灰色的，这种灰色的眼珠是我从来没见过的，它是这样端庄、慈祥、悲哀，但又似乎包含着一种神圣不可侵犯的矜持，深不见底。我以为，她是用一种悲天悯人和居高临下的眼光正面地凝视着我的。她用她的丰富的阅历和特有的敏感观察了我，然后用简单的肯定或否定语气词回答了我的问候——当然，我也就明白了，这就是阿丽娅。然后，她把另一位女子介绍给我："爱莉曼，塔里甫哥的女儿。"她说话就是这样简短，只有名词。

爱莉曼健壮得像一匹两岁的马驹，面色红里透黑，肌肉是紧密、富有弹性、富有光泽的。她的眼睛也像还没有套上笼头的马的眼睛，热情冲动，眼珠乌黑，她的黑眼珠大得似乎侵犯了眼白的地盘。尽管她努力用羞涩的睫毛的下垂来遮挡住自己的眼光，然而，你仍然一下子可以感觉到她的眼里的漆黑的火焰。她的鼻子微微上翘，结实有力，她的嘴唇略显厚了一些，嘴也大了一点，然而更增加了她给人的一种力感，也增加了朴实感。她比阿丽娅年轻多了，一看便知道是个未婚的、却是渴望着爱情的姑娘。她个子比阿丽娅矮一些，肩却比阿丽娅宽，她穿一件褐底黄花连衣裙，上身还罩着一件开领西式上衣，她的左手放在衣袋里，伸出右手示意欢迎，这种姿势流露着一种洒脱和强悍。她只用鼻腔里的几个"嗯"回答了我的问候。

马尔克补充介绍说："这个姑娘是我们的邻居，她跟着阿丽娅学缝纫。她本人是粮站的出纳，是月月挣钱的人哪！"

马尔克的介绍使爱莉曼不好意思了，她转过了头，而且，我觉得她不高兴地努了努嘴。

我回头看了看马尔克，这一瞬间我才注意到在汽灯的照耀下他的眼珠是那样的蓝，也许说蓝不恰当，应该说是绿，那是一种非常开放的颜色，它使我想起天空和草地，一望无边。这三个人的眼珠从颜色到形状、神态是如此不同，对比鲜明，使我惊叹人生的丰富，祖国的丰富，新疆各民族的丰富。我甚至从而更加确信，我在一九五七——五八年遭到厄运，在六十年代远离北京，在一九六五年干脆到伊犁的毛拉圩孜公社"落户"，确实是一件好事情，至少不全是坏事情。

马尔克把我让进了里屋，习惯上这应该算是他们的客房。客房比外屋大多了，墙龛里放置着一盏赤铜老式煤油灯，发出柔和的光，地上铺满深色花毡子。有一张木床，床栏杆呈优美的曲线，每一个接榫处都雕着一朵木花，四条腿像四只细高的花瓶。床上摆着厚厚的被子、褥子和几个立放着的大枕头，靠墙处悬挂着一个壁毯。我知道，这张堪称工艺品的床一定是马尔克的得意之作，我也知道，维吾尔人家的这种床一般不是为了睡人，而是为了放置卧具和显示自己的富裕、自己的幸福生活的。看来他们是上等户，都有手艺嘛，我暗暗想。

这间客房墙壁是粉刷成天蓝色的，在煤油灯光的照耀下显得十分安宁。正面墙上竟贴着五张完全相同的佩戴着红卫兵袖章的毛主席像，五张像排列成放射形的半圆，这种独出心裁的挂"宝像"的方法确实使我目瞪口呆。至少在晚上，这五张花环式的照片与天蓝色的墙壁，与古老的煤油灯及同样古老的赤铜茶具与赤铜洗手用曲肚水壶，与雕花木床及雕花木箱，壁毯及精美的窗帘在一起，并无任何不谐调之处，正像他在说话的时候那样大量地引用（有的引用是准确的、有的是大概的、半准半不准的、有的我以为是他自己杜撰的）语录，乍一听没有任何生硬之感一样。这实在是"三忠于""活学活用"的维吾尔化、伊犁乡土化，我想。

下面我不准备详细描述这一晚上他们对我的款待了，这款待是成龙配套、一丝不苟而又严格地符合礼仪的。我只准备提两个事实，第一，在夜里两点的时候（爱莉曼已经告辞了），阿丽娅开始切另一部分肉，为我们做酒后食用的酸面片汤。第二，我近一个月来消化不大好，而且一向没有夜餐习惯，但这次被拉了来，甜食、肉饼、奶茶、抓饭、酒菜、面片汤，我一点没含糊，舍命陪君子，全吃了个超饱和。我本以为第二天非得急性肠胃炎不可的，结果完全相反，不但未有异常，而且治愈了酵母片与胃舒平没给我治好的肠胃病。噢，我还要啰嗦一句，饭菜确是第一流的，但他的酒实在可怕。他透露说，我们喝的是医疗用的酒精，正是那个要了他的小摇床的卫生学校的朋友"关怀"给他的。

席间，马尔克向我敞开了心扉，挥动着双臂与我畅谈，大部分话是用汉语说的。我曾经建议用维吾尔语交谈，一是给我自己创造更多的学维吾尔语的机会，二是我觉得他的汉语说得不算流利。但是他坚持要说汉语，遇到表达上的困难他随时插入维吾尔语还有别的语。他说："我们实际上是汉族人哪，我们爸爸是汉族人啊，我们爸爸是黄胡子啦,黄胡子,老王,你知道吧?"

据说"黄胡子"原是东北抗日联军和难民,他们被侵华日军打散,从海参崴、伯力一带逃亡到苏联境内,穿过西伯利亚,到达苏联的中亚,又从阿拉木图一带回到我国新疆伊犁地区。但新疆少数民族用"黄胡子"这个词儿,常带有贬义,因为有许多关于"黄胡子"的吓人的流言传说,历史上不止一次有人利用这些流言来煽动民族不和。马尔克这样坦然地承认自己是"黄胡子"的后代,这倒是很惊人的。另外,他的汉语腔调也很特别,既不像新疆汉人的口音,又完全不是当地少数民族学说汉语的口音,他把"我"全部说成"我们",也挺有趣。

"我们的妈妈是俄罗斯。"他继续介绍说,"她的名字本来应该是娜塔里雅·米哈伊洛夫娜,但是她直到死,人们只叫她娜塔莎。"他叹了口气,然后用我虽然听不懂,但听得出他的发音并不标准的俄语咕哝了几句,估计那意思是祝祷他那到老得不到尊敬的母亲的在天之灵安息。"她本来是一位伯爵夫人的使女,为了逃避布尔什维克的十月革命,跟随主人来到新疆。我们没见过我们爸爸,我们不知道我们自己是怎么来的,我们没有办法。我们的后爸爸是塔塔尔人,他骂我们。"这时他改说塔塔尔话,大意是他是他母亲被黄胡子强奸的产儿。然后又用汉语说:"我们说不上,我们不信。老王,我们一点点儿也不知道我们是怎么来到这个世界上的呀,胡大知道!"

在维吾尔语里,"知道"和"做主"可以用同一个词。我认为,他这里用的"知道"二字,是受维吾尔语的影响,包括着做主的意思。"反正我们都是来自五湖四海嘛。"忽然他又"暗引"了一段语录,"我们不愿意做汉人,也不愿意做俄罗斯,也不愿意做塔塔尔,后来我们就成了维吾尔了。我们也不愿意做农人,我们愿意做木匠……"说着他来了劲,走出室外,从另一间充当库房用的屋里拿来一个精美绝伦的折叠板凳,一个小儿摇床,一个雕花镜框架。"这才是木匠。现在的木匠能叫木匠吗?现在的木器能叫木器吗?我们是人!我们要做好好的木匠，好好的木器。我们做不成，那就去养鸡儿，养羊儿，养牛儿去嘛……"他把不该儿化的鸡、羊、牛儿化，讲得兴奋起来，颇有点滔滔不绝的架势。他接着说："世界上为什么要有女人呢？噫，有男有女才成为世界。女人，这真是妖怪、撒旦、精灵啊！她们让你哭，让你笑，让你活，又让你死……"他说，他在他的原籍霍城县清水河子，就是为了女人的事搞得狼狈不堪，无法再待下去，才来到这里的。"是她们来找我的，我有什么办法呢？"他的脸上显出天真无邪的表情，"我们不能让她们伤心呀！"他继续说，自从来到毛拉圩孜公社，自从和阿丽娅结合以后，他完全变成了另外一个人，"哎，老王，你哪里知道阿丽娅的好处！与阿丽娅比一比，我们在霍城相好的那些女人，只值一分钱！"

传来了外屋阿丽娅的咳嗽声，她声音不大，但是坚决地警告说："不要冒傻气，马尔克哥！"

阿丽娅管马尔克叫"哥"，这使我不大信服。从外表看来，阿丽娅至少比马尔克大五六岁。阿丽娅即使确是美人，也已经是迟暮了。而马尔克呢，身大力足，似乎蕴藏着无限的精力，还没有释放出来。他所以这样滔滔不绝地讲话，东一榔头西一棒子，一句语录加一句俚语，一句维吾尔语加一句汉语，外带俄罗斯语与塔塔尔语，声音忽高忽低，忽粗忽细，似乎也是一种能量的释放。这种半夜里突然举行的宴请，也含有有劲要折腾的意思，虽然我丝毫不怀疑他们连同那位邻居姑娘的好客与友谊。

他和我第一次正式聚会便这样坦率，特别是这样起劲地夸赞自己的老婆，又使我不禁想起一句维吾尔谚语："当着别人夸赞人家的老婆是第二号傻瓜，当着别人夸赞自己的老婆是第一号傻瓜。"

后来他又向我介绍那位帮助阿丽娅做饭的邻居姑娘爱莉曼。爱莉曼是十点多钟告辞走的，她走后，马尔克问我："您看出来了吗？"

"看出什么来？"我不知道他问的是什么意思。

"唉，可怜的姑娘，她只有一只手！她左手长疮，小时候齐着腕子把手掌割掉了……但是她非常要强,硬是一只手做两只手的工作,什么饭都会做,拉面条的时候用残肢按住面坨儿的一端,用右手甩另一端,她连馄饨都能包啊……这也是胡大的事情啊!"

当我和他谈到队里的生产、分配、财务、干部作风这些问题的时候,他手舞足蹈地喊叫起来:"对对对,问题就是在这里!我们是有宝贝的,我们有!我们有世界上最好的武器,但是没有使用!"说着说着他拿起了两本"语录",在空中挥舞,"我们队上为什么有问题呢?就是没有按照红宝书上的指示办嘛!你看你看,读书的目的全在于应用……"他又连篇累牍地引用起语录来了,我不得不提醒他那些语录我都读过,也都会背诵。从他那未必准确更未必用的是地方的不断引用当中,我发现他确实是全队背得最多、用得最"活"的人,他是颇下了一番功夫的。我甚至想,这样的人怎么没有选派到讲用会上去?后来才想到他本是一个不肯到队上干活也不愿意参加会的人。世界上的某些人和事情真是难以理解。

在这次被招待以后,我曾与一些社员谈起马尔克学语录的情况,多数人都浅浅地一笑,敷衍地说:"好!好!他学得好!"那神情却不像真心称赞。也是,语录背得多,毕竟无法不说是"好"事。只是一些队干部明确地对此表现出嗤之以鼻的态度,讥笑说:"那正是他的傻气嘛!"

关于他们的那位邻居姑娘爱莉曼,倒是有口皆碑。她是在五岁时候因手上生疮被截去左掌的,她非常要强,在学校上学功课出众,由于残废,家里不依靠她当劳动力,小学毕业以后她每天走一个半小时到伊宁市上初中,之后又住宿读了财会学校。她的一只手比别人的两只手还灵巧,而且力气大,据说有一次她放学晚了,天黑以后在公路上行走,有两个醉汉向她调笑,她小小年纪,一点也不怕,一个嘴巴把一个醉汉打倒在路边的碱沼里,另一个醉汉吓跑了。

对于爱莉曼也有非议,主要是她已经二十二足岁了,还没有结婚,而且拒绝了一个又一个媒人。"女孩子大了不出嫁就是妖怪。"

有几个老人这样说。据说爱莉曼的爸爸为女儿的婚事都急病了，但奈何不了她，因为女儿是吃商品粮的国家职工，经济独立，社会地位也高于一般农民。

桑妮亚有一次用诡秘的神情告诉我："老王哥，你没有看出来吗？我告诉你这个秘密你可不要对任何人说。依我看爱莉曼是让马尔克傻郎迷住了，她一心要嫁马尔克哥呢。"

"什么？阿丽娅……"

桑妮亚摇摇头："阿丽娅是我的朋友。她告诉过我，她的病已经好不了了，她要在她还在世的时候帮马尔克哥物色一个女人，她不放心，马尔克是确实有点傻气……"

我将信将疑。我回忆那天晚上在马尔克家里与爱莉曼和阿丽娅会面时的情形，我想着爱莉曼乌黑的眼珠，什么也判断不出来。我想，经过一九五七年以来的坎坷，我确实已经丧失了观察人和感受生活的能力了，将来重新执笔写作的心，是到了该死掉的时候了。

麦收期间，马尔克下地割麦五天，大致是一个顶俩，每天自己捆、自己割，完成了两亩多。队上害怕分地片收麦、按完成量记工分，这样做带有"三自一包"的色彩，因为当地习惯上把分片各收各的也称为"包"工，而"包"字是犯忌讳的。社员们干脆排在一起，大呼隆干活，说说笑笑，干一会儿直一会儿腰，倒也轻松。唯独马尔克绝不和大家混在一起，他单找一块地干，干完了自己丈量。队上的记工员告诉他，他的丈量是不作数的，工分仍然是按群众评议而不是按完成亩数来记，他也不在乎，仍然坚持"单干"，同时对穆罕默德·阿麦德一类干活吊儿郎当的人猛烈抨击、嗤之以鼻，"让我和那样的人并列在一起干活吗？我宁愿回家睡大觉。"他声明说。

根据公社革委会布置，麦收期间还要搞几次讲用和大批判。队长传达上级布置的时候调子很高，上纲上线。"如果不搞大批判，收了麦子也等于为刘少奇收了去了。"他传达说。但实际执行起来，他却马马虎虎，有时工间、午间或晚饭后（夏收期间我们集中住宿、吃农忙食堂),队长宣布搞"大批判",开场白以后无人发言,然后队长谈谈生产,读读刚拿到的一份"预防霍乱"或"加强交通管理"或"认真缴纳屠宰税"的宣传材料,就宣布大批判结束。有一次又这样冷冷清清地大批判,不知谁喊了一句:"让马尔克木匠讲一讲!"马尔克便突然睁大眼睛讲了起来。天南地北,云山雾罩,最后归到正题,原来他批判开公社革委会了。革委会有个通知:凡出勤不足定额的,生产队扣发其口粮。马尔克不赞成,他越讲越激动,队长几次想制止也没制止住,他论述这种扣发口粮的做法违背"红宝书"的教导,是刘少奇的"修正主义"的流毒,最后他竟喊起口号来:"坚决反对修正主义!""建设边疆保卫边疆!""牢记阶级苦,不忘血泪仇!""誓死捍卫中央文革小组!"还有一系列"打倒"和一系列"万岁"。他一喊,大家不由得也都振臂高呼起来,竟顾不上考虑他的口号与言论之间有没有必然的联系。这次"大批判",算是最热烈的一次了。

五天以后,阿丽娅(她因为有一系列病,夏收期间也没有露一次面)托人捎话来,说是她病重,要马尔克回家看看。队长不准,说是每年夏收他都是这一套,干个五六天后便以照顾病人为名溜之大吉。他声称他在这五天已经干完了旁人二十天的活,他有权利回家照顾他貌美病多的妻子,便扬长而去,不管气得大喊大叫的队长。

队长真的火了。我也觉得马尔克太不像话了,如果都照他这样,生产队只能垮台,公社乃至整个国家也会不可收拾。所以当队长在全体社员大会上建议停发马尔克两口的七八两个月的口粮以示制裁的时候,没有人提出反对意见。

不久之后,马尔克纠集了二十来个因各种原因被扣口粮的社员到公社闹了一阵,他又是挥舞着"红宝书"连喊带叫的。事后县公安局派人来调查,幸亏广大社员都说他自来有些傻气,他学习"红宝书"是积极和真诚的,他绝无任何反动思想反动言行,这样才大事化小,公安局的人把他叫到公社训了一顿就算了。看开头那个架势,我们还以为会把他逮捕呢。

这一年春节他到伊宁市我的家里给我拜年,我借这个机会劝了劝他,少犯傻气,少乱引用语录,多出工干活。他一再点头,叹了口气,问我:"老王,你告诉我,人是什么呢?"

我知道他有时候一阵一阵地爱谈禅论道,便引经据典地说:"人是万物之灵嘛。"

他摇摇头:"我看,人是沙子。风往哪里吹,你就要到哪里去。我们妈妈娜塔莎,不就是这样吗?十月革命一阵大风,把她糊里糊涂吹到中国来了。我们黄胡子爸爸呢,也是让风吹来的。我呢,阿丽娅呢,如果没有风吹,我们这素不相干的两粒沙子,怎么聚到一起来了呢?"

我说我不同意,如果你只是一粒沙子,那么那些木器呢?一粒沙子会做出那么精巧美丽、艺术品一样的木器来吗?

一提木器他就高兴了。他承认我说得对,因为一粒沙子是没有灵魂的,而他和他的木器都是有灵魂的,他常常做梦梦见一种新式样的木箱或者桌椅或者摇床围着他转。醒来以后,他就到木工房去,一边想着梦里的形象,一边锛、凿、刨、锯……于是一种新式样的木器就做出来了。他表示,他一定要为我做一个衣架(钉在墙上的一种),这种衣架虽然简易,但他要做出点新花样来。

春节过后,我应邀到马尔克的木工房去参观,房里充溢着令人愉快的木脂的香味。马尔克用那种小锛子用得非常熟练,轻松如意,他不假思索地向木头胡乱砍去,三下五除二就砍去了一切他所不需要的部分。我最喜欢看的还是他刨木头,与关内木匠用的刨子完全不同,他用的是一种用一只手从外向怀里拉的刨子,沙、沙、沙,动作很洒脱。他穿着一件深蓝色背心,在拉刨子的时候,他的胸、背、肩、大臂、小臂直到手掌的肌肉都隆了起来,那样子真像一个显示男性健美、劳动酣畅的雕塑。他的动作既是强健有力的,又是颇有节奏和韵律的,特别是他的流着汗水的脸上的表情,诚挚而又自得其乐,根本不像一些个"力巴头"干活的时候那种龇牙咧嘴的样子。他那天蓝色的眼珠里,更是发射出活泼有趣的光芒,完全不像他滔滔不绝地讲话时那样带着傻气。

我欣赏着他的形体和动作,带着一种自惭形秽的自卑感。汉族是我国的主体民族,她有灿烂的文化与悠久的历史,但是在身体的素质和形象方面,她的平均水平是赶不上新疆的少数民族兄弟姐妹的,真遗憾啊!

同时我突然想起阿卜杜拉赫曼裁缝来了,呵,阿丽娅的第二个丈夫与第一个丈夫实在是一个天上,一个地下,一个是生的高扬,另一个简直是衰老和死亡的标志。虽然我完全是局外人,但我不能不为毛拉圩孜公社头号美女的初婚而扼腕顿足,也不能不为她的现在的幸福而深感欣慰。

"我把手里的这一批摇床交了活,下星期就给你做衣架。你还需要什么?别客气,说。"马尔克告诉我。

但我没能够得到马尔克的衣架,因为"多普卡"队进驻了。"多普卡"队不愧是火眼金睛,只一瞥便揪出了马尔克,罪名是:一、利用口粮事煽动闹事;二、打着红旗反红旗;三、其母是白俄贵族,本人与新老沙皇界限不清。

生产队开会批斗他,先用绳子把他绑了起来。上绑的时候马尔克对绑他的民兵耳语了一句话,据事后了解,他说的是:"只要不怕绳子断,你就使劲勒!"

"多普卡"组长在会上喊了一通以后没人发言,会议出现了冷场,组长干着急也没用,便让生产队长发言。生产队长走到前面,慷慨激昂地说道:

"马尔克,你为什么这样傻?干木匠话你倒凑合,学习毛泽东思想,你行么?你上过学么?你背那么多语录,谁承认呢?你这样学语录究竟是为了什么?说,你为什么要冒傻气?你能懂得什么叫无产阶级司令部、无产阶级革命路线吗?连我都不懂,县长说,他也不懂。你要是懂了,那你这个傻瓜岂不是比县长还高明?难道你要篡党夺权当州长吗？你这就是野心嘛！你从霍城县流浪而来，你是饿着肚子到毛拉圩孜来的，现在你有了老婆，有了房子，有了茶叶，有了馕，还有盐巴，你还要干什么？说，你为什么要冒傻气，说，你以后还傻不傻啦？"

"多普卡"组长是一位汉族农工，年方二十挂零，前年到新疆来看望姐夫，觉得伊犁这边生活不错，便留下了，但至今还没落上正式户口，便被匆匆忙忙派出来了。他又不懂维吾尔语，让懂汉语的社员给他翻译，换了两个人都说队长的大批判太深也太新，翻不过来，结果社员们推荐我去翻译。我便介绍说，队长发言的主旨是敦促马尔克认识自己的错误，认真改正。组长听了很满意，问马尔克："怎么样，今后改不改？"

只见马尔克两眼发直，突然大吼一声："打倒赫鲁晓夫！向江青同志致敬！"台下居然有不少人随着振臂应和，而组长呢，居然下令松绑，并说："马尔克的态度还是比较老实的。不老实我们也不怕，帝、修、反我们都不怕，还怕一个小小的马尔克吗？"

他被分配去赶大车送粪，我给他跟车，他兴致勃勃地对我说："维吾尔的谚语说，男子汉大丈夫什么事都应该亲身经验经验，导师也教导要经风雨、见世面，这回我算是也经了风雨了，也见了世面了！"

最妙的是那位"多普卡"组长，见我有文化，又老实，有一天找我去代他起草一份入党申请书。我吓了一跳，连忙把我的处境告诉他。他小声对我说："没关系，没关系，是我求你写的嘛。"我趁机进言说马尔克不是什么坏人，他的木匠手艺好，他不喜欢干大田里的活，再说，你让他干木匠，他并不是把一切收入放入自己的腰包，他是给队里缴利润的。"多普卡"组长说："我明白了，咱们看看再说。"似乎从此对马尔克的态度好了些。

过了几星期，县革委会政工组的两位领导到我们公社视察来了。政工组长是一位支左的同志，圆而白净的脸，矮矮的个子，走路拼命迈大步,好像蚱蜢一跳一跳的。来到我们队以后,他一是吩咐给他做饭要多放辣椒,他是湖南人,二是要召集活学活用的积极分子座谈。据说他已经在别的几个大队视察过,对毛拉圩孜公社活学活用的情况很不满意。不知道队长是怎么考虑的,他转了转眼珠,把马尔克作为积极分子派到政工组长那里,事先还找马尔克动员了一番,并且关照我在担任临时翻译的时候要"多加注意"。马尔克果然没有辜负队长的期望,振振有词,句句都是语录,使爱吃辣椒的政工组长两眼大放光芒,并转头质问我,学得这样好的人怎么没有参加过讲用会。我解释说,可能是因为他过去在队里干活出勤率太低。组长不高兴地问马尔克:"上个月你出勤多少天?""三十一天。"马尔克回答。我一惊,因为上个月是二月,只有二十八天。但是组长对马尔克的回答非常满意,对我说:"人家已经转变了嘛,这就是活学活用的效果嘛,谁也不是天生的先进嘛。"

　　为了深入细致地调查研究,政工组长又找了队长、队干部与几个老贫农了解马尔克的情况。维吾尔农民乡亲是乐意成人之美的,队干部则更是乖觉,从政工组长的话锋上已经知道了他的意图,立刻隐恶扬善把马尔克赞扬了一番,除了积极学习以外还有助人为乐呀、民族团结呀、突出政治呀、又红又专呀,连他经常给别人递抽过两口的莫合烟也作为他先人后己的例证提了出来。还有一件给大渠堵口子的事,明明是队长自己干的,队长竟无私地推功给马尔克,把马尔克如何堵口子说得有声有色,使听的人如身临其境。最使我不理解的是曾经主持过批斗马尔克并且宣布过马尔克的罪状的"多普卡"组长也在座,却并未提出一句异议。于是政工组长确定,要马尔克参加下月举行的全县活学活用讲用会。

　　晚上回"家"喝茶,我把这事告诉了房东二老,阿依穆罕妈妈大笑说:"各人有各人的路子,傻瓜有傻瓜的路子。"穆敏老爹则微微一笑,捏着自己的长须说:"这也是塔玛霞尔嘛,马尔克弄起塔玛霞尔来,可是精于此道!"

塔玛霞尔是维吾尔语中常用的一个词，它包含着嬉戏、散步、看热闹、艺术欣赏等意思，既可以当动词用，也可以当动名词用，有点像英语的 to enjoy，但含义更宽。当维吾尔人说"塔玛霞尔"这个词的时候，从语调到表情都透着那么轻松适意，却又包含着一点狡黠。

"那么，他在被批斗、被绑起来以后大喊'向江青同志致敬'又是怎么回事呢？也是塔玛霞尔？是装的？还是真的犯傻？"我问，我很想知道穆敏老爹的见解。

"当然是真的，喊一喊痛快嘛！"穆敏老爹要言不烦，不准备再做什么解释。他抬起头，用一种我以为是带几分怜悯的眼光看了看我，悠然一笑，他说："生活是伟大的。伟大的恼怒、伟大的忧愁，还有伟大的塔玛霞尔、伟大的汉族、伟大的维吾尔、伟大的二月、三月，伟大的星期五（星期五是伊斯兰教的祈祷日），而星期六到星期四的每一天同样是伟大的，还有伟大的奶茶、伟大的瓷碗、伟大的桌子和伟大的馕……"阿依穆罕妈妈向我伸了伸上唇，把人中拉长，这是维吾尔人做鬼脸的表情。她说："糟糕，老头子也犯起傻来了！"

这时，队长隔着墙叫："老王！"我把他请到屋里以后，他说明来意，是要我帮助队上的文书写一份马尔克活学活用事迹材料，再写一份他本人的讲用稿。"我写不了。"我抗议说，"简直是开玩笑，马尔克哪有什么先进事迹？差点没让公安局抓起来，二十天以前刚刚绑了一次！"

"有的有的，"队长很有耐心，"他割麦子一个人顶三个人干，是事实吧？"

"可那次堵口子是您自己堵的，您为什么说成他的？"

"他也堵过的嘛，您老王也堵过的嘛。如果现在是让您去开讲用会，我们也给你整理一份好好——的材料。"他把"好"字拉长了声音，拐了几个弯，以示强调。然后他向我笑笑，伸出右手，轻轻在空中抓了抓，像是一种什么舞蹈动作，同时他一赞三叹地说："老王，我们维吾尔，是这样的一些人，性格温柔，手也是软软的，不像你们汉族那么严格。听说有些汉族小丫头，小小年纪，坚持红二司（新疆的一派造反组织）观点，被打了个头破血流，还喊口号'誓死捍卫'什么什么呢，真是坚强厉害的人们啊！这又有什么问题呢？好事情嘛。你现在去调查调查吧，你说马尔克有什么先进事迹，大家都会承认的，没有人反对。穆敏哥，阿依穆罕姐，你们说是不是？"

"对，队长的话是正确的。"房东二老点头称是。

这可真给我出了难题，依我当时的情况，接受到这样的任务，本应感到受宠若惊。整一个先进分子的材料，加一点美好的形容词，适当拔高一点，一般说来我也是不会拒绝的。但给马尔克起草讲用稿，确实难住了我，我难以承认他是活学活用的先进分子，正像难以承认他是"打着红旗反红旗"的坏人一样。硬把事实上并不存在的"事迹"塞给他，我也实在下不去手。于是我检讨自己：是不是那一天马尔克向爱吃辣椒的政工组长汇报自己的活学活用心得的时候，我的翻译有什么问题？果然，我想起，在队长打过招呼以后，我的翻译虽无大的歪曲捏造，却做了两方面的加工：一方面是把他不完整、无条理的句子在可能范围内顺了顺，一方面是他引用得过于驴唇不对马嘴的语录，有几处我"贪污"了，没有翻过去。在少数民族地区工作，这个翻译的作用可真大呀！还有一条，就是我的普通话说得标准，完全有可能增加了政工组长对马尔克的好感。怪道当地的干部社员喜欢找我当"通事"呢，怪道他们与汉族同志打交道办事的吉凶成败很大程度上归功或者归咎于翻译呢。咦，翻话翻话，能不慎哉！看来马尔克成为活学活用的积极分子，我是负有一定的责任的，为他整材料的难题，也是我"咎"由自取的了。

这个难题并没有使我为难下去，因为两天以后阿丽娅病重，马尔克赶着一辆毛驴车把妻子送到伊宁市反修医院住院去了。一去就是一个月，未见回来，当然，他也参加不成县里的讲用了。

房东大娘的继女桑妮娅带着小甜馕、方块糖和一包葡萄干进城去医院看望了阿丽娅一次，傍晚，她带着五个井然有序的小不点儿到我们"家"来，告诉我们，据阿丽娅自己说，她得的病是肝癌，她已经知道了，马尔克和医院的人还瞒着她，她也不打算说破。马尔克正在张罗卖房，凑盘缠送她去乌鲁木齐转院治疗，然而"医药只能治病却不能治命"，命中注定，她已经不久人世了。她不希望马尔克为她的病而搞个家败人亡、人财两空，她希望赶快出院回毛拉圩孜公社来，安安静静地死在家乡。其次，她认为一只手的粮站出纳爱莉曼偷偷爱着马尔克已经很久了，正是为了马尔克，爱莉曼才拒绝了一个又一个求婚者。到今年柠檬苹果黄熟的季节，爱莉曼就满二十三岁了，在维吾尔农村，满二十三岁的丫头不嫁，就会被视为妖孽、灾星。阿丽娅最大的心愿便是看到马尔克与爱莉曼成婚。如果马尔克不忍心在她还在世的时候先办理与她的离婚手续与爱莉曼结婚，那么，他们俩要向她做出保证，在她闭眼以后的三个月之内结婚，那么，她就可以含笑九泉了。

然而马尔克犯了傻气，在这两条上都不听阿丽娅的。据说他已经找到了买主，那么好的一个院子加三间房子只卖三百二十块钱（由于"文化大革命"当中房屋政策不落实，伊犁城乡的房价曾畸形惨跌）。而对爱莉曼呢，自从阿丽娅表示了自己的心愿后，他干脆不理爱莉曼了。本来爱莉曼在阿丽娅住院以后每星期骑自行车去城里两三次（这个一只手的姑娘可真是能干！）给阿丽娅送饭的，结果由于马尔克态度生硬粗暴，一见爱莉曼转身就走，搞得爱莉曼哭哭啼啼。现在，爱莉曼的事传遍了全公社，爱莉曼的爸爸知道了，认为这是奇耻大辱，不准爱莉曼再与马尔克夫妇来往，而且逼着女儿立即嫁人。

最后桑妮娅告诉我，是阿丽娅以垂死的人的身份，要求桑妮娅代她向我求援，希望我去劝说马尔克接受她的两点心愿。

我听后大吃一惊，心乱如麻。这一天临睡前穆敏老爹做乃玛孜（祈祷）的时间特别长，爱说笑的阿依穆罕大娘也变得沉默寡言。第二天我连忙进城去看望阿丽娅，找到她的病室，同房的少数民族女病号都对我投以好奇的目光,我顾不上与她们寒暄,直奔阿丽娅的病榻而去。天啊,阿丽娅已经变成了一个骨瘦如柴的老太婆,头发都变成了灰白色了,嘴角与脖子,更是干瘪得可怕,住院一个月,她老了三十年,我也无法不确信她已经走到她生命的尽头了。我的感觉与其说是来看望病人,不如说是来与遗体告别,我只有默哀的分儿了。而马尔克虽然愁眉双锁,气色也不好,但整个说来,从外表上看像是她的儿子。只有阿丽娅的眼睛,那长长的、有着神秘的淡灰色眼珠的眼睛,仍然是美丽的、深情的,即使在往后看到的各式各样的电影特写镜头上,我也没见过这样深情的眼睛。看来,她的最后的生命之火,只够照亮那一双淡灰色的眼珠了。

我和病人只交换了极简短的几个字。"请放心,我会办的。"我说。"谢——"她说。"别多想,休息吧,会好的。"我又说。"我什么也不想了。"她说,并且闭上了眼睛。马尔克对我说:"昨天她与桑妮亚说话太多了,今天病情又恶化了。"

我告辞,先找内科主任问了一下阿丽娅的病情,内科主任认为确是肝癌,但这个医院没有专门的肿瘤科,因此按惯例她建议病人去乌鲁木齐转院治疗。当然,同时她也对病人的康复不抱希望。然后,我把马尔克叫到了楼下,马尔克先告诉我他的房子已经脱手,明天就可以拿到钱。他还有一点值钱的东西,包括他的俄罗斯母亲留给他的一条金项链,还有我看见过的几件铜器,他准备变卖。他已托买过他的摇床的民航站营业处的营业员买飞机票,争取乘下次班机去乌鲁木齐。

"当然,看到阿丽娅病成这个样子,我也很难过,不过你还要为以后的生活着想……"我开口,想执行我的游说的任务。

"瞎说!如果阿丽娅没有了,还有什么'以后的生活'!"这个健壮的大汉当着来来往往看门诊的病人及家属,呜呜地哭起来了。

"我听说,阿丽娅的心愿是,以后,爱莉……"

马尔克一下子抓住了我的左手手腕,他的蓝眼珠像两个死死的玻璃球:"去!离我远一点!如果你不是老王,我会扭断你的胳臂,割下你的舌头!"然后他松开了手,自己打起自己来,把我吓坏了。

后来我们两个人都沉默了。"那就去治一治吧,愿胡大保佑她。"我这个虽然受委屈、但毕竟是从少年时代便信仰马克思主义并成为共产党人的无神论者,向一个并非真正的穆斯林的穆斯林说了一次"胡大",而且,我当真盼望奇迹的出现,也许阿丽娅的病真能治好吧?

我知道农村换粮票手续繁杂,便把我身上带的粮票全部给了他,他没有道谢,默默地回身走了。

一九八一年重访毛拉圩孜公社的时候,我坐在伊宁市委派给我临时用的一辆吉普车里,沿着白杨成林的伊乌公路向毛拉圩孜公社驶去。路过原兵团农四师工程处加油站时,我看见一个蓄着长须、戴着小白帽、穿着无扣的长袷袢的高大的维吾尔人骑着驴迎面而来,毛驴是那样矮小,而他自己的两腿是那样长,骑在驴背上的他,腿是耷拉在地面上的。他的形象使我觉得十分面熟,却又想不起是谁来。伊犁这个地方比较开化,又长期受苏联的影响,即使在六十年代,也少有像喀什噶尔那样戴小帽和穿袷袢的人,骑毛驴的也只限于老人,而且主要是喀什噶尔的移民。到八十年代,自行车、的确良大普及,穿牛仔裤戴太阳镜的青年也到处可见,骑毛驴的人绝无仅有,因此,我在吉普车与毛驴瞬间交错时取得的印象使我心头一动。

在公社住下来以后我了解到,阿丽娅在乌鲁木齐鲤鱼山下的医学院医院住了七个月的院——她的生命力还是相当顽强的,一九七一年初死去了,就埋在乌鲁木齐东郊。直到一九七四年夏天,马尔克才回到他已无家可归的毛拉圩孜公社,其时我已经彻底离开伊犁了。马尔克回来的时候蓄起了长须,有时戴着纯白的小帽,有时缠着色来(缠头巾),还带回了一匹毛驴,俨然南疆阿訇的风度。他从队部借了一间房子住,照旧做他的木匠活,与世无争,话很少,也没有任何傻气。现在没有任何人叫他"马尔克傻郎"了,相反,尊称他为"马尔克阿凡提"(阿凡提本意是"先生")。

人们告诉我,他刚刚应邀动身到县里去,为县俱乐部做一批木器活。我惊叫起来,原来我在吉普车上看到的那位骑毛驴的大汉就是他呀!"他什么时候回来?"我问。"至少两个月。"人们答。呜呼,缘悭一面,乃至于斯!

最令人沉重的还是爱莉曼的命运。她离开了父母,顶住了一切舆论压力,等待马尔克一直等到了一九七四年。马尔克流浪归来之后,她去找马尔克,要求嫁给他,再次遭到冷冰冰的拒绝。爱莉曼一怒之下嫁给了阿卜杜拉赫曼裁缝。

我无法相信自己的耳朵,然而人们告诉我这的确是事实。一九七三年,老裁缝与自己的不知是第几个妻子、喜欢光脚丫走路的玛渥丽妲再次离婚了,而且是他相中了爱莉曼,早就派人去说媒了。

"阿卜杜拉赫曼还没有死?"我不合礼仪地问,我想起老裁缝那副肺痨三期的样子来了。"老头结实着呢,一个又一个地专娶年轻丫头!"乡亲们告诉我。

是的,在公社逗留期间,我见到这位老裁缝两次,他还是那副躬腰曲背的样子。没有也不可能变得更年轻,但确实也并没有怎么显老,和十几年前比几乎没有多大区别。我惊叹,他可真有一股子蔫乎劲儿。

我很想去看望一下爱莉曼,却又觉得有诸多不便,便终于没有去看她。

发表于《芙蓉》1983 年第 5 期

哦,穆罕默德·阿麦德

小说题目愈来愈长,加感叹词和标点符号,以至把标题变成"主谓宾定状"俱全的完整的句子,大约也是一种新潮流吧?于是我想来它个以毒攻毒,将此篇命名为:《哦,我的远在边疆的亲爱的可怜的维吾尔族兄弟穆罕默德·阿麦德哟,让我写一写你!》。后一想,如此创新,殊非正路,乃罢。

似乎自从日本电影《啊,海军》(还有《啊,野麦岭》)在我国放映以来,"啊""哦"式标题就多起来了——来自东洋?电影《啊,摇篮》,小说《哦,香雪》《哦,十五岁的哈丽黛哟》《哦,我歪歪的小杨树》——流韵所及?当我这次来上海给《小说界》改中篇的时候,有人建议我把中篇命名为《哦,我的爱》,您受得了么?

我看不惯"啊""哦"。想不到,在这个短篇上竟向"啊""哦"投降了。这只能说是穆罕默德·阿麦德的力量。مۇھەممەد ئەھمەت,按惯例译作"买买提·艾买提",同样的名字如果来自埃及、叙利亚或苏丹,就是穆罕默德·阿麦德,似乎雅气了些也庄重了些。我几经推敲,决定从后一种译法,倒并非想冒充阿拉伯故事或炫耀博学以招揽读者,而是不如此译,便不能表达مۇھەممەد ئەھمەت我对的郑重的敬意。

一九六五年四月,我到达新疆伊犁哈萨克自治州伊宁县的毛拉圩孜公社劳动锻炼，分配到三大队第五生产队。先是在队部附近干活，一个月以后，第一次去离住地四公里以外的伊犁河沿小庄子附近锄玉米。八点来钟出发，走到庄子，都快九点了，只见几个社员还坐在渠埂上说闲话，抽莫合烟。我由于诚惶诚恐，劳动上不敢怠慢，便问了一句："还没上工么？"问完了才意识到，这里在场的是百分之百的维吾尔人，我的汉话没人听得懂，问也白问。

但是马上从人群里站起一位机灵的小伙子，他身材适中，留着大分头，头发卷曲，眉浓目秀，目光流动活泼、忽暗忽亮，胡须茬子虽密却刮得很干净，上身穿一件翻领青年服，下身一件黄条绒的俄式短腰宽脚裤，神态俊雅，只是肤色似乎比这儿的一般社员还要黑一些。他用流利但仍然带有一种怪味儿的汉语对我说："同志，你好。你是新来的社教干部吧？我们正在学习讨论《纪念白求恩》呢，来，坐下吧。"

我解释说，我不是社教干部，而是来劳动锻炼、改变思想的。他睁大了眼睛，把我从头到脚从脚到头来回打量了几遍，突然一转头，哈哈大笑起来。

他笑的样子非常粗俗丑陋，与刚才问"你好"的文明样子颇不相称。我知道，在新疆，即使懂汉语的乡下人，见面问候时也是用"好着呢吗？"而不会说"你好"的。会问"你好"那是见过相当场面的标志。

笑完了，他指一指渠埂，用命令的口气对我说："坐下，休息。"然后，他与同伴们继续说笑。他说话非常快，一套一套，表情也很夸张，好像在模仿着什么人。但是在这样的说笑中，他也时时照顾着我的存在，一会儿用简单的话语向我介绍他们谈话的内容，原来他们并没有学习毛主席著作；一会儿又问问我的姓名、年龄、籍贯、婚姻状况、家庭成员、简历，干部登记表第一面和第四面上的几项，他都问到了，我很佩服他的一心二用的本领。

这时又来了几个穿得花花绿绿的女社员，坐在对面的一条渠埂上，不是正对男社员而是拉开大约十几米的距离，以示男女有别。他噌地站了起来，跑到女社员那边去，马上，那边传来了活跃的说笑声。

　　太阳烤得我已经满头是汗了，我已经怀疑这一天还干不干活了，一位留着圆圆的白胡子的组长才下令下地。干活的时候那个伶俐的小伙子主动和我结伴，不停地和我扯着闲话，不断地嘱咐我"忙啥，慢慢的，慢慢的"。对我提出的有关劳动工艺上的问题，他一概置之不理，同时热情地向我嘘寒问暖，向我介绍在这里生活应该注意的事项。他说："我叫穆罕默德·阿麦德，以后有什么事情，找我好了。"

　　直到快收工的时候，我才直腰四处看了看，我发现，穆罕默德·阿麦德干的活比我还少。我是一个人锄四垄地，他一个人只锄两垄，但前进的速度一样。他锄漏的生地、野草，也绝不比我少。再一看，我确实吓了一跳，原来他拿着的是一柄那么小的砍土镘，别说是男人，就是未成年的女孩儿用的砍土镘，一般也比他的大。

　　他一边"干活"，一边说笑，肆无忌惮，最后还唱起歌来了，有滋有味，有腔有板，他的嗓子可真不错。

　　后来不知谁笑着说了一句什么话，他突然生起气来了，立在那里，噘着嘴像个孩子，不声不响也不干活。过了足足两分钟他对我说："这人是不好人，这人人不是。"他停了一下，调整了盛怒中弄乱了的语法，告诉我说："这些人不是人。"

　　午饭时候，他不由分说把我拉到他家里去。本来庄子的住房水平低于队部附近的住房，他住的那个歪歪扭扭的用烂树条编在一起抹上泥就算墙的烂房，更可以说是倒数第一。他的父母都已老迈，两个小妹年龄很小，这四个人穿的都是破衣烂裳，只有他一个人穿得囫囵、整洁，还颇有式样。泥房外面是烂柴草搭的一个凉棚，凉棚下面砌起一个土台，土台上铺着一块布满烂洞、裂纹、粘成一绺绺的破羊毛毡子，毡子上放着一个四角包上铁皮仍然松松垮垮的炕桌，土台边连着锅灶，老太太正把一大把一大把发了霉的麦秸填到灶里，烟大火小，烧开那一大铁锅水显然是很难的。

我遵照礼仪向坐在室外土台上的二位老人问好。穆罕默德·阿麦德的父亲向我还礼和问候的时候，胸腔里发出一种奇怪的沙沙声，而且结结巴巴，口齿不清。他母亲正在害眼，红红的两只眼睛眼泪花花的。穆罕默德·阿麦德却不耐烦地催我进屋，屋里摆设稍稍好一点，有半新的花毡，有条案，条案上有挑花桌布与大小瓷碗，还有一排维吾尔文旧文字的精装厚书，这是不多见的。墙角有镶着黄色条饰的木箱，墙上还有一张不大的镜框，奇怪的是镜框里摆着的全都是穆罕默德·阿麦德一个人的照片，有穿俄式多扣学生装的，很天真可爱，还有一张穿西服的，拙劣地涂上了颜色，照得却走了形。墙上除了挂着面箩、和面的木盆、两把未编完的糜秸扫把以外，还有一个大肚的庞然大物——那是一种乐器，叫做都塔尔，我在来伊犁以前已经去过吐鲁番和南疆，我是见识过的。

屋里空气潮湿憋闷，我其实宁愿出去到土台上坐，但是他正在认真地张罗着。先是在我面前铺上了饭单，然后打开黄条木箱，拿出两个小碟，一个碟里放着方块糖和葡萄干，一个碟里放着小馕与小饼干。然后，他从室外拿来一个搪瓷高桩茶壶，从案上取下两个小碗，给我和他自己各倒了一碗茶："请，请，请……"他平摊着向我伸手，极为彬彬有礼。从茶色的淡薄上，我又一次体会到这一家人经济上的拮据。

茶虽淡，方块糖、葡萄干种种看来也是历史悠久，但他的招待却是一丝不苟，我也就非常感激地端起茶来啜饮，饮着饮着忽然想起了他的父母，维吾尔人是最讲敬老的，岂有把老人丢在室外之理。我眼睛看着门口要说话，他已明白，皱着眉对我说："他们不喝茶，喝开水。"稍待，他又解释说："在南疆，没有几户人家喝得起茶。"

喝了几口，这道程序结束，他拿起一个小碗出去了，一去好大一会儿也不回来，使我坐也不是走也不是。最后他拿着空碗气冲冲地进来了，他生气地说："你是北京来的客人，我却要不来一碗奶皮子。这儿的人，太不好了，在我们南疆，一家做好吃的，一定把周围所有的人叫来。"

没有奶皮子，做不成奶茶，但还是一起喝了咸茶，并且吃的是白面馕。我本来中午是带了馕的，但那是包谷馕。在春天青黄不接的季节，中午是难得有白面馕吃的，看来，他已经全力对我进行规格最高的款待了。

从此，我结识了这位懂汉语的、殷勤亲切又有点神拉吧唧的年轻人。我那时初到维吾尔农村定居，言语不通，心情沉郁，穆罕默德·阿麦德的存在，使我感到了友谊的温暖。每逢到伊犁河边干活的时候，我就带上馕，到他家喝热茶，就是喝碗开水，也是暖的。我得知，他们全家是五年前从喀什噶尔老城（今疏附县）步行半个月，从新源那边翻天山来到伊犁地区落户的。由于他天资聪颖又好学，三年前考上了乌鲁木齐气象学校（他告诉我是"空气学校"，当时我正抱着课本学维吾尔语，知道"哈娃"这个词既可做天空、空气解也可做气象解，替他纠正成气象学校），但这个学校的食堂整天吃吐鲁番产的白高粱面，他吃不惯，加上家里老的老，小的小，病的病，离了他日子没法过，他便退学回来了，回来后心情抑郁，整天胡打混闹。我也把我的大概情况介绍给他，他立即表示："我听了心疼得很。"他的"很"字拉得很长，而且中间拐两个弯。后来，见我穿着带补丁的衣服，他要说一次心疼，看我吃一次干包谷馕，他也要说一次心疼。有一次队里出义务工，到公社西面三公里远去修湟渠，中午回不来，周围又没有人家，只好就着西北风和泥沙吃硬馕，他又"心疼"起来，还掉了眼泪。我问："你们不也都是这样吃的吗？"他说："我们惯了，你可是北京来的呀。"

他正式请了我一次客，是伊犁人最爱吃的"大半斤"——押条面。他自己和面，做剂儿，抻面。他做抻面（当地叫"拉面"）的方法与伊犁的旁人不同，伊犁人是先把面剂儿做成一小段一小段的，然后一一拉细，像毛线绺一样地悬挂在桌角边，然后一锅一锅地煮。他呢，跪在毡子上，做了一个大面剂儿，裹上油，像盘香一样地盘成一座小山,等到锅开了,他飞快地拉起来,愈拉愈多,愈拉愈长,中间不断,直到拉满一锅的时候,他才把面从中间断开。他说:"这是喀什噶尔做拉面的方法。"说起喀什噶尔,他满脸的依恋之情。不但面是他做的,菜卤也是他做。"你的妈妈呢?"我问。"她做不好!"他粗暴地回答。面煮好以后,他倒是很仁义,不但给父、母、妹妹盛好送到手上,而且确实如他所说过的,他推开房门,谁从这儿过他就叫谁来吃。最后,他自己只剩了小半碗。这时来了一只邻居的黑白花小猫,向他喵喵地叫,他以惊人的慷慨从他的碗里用手捏出一半面条来,喂了猫。剩下的几根面条,他也不用筷子,就用手指捏着吃了。都拾掇完了以后,他自己又吃了一个包谷馕。

　　利用饭后的融洽气氛,我向他进了一言:能不能换个稍微大一点的砍土镘,干活时稍稍多卖点力气。他立刻板起了脸,恶狠狠地对我说:"我不爱劳动嘛!我不是国家干部嘛!我不是积极分子嘛!"

　　"那你爱什么呢?"我没生气,却笑着问。

　　"我爱玩,我爱看电影,我爱唱歌跳舞,我爱看书。"

　　"什么书?"

　　"爱情小说。我最喜欢爱情啦,我喜欢美,漂亮,我喜欢女孩子。"说着说着他转怒为喜,突然,他向我跪下,给我磕了一个头:"王大人,请不要肚子胀。"在我莫名其妙的时候,他又粗俗丑陋地笑开了。

　　笑得突然,停止得也突然,他突然停住了笑,问我:"你会跳'坦萨'吗?"

　　"什么'坦萨'?"

　　他抬起两手,做出一个交际舞的姿势。

　　我不快地哼了一声。

　　"我最爱跳'坦萨'了。"他哼哼着歌噜地站了起来,一个人前后左右地迈着步子。我当时的心情与交际舞是格格不入的,连看也不看他,于是他改唱维吾尔歌曲和跳维吾尔舞。然后他气喘吁吁地从墙上摘下都塔尔,一通乱弹,然后把都塔尔砰地一扔,颓然叹道:"每天都抢砍土馒,每天都抢砍土馒,手指头都粗了,还怎么弹都塔尔呢?"人是不错,可是思想太差劲,我当时想。同时我想起,根据我的一段观察,人们对穆罕默德·阿麦德普遍抱着一种取笑和轻视的态度。当穆罕默德·阿麦德大说大笑或者出洋相的时候,特别是年轻的男社员,便会互相挤挤眼睛,撇撇嘴,老头儿们也忍俊不禁,有的还摇摇头,最无保留地欢迎他和欣赏他的倒是女社员,特别是中年女社员。有一次队里开会,有一项议题是改选妇女队长。那天穆罕默德·阿麦德不在,一位有名的健壮而泼辣、刚刚和丈夫打了离婚的女人阿细罕喊道:"我们选穆罕默德·阿麦德!"一句话全场就爆炸了,男女老幼,全都笑成了一团,我也笑了。

  我又想起,有一天我从他家喝茶出来,大队的会计、一只眼睛的伊敏问我:"是到穆罕默德·阿麦德家里去了吗?"当我点头以后,他却大摇其头,并且连连叹气,"唉、唉、唉……"是一种不以为然的腔调。

  这是怎么回事?

  这次正式请吃"大半斤",以欢快开始,以兴味索然而告终了。而且,在我告辞的时候,他把右腿别在左腿前,身子扭成了八道弯,上身晃动着,面红耳赤地说:"老王哥,夏天要到了,我的三片瓦帽子再也戴不住了,队上又困难……你能不能借我十块钱?"

  我把十块钱给了他,但心情更加不快了,他借钱的时机和场合使我对他的友谊的纯洁性产生了一点点怀疑。至于帽子,我完全懂,维吾尔人不论春夏秋冬、室内室外,都是必须戴帽子的。人前脱帽,是极为失礼的表现。而他的那顶三片瓦帽子,确实是不能再戴下去了。但用得了十块钱吗? 我怀疑。

  勿谓言之不预,真是忠言逆耳! 就在第二天,公社"四清"工作队队长等一批干部到庄子地里参加劳动来了,他们立即发现了穆罕默德·阿麦德的超小砍土馒。中间休息时,他们集合了全体社员,然后拿起穆罕默德·阿麦德的砍土镘示众。维吾尔族副队长讲了一大套,我听不懂,但是口气严厉,这从其他社员屏息静气、鸦雀无声的状态中可以体会到。汉族队长拿起他的砍土镘来说了一句话:"这是砍土镘吗,不,这是耳挖勺!"他的话立刻被工作队的翻译翻成了维吾尔语,又是一阵大笑。

穆罕默德·阿麦德面红耳赤,像发了疯一样冲了过去。他口若悬河,与工作队干部辩论起来,还解开自己的腰带撩开衣服让工作队干部看伤口。翻译给汉族队长翻译的时候我也听见了几句,他不服,第一他说他有病开过刀,维吾尔语表达的方法是"吃过刀子"(后来我得知是割过阑尾,本来是很普通的手术,但一般维吾尔人认为"吃过刀子"的人是活不长的,故这个论据有一定的说服力)。第二他说批评表扬不能光看表面现象,不能不调查研究。他的砍土镘固然小一点,但他去年一年上工三百四十五天,今年半年出工一百七十天,属于全队前三名,为什么不表扬(后来我得知,他说的这些情况是有浮夸的,但因为他说得冲,就把那几个干部镇住了)?而同一个队里的××××、××××……(他一口气说了十几个名字,气之长可以与相声演员的"贯口"技巧相比)一贯不出工,为什么不提?为什么越是积极上工的好社员越是要听训,受批评,而从不上工的人却两耳清静、逍遥自在?再说,去年决算他结余七十多块,七十多块都被超支户用了,队上没钱给他开支,至今欠着他钱,工作队管不管?不是批评他的砍土镘小吗?拿钱来!他立刻买来两把特大号的,一把自己用,一把送给工作队长……

他的顶撞使所有的人(包括我)捏着一把汗,因为那个年月,不仅在城市,即使在农村顶撞领导也包含着巨大的危险,但显然他以凌厉的口舌在辩论中占了上风。工作队长们开始降低了自己的调子,倒是长着圆白胡须的作业组长非常照顾领导的面子,适时地站出来把他训斥了几句,宣布继续干活。

工作队干部有了台阶,离去了,大家一面干活一面议论纷纷。从人们的表情中可以看出，一部分人拍手称快，更多的人认为穆罕默德·阿麦德是干了蠢事。又干了一个多小时，太阳还老高，组长宣布收工，但一律不得回家，以免给人以本组收工太早的不良印象。大家聚在地边抽烟，意思是如果碰到上面有人来检查，就重新下地比画比画；如果没有，等暮色昏黄时再起立各奔各家。这次照例的呆坐，穆罕默德·阿麦德非常沉闷，连阿细罕和他说笑他也不理。后来阿细罕过来拉他，与他动手动脚，别人笑起来了，他仍然面色阴沉，不理人。阿细罕无法，回头看见了我，向我求援，哇里哇啦，我知道她的意思是叫我劝劝他。我刚走过去，穆罕默德·阿麦德转头说了句："别理他们！"我说："社员们都等着你说笑话呢！"他抬起头，对我说："你看我这是过的什么样的生活啊！"我看到，他满眼是泪。

在毛拉圩孜公社，每天我干两件事：劳动和学习维吾尔语文。所有的维吾尔农民都是我的教师，包括他们刚会说话的孩子。一年以后，我已经掌握了大部分日常生活语汇。由于我找到了一本解放初期新疆省人民政府行政干校编印的《维语课本》，又从北京接到父亲寄来的一本《中国语文》杂志，该期杂志上刊有语言研究所朱志宁写的一篇介绍维吾尔语概况的文章，在这两本书的帮助下，我对维吾尔语语法也有了初步知识。因此到一九六六年春夏天之间，我的维吾尔语知识，已经足以用来交际了。

我渐渐知道，年轻人厌弃鄙薄穆罕默德·阿麦德，主要是因为他有股子男不男、女不女的劲儿。老年人则嫌他劳动不好。但大家一致认为他是个善良、重感情、聪明的人。这一年中间迁来两户汉族新社员，他们对穆罕默德·阿麦德尤其满意。因为除了上述优点以外，他还有一个明显的长处：注意维护维、汉团结，与汉族社员亲密无间，沟通了维、汉社员间的感情，确实做到了有利于团结的话才说，有利于团结的事才做；不利于团结的话、的事，不说、不做。干脆上个纲吧，他是绝无狭隘的地方民族主义的。

男不男女不女的事我也看出了一点端倪，比如他说话忸怩作态，惊叹词多而且拉长声：喂江，哇耶……他又特别爱打扮，留的分头自然卷曲，又长又密。他还说过："我的头发多好！"这也让我不喜欢。那年月，连女人都不兴打扮，何况男子呢！

他到底是怎么回事？有一次我问会计独眼伊敏："他是不是'艾杰克孜'？"

"艾杰克孜"是我学会的新词之一，是指一种性变态，汉语叫做阴阳人或者二尾子的。

伊敏吓了一跳，连忙摆手："这话可不能随便说，老王，这话在维吾尔语里是最难听的骂人的话了，比骂毛驴子、猪、乌龟头都更严重。"他沉了沉，"主要是他的脾气，脾气就这样。比如说我们民族的规矩，男人跳舞，上臂的动作都在肩的水平面以下。"他做了几个最常见的舞蹈姿势，"女人跳舞胳臂才在肩以上挥动。"他又做了几个女人的舞蹈动作，使我发笑。"可穆罕默德·阿麦德呢，偏偏他要这样跳舞。"他学起他的样儿来，是"女式"的。

是的，原来我只觉得穆罕默德·阿麦德舞跳得很好，差不多谁家结婚都要请他去跳，但他跳的时候围观的年轻人又坏笑，我也觉着好像有一点不对头，经伊敏一说，恍然大悟。

"再比如说，我们维吾尔男人没有做饭的，特别是没结婚的巴郎子（此处指小伙子），哪有这样拉面条的？"他又学起他拉面的样子来，"就连骂人，他用的也都是些女人的话。打架吧，他撞头，而男人打架，可以用拳头，可以动刀子，就是不准撞头……"最后他总结说，"我们不喜欢他这个样子。"

伊敏的话并没有使我完全信服，例如拉面，为什么小伙子就不能做饭呢？根据我的观察，穆罕默德·阿麦德虽然家境困难，父亲有病，威信、地位极低，但是他有洁癖，类似拉面条、整理屋子这一类事，他不放心他妈妈去做，而家里又没有一个能干的、年龄相当的姐妹，所以他就把一部分细活接管了。至于粗活，还是由他母亲及小妹妹们干。但是他毕竟是有一点"事出有因，查无实据"的异于常人的地方，而他的这些"毛病"不可能不引起人们生理上的嫌恶。于是，我决定对他采取保持距离的方针，遇到他邀请我到他家里去，请十次，我去上一两次，而且去了以后就表示我很忙，不能多坐。他和我说这说那，我也是嗯嗯哼哼，爱理不理的。

但是他并不介意，始终对我很热情、礼貌、关心。他与我说话，从来不用粗鄙的字眼，而且神情谦和文明。有一次我生病，嗓子哑了，他给我送了五个鸡蛋，急切地向我论证吞生鸡蛋是治疗嗓子的验方。干活的时候我只要稍嫌沉闷，他就过来搭腔。他好像时时注意着别人，对一切新来的人都负有责任，真像是生产队有分工，由他担任礼宾司接待处干事似的。

我询问了大队代销店一名售货员，这位售货员原是民族学院毕业生，曾经当过疏附县小学教师，一九六二年退职回老家伊犁的。他在南疆时，是穆罕默德·阿麦德的班主任。他告诉我，穆罕默德·阿麦德儿童时期活泼聪颖，功课好，自尊心强，爱激动，各方面发育正常，从十二三岁以后爱和女同学在一起，出现一点或有的女里女气的现象，并不严重，谈不到有什么"问题"，但他因而被人瞧不起，是事实。

我又问我的老房东，既是队委委员、又是虔诚的穆斯林的我的房东老大爷，对这方面的情况只字未挂齿，只是说："他们全家都老实巴交，只是他，太调皮。"又感慨地说："现在的年轻人，没受过苦，光知道享福。我们年轻的时候……"

房东老大娘插嘴说："穆罕默德·阿麦德的母亲，各方面都好，就是鼻子太糟糕……她老是流清鼻涕，她要是做饭，鼻涕就往面盆里、锅里、碗里掉。"说得我们都笑起来了。

随着我维吾尔语知识的增进，我也听懂了穆罕默德·阿麦德与女社员在一起时说的那些调笑的话了。我的天，太可怕了，那种粗鲁和肮脏确实能把我吓一个跟头，虽然我也完全不是什么清幽细腻人儿。有一次他又和她们胡说八道,我皱起眉头转过身去,以维持"非礼四勿"的儒训,我的反应被他注意到了。干活的时候他对我说,本星期六他要请几个"艺术家"(即能歌善舞者)到他家坐坐,希望我也去。我干巴巴地回答说:"不。"他噘起嘴说:"这次你要不来,我可肚子胀了!"我就模仿当地社员的说法回答说:"肚子胀了,放几个屁就好了!"他听了我的话一怔,往后退了一步,显出惊异、失望、难受得几乎是恐惧的表情。他哭丧着脸看着我,像看一个陌生人:"老王哥,您……"他喃喃地说。我只好一笑。

收工以后,他沉重地对我说:"唉,老王哥,您干吗要学习这个维吾尔语呢?您学这个维吾尔语又有什么必要啊!我真不愿意您学会我们的语言啊!"

他的话使我完全摸不着头脑。我解释说学维吾尔语是为了向维吾尔族贫下中农学习,学习维吾尔文化,增强民族团结……他打断我说:"不,不,不!您不应该听懂我们那些脏话,您是从北京来的干部,那些话会污染您的耳朵。瞧,您也说起这些脏话来了,我真心疼啊!您如果学维吾尔语,就学那些文明的、美妙的、诗一样的话好了,您知道纳瓦依吗?"

我摇摇头,于是他向我介绍了中世纪维吾尔族伟大诗人纳瓦依的情况,他把我拉到他家,从条案的精装书丛里拿出一本又厚又重、如果是汉文大概相当于五十万字篇幅的书《纳瓦依》,他问:"老文字您认识吗?"我点点头。"这本书我看过五遍了,作者是苏联乌兹别克斯坦的阿衣别克,您看您看。"他匆忙地翻着书,"这就是纳瓦依诗里的两句。"他先用维吾尔文朗诵,再给我逐字解释,诗是这样的:

  烛光虽小,却照亮了一间屋子
    ——因为它正直,

  闪电虽大,却不能留下什么,
    ——因为它弯曲。

他读纳瓦依的诗的时候半闭着眼,一副沉醉的表情。

"您看您看。"他又翻出了几张插图,"这就是女主人公狄丽达尔,狄丽达尔多漂亮啊!你看这风景,这池塘,这花和草,多像我们喀什噶尔啊!阿尔斯兰爱上了狄丽达尔,却受到暴君苏里坦的破坏,勇敢的狄丽达尔杀死了卫兵,从王宫里逃跑了。奸臣阿拜克抓住狄丽达尔要把她处死,但是担任过宰相的纳瓦依把她赦免了。老王哥,你看看吧,书上并没有这样说,但是依我的看法,准是诗人纳瓦依也爱上了狄丽达尔了,那么漂亮的丫头!要不为什么纳瓦依那么快就赦免了她呢?"

从此,穆罕默德·阿麦德成了我读的维吾尔文文学书籍的主要供应者。他帮助我解决文字上的疑难,同时与我一起对书的内容进行热烈的讨论。以我的看法,阿衣别克的《纳瓦依》不能算是写得非常好,语言还不如他写的另一本书《圣血》。至于说书中的纳瓦依也爱上了狄丽达尔,更纯属穆罕默德·阿麦德的独家发明。但穆罕默德·阿麦德对于纳瓦依的崇敬,对这本书的热爱,对书中人物命运的关切,却给我留下了深刻的印象。纳瓦依的许多诗句,特别是他的"忧伤是歌曲的灵魂"的名言,确实使我五体投地。后来我不无嘲弄之意地想到:其实不是几个世纪以前的大诗人、政治家纳瓦依,而是这个叫人哭笑不得的穆罕默德·阿麦德爱上了书中的狄丽达尔,瞧他说起狄丽达尔时半闭着眼、温柔多情的样子,活像刚刚得到了那位天仙般的少女的一吻呢。

我从他那儿还借到过高尔基的《在人间》、奥斯特洛夫斯基的《暴风雨中诞生的》(译名是《暴风雨的孩子们》)的维吾尔文译本。还有一位吉尔吉斯作家原著的《我们时代的人们》,写得好笑极了。特别是塔吉克作家艾尼写的《往事》,对于布哈拉经院的记述,确实漂亮。还有一位哈萨克作家写的《骆驼羔一样的眼睛》,也很动人……就这样,穆罕默德·阿麦德帮助我认识了维吾尔乃至整个中亚细亚突厥语系各民族语言、文化的瑰丽,他教会了我维吾尔语中最美丽、最富有表现力和诗意的那些部分。我将永远感激他。

一九六六年夏,大学因"文化大革命"而停止招生,我们队来了一位维吾尔姑娘、高中毕业生玛依奴尔。她爸爸原在某县当干部,据说当过科长,后因"有问题"退职,现在我们队劳动。她的家要比一般农民富得多,她妈妈腕子上戴着手镯,耳朵上挂着宝石。她家里有崭新的铜床、缝纫机和自行车。玛依奴尔本来在伊宁市寄宿中学读书,一心要考大学中文系的,结果,运动来了,还乡生产。

玛依奴尔个儿不太高,很壮,面色白里透红,眉眼舒展,脸型随她爸爸,略显扁平,经常穿一件浅色衬衫,深色裙子、短袜套,白色或蓝色球鞋。她的脚很大,更显得青春焕发,有劲。她举止大方,虽有头巾却常常把头发露在外面。裙子下面的腿也赤裸着一部分,一派城里人、中学生的气派。在农村,是没有哪个女人敢露出头发露出腿来的。

很快就传出了玛依奴尔与穆罕默德·阿麦德相好的说法。不用说,对于玛依奴尔,穆罕默德·阿麦德更是恪尽礼宾和接待的职守,他们两个一见面就说到一块儿去了。干活的时候抬"抬把子"(一种运重物工具,不用肩挑,而是两个人一前一后用手抓着抬),本来大家都是男找男、女找女结伴的,偏偏穆罕默德·阿麦德与玛依奴尔组成一对,玛依奴尔在前,他在后,一面抬土,一面还一唱一和地哼着歌儿,那样子真像学生下乡义务劳动。说实在的,有了这位洋溢着活力的玛依奴尔,倒是带动他干活时多卖了不少力气。我注意到,他那把微型砍土镘也不拿出来了,而是用了一把他大妹妹平常用的略大一些的砍土镘。他和女社员的下流谈笑也中止了,相反,在玛依奴尔面前,他彬彬有礼俨然学长。

他们两个交换书看,玛依奴尔汉文比他好,能看汉文小说,给他讲过好几个汉族古代寓言故事,像"晏子使楚""二桃杀三士",他听起来非常入神。"老王哥,我要学汉文,借我一本书看吧。"他对我说。我能给他什么书呢?只有那么几本。他学了两天,不耐烦了,

"攻击"起汉语来了："什么汉语，枪也是 qiang，墙也是 qiang，抢也是 qiang，让人笑死了！"

有时候工间休息时，他们脱离开"群众"，躲在一边互相教唱歌。玛依奴尔教穆罕默德·阿麦德用汉语唱《大海航行靠舵手》和《我们走在大路上》，他学得很快，但常常在每一句歌词后面加一点维吾尔音乐式装饰尾音。他教给玛依奴尔唱喀什噶尔的民歌，这些民歌当时是属于应"破"的"四旧"的范围的，所以当他们俩唱这些歌曲的时候，我总有点惴惴不安，东张西望，客观上起了替他们望风的作用。遇到远远有什么可疑的生人，我便制止他们："别唱了！"两个兴高采烈的年轻人莫名其妙地抬起头来望着我，那种纯真无瑕的神态真叫人高兴。我觉得，有了穆罕默德·阿麦德，玛依奴尔的学生生活好像恢复了。他们有时候还相互出智力测验题，在土地上用树棍画三角形和圆呢。但农民们却觉得看不惯了，同时在一般舆论里，颇有一种对穆罕默德·阿麦德癞蛤蟆想吃天鹅肉的不平。

我个人倒是很为他庆幸。我希望玛依奴尔能把他带得更勤劳、正派一些。我同时还以为，通过与玛依奴尔的相好，他那些不够健康的心理和举止将得以校正。

但是传出来了玛依奴尔父亲的声明，说是娶他的女儿没有一千五百块钱的聘礼和五十尺布票是办不到的。

有一次工间休息的时候，穆罕默德·阿麦德帮助玛依奴尔去寻找一种叫做"牛奶草根"的维吾尔女孩子喜欢用来咀嚼洁齿的植物，独眼伊敏走过去开了一句玩笑，穆罕默德·阿麦德狂怒得像一头见了红布的公牛。他一头向伊敏顶去，伊敏早有准备，轻轻一躲，结果穆罕默德·阿麦德自己摔了一个马趴。大家过去劝阻，玛依奴尔也吓呆了。穆罕默德·阿麦德摔了一脸的血，我把他扶回了家。劝慰之后，我问道："你是喜欢玛依奴尔吗？"

他苦笑了，接连摇头："怎么可能呢？我家里是什么样？她家里是什么样？我能娶到她吗？"

"可你也该考虑考虑自己成家的事了,你有二十四五了吧?父母老了,妹妹小,家里没人照管……"

"不,我不结婚,我一辈子也不结婚。"他的回答使我一阵反胃,我又想起那些关于他的传言来了。

"依我现在的状况,有什么样的丫头能跟我呢?上个月五大队的一个姨姨来给我说媒,后来一问,原来那个丫头从小长秃疮——是个秃子。姨姨介绍说,那丫头戴上头巾以后并不难看,我哭了,我大哭了……"他一边说,一边用手梳着自己的鬈发,"我现在好一些了,你别走,我给你做饭吃……"

我没吃,心里觉得什么味儿都有。

渐渐地,我发现玛依努尔也开始与他疏远、保持距离了。他的小砍土镘又重新换了回来。不久,发生了玛依奴尔的父亲逼婚和玛依奴尔逃婚事件。她父亲贪图财礼把玛依奴尔许配给伊宁市一个木匠,玛依奴尔不干,找穆罕默德·阿麦德商量,然后玛依奴尔就不见了,都说是穆罕默德·阿麦德帮她跑掉了的。对这种说法,他既不承认也不否认。玛依奴尔的爸爸找他,他对玛依奴尔在哪里不置一词,但据理力争,批评玛依奴尔的爸爸包办子女婚姻不对:"你这是卖女儿!你这是毁掉你女儿的终生幸福!你这是违犯婚姻法!"

"乌龟头!你还给我讲婚姻法?你才违犯婚姻法呢?你这是卖……"底下的辱骂是不能写下的,那是维吾尔语中最下流的话,我曾经从与穆罕默德·阿麦德有关的事情里听到过。

他这次没有撞头,他双手交叉在胸前,低垂着头。打架只能和平辈打,骂架也是如此,对于上一辈人,他保持着应有的礼节,打不还手,骂不还口,他只是沉默着。

玛依奴尔的父亲威胁说,如果三天之内穆罕默德·阿麦德不把他女儿交出来,就把穆罕默德·阿麦德像宰一只羊一样地宰掉。"我挤干你的血!"前科长大喝道。

但是穆罕默德不为所动,当然,他的血也照样在他自己的血管里奔流。半年以后，玛依奴尔回来了，她显得大多了，也漂亮多了。他父亲终于让步了，退了那个木匠的婚。我悄悄问玛依奴尔前一段跑到哪里去了，她说："还是穆罕默德·阿麦德哥好！他给我买了汽车票又写了信指了路，这半年，我躲在尼勒克县他的一个远亲那里。我本来还不敢跑呢，是他给我出主意，打气……真是个好人啊，可惜……"她摇摇头。谁知道她说的"可惜"都包含了些什么呢？

又过了半年，玛依奴尔与七生产队的文书雅阔甫结了婚。雅阔甫高大健壮，文化不太高，但人很聪敏，最近又入了党。他早先在察布查尔林场放木排，家里颇有积蓄。他家的苹果园和葡萄架，果木品种都是最好的，家里只有一个寡母，对他极为疼爱。我也不能不承认这确实是玛依奴尔的佳偶。

玛依奴尔办喜事那几天，穆罕默德·阿麦德的话特别多，和男男女女胡打胡闹胡笑，和阿细罕撕过来滚过去，无所不用其极，以至有人说他在去伊宁市的公路上捡到了一块手表，都快乐疯了。胡闹只要一停下来，他的神情便充满沮丧（也许只有我注意到他的神情了吧），而他一旦发现我心疼（我也终于为他"心疼"了）地看着他，他就立刻找人胡骂乱笑地出一通丑。"这样的人实在不可救药，怎么能配玛依奴尔呢？"连我也这样想了。然后他得了整整半个月的牙疼病，左下巴肿得老高，叼着一个手帕角淌口水，样子真是难看极了。

后来，当有的社员用同情的口气说起穆罕默德对玛依奴尔的情义，为玛依奴尔的幸福而不辞劳苦艰险，但最后他白辛苦一场，一无所得，玛依奴尔还是嫁了别人的时候，独眼伊敏取笑说："那有什么办法？他能娶丫头吗？他只能嫁……"他中途停止了笑话，知道那笑话是太恶毒了，但还是有许多人笑了起来。

穆罕默德·阿麦德一家渐渐在伊犁地区站稳了脚跟，有点家底了。伊犁河谷，这是多么富饶的地方，尽管"文化大革命"搞得全国都乱糟糟，伊犁河谷的少数民族农民相对来说还算比较逍遥。尽管农民的生财之道关卡重重,但与内地汉族农民相比,这儿少数民族农民的日子,还算有点相对的灵活性。养头奶牛,养个羊,栽个葡萄,编个扫把,马马虎虎还是可以挣下几个钱的。加上从一九六五年以来,自治区党委号召各地搞社会主义新农村的规划建设,"文化大革命"中,这个规划建设并没有停止,所以这里的农村尽管问题很多,积极性调动不起来,但生活仍然在慢慢腾腾地运行,有它相对的稳定性。这样,到了一九六九年,包括穆罕默德·阿麦德家在内的大多数农民,在庄子附近统一规划的地段上,按每家九分地的标准(这是关内汉族农民做梦也不敢想的)修建起自己的新房庭院来了。很长一段时间,穆罕默德·阿麦德显得不那么活跃了,他起早贪黑地在生产队干部和众位社员的帮助之下和泥、打土墙、脱土坯,买梁木和椽子、苇席,买石灰,垒墙,做门窗……总之,勤劳的李顺大[①]所难以完成的大业,懒惰的穆罕默德·阿麦德却正在顺利地完成着。

其实,也不能说他懒惰了,光土坯他就脱了好几万,等到上顶子的时候,他都快累成个黑瘦的小老头儿了。

社员们全力以赴地给他帮忙,否则光靠他自己盖房,没门儿。其中帮忙最多的人之一是独眼伊敏。据说由于独眼伊敏的奔走,他买建筑材料节省了一百多块钱。到上顶子的时候,包括我在内,有二十几个人给他帮工。

他真心感谢大家,再也不发那一套扬南(疆)抑北(疆)的牢骚了。房子基本完工以后,他做了一大锅抓饭,招待我们这些为他的房子出过力的人。吃过抓饭以后,每四个人面前摆上一盘爆炒羊肉,放上一瓶"伊犁大曲"。在一九六九年,酒是稀罕物,这也是伊敏帮他搞的,大家顿时活跃起来。

酒过三巡,醉眼惺忪的我们都唱起来了。大家唱完了以后,穆罕默德·阿麦德突然清了清喉咙,大声唱道:

[①] 李顺大,当代作家高晓声的短篇小说《李顺大造屋》中的主人公。

> 在我死后,在我死后你把我埋在哪方?
> 埋在大道旁?哦,我不愿埋在大道旁,
> 那里人来车往,人来车往是多么喧嚷。
> 埋在戈壁上?哦,我不愿埋在戈壁上,
> 那里天高地阔,天高地阔是多么荒凉。

他的歌使我一惊,新房落成,是喜事啊,怎么唱起这样丧气的歌儿来呢?而且他唱得非常好,没有那种女声女气。

我不解地看了他一眼。他好像明白了,便悄悄用汉语对我说:"盖房有什么意思,我真想去当特务!"

他的"特"字发成"tie"音,好像是说当"梯益鹅务",非常好笑。我当时只当做他又犯了疯病,胡说八道,根本没往心里去。

谁知道他后来的命运竟真的和"梯益鹅务"有了点关系呢!

一九七〇年,大队进驻了由贫下中农代表、下乡知青、兵团农工组成的宣传队。我的房东老大娘称之为"多普卡"队,开始我还以为是一个俄语借词,后来才知道是"斗批改"的维化读法。

这个"多普卡"队一进村,不到两个星期就抓出了一个"反革命集团",他们这个"集团"是怎么抓出来的,至今都是一个谜。反正公社、大队都开了好几次斗争会,每次会上"反革命"都满满地站一台,不但有"喷气式",而且上手铐、绑绳索,惊心动魄。本大队这个"集团"的首领是前科长、玛侬奴尔的爸爸(按:平心而论,揪出来的很大一部分人多少都有点劣迹民愤,当然大多是"事出有因,查无实据"),成员愈揪愈多。没几天,"多普卡"队正式宣布,穆罕默德·阿麦德是反革命集团成员,任反革命集团的"特务"。穆罕默德·阿麦德被叫到"多普卡"队去夜审,据说给他上了手铐,抽了他几鞭子,不但审问了他的"特务"问题,而且审问了他的生理状况——是不是阴阳人。知情的人说,与前科长等"骨干分子"相比,他的皮肉之苦算是相当轻的,但他惨叫得厉害,又连连叩头,洋相百出。关于特务问题,他承认他确实说过想当"特务"——"梯益鹅务"。关于生理状况,他保证无异常,只要宣传队"饶我这一小勺血"(犹汉语"饶我一条狗命"),他一定立即娶妻,瘸子秃子瞎子哑巴都行,而且一年之内一定生个孩子给宣传队看。

开始,对穆罕默德·阿麦德被宣布为特务,我也有些紧张,这究竟是怎么回事啊!特务,这可不得了啊!后来又感到不解,"反革命集团的特务",这是什么意思呢?是"反革命集团"把他从喀什派到我社我队来当特务的?难道他真的和克格勃或者美国还有台湾挂上了钩?这实在无法想象。及至后来听到"审讯"的情景,更是急不得恼不得哭不得笑不得。传出来的报道里最绝的是,在穆罕默德·阿麦德保证娶妻生子以后,负责审讯他并抽了他一鞭子的一位"多普卡"队积极分子问道:

"那你能保证孩子是你的吗?"

"我保证孩子一定长得像我,再不信你们可以派人……"底下的话不能记了。

抽他一鞭子的嫉恶如仇的积极分子也噗地一笑,估计那笑容是美的,据说积极分子还教育了他一顿,教育内容里有一项,就是以后再不要看"乱七八糟的小说"。第二天,穆罕默德·阿麦德把全部小说都上缴了。

不久,传来了北京周总理的指示,定"反革命集团"要报中央批准。这也是使我至今感到惊叹的,周总理在北京,却能掌握这里的情况,他的指示救了这里的多少人!"多普卡"立刻如撒了气的皮球,像牛一样开始的"反革命集团",却像耗子似的结束了。

"多普卡"队工作后期,需要清理文件,不知道他们怎么发现了我这个"人才",队长宣布可以对我"控制使用"。我有幸与闻机要一个时期,看到了有关穆罕默德·阿麦德的维吾尔文罪行材料,材料很简单,全文如下:

穆罕默德·阿麦德,男,二十八岁,南疆疏附县人,家庭出身贫农,文化程度中专肄业。

　　该犯一贯思想反动,好逸恶劳,崇媚资、修,在一九六九、一九七〇年曾两次宣称要当特务,实属丧心病狂,罪大恶极。处理意见,建议处以极刑,或无期徒刑、或有期徒刑、或管制改造。

　　后面有几份旁证材料,第一份便是独眼伊敏所写。关于独眼伊敏以及这份别有特色的"罪行材料",特别是近乎荒诞的"处理意见",那将是另一篇小说的素材了。

　　尽管这个"多普卡"队确实搞得很糟,完全可以称之为解放以来最最糟糕的宣传队,它至今臭名不散,但相当一部分社员说:"这回把穆罕默德·阿麦德收拾了个美!"他们似乎认为,这个"收拾"对穆罕默德·阿麦德还是有益的和必要的。

　　过了一段时间,我见到了穆罕默德·阿麦德,他形容憔悴,态度"老实"。我没有和他多谈,也无法多谈,可能我也不敢或不愿与这个有过"特嫌"的人过往太密吧?不久,我就离开伊犁,到乌鲁木齐南郊上"五七干校"去了。

　　一九七三年,我们全家从伊宁市迁往乌鲁木齐,我回伊宁市搬家,行前我到毛拉圩孜和乡亲们正式告别。穆罕默德·阿麦德闻讯气喘吁吁地赶来,要我到他家吃晚饭,但为搬家事我必须当晚赶回伊宁市,不能从命。他神态怅然。他还塞给我九块钱,并说起了一九六五年向我借过十块钱的事,他说他一时实在找不出第十块钱来了,准备不久去南疆娶亲路经乌鲁木齐时给我带点土特产。我已经完全忘掉了借钱的事,他的还钱反而使我不安起来,联想到八年前借钱的场合和我的不快感,更觉得惭愧,所以我极力推辞,但他还是坚持还了这九块钱。我想,这大概也是维吾尔人的一种礼法吧,人在,早还债晚还债可以不那么认真,人走了,那就要清清楚楚。

　　就是这一次,我终于听到了他即将卖掉奶牛去南疆娶妻的消息,我高兴地祝贺他,他漠然。

一晃，就过去了八年，这八年，国家发生了翻天覆地的变化，我个人的境况也大不相同。一九七九年以前，在乌鲁木齐我一直没有见到他，也不知道他娶上了媳妇没有。一直到七四年，我还念叨过几回，后来也就不提了。及至到了北京，公私诸事，每天都是铺天盖地，我如牛负重，顾不上想到他。偶尔见到远道而来的新疆朋友，特别是少数民族朋友，我们也会一起回忆一下新疆的事情，也会提及毛拉圩孜公社的某人某事，但我很少提到过他，他能算个什么呢？

一九八一年九月，我重访阔别多年的伊犁和毛拉圩孜公社。在伊宁市，不论是老客运站旁的自由市场，还是绿洲俱乐部前深夜点着电石灯卖土造啤酒和葵花籽的儿童，不论是斯大林街与解放路交接处食品门市部的从丰富变得萧条、又从萧条变得充实而且琳琅满目的柜台，还是州党委画着镰刀斧头的办公灰楼，也不论是街道两旁白杨树下潺潺流着清水的小渠沟，还是小渠旁卖莫合烟的道貌岸然的长须老汉和刘晓庆的翻印影照，都使我觉得亲切、留恋、感慨而又有一种说不出的怅惘。

踏上毛拉圩孜公社的土地，更使我百感交集。想不到，来到这里我几乎迷了路。一九六五年（就是我初来的那一年）制定的建设五好新农村（好条田、好林带、好道路、好渠道、好居民点）的规划业已全部完成，包括我住过的房子在内的旧房子已全部拆除。我和穆罕默德·阿麦德所属的三大队第五生产队的地与第七生产队进行了部分调换，原来五队队部附近的田地与住房地给了七队，换回了七队在伊犁河沿的农田。这样，五队的全部活动领域，都迁到原来的小庄子一带去了。

我终于在新房新桥新树处找到了通往庄子的旧路，笔直的大土路，是我们当年修的。现在路上行走着的除了当年常见的皮轱辘与四轱辘马车和高轮牛车以外，还有当年未曾见过的一辆又一辆大队属与公社属卡车，还有一辆崭新的既可以乘坐六人又可以拉五百公斤货物的日本进口的生活车，而大大小小的自行车，几乎全部取代了当年代步的毛驴。

大路两旁的十行白杨树呢？这些当年我和穆罕默德·阿麦德等人一起栽下的瘦骨伶仃的小树苗子，已经都变成了参天的巨人。说实话，当年看到树苗子那副可怜相，我颇怀疑过它们能不能活下去，现在呢，脖子仰酸了也看不全一棵树的树冠和树上的鸟雀喽！

然后是我们挖过土的综合水磨，这个水磨从一九六五年底开工，一九六六年秋天"文化大革命"开始以后由于队里闹"夺权"停下来了，此后上上停停，变成了持久战与消耗战。光是州上的技术员就请来了好几趟，每次都要杀鸡宰羊拉面焖饭伺候，直到一九七一年我去干校前夕才完成了第一期工程。报上发了消息，说这证明了"文化大革命"不但不妨碍生产，而且革命就是解放生产力，就是促生产……现在的水磨，包括了磨面、舂米、榨油、弹花的全套设施。虽然队里已经实现了电气化，有更加方便迅速的电动粮棉油加工设备，但水磨收费要便宜得多，所以这里熙熙攘攘，十分热闹。当我在人群中发现了老相识，我也被人群发现以后，一连串握手、问候，让人激动得喘不过气来。

愈走近庄子，农村的变化就愈显著，我也就愈发惦记起穆罕默德·阿麦德来。过去荒芜杂乱的伊犁河沿，现在多么繁荣了啊！房屋院落成行，医院、学校、供销门市部、农具仓、粮仓、马鹿饲养场一应俱全，电灯电线，好一副热闹景象。只是不知道穆罕默德·阿麦德怎么样了。得知这里已经实行了联产计酬、专业承包，再一想起他那个耳挖勺似的小砍土镘和那副软懒散的样子，我心想，一搞责任制他恐怕要饿饭、卖裤子吧？

他的院子还在老地方，但我也是在一个小孩子引导下才找到的。首先看到他的新院门，有一个小小的遮雨的门楼，门是两扇，漆上了酱色油漆，还有圆圆的一对铜门环，颇有点讲究。我刚一推门，就传来了看家狗的凶恶的吠声，一个穿着红背心、秃头、两臂肌肉发达、俯着身在一辆倒扣着的拉拉车上干活的庄稼汉回过了身，还没等我反应过来,他先叫了一声:"老王哥!是您吗?是您在这里吗?您还在这里吗?"

这就是穆罕默德·阿麦德吗?是他,是他啊!声音还是那样温和,拉着长调,然而他的形象已经是一个不折不扣的老农了。色彩鲜明的背心掩盖不住他的秃顶和满脸的皱纹,他的脸孔不像原来那么黑,而是黄多了,下巴似乎有一点下垂——他胖了,但腮部肌肉显得松弛,满脸的黑胡子茬儿。特别是眼睛,眼睛已经远远不像从前那样灵活,那样洋溢着幻想、热情、调皮捣蛋时而又灰心丧气的明明灭灭的神采了。倒是他两臂的肌肉,显然比原来健壮多了,整个腰板也显得粗实了些。

"这不就是我吗?我在呢!我这不是来了吗?"我用在北京已经变得生疏、一到这块土地上立刻又变得纯熟了的维吾尔语回答,"怎么样?你可好?身体健康?老爹和老妈妈呢?妹妹可都好?你成家了吧?有妻室儿女了吗?他们在哪里?"

他一一回答:"好好,好好,感谢真主,托党的福。爸爸已经过去三年了,妈妈还很硬朗。两个妹妹都出嫁了,大妹妹已经有了孩子。我是七三年结的婚,有两个儿子,妻子回南疆探亲去了……"他一面说,一面摘下挂在葡萄架上的硬盖帽子往头上戴。

"你的头发是怎么回事?"我忍不住问。

"唉,老王哥。"他又摘下了帽子,让我看他的秃顶,"您说这是怎么回事呢?我又有多少办法?从娶了媳妇以后,我年年掉头发,这不是,都成了秃子了,唉,唉,唉!"

他的话仍然像从前那样好笑,然而他自己一点也不笑,一副一本正经的样子。

他的房子在原有基础上扩建了两间,这两间布置得非常漂亮,新花毡,单人铜骨床上整齐地叠放着新被褥和好几个大枕头。大枕头掖进去下两角而揪出上两角,斜靠着墙置放着,形状像个大元宝。条案上有一台名牌收音机,屋里还有缝纫机。

墙角上悬挂着的是他妻子的镶在镜框里的照片,年轻而又俊秀,辫子长长的,一双眼睛似乎像受了惊的黄羊。他规规矩矩地并起两腿,跪坐在毡子上,臀部压着自己的脚后跟,一副标准的敬客的姿势。他告诉我,他一九七三年经乌鲁木齐去了南疆喀什噶尔,为了节约住宿费,不敢耽搁,没能去找我。去到疏附县以后,由于他带的钱不多,娶不上太好的媳妇。最后别人给他领来了一个骨瘦如柴,脸上、脖子上、身上都长着白癜风的小丫头,他实在不想要,但一想到家庭的实际困难、周围的舆论,只好把这个丫头拿走了(维吾尔语讲到娶媳妇时用的这个词儿,可译成"取",即娶,可译成"拿",也可译成"买"。在这里,这几个意思都是贴切的)。

"她哪里有白癜风?漂亮得很呀!这不正是你的狄丽达尔吗?"我指着照片说。

"每个人有每个人的狄丽达尔。"他巧妙地回答说(狄丽达尔可译作"心上人"),"那是后来,她的病好了。"他回答的时候脸红了一下,好像还有点不好意思呢。

见过了老太太和欢蹦乱跳的两个小子以后,来了许多人,"大半斤"、爆炒、伊犁大曲,同样的乡亲的心。席间,我问到他的生活情况,他的话很少,别人代答加以评议的却很多。人们抢着告诉我,穆罕默德·阿麦德这些年是彻底改邪归正了,像个庄稼人一样地劳动、一样地过日子,而过去的那些毛病,都改掉了。说这些时,他静静地听着,有时还笑一笑,表示他的首肯和并不避讳谈自己的变化。当我问到实行联产计酬以后他挣得上钱挣不上钱时,独眼伊敏代答说:"老王哥,你放心吧!这儿一贯彻按劳取酬,穆罕默德一夜之间就换一把特大号砍土镘,这个贼娃子(犹汉语'这小子')奸着呢!"

"那把小砍土镘呢?留下展览,当做大锅饭的见证吧。"我说。大家都笑了,但穆罕默德·阿麦德没有笑。

后来话题集中到他的妻子阿娜尔古丽身上,伊敏说:"这件事穆罕默德·阿麦德办得实在糊涂!阿娜尔古丽从那个吃不饱肚子的南疆来到咱们伊犁,也长胖了也出息了也俊了。穆罕默德·阿麦德花了不少钱请维医给她治疗,病也治好了,当真像一朵石榴花开了(阿娜尔古丽本意是石榴花),却把她放走了……穆罕默德·阿麦德兄弟,这次走的时候你给她带上了多少钱?"

"三百块。"他嗫嗫嚅嚅地回答。

"那就更不回来了。"伊敏叫道,"她一定拿这笔钱给她弟弟办婚事去了!"

"算了,南疆现在也富啦。"玛依奴尔的丈夫,七队文书雅阔甫插嘴说。

"那就更不回来了,南疆富了,人家何必还往北疆跑!"伊敏的逻辑是颠扑不破的,不论怎么说,阿娜尔古丽不会回来了。

穆罕默德·阿麦德的神色确实有一点忧伤,为了换一个话题,我建议他打开收音机,听听歌曲。

美妙的维吾尔歌曲在室内响起来了,他听着这些歌,却失去了当年对于歌舞的迷恋冲动,他的眼神是呆滞的。人们告辞以后,我们拧低了音量,彼此谈了很久,我决定,就在他家过夜了。

后来我忽然想起了一个问题:"我有一个问题想问你,希望你不要生气。"我说,他连忙摇头。"六九年你说要当特务,这到底是怎么回事,你果真想给外国……"

"没有的事!"他果断地一挥手,脸上显出了一丝笑意,"那时候我很寂寞。"他解释说,沉吟了一下,"你知道我爱看电影,我觉得电影上那些特务的生活挺有意思,搂着美女,戴着黑眼镜,又开汽车又坐船……我就胡说起来了……唉,年轻,不懂事,傻瓜蛋呀!"

我不由得笑了。

"他们好厉害呀!老王哥,把我吓死了。"他回忆起那不快的事情,这样"批评""多普卡"队。

"那那……你那身西服呢?你不是有一张穿西服的照片吗?"为了使他不再想那伤心的往事,我连忙胡乱凑了一个新问题。

"我哪里有西服，那是照相时和一位老师借的。老王哥，你说我穿西服好看吗？"他的眼睛有点亮了，当年的穆罕默德·阿麦德似乎有点影子了。

"好看，好看！"

"……可惜，在阿娜尔古丽面前我也没穿过一次西服，只要她回来，我一定做一身西服去。"

"……她不会不回来吧？"

"难说。"他摇摇头。

他告诉我，阿娜尔古丽嫁给他的时候只有十七岁，是虚报了年龄才领到了结婚证的。初到他家，阿娜尔古丽想妈妈，想弟弟，想南疆，整天哭。她是因为父亲死了，生活困难，她自己条件又不好，才跟了他到伊犁来的。开始他并不喜欢她，她的哭让他可怜起她来了，就对她愈来愈好，给她做拉面，给她讲维汉两个民族的故事、笑话、寓言。"我还给她学电影里的特务的样子，终于把她逗笑了。"他说着，回忆着，欣慰地笑着，"这几年，农村富了，她也发育得丰满了，病也好了……"

"现在，我配不上她了。今年她才二十五岁，而我呢，已经是老头子了。"他指指自己的秃顶。

我算了算，他不过是三十九岁，我说："你离老还远着呢！她要再个回来，你就去南疆找她去吧！"

他苦笑了："那有什么意思，强拽过来的还能是狄丽达尔吗……她已经给我生了两个大儿子了，这家业也是她帮助我挣下的，即使她不回来，也算对得起我了……何况，我在这里的名声……不太好。"他满眼是泪。

我无言地看着墙角的照片，维吾尔人挂照片的这个位置可真艺术，不在某一面墙上，而是专门挂在两面墙形成的夹角上。难道她也和玛依奴尔一样，最后还是要把穆罕默德·阿麦德抛弃吗？不至于吧，不能啊……

忽然,他的两眼发直,抬起臀部,直着腰大声说:"如果她明年再不回来,我就把孩子交给奶奶,卖掉我的奶牛、羊、毛驴、拉拉车和这个铜骨床,我要流浪去,在我们的母亲祖国,在我们伟大的祖国流浪!""伟大的祖国"几个字,他突然改用汉语说,他的两眼发出了邪而热的光。他站起来,用朗诵诗式的腔调喊道:"我要去北京、上海、哈尔滨、广州,还有香港……"

他拿下都塔尔,拨动两根琴弦,唱起来了:

> 我也要去啊,我也要云游四方,
> 我要看看这世界是什么模样,
> 我要看看这世界是什么模样。
> 我要走很远很远的路,
> 我要越过高山和大江。
> 安拉会佑护我吗?能不能平安健康?
> 我愿能够归来,或许能回来,
> 回到生我长我的地方,
> 回到我亲爱的故乡!

这个歌儿我也会唱,已经好久没有唱过也没有听人唱过了。看他现在唱得多么来劲、忧伤、邪性啊。哦,穆罕默德·阿麦德,你还是穆罕默德·阿麦德,你还是穆罕默德·阿麦德啊!

发表于《人民文学》1983 年第 6 期

虚掩的土屋小院

用三块长短不一、薄厚不一的木板钉起的木门,当然更不曾油漆,也没有门槛,代替门框的是埋在土里的、摇摇晃晃的两根柱子,门上只有一条由三个椭圆形的铁环组成的铁链,当家中无人的时候,最后一个椭圆链环扣套在右面木柱的铁鼻上,再挂上一个长长的铁锁。铁锁是老式的,在我年幼的时候,常常看到这种式样的长铜锁。开这种锁的钥匙实在太简单了,给我一根铁丝哪怕是一根木棍吧,我将在一分钟之内给您把锁打开。

据说从前有一段时间,伊犁农村连这样的由小小的铁匠炉土法打制的锁也没有人用。简朴的生活,简单得不能再简单的财产,稀少的人烟和罕见的、因而是高贵的过客,不发达的商品生产与商品交换,这一切都不产生使用锁的需要。农家院落里的果树上的果实吗?仕君挑选。维吾尔、哈萨克人认为,支付给客人享用的一切,将双倍地从胡大那边得到报偿。客人从你的一株果树上吃了一百个苹果,那么这一株树明年会多结二百个——也许是一千个更大更甜更芳香的苹果。客人喝了你家的一碗牛奶,明天你的奶牛说不定会多出五碗奶。多么美丽的信念啊!

那个时候伊犁的农民也养鸡,但他们并不重视去捡拾鸡蛋(至今伊犁农民认为鸡蛋是热性的,吃多了会上火)。鸡都是自由地走来走去,没有鸡窝。有时候一只母鸡许多天不见了,主人也顾不上去寻找它。一个月以后,突然,母鸡出现了,后面带着十几只叽叽喳喳的雏鸡,主人的孩子将先期发现这样的奇迹,欢呼着去报告自己的爹娘,而对于报告喜讯的人,按照维吾尔人的礼节,应该给以优厚的款待和报偿。

从一九六五年到一九七一年我生活过的这个伊犁维吾尔农家小院,位于乌(鲁木齐)伊(犁)公路(老线)一侧,每天车来人往,尘土飞扬。当然,那时候房东穆敏老爹和阿依穆罕大娘已经使用那把锈迹斑斑的锁了。然而,纯朴的古风毕竟没有完全灭绝,我们小院木门上的铁链的最后一个椭圆上,经常挂着的是一把并未压下簧去的锁,就是说,这把锁仍然是象征主义而不是现实主义的。也有些时候,连象征主义的锁都不用,最后一个椭圆上的铁鼻里,插着的是随手捡起的一块木片乃至一根草棍,到这时,连象征都没有了,只剩下超现实、形而上的符号逻辑了。

一九七一年,我离开这里不久以后,先是公路改了线,为了安全也为了取直,路不从村中经过了,小院马上变得安静起来。紧接着,小院拆毁了,按照建设规划,这里应该修一条路。现时,这条路已经修好了,一条乡村的土路,然而是笔直的,通过田野,通过小麦、玉米、胡麻、油菜、苜蓿、豌豆和蚕豆,越过一道又一道的灌水渠,路两旁是田间的防护林带,参天的青杨,青杨上栖息着许多吱吱喳喳的鸟雀。当人们走过这条安谧的田间土路的时候,将不会再想起,这里本来是一个不大上锁的农家院落。

房东大娘名叫阿依穆罕,一九六五年我住进她家的时候她已经头发白了大半,满脸而且满手的皱纹。然而,她还有很好的、我要说是少女一样的身材,苗条,修长,动作灵活。她的皮肤白里透着一点粉红,瓜子脸,大眼睛,细长的眉毛,任何人都会不由自主地想到她年轻时候的美丽。她的长相——后来我发现——是多么像中央电视台播放的英语讲座《跟我学》节目的解说人之一、澳大利亚的凯瑟琳·弗劳尔啊!每逢我观看《跟我学》这个有趣的节目的时候,我都忍不住要想起阿依穆罕来,我以为我活脱脱地看到了阿依穆罕年轻的时候的形象。

她最大的爱好大概就是喝茶了，湖南出的那种茯茶，我要说她是像煎中药那样地使用的。一九六六年五月，我来到他们家将近一年了，一天中午，我们一起在枝叶扶疏、阳光摇曳的苹果树下喝奶茶，把干馕泡在奶茶里，这就是一顿饭。经过多日的训练，我已经能够喝下两大碗（每碗可盛水一公斤半）奶茶，对于外来户来说，这是相当可观的"海量"。喝罢三公斤奶茶并吞咽下相应的馕饼以后，我感到了满足也感到了疲倦，便走进我住的那间不足四平方米的小屋，躺在从伊宁市汉人街用十一块钱的代价买来的一条毡子上打盹。迷糊了大约有三刻钟，我起身去劳动。出门以前，看到阿依穆罕仍然坐在二秋子（当地苹果的一个品种）树下喝奶茶，她的对面坐着邻居女人库瓦罕，她是一个铁匠的妻子，年龄比阿依穆罕小个两三岁。她们常在一起说闲话，互通有无，谁做了什么好饭，一定要给对方端一盘或一碗去。我不知道库瓦罕的到来，看来，在刚刚过去的三刻钟里，我还真打了个盹。

这天下午是在离这个小院——我的"家"不远的大片麦田里打埂子准备浇水。新疆的农田浇灌，与内地做法完全不同，这里有一种特殊的粗犷的办法。这里的渠水很大，浇起来浩浩荡荡，所以从来不打畦，也没有垄沟。一块农田，小则五亩六亩，大则十几亩二十亩，就靠一渠水大水漫灌。有经验的农民，把地势看好，然后一是确定在哪几个地方开口子，先后有一定顺序；二是确定在田里哪几个地方打几道土埂子。水有水路，地有地形，从某一个地方开了口子，大水哗哗流进，必然分成几路向低处流去，土埂子恰好就要打在这几路水的必经之路上，前进的大水受到埂子的阻挡之后，必然再次分化，同样，依据地势和水量，其分化路线也是可以预见的，再有几个小埂子一挡……如此，塞而流之，堵而分之，疏而导之，高低不平的田地竟然都能上水，我这个内地的城里人，也委实为之叹为观止了。

不过一九六六年五月我对这套无畦无垄大水漫灌法还全无了

解，虽说是依样画葫芦跟着老社员干，但对为什么要打埂子，挑什么地方打埂子一窍不通，到了地里抓耳搔腮、莫名其妙、愣愣磕磕、木瓜一般。再说，我用不好砍土镘，我用使镢头的办法弯腰撅腚抡砍土镘，角度不对，事倍功半，气喘吁吁，汗流浃背，收效甚微，羞愧难当，深感知识分子改造之必要与艰难。

领导我们干活的便是房东老爹穆敏，说是老爹，其实他五十几岁，身材矮小，双目有神，长须长眉，有德高望重的长者之风。而当时的我，不过才三十一岁，尊称他一声老爹，是适合的。

穆敏对我从来是带着笑容的，但他有一个毛病，带领一批人干活时，他只顾埋头自己干，不管别人，对于我在打埂子中犯难的情形不闻不问。其他几个人也都是闷头干的老头儿……受累并不可怕，就怕干这种不得其门而入的瞎活，那个下午，我算是受了洋罪。

一个半小时过去了，又半个小时过去了，我如热锅上的蚂蚁，只盼着穆敏老爹叫歇，偏偏他就是不叫。有几个老头也向他吆喊了，他点点头，仍然没有叫歇的意思。要是别人，干一个小时就会叫歇，一下午至少要歇两次，我们的这位老爹干活可真积极呀！我已经有点埋怨他了。

终于，人们不等他发话，先后自动停止了手底下的活，把砍土镘立在地里，坐到渠埂上吸烟。穆敏老爹也笑嘻嘻地停止劳动休息了，他不抽烟，只是用袖口揩着额头的汗。我学着用报纸纸条卷烟，用口水粘烟，但卷不紧也粘不牢，点火吸了两口以后，弄得满嘴莫合烟末子，又麻又辣，吐也吐不净。我想起这里离"家"很近，干脆回去漱漱口，喝碗水，倒也清爽——这就是在家门口干活的好处了。

沿着田边的一条满是牲畜粪便的土路走了几步，越过一条干涸了的灌渠，再越过公路，拐一个弯，便是我们的小院，推开三块木板钉成的门，我走进院里，不由一怔。原来，阿依穆罕大娘仍然坐在枝叶扶疏的苹果树下，她的对面仍然坐着邻居女人、皮肤黧黑的库瓦罕。她们的侧面，则坐着住在一墙之隔的大院子里的桑妮亚，桑妮亚是阿依穆罕的继女，相当年轻漂亮，已经有五个孩子，由于孩子的拖累，又由于她有一个精明强悍、会做成衣、会修皮靴、会做饭、能抓钱的丈夫达乌德，她是从不出工下田的。

经过了至少半分钟的思忖以后我才对这个场面做出了判断：原来房东大娘从中午开始喝的这次奶茶仍在继续进行！锅灶也扒出了许多灰，显然又烧了不止一大锅水，挂在木柱上的茶叶口袋，中午我们一起喝茶时还是鼓的，现在已经是瘪瘪的了。摆在树下的小炕桌上铺着桌布（饭单）里放着两张大馕一摞小馕，现在已经掰得七零八落，所剩无几。天啊，这几个维吾尔女人，其中特别是我的房东阿依穆罕大娘可真能喝茶！如果不是亲眼看到我都不能相信，简直能喝干伊犁河！我在书上看到过古人的"彻夜饮"，那是说的喝酒，而且只见如此记载，未见其真实生活。今天，我却看见了"彻日饮"茶！

"请过来，请到桌子这边来，请喝茶！"她们热情地邀请我。我本来是想喝点清水的，因为奶茶太咸又有油，但既然她们盛情相邀，便过去喝了一碗，只喝得浑身透汗，神提目明。我心想，盛春之际，树下畅饮砖茶奶茶，确是边疆兄弟民族农家的人生一乐！

晚上下工以后，大娘宣布，由于没买着肉，不做饭了。伊犁维吾尔人的习惯，吃面条、抓饭、馄饨、饺子、面片之类，叫做"饭"，吃馕喝茶虽然也可充饥，却不算吃饭，只算"饮茶"。这个晚上，又是奶茶与馕。我以为，经过一中午和一下午的"彻日饮"，阿依穆罕可能喝不下去多少了，谁知道，她仍是一如既往地两大碗。

这还不算，饭后一个小时，她还要再精心烧一小壶茶。这种睡前的清茶，有时加一点糖，有时就一点葡萄干或者小馕，边啜饮边谈话，与其说是一种物质的需要，不如说是一种精神的享受。阿依穆罕烧这种清茶的本事也是很高的，先在铁锅里烧半锅开水，把一撮湖南茯砖茶放到一个搪瓷缸里，用葫芦瓢把开水舀入缸子，缸子放到柴灰余烬旁边，既不让水沸腾，又维持一个相当的温度，我想是摄氏九十至九十五度左右吧，在这种情况下，还要掌握一个适宜的时间，大约十至二十分钟,然后倒茶喝。看起来,这个工艺过程很简单,然而在新疆这么多年,我喝的砖茶可谓多矣,没有一处能把茶烧得像阿依穆罕大娘烧的那样好。我自己在家里也烧茯茶,尽量按照我观察学来的方法去做,也从来没有达到过同样的水平。

喝着清茶,我与房东二老轻轻地谈着天,释却了一天的劳乏。阿依穆罕看着茶碗,不动声色地对穆敏老爹说:

"老头子,茶没了,该到供销社去买了。"

目光清明、声音清亮、个子娇小、胡须秀长的穆敏老爹叫了起来:"胡大呀!这个老婆子简直成大傻郎了!一板子茶叶,两公斤,十天就喝完了!"穆敏说话,太阳穴上的青筋蹦出来了,好像受到了突然的击打。他确实是在惊呼,然而满脸仍是笑容,他好像在着急,却仍然充满轻松,他好像在埋怨(甚至有点激昂慷慨),却又充满得意,也可以说是欣赏,或许是在炫耀。这一辈子我见到的各样的人的各式各样表情也多了,但是这种难以言传的"轻松愉快的着急",是只有穆敏老爹才有的。

"你才傻郎呢!"老太婆自言自语,口齿含糊不清,既不理直气壮,也并无愧色。她仍然什么人也不看地说:"不是十天,是十二天。又不是我一个人喝的……反正你明天得给我拿茶来。"

"喂,老太婆,砖茶多少钱一公斤你知道不知道?茶叶是从老远老远的地方运来的,你知道不知道?尤其尤其最重要的,我已经没有钱给你买茶叶了,你知道不知道?"老爹把声调提高了,眉头也皱起来了,说完,哈哈大笑。

阿依穆罕大娘一边拾掇茶碗饭单馕屑一边嘀咕:"我不知道。我不知道。我只知道喝茶。"

"呜——呜,"老爹叹了口气,"可怜的老太婆!"然后他用命令的口吻说:"给我两个小馕!"

"你……"老太婆抬起了头。

"今晚我要去伊犁河沿检查他们的夜班浇水!那个能说会道的

65

马穆特，只会开会的时候没完没了地给干部提意见，干起活来一点也不负责任……昨天晚上他们组浇水，他呼呼地睡大觉，包谷地里的水全跑了……要在旧社会，这样的人不饿死才怪……"老爹恨恨地说。

穆敏是生产队的水利委员，而五月份，是昼夜浇水最紧张忙碌的月份，老爹夜间去巡查浇水的情况，是他这个水利委员分内的事，当然不足为奇。但他事先一点没有说要上夜班，故而阿依穆罕与我听了都一怔。

这也是穆敏老爹性格上的一个特点：他不喜欢预报自己的行动。当大娘问老爹第二天做什么的时候，他常给予的回答是："谁知道呢？"要不就是："让胡大来决定吧。"

老爹解开黑布褡膊，把两个小馕放好，再把褡膊围着腰系紧，临走出房门的时候，回首向老太婆一笑，老太婆跟了出去。我看看天时已晚，便铺床准备睡觉。谁知没过一分钟，听到院里一片喧嚷，噼里扑通，老头喊，老婆叫。我连忙推门走出，只见房东二老正与他们的毛驴"战斗"。

穆敏老爹饲养和用以代步的是一条个儿虽不大，但很结实，毛色棕褐的母驴。一个多月以前，母驴刚刚产了一驹，老爹已经好久没有骑用它，今晚要用，母驴恋驹心切，不肯外出，只是随着老爹的紧抓着缰绳的手打转，嘴被勒得咧开了老大，露出粉红色的牙床和舌头，鼻孔大张，十分丑陋。老爹大喊大叫，脸红脖子粗，硬是指挥失灵。老太婆尖声斥骂母驴，照样无济于事。二老一驴，斗得难解难分。见此场面，我想帮忙又帮不上忙，想笑又不敢笑。母驴伸长了脖子，更激起了老爹的怒火，跳起来照着母驴就是一拳，用力一拉，估计使出了老大的力气，母驴跟着向外走了几步，老爹终于憋足了劲把驴拉到了门外的土台边（维吾尔农家门口大多砌这样一个土台，为骑马骑驴的人上下牲口之用。夏天，人们也可以坐在这里卖呆乘凉）。

穆敏老爹骑上了驴，但母驴仍不肯走，在街心转着圆圈，任凭老爹拳打脚踢，就是不肯就范。最后还是阿依穆罕大娘打开驴圈，把驴驹赶到大路上，果然，母驴精神抖擞地带着小驹子向庄子的方向进发了。

这一夜我睡得很实，大概是白天盲目打埂的活儿把我累坏了。一觉醒来，茶已经烧好，老爹没有回来，我俨然是一家之主，坐在"正座"上喝了茶。不管喝茶还是吃饭，阿依穆罕大娘总是半侧着身坐在靠近锅灶、碗筷的地方，不论吃喝得多么简单，她都是盛好，恭恭敬敬地用双手端给老爹和我，吃完一碗，需要加茶或加饭时，也都由她代劳，她绝不允许我们自己去拿碗拿勺。维吾尔家庭男女的分工是非常明确的。

中午，阿依穆罕一反常例做了拉面。她告诉我，她早晨在供销社门市部排了一个小时队，买了五毛钱羊肉，她估计，老爹中午会回来，"老头子一定会给我带茶叶来的。"她笑眯眯的，说起来挺得意。她还告诉我，在供销社排队买肉的时候，一位新迁来的社员对卖肉的屠夫说："你别给我这么多骨头，我要骨头少一点的。"屠夫回答说："骨头该多少就是多少。如果骨头少，羊怎么立在地上，又怎么在地上走呢？"屠夫的回答使所有排队的人大笑。阿依穆罕大娘还告诉我，这位屠夫很有名，宰了一辈子羊了，他宰出来的肉又干净又好吃。我对这一说法提出了一点异议，我说，羊肉好吃不好吃，恐怕决定于羊本身，与谁宰没有什么关系。大娘打量了一下我，叹了口气，"哎，老王！您不懂，谁来宰，关系大着呢！比如×××、××××（她提了几个名字），就是肥肥的料羊（指用精饲料喂肥的羊），他们宰出来也是淡而无味呢！"

她的说法使我将信将疑。

大娘做好了菜，又做好了面剂子，然后烧开了一大铁锅水。水开以后，她把柴火略略往外扒一扒，走出院门站到街心眺望。她站了十几分钟，回来，打开盖锅的大木盖，看看水已经熬干了四分之一，便用大葫芦瓢舀上两瓢水，重新续柴火，把水烧滚沸，又往外扒拉扒拉火，走出门去迎接。如是搞了好几次，也没有把老爹等来，只是费了许多水又许多柴。我连忙拿起扁担去挑水。大娘的洋铁水桶,一个大,一个小,大娘的扁担是自制的,原是一个树棍子,圆咕隆咚,中间拧了一道麻花,扁担钩子一端是铁匠炉打制的两环一钩,另一端是自己用老虎钳子折曲了的粗铅丝。挑起这两个空桶,走出去不到两步,扁担在肩上翻滚,水桶在扁担钩上荡来荡去,叮当作响,活像是闹了鬼。好在这种水桶比关内农村用的上下一般粗的铸铁桶小巧得多,装水也少得多,挑起来除了肩膀被挤得生疼以外,并不费什么力气。但挑回水来以后,看到大娘仍在顽强地从事着她那不断添柴添水,不断晾凉熬干的无效劳动,我忍不住进言道:"等老爹回来再烧水不好吗?您看,您烧了好几锅水啦,老爹还没有影儿呢。也许,老爹不回来呢。"

"老头是个急脾气,回来吃不上,要生气的。"大娘笑嘻嘻地说。

"可这样多费柴火呀!"我忍不住说,说完又后悔了,本来应该是贫下中农对我进行勤俭节约的教育的,怎么我这样僭妄,竟然倒过来"教育"起贫下中农来了?

"柴火嘛,老头子会拿回来的,还有茶叶,还有钱,这都是老头子的事情。"阿依穆罕大娘笑得更开心了,她充满了信赖。

"可您怎么说老爹脾气急呢?我看他一点也不急呀!"

"当然啦,老王,他急。我们维吾尔人有句俗话,高个子气傻了眼,矮个子气断了魂。越是矮个子越爱生气……当然,他现在老了,和年轻时候不一样了。"

这天中午,老爹没有回来。

吃晚饭的时候老爹也没有回来。大娘又是烧开了水,走到小院外,站在街心,伫立着眺望通向庄子的那座架设在主干渠上的木桥,前前后后出去了好多次,加在一起站了足足有两个小时,烧干了一锅又一锅的水,耗费了一把又一把的柴。

快睡觉的时候,老爹回来了,他显得疲惫而又阴沉。大娘热情地向他说这问那,他一句话也没有,茶叶也没带回来,他也不做任何解释。大娘对他的这种表情好像很熟悉,便不说什么,默默地侍候他喝奶茶，并把中午剩的面条过了过热水，拌好，递给老爹。大娘也很沮丧，她不高兴时有一种特殊的表情，把上唇尤其是人中拉得很长，有时谈话当中做鬼脸时也是这样一种表情，这是我在汉人中间从没有看到过的。

遇到二老不愉快的时候，我常常觉得尴尬、举措无当，如芒刺在背。我和他们生活在一起，他们板着面孔，我不能板着面孔，我没有任何道理要板面孔啊！但我又不能在他们不快的时候若无其事地与他们说闲话，那样的话我未免太风凉、太轻松愉快、太不尊重与体贴人家。我谨慎地试探着与老爹说了两句不相干的话，"美国飞机又轰炸越南了。"我用我学得还不纯熟的维吾尔语，再加手势，再加汉语单词，吃力地表达着，对于他能否听懂，全无把握。"噢，太糟糕了。"老爹首肯着，向我礼貌地一笑，笑容旋即消失了。"北京，下了一场大雨，有的房顶子都漏雨了。"我又说。"噢，北京下雨了，好。"他的笑容更勉强了。

无话可说，我便睡下，等醒来，老爹已经走了。

"……老头子不放心，睡了一会儿就起身走了。马穆特浇夜班，睡大觉，大水豁了口子，跑到伊犁河里，哇哟、哇耶……"大娘叹着气，哼哼唧唧，一脸的愁容，把情况告诉我。

"您的气色很不好，要不要到医院看看？"我问。

她"呜——呼"地吐着气，摇着头："没有别的麻达（麻烦、问题），茶没了，老头子说给我买回来，可他空着手回来了，他在生气，可能是没能支上钱……没有茶，头疼，我要死了，要死……"她有气无力地呻吟着。

"您把购货本给我，我去买……"我自告奋勇。

"不，不，让你买得太多了，老头子知道了，会生气的。这个月可能就是不愿意让你给我买茶，老头子总是把购货本带在身上……"

无法，我又坐了下来，只能同情地、忧郁地说："您真爱喝茶……"

我这句话好像触到了大娘的某一根神经,她的眼圈红了。她说:"我没有爸爸了。我没有妈妈了。我也没有孩子了,胡大不给。我生的六个孩子全都死光了。我十五岁那年嫁给艾则孜依麻穆(伊斯兰教《可兰经》诵经领诵者),我给他生了四个孩子,三个男孩,一个女孩。第二个男孩长到了四岁,他爸爸给他做了一个小石磙子,一副小套绳,还有拥脖(套包子),他把拥脖放到我们的一只黑猫的脖子上,呵,那真是一只大黑猫,简直像一条狗。我的儿子每天赶着猫拉石磙子,在院子里'轧麦场'……我的儿子长得真好看,他多有本事啊,不到一岁就生吃了一头皮牙孜(葱头),到四岁的时候他都会写字,会写名字,会念'拉衣拉赫衣,衣拉拉赫衣……'(经文起始句)了……"

阿依穆罕大娘的故事我已经听她说过几次了,但是,一遇到砖茶断绝供应的时候,她就要回顾这一段。也许,这回顾和叙述自己的痛苦,其味也如饮苦茶吧?

"可那一年流行瘟疫,我爸爸,我妈妈,我的两个姐姐,我的丈夫和我的小儿子……都死了,胡大把他们的命收回去了,我们又能说什么呢?老王!"

"如果医疗条件好一点……"我小心地说。

"也许……那时候伊犁也有医院……我的孩子陆续死光了,只剩下了桑妮亚。桑妮亚是艾则孜哥的前妻生的。我嫁给艾则孜哥的时候她才一岁,然后我成了桑妮亚的妈妈,我给她做饭,我哄她睡觉,我抱着她……"

大娘的回忆充满感伤,我也感动了。只是有一点,她和她的继女桑妮亚的年龄我怎么也算不对。如果阿依穆罕是十五岁结的婚而当时桑妮亚一岁的话,那么阿依穆罕比桑妮亚大十四岁。如今,桑妮亚自称是三十三岁。那么阿依穆罕只有四十七岁,显然不太对头。桑妮亚已经有五个孩子了,但长得结实、苗条、不显老,她很可能少说了两岁,比如,她可能是三十五岁。阿依穆罕大娘呢,也说不定记错了自己结婚时的年龄,恐怕也还要加上两三岁。那么,她不仅是超过了四十九,说不定是五十三岁左右了。

"……直到土改以后我才和穆敏结了婚。艾则孜哥死了以后,为了将桑妮亚抚养大,我守了十几年的寡。土改那年,我先把她嫁了出去,我把艾则孜哥留给我的产业差不多全给了她,只留下了这个小院和这一间小房,这原来只是大院的一角。你住的那间小贮藏室是穆敏后来盖的。我本来不想再结婚的,乡长和工作队长都来说合。我知道穆敏是个好人,他下苦(扛长活)几十年,又整整当了七年民族军的兵,房无一间,地无一垄,他没结过婚。他不愿意别人说他沾了女人前夫的光。"

于是明白了为什么桑妮亚家是那样的高房大院,而穆敏老爹这里是这样寒酸。

"……我与穆敏结婚以后,又生过两个孩子。"阿依穆罕继续说,"我不是不生孩子的女人,我生过,我有过。"阿依穆罕的声音激动得颤抖,眼里充满了泪水,"两个都是儿子,头一个出世三天就去了,死得像一只小猫。第二个孩子长到了一岁半,他会叫大大和阿帕(妈妈)了。我是生过六个孩子的母亲,但是现在,我生活着,像一个不会生孩子的人,那些不生孩子的女人,人们都讨厌,自己也讨厌……"

"也不能这么说……"我无力地劝慰着。

"不,我不这么说,唉,老王,我从来没有这样说。命是胡大给的,胡大没让他们留下,我们又说什么呢?这不是,我没有爸爸,我没有妈妈,我没有孩子,可是我有茶。穆敏总是给我买茶,不管他怎么发脾气,骂我,嫌我茶喝得太多,他一定会给我买茶来的……而且现在有了您,您也给我买过好几次茶了……"说着,她宽慰地笑了。

阿依穆罕的信赖是没有错的,她对穆敏的信任使我这个旁观者也感到温暖。这天半夜穆敏回来的时候带着半板子茯茶。他仍然是半夜来,天亮前走的,我睡得死,既不知道他来,也不知道他走。只见到第二天阿依穆罕眉开眼笑地大把抓着茶煮。这天的茶让人觉得特别有味,虽然我不理解茯茶怎么可能弥补父、母、孩子都不在了所留下的空白。

在这个繁忙的暮春和初夏里,穆敏老爹每天没日没夜地操持着队里全部农田的浇灌工作,有时一连几天见不着他,有时他回来睡上两三个小时,吃上顿饭,又匆匆走了。我问他:"您的睡眠不足啊,老这样下去,怎么行呢?"

他笑一笑说:"人就是这样子,愈睡,就愈松松垮垮。从小,爸爸是不让我睡多了的,每天天不亮,在我睡得最香的时候,爸爸就要把我叫醒。这样,就惯了,我从来不会睡得太多。"

他又补充说:"对于我们农民来说,对于我们浇水的人来说,夏天,在哪里不能睡觉呢?有时候我靠着墙坐着,坐着坐着就睡着了,这就是一觉。马就是这个样子的。老王,你可曾看见过马躺在地上睡觉?马不是小猫,它从来不会盘成一团,卧在火炉旁。一匹老马,站在那里,忽然闭上眼睛,又睁开了,这就是睡觉了,这就算是睡了一觉啊!"

我点点头,他的关于老马和小猫的比喻,使我悚然心动,而且带着惭愧。

然后是夏收大忙季节,然后是给麦茬地普遍浇一次水和伏耕,据说经过保墒晒土的伏耕以后,土地的肥力会大大提高。然后是玉米授粉期的灌溉。然后是苹果熟了,哈密瓜熟了,西瓜熟了,大家到果园吃果,到瓜地吃瓜,记上块儿八毛的账,把一麻袋一麻袋的瓜果运到家。

老爹忽然不上工了,他说是要脱土坯、挖菜窖、修厕所,搞几天家务。但一连三天过去了,他一动也不动。他说要休息,但既不进城(伊宁市)游玩,也不在家睡觉,每天只是从早到晚坐在三块板钉起的院门前的土台上,呆呆地看着过往的车辆和行人。他的表情是忧郁的,遇到别人和他打招呼,他谦卑地短促地一笑,但那笑容挺苦,叫人觉得难受,就连说话,他也是懒洋洋的。

"老头子没有精神。"阿依穆罕告诉我说。

"没精神"这句话在维吾尔语里可以当生病解,也可以只是当做不振作解。我便关切地问候老爹:"您是生病了吗?要不要到卫生院去看看?"

穆敏似乎不太高兴,他说:"动不动就说生病吗?坐上一会儿就是生病吗?"

我抱歉地笑着说:"那最好,没有病最好。"

他好像也意识到刚才的不快并没有多少道理,转过身来,向我解释说:"人的精神嘛,一天会是好几样,一年会是好几样,一生嘛,更是一个样子又一个样子。这几天,我只觉得我非常懒散,松松垮垮。"

"那您好好休息一下吧。"

"这不干休息的事。每年我都要这样的,我在想,我想啊,想啊,想……"

"您想什么?您有什么发愁的事吗?"

他犹豫了一下,好像在考虑该不该告诉我,然后他严肃地说:"我在想死。"

我吓了一跳,连忙问:"您在想死?您想死做什么?"

他悲哀地笑了:"小时候大人告诉我的,清真寺里的阿訇告诉我的,如果我们是好人,我们每天都应该想五遍死。做五次祈祷,就想五次死,夜间,更应该多多地想到死。"

"为什么呢?"我惊异地问。

"唉,老王,亏您还是个知识分子!"他遗憾地摇摇头,"人应该时时想到死,这样,他就会心存恐惧,不去做那些坏事,只做好事,走正道,不走歪道。难道您不明白吗?难道您就没有想到过死吗?"

"很少想。"我摇摇头,"但我也不愿意做坏事。"我又补充说。

老爹浅浅地一笑,和解地说:"当然,你们是汉族,你们不是伊斯兰教徒。"

第四天,老爹仍旧没有去上工。阿依穆罕催促说,即使他既不去上工又不去脱土坯,他至少应该赶着毛驴去麦场,驮两口袋麦草回来。库瓦罕家已经卸了一车麦草了,而老爹还没弄回一根麦草来。

阿依穆罕讲得入情入理,要求又不高,老爹笑嘻嘻地答应了。当他在驴背上放了两条带补丁的空麻袋和一根长绳,赶着驴出门的时候,我感觉他的情绪似乎好了一些。

老爹一走去了五个小时,过了午饭时间很久才回来,回来的时候他面色红润,气喘吁吁,两只眼睛瞪得又圆又亮又大,说话声音洪亮,与前几天那种痴呆抑郁的样子判若两人。"怎么弄两麻袋麦草就用了这么长时间?"老太婆边埋怨,边质问着,"我们烧开了茶,等着你,等了一个多小时,瞧,把老王都饿坏了!"

"我和人吵架了。"老爹笑嘻嘻地说,他把眼睛一眨一眨,包含着四分惭愧、六分得意。"我走小路去庄子的麦场,正碰到我们的前科长、玛衣努尔的爸爸在打院墙,我发现他的院墙侵占了道路,比原来的院墙往外扩展了十五厘米,我给他提出意见,他不但不接受,反而骂我。"说到这里,他皱了眉头。

"什么,他骂你?"老太婆马上扬起眉毛,一副同仇敌忾的神气。

"我和他吵了起来……我叫来了许多人……大家都批评他不对,支持我……后来,当着大家的面,也当着'科长'的面,我抄起一把砍土镘,把他已经打起来的墙根,全给他拆了……"

"傻郎……管那么多……"老太婆拉了拉上唇,转而批评起穆敏老爹来了。

"什么?你想想,不管怎么行呢?这个世界上的一切人和一切事都要有人管呢!如果没有人管,人们会走到什么道路上去呢?事情会办成什么样子呢?所以要有政府,所以要有党。党每天都教育我们,教育了十几年了,'科长'还是这样自私自利,如果不教育了,那还怎么得了!"

"哼……和'科长'吵架吵了五个小时?"老太婆并不想与穆敏辩论,便提出了新的疑问。

穆敏轻轻一笑:"我帮着场上的人装车来着。"

"装车?"老太婆惊呼了一声,"你不是接连几天没精神吗?"

"谁知道。反正扛起麻袋来,似乎精神好了一点。"

"场上有场上的人嘛,你去扛什么麻袋!"

"几个年轻男女在一起,打打闹闹,叽叽咯咯,不好好干活。粮站的卡车开到了场上,硬是磨磨蹭蹭,不快快地给人家装车。我看不过去,便去扛麻袋。"

"可你今天是歇工的啊!这工分怎么算呢?"

"工分有什么用?这不是我拿回麦草来了么?这就是工分啊!"

"你不扛麻袋,不是照样可以拿麦草吗?"

"噢,你不出工,也不开会,你简直什么也不懂。你去拿麦草,你能到那里拿起麦草就走吗?歇工,你也是社员呀!我还是老农,是委员……"

"真积极……"老太婆咕哝了一句,不再吭声了。

这天晚上,新华社新疆分社驻伊犁记者站的一位同志到毛拉圩孜公社来看我,在这样的年月能有人来看我,我是很感激的。

这位记者同志带着一台牡丹牌小型半导体收音机。一九六六年夏天,伊犁地区还很少有半导体收音机,我们公社更是从来没见过。当喝过晚上的那次清茶,把"牡丹牌"放在小小的炕桌上,对准新疆的维吾尔语台,放送出维吾尔语的新闻和音乐节目的时候,穆敏老爹和阿衣穆罕大娘都惊呆了,四只眼睛都瞪得圆圆的,屏住了呼吸,看看"牡丹牌"又看看我,再看看那位身材瘦高的记者同志,显然,他们激动得说不出话来。

"帕夏依仙!"老太婆喊了起来。收音机开始播放帕夏依仙的歌曲,帕夏依仙是著名女高音歌唱家,她是原水定县人,离伊犁四十多公里。

"可这里……没有电线,没有电呀,它怎么出的声音?"老爹颤抖着声音问。

"有电池。"我回答。

"可电线呢?没有线,声音是从哪里来的呢?"

这个问题把我绕住了。看来,老爹是依据对有线广播的理解来理解晶体管收音机了。我应该告诉他,在无线电收音机里,电线只起着接通电源、提供能量的作用,因此用电池的直流电同样可以起这样的作用,而转换成声波的无线电磁波,并不需要借助电线的传导,便可以自天而降到我们这个不需要上锁的小院里。但是,我完全不掌握物理学、无线电方面的维吾尔语词汇,何况我对收音机、广播的知识也是一知半解,所以我虽然结结巴巴说了半天,大概没有一个人能听懂我的话。

我的记者朋友虽然不懂维吾尔语,但从我们的表情和手势上也大致知道了谈话的内容,他便把半导体翻转过来,然后把收音机背面的塑料壳子取了下来,这样,四节二号电池、密密麻麻的各种颜色的元件和线路,以及小小的银灰色扬声器,都暴露在房东二老面前。

"斯——大(啊哟)!真有本事!真能干!"两个人异口同声地赞叹,好像在他们面前不是打开了一台收音机,而是打开了一个活人脑壳。他们问:"这是上海出产的吧?"

"上海,当然是上海。"我回答说。伊犁人对上海是很崇拜的。当我在伊犁河谷农村生活了一年多以后,提起上海,我也有一种由衷的景慕向往之情,我们不约而同地提到上海,表达了这种共同的对工业文明的敬意。其实,很快我就发现,我搞错了,牡丹牌晶体管收音机并非制造于上海,而是产自北京,但我始终没有更正。为什么呢?也许我直觉地认为,在伊犁,把上海抬得高高的,是一件好事吧?

我的记者朋友走了以后,我连打了几个哈欠。能吃能睡能劳动的"三能"方针对于下乡锻炼改造的人们来说,不失为一个正确的方针。我的哈欠传染给了大娘，她也捂住嘴打起哈欠来。但是穆敏老爹兴奋万分，他的眼睛比平日睁得大了许多，他不准大娘把炕桌收走铺褥放枕，而且下令让大娘再烧一壶茶。"我有话要和老王谈。"老爹说。

"傻郎，这么晚了还烧什么茶！"大娘自言自语咕哝着，做着鬼脸，但还是遵命去办。

我等着穆敏说话，穆敏却不言语，他紧皱着双眉，显得眉骨更加凸出，眼窝更深，他似乎陷入了严峻而又苦恼的思索之中。

他的表情使我为之一震，他究竟要和我谈什么非同小可的话题呢？我的睡意全消了。

他几次要说话，几次又把话咽了回去，如是过了大约五分钟，他说："你请听着，老王。像半导体收音机这种东西，它的制作方法是写在书上的，对吧？"

我不知所云地点了点头。

他有点兴奋："是的，阿訇们早就讲过的，世界万物，飞机大炮，轮船火车，机床高炉……一切种种，都是写在书上的，你找到了书，按书上写的办法去做，就什么都造出来了。"

"什么书？书是人写的，是科学家、技术人员、工人根据自己的经验写的呀！"

"不，不，不，老王，你不懂。"老爹笑起来了，似乎发现了我的无知并确证了他的信念的正确，"那科学家、技术员他们读的书又是哪里来的呢？经验？难道凭经验可以造出半导体收音机来？帕夏依仙在乌鲁木齐唱歌，你在伊犁就能听到，谁有这样的经验？"

"科学家们读的书，是前辈科学家们写的呀！再说，经验是慢慢积累，慢慢提高的呀！"谈这么深奥的问题，我的维吾尔文词汇不够用，便结结巴巴起来。穆敏老爹似乎认为我的结结巴巴是理亏的表现，是他的理论已经把我击败的证明，他高兴地捋着胡子笑了起来，眼珠一闪一闪：

"所有的书，都要有所本嘛！"

"圣人们写下了如何制造万物的书，这些书有的藏入了山洞，有的沉入了海底，人们陆陆续续地发现了这些书，便造出了万物，难道不是这样吗？老王！"

"纯粹是胡言！"我喊了起来。老爹的"理论"是这样荒唐，而他的态度又是那样傲慢，还有我的不听话的舌头和捉襟见肘的维吾尔语，使我激怒了："您知道什么叫科学？什么叫技术？什么叫文明？什么叫历史？如果这一切都现成地写在书上，还要科学家干什么？还要美国的爱迪生、法国的居里夫人、英国的瓦特、俄国的罗蒙诺索夫干什么？他们是怎么样进行科学研究和发明创造的，您知道吗？如果书是藏在山洞海底的，那么应该是一些猎人、渔人、探险家、登山运动员去当发明家和科学家了，然而，又有哪个人打猎打成了发明家呢？"

估计我的话老爹最多听懂百分之四十，老太婆大概只能听懂百分之一二三，但老爹显然已经被我的雄辩所压倒，目光暗淡地垂下了头，而且重复着我所说的"法国、英国、美国、俄罗斯"。我举出的爱迪生、居里夫人、瓦特和罗蒙诺索夫，也比他所说的更切实具体，他的表情是慌乱和惶惑的。

阿依穆罕大娘和解地说："对嘛，对嘛，老王说得对嘛，他说什么来着？法国？法国比南疆还远吧？法国的科学技术好得很哪！"

老爹没有言语，他调整了一下自己的情绪，依然是含笑的、从容不迫的和胸有成竹的了。他说："您说的那些国家，就是欧罗巴吧。听说欧罗巴的科学和技术是很先进的，比苏联还先进。"

我正考虑着怎么解释清楚有关几大洲和几大国的地理概念，只见老太婆向老爹挤了挤眼，并且插嘴说："还是我们的中国好！我们中国的科学技术也愈来愈进步了！我们比欧罗巴好！也比苏联赫鲁晓夫好！再有就是斯大林好！当然，毛主席最伟大，最好！"

原来阿依穆罕的政治警惕性还是很高的，她的插话不仅对于老爹是必要的,我听了以后也觉得踏实了些。当然,我们都是爱国主义者,我们对于世界科技发展的讨论是以牢固的爱国主义信念为前提的,阿依穆罕的补充非常及时,非常重要,我连忙点头称是。

  这一晚上我们讨论了许多问题,关于世界政治形势,关于越南战争和中东战争,关于塑料是用什么做的,关于火车是什么样子与为什么火车能拉那么多东西,关于广播、电视、电报和电话,关于熊猫、大象、犀牛和金丝猴,关于黄金究竟有什么用和为什么值那么多钱……老爹的求知欲和对待知识的严肃思考令我大为吃惊。当我的回答所提供的信息与他过去所持的观念乃至思想体系相左的时候,他认真地、可以说是苦苦地掂量着、思索着,非要弄出个究竟来不可。阿依穆罕大娘坐在旁边,最初还搭讪几句,慢慢她睡着了,灰白的头发垂到了眼睛上,但老爹仍然兴致勃勃。我几次劝老爹睡觉,并指出大娘已经睡着了,但老爹不以为意。终于,我再也坚持不住了,站了起来,老爹也长叹一声,说道:"世界上的事,太麻烦了!……我们要买一台半导体收音机!让老王帮我们挑选。你说对吗?老婆子?"

  阿依穆罕睡眼惺忪地咕哝道:"哪里来的那么多钱?空话。"

  "不,我们一定要买,坚决,绝对,非买不可!"然后他转头向我再次宣布:"我要买一台半导体收音机!您听见吗?"

  "当然,一定的。"我完全同意。

  "老王您今夜就睡在我们这间屋子里吧,不必回那间小土房去了。"老爹又说。

  这一夜的睡眠是不安的,半导体收音机似乎把一股热浪带入了这个简陋的小院、这间歪歪斜斜的土房子里。夜半,载重卡车从院门前公路上驶过,马达声突突,车轮轧过地面发出闷雷般的响声,整个土屋和小小的窗户都随着颤抖,遥想那养鸡而不捡蛋的日子,毕竟是一去不复返的旧话了。

  凌晨时分我睡得正香,依稀听到院外有人叫:"穆敏哥!穆敏哥!"然后是一连串响动,我想睁眼,却睁不开。

醒后才知道,是住在大队部后院的一个叫做奥布尔的农民死了。奥布尔正当壮年,不过五十岁上下,浑身黑如漆炭,素以强壮、能干著名。他有个小儿子,也是黑黑的,聪明伶俐,会说汉话,还认一点汉字。说是他昨夜一阵心口疼,儿子给他套了驴车,准备送他去医院,没等抬上驴车,他就断了气。

穆敏老爹是全村著名的行为端正、奉公守法、热心公益,同时恪守伊斯兰教的戒规的德高望重人物之一。全村只要有丧事,都来找他,他也特别热心地去帮忙,甘尽义务。洗尸、裹白布、诵经、做乃孜尔(祝祷的一种),直至送葬,老爹面容严肃地忙活了好几天。"人嘛,人啊!"这几天,他沉默寡言,只是偶尔发出关于"人"的叹息,远在"人啊,人""啊,人"之类的短语风行之前。

秋后决算的季节来到了,老爹没有再提买半导体收音机的事。"文化大革命"的狂涛已经波及了伊犁,波及了我们公社。看到公社党委书记被揪出来,大队支部书记被封为"资反路线"的执行者,一些原来的二流子、无赖、调皮捣蛋鬼活跃异常,老爹非常反感。他问:"这个世界就没有人做主了么?好好的一件东西,硬往上面啐口水、抹锈斑,这就叫'造反有理'么?不,我不批判我们的党委书记,我们的书记在我生病的时候还来看望过我呢,他好比就是我们的大大呢……是的,老王您看,这些打人骂人造反有理的人早晚会没有理的,他们会受到惩罚,他们终于会认识到,这个世界,这个新疆,这个伊犁和这个公社是有人做主的,是不能胡作非为的。"

我摇摇头,我觉得老爹说得太简单也太常规,而我们的生活,我们的政治局势,是很难用简单的常规来判断的。

一九六六年这一年伊犁风调雨顺,不但水田里的冬麦打得多,山坡地旱田里的春麦也一车又一车地拉不完。种旱田春麦本来是撞大运的事,有时候颗粒无收,有时候只收回种子,但这一年的旱田麦子据老年人说创造了三十年以来的最高纪录。我们收完了以后,不知从哪里来了那么多各族同胞,都是些"自流人员"吧,汉族人是从关内"自流"来新疆的,维吾尔人是从南疆"自流"来伊犁的。他们到山上去捡拾丢在地里的麦穗,一麻袋又一麻袋地扛下山去了。伊犁人欢迎春麦胜过冬麦,春麦磨出的面有劲,做拉面条又细又长又好吃。

这一年的玉米也特别好。豌豆、蚕豆、菜籽、胡麻,少量皮棉和收麦后复播的糜子,产量都超过了预计的。

然而丰产没有得到丰收。"文化大革命"的一个又一个使人心惊肉跳的消息从玉门关的那一面、从自治区的首府传过来,"天下大乱"作为执政党的政治口号不但被提出了而且被实践着。一直到十一月份落了雪,冬麦和春麦仍然有一部分堆在场上。冬天日照不足,无法晒场,只好让冰雪把麦堆封起来,说是等待第二年四月份解冻后地干了再继续打麦。春天继续打头一年的麦子,这在内地确也算是天方夜谭,连绵的秋雨以后大量麦子生了芽,这一年冬天整个伊犁,包括伊宁市的商品粮供应的全是芽麦磨的面,黏黏糊糊,馒头蒸两个小时仍然粘牙。

玉米也是一塌糊涂,我们队的队长还算不错,干脆把潮湿的、没有脱粒的棒子过一过毛重分给大家,要求各户用自己的热炕把玉米棒子烤干,按有利于社员个人的折算比例把连骨玉米折合成玉米粒,扣掉口粮,余下来的缴还队上,并根据你干燥、脱粒的劳动量给记一定的工分。这一冬,我和房东二老,一有空就用两个棒子互相搓着脱粒,倒也别有一番乐趣,填补了农村冬日长夜的空虚。

收获搞得这样混乱,决算也就可想而知。特大丰收的一九六六年,社员年终分配的水平却大大低于一九六五年。这时传来上级的一个美好的指示,一九六六年的年终分配,不准低于一九六五年的数字,否则,就是抵制破坏"文化大革命"。

你"一定不准"也罢,杀无赦也罢,反正就那么点钱。农村干部对执行这一类指示早有经验,他们找了一些高明的人拨拉算盘,改变了一些统计计算百分比、计算劳动日平均值的办法,最后三算两算,六六年的分配果然不但没有降低,而且提高了。

但是穆敏老爹只分到了八十块钱,去年是一百一十块,究竟是八十块钱多还是一百一十块钱多呢?这个不成问题的问题使穆敏老爹感到困惑,当我们在北风呼啸的夜晚共同在热炕头上搓棒子粒的时候,闲谈到了这个事情。阿依穆罕大娘照例做了一个特有的鬼脸,咕哝道:"硬说分八十块钱比分一百一十块钱多,骗三岁的孩子去!"

穆敏老爹笑眯眯地劝慰老太婆:"不要这样说嘛,请您不要这样说!"接着,他提出了一个奇怪的"相对论"的事例。

他说:"从前有一个小孩去买骆驼,他问骆驼贩子:'一峰骆驼多少钱啊?'回答是二十块钱。'大大,大大,我们买一峰骆驼吧,只要花二十块钱。'他对他爸爸说。'不,太贵了,我们不买。'他爸爸说。第二年,骆驼贩子又拉着骆驼经过他们家门口。'好孩子,去问问卖骆驼的大哥,一峰骆驼要多少钱。'孩子问了,生着气跑回来,'大大,大大,大哥说一峰骆驼要一百块钱。''呵,真便宜呀,快叫住卖骆驼的大哥,我要买一峰骆驼。''大大,大大,去年一峰骆驼要二十块钱,您说是太贵了。今年呢,一百块钱了,您却说真便宜,这是怎么回事呢?'孩子问。孩子的父亲捋着胡须回答说:'噢,我的亲爱的好孩子,去年我没有钱,二十块钱也是太多了。今年我有了钱,一百块钱也算不了什么。你明白了吗?'"穆敏老爹讲完这个故事,得意地看看老太婆,又看看我,似乎在测验我们的理解力与想象力。

阿依穆罕大娘好像没有听进去,她务实地叨念着:"你的棉衣要买新的了,我的皮靴也坏了,我们说好明年要盖房,打馕的土炉老是掉土,也该换新的了……劳动了一年只有八十块钱……"

我一下子摸不透老爹的相对论故事与我们生产队贯彻上级提高分配的美好指示之间的逻辑关系,但我隐隐直觉地品出来一点味儿,一点无可奈何的却又是宽容豁达的幽默感。我不由得笑了。

我的笑声似乎证明了老爹讲了半天并非对牛弹琴,他满意地唤着我的名字,哈哈地笑了。

当然,这样"提高"了的年终分配,也就不大能够提供购买晶体管收音机的刺激。老爹似乎忘记了夏天购买这种收音机的钢铁决心。我想,老爹的买骆驼的故事,同样也可以有助于说明这种决心的难以算数吧,是不是呢?

半导体的魅力的丧失恐怕还有另一方面的原因。这年秋天,半导体收音机在伊犁地区大量销售了,我们的公社的每个大队和每个生产队,都买了半导体收音机,我们队买的是真正上海产的美多牌的。物以稀为贵,一多,一普及,也就不神秘,不那么吸引人了。再说队里的收音机无人爱护,你也听我也拧,从早到晚响个不住,有时队部的人都走光了,队部的门锁住了,窗户也关严了,但收音机仍在屋里嗡着、响着、说着、唱着。唱也不唱帕夏衣仙的迷人的歌曲了,而是唱令维吾尔人莫名其妙的京剧样板戏和语录歌。电池用完了,没人及时更换,或虽想换却一时找不到现钱去买电池,于是把音量拧到最大,电压不够的喇叭仍不能正常工作,发出一种破锣似的噪音。有时不知道从哪里搜出一节电池,于是某个懂技术的热心人掀开收音机后盖,只换一节,另外三节照旧用。不久,废电池流了汤,把机件腐蚀坏了,天线拉杆也先是拔脱,接着便丢到不知什么地方去了。尘土、油泥、汗污更是粘满了美多牌收音机的里里外外。这样,神奇的、清洁美丽发光的、精密细腻的收音机的形象一落千丈。如果说夏天我那位记者朋友昙花一现地带来的收音机像是天使,那么,我们队的这个收音机就像是陷入泥坑的娼妓了,穆敏老爹还怎么可能不忘情于彼呢?

什么是农村?什么是农民?什么是占中国人口绝大多数的人们的生活,辛劳、质朴的快乐与单纯的梦?反正不论"史无前例"也好,"横扫一切"也好,"一天等于二十年"也好,"办成毛泽东思想的大学校"也好,老爹和大娘总是一样地辛劳终日,克己守法,苦中求乐。春天,老爹砍了一株死桃树、一株长疯了的苹果树,搭上几根树枝树权、秫秸和向日葵秆,总算在我们的小土房门前搭起了一个夏日茶棚。老妈妈便在这茶棚下砌起了土炕,修起了炉灶。砌灶改灶不但是老妈妈的一项任务,似乎也是她的一大乐趣,每年她都要拆这个灶,砌那个灶,垒这个烟囱,通那个火道。每个灶都砌得方方正正,见棱见角,而且是灶大腿小,有一种特殊的苗条秀气之感,说不定这种炉灶的长宽比例暗合什么维纳斯的法则或者弗洛伊德的心理分析呢。

别看茶棚简陋,自从有了它,我们便尽可能地在室外喝茶、吃饭、谈心、夜话。从三月初雪还没有化尽,到十月底清晨已经见了冰碴,我们都在室外活动,夏天,更是直到深夜也舍不得进屋。小小的院落,小小的果园,小小的关也关不紧的屋门,仍然是充满了生活的温馨和生动。连小小的麻雀也喜欢停留在茶棚的枝杈上,或是干脆降落到离盘腿喝茶的我们不远的地面上,吱吱喳喳,一跳一跳地走路。而成双的燕子,经常款款地在茶棚上下飞翔,呢喃絮语。夏日,当把路边明渠的水引入小园内的毛渠去浇老妈妈栽种的少许辣椒、西红柿和茄子的时候,潺潺的水声更给我们这闲适的茶棚增添了新鲜的生趣。

搭起茶棚是房东二老改善居住生活条件的第一步。第二步,他们的计划是拆掉我曾住过的那间面积约四平方米的小库房,用这些材料,再加一部分木材和土坯,把我们现在一起住的这间大约有十二平方米的正房再接出一间来,这样,房子就有了里外间,达到了一般水平。城乡的维吾尔人,一般都至少有两间房,平常吃饭、睡觉、活动在外屋,里屋布置得尽可能整齐、高级一点,专门用于待客。

这样,房东二老便奋斗了两年。夏天,冬天,每天下工以后老爹都挖土和泥脱土坯,一直干到夜幕降临,满天繁星。当老爹"加班"的时候大娘也不闲着,她把冬季烧煤剩下的煤末子与黄土与牛粪掺和在一起,一团一团地抓起来,拽在院墙与牲口圈墙上,生人乍一进来,还以为满墙都贴着大坨的狗皮膏药呢。

秋天就更紧张了,新疆、特别是北疆的冬天是漫长的,在秋天要做好人畜过冬的全部准备。队里的生产也正是大忙季节。下工以后,还要去捆秫秸、打草,用毛驴驮回来,还要抓紧拉运麦草、麦尾子(碎麦草和谷壳,是很好的饲料),卸过冬取暖用的煤炭,收拾门窗,在门窗缝隙处钉上碎毡子以阻挡冬日或有的零下三四十度的严寒。

不论出现了怎样的"史无前例"的混乱,老爹的辛劳并没有放松过一丝一毫。他常常愤慨于社员劳动态度的稀松与对集体利益的漠不关心,他有时候悲哀地叹息:"不是大家都明白吗?如果都好好干不就都好吗?为什么你看着我、我盯着你,谁也不好好干呢?"他的这种劳动态度和对生产队的责任感使我非常感动。"穆敏老爹真是一个好人、好社员、好穆斯林啊!"我常常与队外的一些人这样说。但是我的评价并不总是能够得到首肯。有一次在我称赞穆敏老爹的时候,穆罕默德·阿麦德尖锐地反驳说:"我就不喜欢穆敏老爹,我们许多人不喜欢他。他太积极,他不懂得'护民'。""护民"这个词儿出自穆罕默德·阿麦德之口使我震惊,也使我迷惑。我第一次听到"护民"这个词,是在去新疆之前,一九六二年一次到京郊房山县陈家台去的时候,一个农村小姑娘批评他们大队的一位老军属模范"不护民"。谁想得到在地区、民族、性别、年龄完全不同的穆罕默德·阿麦德口中又出现了这个词的维吾尔语说法呢?我想起老爹干活不叫歇和拆掉"前科长"的非法占地的墙角的事情来了。难道这就叫做不"护民"吗?我不禁为穆敏老爹悲哀,捎带着也为穆罕默德·阿麦德悲哀,更为许多许多牵扯到治国平天下的大事情悲哀了。

在这几年的无休止的辛劳但仍然常常是快乐的岁月里,一个明显的变化是房东二老似乎老得很快,当后接的八平方米大的里间屋终于在一九六八年夏末用又细又弯的椽子和被虫蛀了的未曾刨平的薄板子架起了屋顶的时候,老爹和老妈妈与我一九六五年初到他们家时相比已经判若两人了。老爹病过一次,眼睛深陷而两颊瘦削。他向队里提出辞去水利委员的职务,他老了,没有精力去抓昼夜三班浇水了。老妈妈呢,她的头发和牙齿都有新的脱落,做事也常常丢三落四了。

第二个明显的变化是老爹的宗教生活逐渐加强了。一九六五年的封斋月,他们并没有封斋,而且我也很少见到他做乃玛孜(每天的例行五次祈祷)。到了一九六八年,封斋与一天五次祈祷已经是一丝不苟了。由于我们已做到情如一家,无话不谈,我问过他这个变化的原因,他说是因为自觉体力不支,又生了一次病,愈来愈应该想想身后的彼岸的事了。

封斋期间,人们宰牛宰羊,无牛羊可宰的也要买一些肉。老爹和大娘每天白天不吃任何东西,连口水也不喝,天黑以后,吃一顿饭。由于饿了一天,骤然大啖会伤身体,所以一般是先喝一点清茶,吃一块小馕,垫补垫补,然后再吃荤菜荤饭。睡下以后,半夜三四点钟阿依穆罕大娘便起床做饭了,五六点钟天亮以前,老爹沐浴、祈祷,再吃一顿饭。为了白天不吃饭而能顶得下来,斋月期间饭虽只在黑夜吃两顿,但要求吃得好。维吾尔人中有所谓"挣一年,吃一月"的旧谚。

二老的封斋活动对我来说倒是并没有任何不便。凌晨那顿饭,老妈妈给我留着,我在天亮起床以后再吃。中午,单独给我烧一点奶茶。傍晚,和他们一起吃,这样,我的营养反而随着肉食的增加与伙食的改善而更加充分了。哦,慈母一样的维吾尔老妈妈哟!

一九六九年七月,我从《参考消息》上看到美国航天飞船阿波罗十一号在月球软着陆的消息,便把这消息告诉了老爹。

"吹牛,瞎说!"老爹断然驳斥。

"这是报纸上登的!"

"报纸吹牛!"

"这是美国人宣布的!"

"美国人也吹牛!"

"世界上许多国家的元首和政府首脑都拍去了贺电!"

"他们受骗了!"

老爹的顽固简直不可理喻。

过了一会儿,他解释说:"《可兰经》上讲过的,月亮距地球的距离,骑上一匹快马,走四十年也走不完。"

我没有读过《可兰经》,老爹也没有读过《可兰经》,他不懂经文(古阿拉伯文),也没上过经文学校,我不知道是否《可兰经》上真有这样的论述。至于说骑上马,不论是什么样的千里马,走四十年也走不到月球上,我信。

我无法使老爹相信美国人的,也是人类的这一新成就。

但是第二天晚上他又主动提出了这个有争议的话题。他说,在下午的瓜地劳动中,"前科长"告诉了他同样的消息。

"如此说来是真的了。"他迷惑地、我以为是可怜地自言自语,"到底是怎么回事呢?《可兰经》上明明说过的嘛。"

我说了,老爹不信。一个被他拆过非法占地的墙角,被他斥为心术不正的"前科长"一说,他就信了。我悲哀,但他终于信了,我高兴。

这天睡前,穆敏老爹的乃玛孜做得比任何一天都长,跪拜和颂赞"艾斯萨拉姆来依库姆拉赫迈德",反复了不知多少次。

这一年的初秋,一天穆敏老爹带了一位长着黑黑的小胡子的高个儿的中年人回家,老爹是在买肉的时候与他搭话相识的。随着"文革"的轰轰烈烈开展,供应状况日益恶化,从国营肉铺和供销社,已经很难买到肉了,于是,一批黑市肉贩子便应运而生。这位小胡子是南疆人,由于家乡生活困难,来到富庶的伊犁地区,从私人手里买牛买羊,宰杀后卖肉,从中赚几个钱。老爹去买肉,和他闲谈起来,得知他是自己的同乡,便把他让到家里来。

阿依穆罕按照礼仪给南疆来的客人烧茶做饭。小胡子客人名叫卡斯穆,鹰钩鼻、粗眉毛、大眼睛、面色阴郁,说话口齿不清,进家以后盘腿端坐,不声不响不动。我看得出,阿依穆罕对他抱着一种隐隐的反感，对衷心欢迎的客人，她会热情得多、活跃得多地接待，遇到那种受欢迎的客人，老太婆说话的声音要比平常高出八度，细声细气，唱歌一样地致欢迎词向客人问安。而对卡斯穆的款待，她只是履行义务而已。

我也下意识地相当不喜欢这个人。他的阴郁呆板的气质，他的喀什方言味儿很重、大舌头且又结巴的发音，他的一动不动，他的对我的问候的僵硬的回答，以及他以一个"自流人员"、私商肉贩子（当时并不合法）的身份初次到这儿来就又吃又喝，而且穆敏老爹显然是准备留他在这里过夜，都让我从心底有点讨厌他。

但穆敏老爹对他不乏热情。他与他谈南疆的事情，谈英吉沙的匕首，谈喀什噶尔的无花果与阿图什的石榴，谈拜城的大米、阿克苏的核桃与库车的杏。卡斯穆对老爹提出的话题只能做出结结巴巴、含义不清的应对，但即使这样的谈论也令老爹感到某种满足。原来这些地方卡斯穆都到过，有时候坐车，有时候步行，有时候骑毛驴。他有家有业有妻有子女，家在岳普湖的上阿瓦台，但他很少在家，一直是南来北往，东游西串，凭手艺（他会屠宰、鞣皮、擀毡、编席、修理靴鞋、理发，还学了一点维吾尔民族医的诊断处方知识，也算半个江湖郎中）赚钱。"其实也赚不到几个钱，我孤身一个走南闯北，没有户口，买黑市粮，找不到借宿的地方还得住小店，开销太大。等回到上阿瓦台，找把剩余的钱的大部分缴到队上，队里按一块钱五十个工分给我记上工分，这样，才给我的妻儿老小供应口粮，最后就剩不下几个钱了。"他郁郁地说。

"那您何必跑出来呢？您在家，安心参加队里的劳动不好吗？"我客气地用着第二人称尊称"您"，却是不客气地问道。

他垂下眼睑，好像没有听见我的话。这是维吾尔人用沉默来表示不喜欢某个话题或不同意某种观点的相当标准的表情。许多年后我了解到，美国人和一些欧洲人也是常常使用自己的"保持沉默"的权利的。

卡斯穆有什么隐痛吗？还是有什么"问题"？我不能想象在搞着"文化大革命"的时代，竟有这样一个身强力壮的成年人完全游离在社会之外、组织之外、"革命"运动之外。

阿依穆罕对这些谈话不感兴趣。在日常生活中，本来是看不出老爹是南疆人而大娘是本地人的。老爹早在三区革命以前就到伊犁地区来了，生活习惯、口音、各个方面，老爹都已经北疆化、伊犁化、"他兰契"化了（他兰契是对清代伊犁地区来自南疆的维吾尔移民的一种特殊的称谓）。但在不速之客卡斯穆到来的时候，老爹与老太婆原籍不同所造成的某些差异，便暴露出来了。

我想，故乡和童年真是一个奇妙的东西，老爹和卡斯穆谈起南疆的时候，泪光一亮一亮的，这就是故乡和童年那永远不会磨灭的余晖啊！

老爹向卡斯穆打听一个人，我没有注意听。卡斯穆表情呆板，一声不吭，既不说他知道也不说不知道。过了足足有一支烟的工夫，卡斯穆忽然结结巴巴地说："嗯，有这么个人，这个人还有呢！他不在喀什了，他现在在和静县的毡靴厂当技术工人！"

"呵！我的弟弟活着！"老爹喊了起来，喊得老太婆直翻眼。

老爹是在父母双亡以后离家到北疆来的。来到这儿以后，他孤身一人。阿依穆罕在这里亲戚非常多，来往也很频繁，而穆敏老爹似乎完全是孤家寡人。他说过，唯一的亲属是他有一个异母弟弟，比他小二十多岁，他离家时仅仅两岁的异母弟弟被他继母的一个亲戚所收养，三十年来音信全无。

过去他给我讲这个弟弟的时候我丝毫没有在意，以为那只是在阿依穆罕的亲戚来来往往的时候老爹自觉寂寞中的自慰罢了。不管怎么说，他也不是从石头缝里蹦出来的，他也是有亲属的，虽然这个亲属只存在于老爹的口头上，实际上毫无现实性可言。

和卡斯穆谈话第二天，穆敏老爹毕恭毕敬地把他素来不喜更不敬的穆罕默德·阿麦德请到家里来代写家书，给他的莫须有的弟弟我很抱歉,因为到一九六九年虽然我已能相当纯熟地说维吾尔话和读维吾尔文,但我写不了。而且我打心里完全不相信从一个偶然相遇的卖肉的卡斯穆那里信口一问,用这种瞎猫碰死耗子的办法就能够找到失落多年、也许压根儿就不存在的弟弟。卡斯穆的身份使我怀疑他是个骗子。在帮助穆敏老爹"找到"弟弟以后,老爹对卡斯穆更热情了。未经阿依穆罕和我同意,他已邀请卡斯穆每晚到我们家住宿。我已经与房东二老同吃同住同劳动到了第五个年头,对于是否留宿卡斯穆,我似乎也不无发言权。

但穆罕默德·阿麦德与老爹同样,对卡斯穆的话深信不疑。而且老爹郑重地请他来帮助写信,使他自尊心得到满足。他写信很卖力气,态度又和蔼,看来,对老爹"不护民"的批评已经大大钝化,与老爹的感情隔膜消除了许多。

与我对卡斯穆的不信任相反,二十余天后,老爹收到了来自和静县毡靴厂的小弟弟的复信。复信显然是请一位老秀才式的人物写的,因为信的开始大大转一回文:

"……谨向我的居住于伟大祖国的钢铁边陲、富饶美丽的绿色的四时宜人的伊犁河谷、并在伟大导师毛主席的光辉与慈祥的笼罩下、正经历着史无前例的无产阶级文化大革命的洗礼,同时在通向人间天堂的金桥毛拉圩孜人民公社度过着幸福的日子的失散多年的阿哥,我的可敬的勤劳的贤惠的与慈爱的嫂嫂,与来自毛主席居住的地方伟大的北京的汉族大哥老王同志致以萨拉姆,你们身体健康、工作顺利、生活快乐吧?并问候桑妮亚妹妹及……"

他开列了一长串名单。凡是穆罕默德·阿麦德代笔的信上提到的与老爹有关的人物,他都问候到了。顺便说明一下,维吾尔人只重视年龄而不重视辈分,他们的"兄""嫂""妹"的称呼按汉语和汉族风俗要求,往往并不精确乃至颇有谬误。

复信提到,五十年代"弟弟"听到一个谎信儿,说是穆敏哥已经死于民族军与国民党军的战斗,"弟弟"哭了许多天,并且举行盛大的乃孜尔,超度哥哥的亡魂。如今喜从天降,接到了哥哥的信,由于喜,却又大哭起来……

当我读信读到这里的时候,穆敏老爹泪流如注、哽咽失声。阿依穆罕在一旁一边翻眼,一边唉声叹气。

老爹尽其所能地酬谢了卡斯穆。事情发展到允许卡斯穆在"我们"的小院里宰牛和卖肉。我亲眼看见卡斯穆用一条绳索把一头黑牛绊倒,一只手扳住牛角,一只腿跪压住牛颈,从靴子里嗖地拔出寒光闪闪的英吉沙屠刀,喊一声"安拉,比斯敏拉",一刀割向牛颈,黑牛哞地低沉地一吼,淡红色的舌头倏地吐出卷向鼻孔,牛眼睛睁得浑圆老大,牛颈上赤红的热血"沙"地喷出去几尺远,也就在这时候牛眼牛舌全部凝固了,牛头已经被活活割了下来。二十秒钟以后,开始有嗜血的乌鸦自天而降。

这天晚上房东二老、卡斯穆和我四个人坐在一起吃牛杂碎,吃的时候我就觉得满身不舒服,那黑牛被屠宰时的血腥场面破坏了我的食欲。但我不敢这样表示,我怕受到笑话。勉为其难地吃了一大碗白水煮的、只放了少许盐而没有任何其他调味品的牛杂。老妈妈还要给我再加一碗飘着牛油的汤,被我拒绝了。老妈妈对我在肉食日益紧张、油水愈来愈少的年月里居然放弃一碗油汪汪的杂碎汤,甚表诧异。

入夜我就上吐下泻起来。第二天一早胃如刀绞,面色灰白。我去了医院,并且在伊宁市休息了两天。

还好,两天以后再来到这个小院的时候,卡斯穆已经走掉了。否则,我难以想象与这个人和睦地共居一院一室。

穆敏老爹完全沉浸在对多年未见的弟弟的思念当中,他一遍又一遍地读信,并请穆罕默德·阿麦德再次写信,随信寄出了一条毛巾、两包石河子产的绿洲牌方糖。他每天都要念叨弟弟,一提起弟弟就热泪满腮,维吾尔男人似乎不像汉人那样尽力控制自己的眼泪。

穆敏老爹找到弟弟的消息与他思念弟弟的感情传遍了全队,人们纷纷来祝贺，来问候，来探询和静县的最新消息。过去不知和静县为何物的人也来打听关于和静的气候、物产、居民以及从伊犁到和静的路程，好像位于铁门关南的这个小小县份一下子与众人相关，而穆敏老爹马上成了和静的发言人或者"和静学"的权威。

队领导也很受这一消息和这种感情的感动，他们主动来看望，并且提出可以提前支付给老爹一些钱，帮助老爹实现前往和静探亲的愿望。从这里，也可以看出穆敏老爹在队里的地位和威望不同一般。

阿依穆罕提出异议，她认为弟弟应该首先看望哥哥，弟弟是工厂工人，筹措旅费也会比哥哥容易。穆敏老爹不和阿依穆罕讨论争辩，但也根本不理睬她的这项不无道理的异议。

这年十一月初，秋收完毕以后，老爹穿着一件新买的长毛绒领、黑条绒面短棉大衣，准备上路。他准备给弟弟、弟媳、侄子、侄女带的礼物有：条绒三米，花布两米，香皂两块，水果糖一公斤，铁制彩漆茶盘一个和葡萄干、杏干若干。阿依穆罕用牛奶和积攒起来的酥油和面，专门打了一炉形状与品种各异的馕，供老爹带在路上吃用。由于油性大，打出来的馕红润光亮，喜气洋洋。大娘告诉我，用牛奶和面打出的馕，不论放多久，变多么干，只要在水里一涮，就会变得又酥又软，鲜香可口。

临行前举行了盛大的上路乃孜尔。来的都是老人，一个个银须长髯，端庄跪坐，衣冠整齐，不苟言笑。当他们共同用一种特有的悠扬、沉郁、诚笃而又包含着被压抑的野性热情的苍老声调诵经，共祝穆敏老爹一路平安的时候，这种气氛、这种场面、这种声调和这种仪式使我也感动了。抛开宗教方面不谈，这种送别的祝愿，不是充满了古老的、令人泪下的人情味儿吗？

诵经之后是由主人招待吃饭。所有的客人都留下了礼物，有的留下一块钱或者五角钱，有的送一只搪瓷口杯、一块手绢，或干脆只有一个小小的圆馕。从这些风俗习惯上可以看出惜别的情意，也可以想象过去在新疆出门上路有多么不同寻常和艰难。

在伊犁

第二天午夜刚过,我与阿依穆罕送老爹走出小院,他要步行近两个小时去伊宁市乘坐去乌鲁木齐的长途客运汽车,到乌鲁木齐再转乘去南疆的车到和静,路程加上转车,他晓行夜宿,大概要经过五六天之后才能到达目的地。我是知道在漫漫的戈壁瀚海与层峦叠嶂的天山深处行路的滋味的,分手的时候,我流泪了。

老爹的计划是走一个半月,路上半月,在弟弟家里待一个月。自从老爹走后,阿依穆罕丧魂落魄,披头散发,凄凄惶惶,不可终日。吃拉面做菜卤时她忘了放盐,剁辣椒的时候她伤了手指,给牛挤奶的时候不知道她怎么惹恼了奶牛,被奶牛一蹄子踢翻了牛奶桶,把牛奶洒了一地,害得她用铁锹把牛奶埋了半天。维吾尔人对食物是有一种庄严的敬意的,日常最忌浪费食物,如确实某种食物霉坏或污染不能再吃,绝不能顺手一倒完事,而要郑重地掩埋干净。

老爹走后的第四天,冷空气入侵伊犁河谷,西北风怒号,夹带着来自高山的被吹散开的积雪。吃过晚饭以后,我协助阿依穆罕大娘侍候好了驴和驹、牛和犊,回到突然变得寒气袭人的小屋喝茶。大娘一面烧茶,一面顺手丢了几个玉米骨,在刚刚安装上的、似乎还有点东倒西歪的铁皮炉子里点上一把火。小小的土屋霎时间变得灼热炙人,火光照得大娘的脸通红,然后随着火光的熄灭室温又在明显地下降。就在这种室外寒风呼啸,室内忽冷忽热的情形下,老大妈向我吐露心曲说:

"唉,老王,我真不愿意老头子去南疆啊!哪里来的弟弟?弟弟又算什么呢?我一九五〇年第二次结婚,嫁了穆敏,不就因为他人口简单,忠诚可靠吗?"

"也快,最多一个半月,他就回来了。老爹走前这一个月,干了多少家务啊,他就是希望您平安顺当地度过这一个半月……"我安慰老妈妈说。

"不一定,老王,不一定啊!"阿依穆罕打断了我的话,"老王,您给我出出主意,我应该怎么办呢?"

"您好好地过日子，把身体保养好，把家照料好……"

"不，我说的不是这个，老王，您不知道啊，南疆人的心，南疆的风俗，与我们伊犁人是不一样的。您知道，我比老头子大两三岁，又没有孩子，老头子虽说是老头子了，毕竟是男人，和女人不一样噢！我敢说，他弟弟一见老头子，一定挑唆他把我抛弃了，再就地给他说一个四十多岁、还能生育的女人……实话对您说吧，我知道的，老头子这一去，是不会回来的了！"说到这儿，阿依穆罕伤心已极，呜呜地哭了起来。

阿依穆罕大娘的话与泪大出我的意料之外。看他们平日相敬如宾、相依为命，老太婆对老爹虽有腹诽但行动上唯命是从，为了让老爹及时吃饭不惜烧掉一把又一把的柴，烧干一锅又一锅的水，而老爹对老太婆又是那样体贴照顾，虽有埋怨但有求必应……怎么可能走一趟和静就造成这么大的危机感呢？难道人和人的相互信赖就这么不牢固，而莫名其妙的隔膜（例如南疆人对北疆人，或北疆人对南疆人的看不惯的一些说法），就可以那样有力地左右一个人的判断么？唉！

我竭尽全力安慰大娘。也好，经过这次一说一哭，什么东西都倾倒出来了，以后几天，大娘的情绪正常多了，她还给我做了一回相当费事的薄皮奶油南瓜丁包子吃。

两个星期以后，一大卜午，我从庄子参加积肥劳动回来，一进院门，看到正在用锄头砸煤块的阿依穆罕大娘。大娘一见我，喜笑颜开地告诉我说："老头子回来了。"

简直难以置信。如此隆重庄严、如此兴师动众地筹备、送行、成行，而且从精神上是那样沉重地惊扰和震动了老妈妈以后，才十四天，老爹就回来了。这甚至使我觉得荒唐滑稽，替他们不好意思。

老爹态度平和，精神正常，含笑不露，彬彬有礼。对于我的关于他的路途生活、关于他的弟弟、弟妹、子侄以及和静县情况的问候，他只答以"好""对""就那样""嗯嗯"，此外不置一词，好像根本没有谈这个话题的兴趣,好像盛大的行前"乃孜尔"不是半个月前为他举行的,而是半个世纪以前为哪个不相干的赛麦德举行的。总之,曾经使他梦魂萦绕、煎心焦首的思弟之情,已经云消雾散无踪无迹了。

"您怎么这么快就回来了?您怎么不多住些日子?"不止一个人这样问他。"嗯,我想念弟弟,就去了。我已经去过了,就回来了。"这是他的唯一回答。

事后阿依穆罕大娘悄悄对我说:"我揣摩着一定是老头子的弟妹不好,他的兄弟媳妇不欢迎他。这样的坏女人到处都有。老头子不说这些,连对我也什么都不说。"

穆敏老爹的深陷的大眼睛里似乎闪烁着一种略带忧郁的光,当我仔细打量时,却又不见忧郁,老爹的眼光似乎更豁达、更宽容、也更开阔了。

幻想有时候比现实似乎好。有时候,幻想变为现实的时候似乎便失却了幻想。而一个真正的男子汉应该守口如瓶,不要为生活、为人和人的关系、为一切细小的难免的挫折、为一件迟早总要过去的事情的过去叫苦,生活里已经有足够的苦被人们咀嚼,又何必用自己的渺小的叹息、伤感、牢骚来进一步毒化生活呢?我对及时归家、绝无他话的穆敏老爹致以庄重的敬礼。

一九七〇年我们公社搞"斗批改",搞"清理阶级队伍",组织贫下中农毛泽东思想宣传队。穆敏老爹被吸收为宣传队员,进驻公社机关,抓公社机关的运动。老爹每天穿戴得整整齐齐,两个风纪扣全部系紧,手提一个儿童用的鲜红的塑料书包,内装他不会读的"语录"及"老三篇",按时去上班。

说起红书包也够好笑的,当时推广部队搞"红挎包"的经验,人家所说的"红",是指政治思想,指包里装满语录、宝书、宝像。当这个经验翻译成维吾尔语并在我们公社贯彻的时候,变成了红颜色的包包,结果,大队统一从伊宁市买了上千个小学生和幼儿园大、中班孩子用的小巧玲珑、鲜艳夺目的红塑料包,发给这些留着络腮大胡子的维吾尔农民携带,返老还童、如嬉如戏而又毕恭毕敬,实在别有一番风貌。后来别的队也买,搞得幼儿与小学生用的书包脱销。

我问老爹:"您去揪阶级敌人了么?"答:"有就揪,坚决斗争。"问:"您怎样宣传毛泽东思想了?"答:"我让他们念报,念完了我就说,要拥护毛主席,抓革命促生产,大家的事大家做,谁也不要松懈。"问:"这样念念报就算搞了斗、批、改了么?"答:"别的事有队长、组长、党员们做主,我听着,看着。"问:"您看这个'清队'搞得怎么样啊?"答:"老王,唉,这您也要来问我么?您这就不对了,我正要问您呢!"

我们俩相对苦笑。

这一年我的情绪很不好,放眼祖国,满目疮痍,思前想后,阴云迷雾。然而老爹是镇静的,他用他的语言劝慰我说:"不要发愁,呵,无论如何不要发愁!任何一个国家,都需要有'国王''大臣'和'诗人',没有'诗人'的国家,还能算一个国家吗?您早晚要回到您的'诗人'的岗位上的,这难道还有什么怀疑吗?"

在维吾尔语里,"诗人"比"作家"更古老也更有一种神圣的意义。维吾尔语里"作家"与"书写者"是一个词,你说一个人是作家,他还可能以为你是记工分的记工员呢。然而只要一提诗人,就都明白了。

老爹的话给我很大的鼓舞和安慰。

这一年,队上要求老爹去庄子盖房。因为根据农田水利和新居民点建设规划,我们队的全部社员应该迁移到伊犁河沿的庄子去,而且我们的这个小院,位于设计中的一条笔直的辅助道路的必经之处,小院应该拆掉,非拆不可。

穆敏老爹欣然接受了这个方案。阿依穆罕大娘却紧锁双眉,长吁短叹。她带着哭音说:"我在毛拉圩孜这个地方整整生活了五十年,这里买东西、看病、乘班车都方便,我为什么要到荒凉的伊犁河沿去呢?"

"唉,老婆子,咱们大队四个队的新居民点修在伊犁河沿,只有三个队居民点在毛拉圩孜的公路旁。现在,庄子也已经有了供销社、医疗站、银行和学校。队里将要给我们九分住宅地,还为我们打好房基,工、料都支援我们。在那边我们会有几间大房子和大园子,奶牛和毛驴在那里也会吃到更多更鲜的青草。上工、打粮、开会都更近了……您却不愿意去,您不是傻了吗?"

队干部又来反复动员,阿依穆罕大娘只好同意迁移。她私下对我说:"我也知道老头子的心,我们现在住的这个小院和土房子,毕竟是我的前一个丈夫留下的遗产,他住着,有心病。他早就想到庄子去了,那里的一切,是公社、大队和生产队给的呀!"

没等到他们搬家我就离开了他们,到乌鲁木齐南郊的乌拉泊地区的文教"五七干校"进修深造去了。

一九七三年我回伊犁搬家,得知阿依穆罕大娘因为眼疾在伊宁市住了医院。在医院里,穆敏老爹悲伤地告诉我,他们是在一九七一年夏拆掉了我们住过的土房和小院搬到新居民点去的。阿依穆罕从迁到伊犁河沿去以后,处处觉得别扭,不顺心,无法适应新环境,一夜一夜地不睡觉,总是想着毛拉圩孜、公路、我们的小院和土屋。终于,想出了病,把眼睛都想瞎了。

我几次找医生,医生对老妈妈的眼疾没有说出个所以然来,也许是不屑于对我说。我又不是大娘的直系亲属。

我给大娘买了些水果,买了些点心和牛奶糖,喂大娘吃。大娘说,入院时她还能看见一点光亮,住了一个月院以后,干脆什么也看不见了。大娘指着自己的胸口说:"这里头像火烧一样,烧得我都熟了啊!"

住院已经没有意义。老爹赶着毛驴车,拉着双目失明的阿依穆罕回家。由于阿依穆罕对于毛拉圩孜旧居的思念,老爹用庄子上的新房,换了一间旧居旁幸存的更加破烂矮小的房屋,他们住到那里去了。一九七九年夏天，阿依穆罕老妈妈长眠在那里。

维吾尔人的男女有别、男女分工是搞得很清楚的。男人都不会料理家务。阿依穆罕去世以后，穆敏老爹的生活非常混乱狼狈。队里的几个领导都很关心，帮助说合，从一九八〇年，穆敏老爹便把另一个生产队的一位老实巴交的孤老婆子接到家里，两个人合作过日子。老爹已经老迈，不再下田劳动，他和另外一个老汉看管新修缮的清真寺。有时，他在前兵团农四师工程处路口卖一点沙枣和莫合烟。逢年过节，队里给他们送点油、肉。新的老两口，仍是和睦度日，相濡以沫。一九八一年我去看老爹的时候，见到了这位矮个子、扁圆脸、说话口齿不清的老大妈。老大妈几乎用同样的程序和姿势烧茶铺桌款待我，但那茶（请这位大妈原谅我）我喝着味道索然，整个家，都不是那么一回事了。

写起伊犁的人和事来，没有什么人比房东二老更叫我觉得熟悉、与我关系更亲密、更能牵动我的心了。在我成人以后，甚至与我的生身父母，也没有这种整整六年共同生活的机会。然而，我几次提笔都写不成，他们似乎算不上什么典型，既不怎么先进，也不奇特、突出。甚至写个畸形人物也比他们好写，说不定更吸引人。

然而不知为什么，虽然我早已远离伊犁，虽然这些年我是在完全不同的境遇下与完全不同的人打交道和从事完全不同的工作，虽然我由衷地欢呼和拥抱这新时期，包括我个人的新的开始、新的生活，但我一想起穆敏老爹和阿依穆罕老妈妈来，就有一种说不出的爱心、责任感、踏实和清明之感。我觉得他们给了我太多的东西，使我终生受用不尽。我觉得如果说我二十年来也还有点长进，那就首先应该归功于他们。他们不贪、不惰、不妒、不疲沓也不浮躁、不尖刻也不软弱、不讲韬晦也不莽撞。特别是穆敏老爹，他虽然缺乏基本的文化知识，却具有一种洞察一切的精明，和比精明更难得的厚道与含蓄。数十年来我见到的各种人物可谓多矣，但绝少像老爹这样的。我常从回忆他们当中得到启示、力量和安抚，尤其是当我听到各种振聋发聩的救世高论，听到各种伟大的学问和口号，听到各种有关劳动人民的宏议或者看到这些年相当流行的对于劳动人民的嘲笑侮弄或者干脆不屑一顾的时候。

遵照巴尔扎克的不朽传统，我本来应该在本篇的起始好好描写一下小院的风光的，但是……那就把这小院风光的回忆，放到这篇小说的最后部分吧。

推开由三块长短不一也不平整的木板钉起的门，先看到一个大大的打馕的土炉，新疆俗话叫做馕坑的。遇到打馕的时候，这里会冒出熊熊的火焰和团团的黑烟白烟。土炉旁便是低矮的土屋的唯一的采光用的玻璃窗，这个窗子是打不开的，换气全靠门缝。小窗子的玻璃还是两半截接在一起的，尘土和油烟使玻璃变成了褐黄色。

靠近院墙栽着三株白杨，白杨脚下是一弯渠水。渠水的另一面是搭起的架，头几年种南瓜，是南瓜架，后几年栽了葡萄，便有了葡萄架。秋天葡萄成熟的时候，常常有鸟雀来抢吃葡萄，还有一种野蜂，隔着葡萄皮吸吮葡萄的甜汁。被野蜂吸吮过的葡萄变得又小又蔫，但这种又小又蔫的葡萄仍然可以吃，而且我以为并不难吃，被野蜂吸吮剩余的那一点汁液显得更加黏稠甘美。为了惊吓和驱赶肆无忌惮地吃葡萄的鸟雀和野蜂，穆敏老爹不知从哪里搞来一个马头的骷髅，骷髅挂在葡萄架上，它或许能起稻草人的作用？

再往后面走，便是一个小小的园子，有五棵苹果树。一株叫做冰糖果，甘甜早熟，但品质松软。一株叫做二秋子，高产，色红艳，酸甜，属于大路货。这株二秋子非常高大，枝叶茂密，老妈妈生前一下午一下午地喝茶便是在这株二秋子树下。我推测，她一生中最快乐的时辰是在这株果树下面度过的。有一次我的爱人到毛拉圩孜来做客，阿依穆罕与她握手问好以后就不见了，我们正在奇怪，忽然头上二秋子的枝叶簌簌地摇了起来，红绿怡人的二秋子苹果落了一地，有的苹果砸到了我们的脑袋上,叫人喜盈盈的。抬头一看,大妈原来轻巧地上到了树上,她正站在树杈上为我们摇苹果呢。

其他三株是夏柠檬、秋柠檬和一株最后因为病害终于砍掉的阿尔巴特冬果,那苹果结得比拳头还大。

春、夏、秋三季,树上都有许多鸟。每天早晨天不亮,多声部的鸟鸣就会把人吵醒。特别是春天,那鸟儿的叽叽啾啾、吱吱喳喳、嘀嘀哩哩、咕咕噜噜,令人心醉,令人忘却一切烦恼,惊异于这个世界的鲜嫩、明亮、快乐和美丽。

我初到伊犁的时候曾经写过几句旧诗,算是我们的小院的即景,题目就叫做《即景》:

濯脚渠边听水声,饭茶瓜下爱凉棚,
犊牛无赖哞哞里,乳燕多情款款中。

现在,小院小园果树没有了,土房土炉葡萄架与白杨也没有了,这里是一条笔直的黄黄的土路,通向二生产队的大片苜蓿地。一九六五年我初到庄子劳动时,一次大雨中曾在这块苜蓿地里迷了路。这条道路并没有多少车马行人,一九八一年我看见这条路上的每一条车辙、每一行蹄印,以及人的脚印和狗爪、猫爪和鸡爪子留下的印迹,都还清晰可辨呢。

发表于《花城》1983 年第 6 期

好汉子依斯麻尔

毛拉圩孜公社有两个有名的"通岗"(回族之意),都叫依斯麻尔,为了区别起见,人们称年长的那位为大依斯麻尔或胖依斯麻尔,年轻的那位就叫小依斯麻尔或麻脸依斯麻尔。

大依斯麻尔是土改中的积极分子,六十年代,他已经是这个公社的社长,四十来岁,大大发胖,说话声音尖尖的,像个女人。做了多年的农村基层领导工作以后,一方面他在政治上、工作上与世无争,看上面派下来的党委书记的颜色行事,不思进取;另一方面又在精神上、物质上拥有一定的优越条件。渐渐地他开始成为一个饱食终日无所用心、开会时打盹、发言念稿子、吃肉喝酒时精神抖擞神采飞扬的角色。

小依斯麻尔其实一点也不小,他又叫麻脸依斯麻尔,顾名思义,他的突出特征是长着一脸麻子。但我确实还没见过这么漂亮的麻子。一九六五年第一次见到他的时候,他三十刚过,头戴一顶形状颇像双翼船的哈萨克式细毡帽,上唇留着又黑又密、粗硬上翘的布琼尼式①胡子。圆圆的大眼睛,鼻孔很大,大鼻子呼气能成风,身体厚重而又健壮,往那儿一站,虎背熊腰,威风凛凛,脸上总带着得意洋洋的三分笑。他的这种外形,尤其是他的这种风度,一下子就能征服你,使你觉得那几粒麻子不但不丑,反而加强了他那粗犷豪迈、浑然一体

---

① 布琼尼,苏联元帅,十月革命后内战时期的著名骑兵将领。

的气概。

听说他的事情是这样的:一九六四年秋冬之际,社会主义教育(又名"四清",即"清政治、清经济、清思想、清组织")工作队进点,毛拉圩孜公社紧张地"运动"起来了,小依斯麻尔向大依斯麻尔发动了猛烈的"炮击"。

这个依斯麻尔出身雇农,又能干又能说,像历次运动一样,很快被工作队发现、器重、重点培养,成为工作队所依靠的"根子"。他在贫下中农座谈会以及各种"背对背"的揭发会上对本生产队、本大队及本公社的干部进行了勇猛无情的大揭发。特别是对于大依斯麻尔,不知道是不是因为两个人都是回族、又都叫依斯麻尔,而大依斯麻尔一直高高在上,特别使小依斯麻尔不服,他的攻击更加热烈而又丰富,效果是立竿见影:一、大依斯麻尔立即靠边站、写检讨去了;二、小依斯麻尔作为本大队的首席代表,出席了公社贫下中农代表会议。据内定,小依斯麻尔将要担任公社贫下中农协会委员与大队贫下中农协会主席。而"四清"中的"贫协"正像"文革"中的"革委会",曾经一度显得比党组织还要行时,还要香一些。从一九六二年八届十中全会以来,就时兴说某个某个党组织"烂掉了",一九六四年传出了"农村党组织烂掉了三分之一"的吓人论断,"贫协"也就被某些人一度目为烂掉了或者正在烂掉的那部分党组织的拯救者了。

一九六五年一月举行了严肃而又激烈的公社贫下中农代表会议,会议的任务是初步揭阶级斗争的盖子。依斯麻尔是大会发言的第一名,他讲得大胆、生动、火药味儿足,颇受称赞。当晚食堂吃抓饭,依斯麻尔相当饕餮,居然连吃了五碗,偏偏被细心的工作队副队长看见了,副队长似乎斜着眼盯着他,而他浑然无觉。第二天他在小组会上发言,大概有点得意忘形,说什么对待农民就像对待麻雀,抓紧了会捏死,抓松了会飞掉,并且说这是列宁说的,当场受到副队长的痛斥……还有人说不是因为这,而是因为他捏了一个维吾尔族姑娘的手……反正,散会的时候他啥也没选上,仍然是"白丁"。

人们说依斯麻尔历来如此,每次不论搞什么运动,他的规律是初期当积极分子,中期当中间分子,后期当落后分子。此次"四清"中,他被赏识的"黄金时代"更为短促。为什么会是这样呢?没有人向我说明。

一九六五年四月,我刚到公社,一天晚饭后在村里闲逛,碰到"四清"工作干部,便结伴一起来到队里的马厩,在这里与已经被从"根子"圈里淘汰出来的依斯麻尔首次见面。工作干部将依斯麻尔戏称为"马号班长"。马号班长与我握手时非常用力,态度亲切,捋着小胡子,龇着牙,连声说:"房子去,房子去。"(即家里去)工作干部观察了一下马食槽,皱起了眉头,用百分之八十训斥、百分之二十玩笑的口吻对依斯麻尔说:

"你怎么这样懒?跟你说过多少次了,草要铡得短短的再喂,你为什么整捆的苜蓿连要子都不解开就扔到马食槽里呢?真太不像话了!你还像个雇农出身吗?你还是积极分子呢!你就不兴长点出息吗?"

依斯麻尔略显狼狈,但并没有改变脸上的笑容,他解释说:"伊犁喂牲口,从来不用铡刀……"

"这就是落后嘛!马这个东西是个粗心大意的玩意儿,一边吃一边丢,好好的苜蓿吃一半丢一半,真叫人心疼!关内的农村,要像你们这样大手大脚,早就饿肚子了!这不是铡刀也买了,推广用铡刀铡寸草饲养,上边是有文件的……"

"来了铡刀,也没有人会用。我倒是想铡,可没人敢来续草,都说怕把手铡下去……"

"胡说八道!你给别人提意见倒挺积极!选你当马号班长这也是党对你的信任,你倒拿出个当家做主的样儿来呀!现在就铡,我给你续,一个晚上先铡出三天用的草来!"工作干部是个性急的人,他原来是一个县文工团的副团长,看来对农村工作也很熟悉,虽然瘦小枯干,训起雄赳赳的依斯麻尔来却有高屋建瓴的气势,他一面说,一面挽袖子。

"让我来与依斯麻尔搭伙吧,我熟悉这个活儿。"我说。

副团长看了我一眼,对我的积极性表示满意,但又怀疑我会不会铡草。及至我在铡刀边坐了下来,腿顶臂压,边续边卷,确实像样地与新结识的依斯麻尔配合着干了起来之后,他才欣慰地走了出去。走的时候依斯麻尔非常礼貌地与他告别,并热情地说了十几句"有时间了房子去",点头哈腰,满脸赔笑,直到人家走得远远的了,笑容还堆在依斯麻尔的脸上。

"王先生,看你这副戴眼镜的单薄样子,我真怕一阵大风把你吹到伊犁河里去,想不到你还会干这个!"依斯麻尔毫不费力地用独手嚓、嚓、嚓地按着铡刀,笑嘻嘻地说。

我先请求他不要叫我"先生",然后告诉他,铡草,是我在北京门头沟山区农村下放时学的。

我们最多干了十五分钟,依斯麻尔一挥手:"行了!"一脚就把铡刀踢倒了,骂道:"毬哇!还想教给我怎么干活呢!我一拳可以打倒一匹四岁的马!我打芟镰一天可以打二十亩!叫他来,不把他累得趴在地上哭!扛麻袋一次我扛一百七十公斤!铡个毬草!不像你们口里(即关内),新疆的草有的是!铡不铡也让马呀牛呀的吃个肚圆!走,房子去!"

他不由分说把我拉到他的房子——家里。可以进出车辆的两扇大门,牲口圈里有驴有奶牛还有一只小羊羔,庭院地超过一亩,靠着围墙种了圈杨树,中间有几株苹果,大部分是菜地,这一切都挺气派,超出一般水平。他的房子一拉溜四间,高高大大,建筑在高台上,廊檐宽大。他的房屋陈设介于维汉之间,方桌、木椅、茶壶、掸瓶以及墙上挂的"月份牌"画是汉族式的,壁毯、挑花窗帘、覆盖着挑花白布的挂衣架、洗手用的铜壶和盆子以及铺满整个炕的羊毛花毡是维吾尔式的。他们的炕也很有意思,比一般维吾尔家庭的炕要高得多(维吾尔人的土炕一般只比地面高出一尺左右,几乎布满全室,如果不是他们自己用汉语借词"炕"来称呼的话,我不会认为那是炕的),比一般汉族农家的炕要低一些,充分表现了新疆回族语言接近汉族而宗教信仰和风俗习惯接近维吾尔族的合二而一的特点。

他们家给人最深刻的印象是那种闪闪发光的清洁。不仅茶壶、茶碗、铜壶、铜盆、窗玻璃、梳妆镜以及桌椅板凳是清洁的,不仅每个没有上油漆的白木窗棂和房顶上裸露的苇席和白木椽子、檩条是清洁的,也不仅他们炕上的毡子以及精心叠放好了的被、褥、枕头是清洁的,就连墙根与窗根,就连门的下半部,就连土地——后来才知道那地是用牛粪和了泥细细地抹了三遍的——也都一尘不染、光可照人。坐在这样清洁的环境里,我一再为自己衣裤与鞋子上的灰土而局促不安,连在进屋以前被妻子细心扑打了一番的依斯麻尔,也显得未免太邋遢了。

依斯麻尔的妻子叫马秀仙,紫红色的头巾下露出长辫子,瓜子脸,耳朵上有长长的耳坠,手腕上有铜镯子,白白净净,娇小玲珑。她抱着个吃奶的孩子,说话细声细气,谦和顺从中自有暗藏的刚强。依斯麻尔和别人说起话来是眉飞色舞、龇牙咧嘴、咋咋呼呼,唯独对这个看来体积与体重都只有他的一半的年轻的妻子,他的态度是温柔和讨好的。

"你的家很好。"我称赞说。

"这所房子我是一九六二年盖的。一九六二年伊犁人发了疯,二十块钱买一张苏侨证,一百块钱买一张汽车票,从清水河子口子那里往苏联跑,呸!我才不去苏联呢!狗日的们要跑就跑吧,一辆新自行车卖三十块钱,一所房宅卖一百五十块钱,价值五百块钱的地毯卖六十块钱,木料、苇席、砖瓦、土坯卖起来跟白送一样……这不是,我只花了三百块钱就置起了这些东西,盖起了房,可惜,这样的好事情也是百年不遇喽……"他得意地哈哈大笑起来。

他自我介绍说,他解放前是赤贫的雇农,一九四四年参加了伊(犁)、塔(城)、阿(勒泰)三区革命,当了五年民族军的骑兵,受过一点伤,走路有一点跛,算三等荣军。我说我完全看不出来,他说其实早好了,保留着这样一个头衔也是一种光荣。一九四九年复员以后把他分到砖瓦厂当工段长,结果一次他值班失职,失了火,差点没让他坐了"笆篱子"(即监狱),他便还乡务农来了。农民们从不避讳谈自己生活道路上的挫折,他的这种坦率确实使我这个知识分子感到望尘莫及。

"毬,回来更好!我快三十了没娶上婆姨,我没房子,爱骂人,爱打架,谁跟我?我那时候就说,别着急,各有各的运!怎么样?一场大火我丢了月月现钱,丢了工段长——党委本来说要培养我当厂长呢!可回到家乡咱们找到了年轻十二岁的婆姨!这不,也有了儿子!六二年一场边民外逃,这不,我有了房、有了车(指毛驴拉车)、有了园子,狗日的们再多跑点才好呢,伊犁的天地就更宽敞了!"

我很高兴,到公社不久就碰到了这样一个有趣的痛快人。

后来同队的社员向我介绍了依斯麻尔的婚事状况。马秀仙的父亲叫马文英,原籍甘肃,故而他们用类似汉人姓名的"官名",而不像新疆农村的回族那样有"官名"也弃而不用,只用小名即经名(像依斯麻尔,官名韩进喜,无人知晓,自己也不用。依斯麻尔这个名字取自《可兰经》,称为经名)。马文英家道小康,是个未被正式承认的阿訇。他只有此一娇女,女儿年满二十,求婚者络绎不绝,但他索要彩礼过高,都没办成。他看中了依斯麻尔单身一人,好吃喝、好吹牛,似乎带几分傻气,便用请吃羊肉泡馍为诱饵,想骗依斯麻尔为他出劳动力翻修房舍。依斯麻尔果然慷慨仗义,像一头牛一样地为马文英打起短工来。他只吃过一次羊肉泡馍,多数情况下干到天黑只在马文英那里吃一点清茶干馕,但他毫不计较,更没有索要工钱之意。谁想到时间不过一个月,马秀仙便到了依斯麻尔之手。其实,马秀仙早就对父亲只是要钱而不顾自己终身的做法不满在心了。马文英知道这事以后几乎气死,也说过要依斯麻尔的命之类的话。谁也不知道依斯麻尔与马秀仙串通起来用了什么样的办法,马文英终于同意了他们的婚事。一九六一年初他们结婚，三个月后马文英就死了，依斯麻尔继承了他的财产，又在一九六二年发了"边难财"，乱中创了业乱中发了家。

最可怕的是关于马文英的死，有人说是得哮喘病死的，他本来就有哮喘的老病根儿。有人说其实是被女儿和女婿气死的，老阿訇气得脖子上长了大疙瘩。还有人说是依斯麻尔下毒手把老丈人害死的。对后一种说法依斯麻尔大概也有所闻，有一次他对我说："新疆人的俗话说，××族的眼睛小（贪图小利），××族的肚子小（气量小），你听到过这话吧？我的房子好，婆姨俊，不知道有多少人气不忿，背后嚼舌头！唉，要不怎么说我们这些个少数民族不发展呢，看你们汉族，宰相肚里撑大船！"

我连忙声明，他太过奖了，汉族人也是各式各样，其中不但有眼睛小肚子小的，还有心黑手辣脑袋尖的。他耸耸肩，缩缩脖，表示信服，也表示无可奈何。

从我们的交谈看来，彼此交情是愈来愈深了，我忍不住问："听说你是挺积极的嘛！为啥没当上'贫协'主席呢？"

"毬！"他哈哈大笑，我也就笑了。我实在佩服他把这一俗称用得这样万能，可以回答任何难题，可以摆脱一切尴尬。多年后的今天，我甚至设想如果联合国某个成员国的首席代表回答不怀好意的记者追问的时候给他这么一个字，那该多精彩！怪不得原始人要把这个东西当做图腾来膜拜了。

六月初，他被免去了"马号班长"的"要害职务"，不知道是不是为了他不肯把草铡短。然而说他懒是不公平的，他是干农活的好把式，而且总是干重活。

我最喜欢的是他用芟镰割苜蓿，在泛着一种淀粉的甜香、绿中又带有紫色乃至红色的苜蓿地里，依斯麻尔和其他几个头等劳动力一字摆开，身体微微前倾，两腿叉开稳稳地一站，双手把握着大芟镰的长柄自右向左一抡，带着嗡嗡的风声，嚓，只一声，一片苜蓿就齐齐地割下来了，而且被刀上的一个弓形的木棍归拢成一抔（读 póu）；嚓，又一声，嚓、嚓、嚓，一大片地就净了，这种速率使过去只知道弯着腰用小镰刀收割的我目瞪口呆。直到这个时候，我才恍然对《安娜·卡列尼娜》一书中关于列文和农民一起割草的描写有了真切的体会。

我也拿起一把芟镰，学着依斯麻尔的样子，运足了气，"嚓"地来了一下，也怪，割得茬子高高低低，只割掉了一小片而且呈不规则的弧形，分散在地上聚拢不起来。这时依斯麻尔停下来，一面从口袋里拿出一块小磨石"钢"（读去声）刀刃，一面热情地教给我应如何使用芟镰。原来，我的腰前倾得不够，臂没有伸直抡开，镰刀离地太高而且角度不正，尤其是，我缺少那"嚓"的一下的爆发力。按照他的指点我"嚓"了几下，果然进步显著，但与老农比仍然差着一大截。只"嚓"了五下我已经浑身透汗，那种姿势似乎特别便于汗水顺着脊沟、尾椎骨往裤子里流。十下以后，气已聚不起来，步子也不稳了，脸也红了，芟镰在手里摇晃，我咬紧了牙关。"放下，休息去！"只听得依斯麻尔大喝一声，但我已经控制不住自己，嚓，眼看着镰刀歪歪扭扭向着自己的左脚砍来，我一个踉跄，几乎倒在地上，还好，总算没有砍断自己的脚趾！

"唉，老王，你干不了！你当是干农活容易？你当是吃饭容易？"他的口气粗暴，严厉，而且包含着一种贬低别人抬高自己的洋洋自得，而我呢，是完全服气、五体投地的。

"毬！"他似乎觉得刚才话说得太硬了，需要挽回一下，便友好地骂了一句，指着自己的后腰和屁股说："我们也费劲，打上一天芟镰，累得尻子生疼！"

劳动休息当中，他的话很多，他最喜欢说的话题之一是解放前随一个商人到哈密、巴里坤一带的情形，他说他在那边进过一次妓院，说到这儿他就眯起一只眼睛，哼唱起一支小调，歌词大意是：

姐姐好呀，妹妹好呀？
　　哪个看上了哪个好，
　　西瓜圆呀，甜瓜（指哈密瓜）圆呀？
　　哪个吃上了哪个圆。

他说这是口里（关内）老客逛窑子唱的小调，这使我大吃一惊，因为这调子竟与我早在北京就熟悉的《沙里红吧唉啊唉》完全一样。解放前，恰恰是倾向革命的进步学生，例如在著名的平津学生大联欢里，唱这个：

　　哪里来的骆驼客呀，
　　沙里红吧唉啊唉……

谁想得到，近二十年后我来到新疆伊犁农村，在这个依斯麻尔口里听到它原本是个淫荡的狎妓小调儿呢！

依斯麻尔说起这一路话来每一根胡须都抖动跳跃，眼珠儿也一闪一闪。有一些社员，特别是已婚的女社员一边听一边笑一边骂，等他说到一个段落，美不滋儿地捻起胡须的时候，大家齐声喊道："泡！泡！泡！"（牛皮！牛皮！牛皮！）

依斯麻尔说的究竟是事实还是"泡"，谁知道？

在另一次闲谈中，"四清"工作干部也在场，不知怎的谈起蛇来，依斯麻尔眉飞色舞地喊道："我见过的蛇你们可没有见过！在我十五岁那年，我在绥定县下苦（即扛长活），看见一条大蛇，我拿着砍土镘去打，结果蛇一张嘴，把我的砍土镘吞下去了……"

这回不等他说完人们就"泡泡泡"地喊起来了，"四清"工作干部接连摇头，不带笑容地说："依斯麻尔的话根本不能信！"

依斯麻尔自觉失言，略显难为情，他解释说："这个……不是吞下了砍土镘，是我举起了砍土镘，蛇不但没有躲，而且吐着信子冲了上来……"

没有人再相信他的话了，在我的心目中他的信用也大为降低。

可能我的脸上显出了嘲笑轻视的神态，他看看我，笑笑，骂了一声"毬"，唱起回族小调来。

他的回族小调的内容我想不起来了，只记得歌词里多次重复出现"溜溜的"这样的有音无义词，我这才明白《康定情歌》——"跑马溜溜的山哟……"该怎么唱。可惜，自始至今，这么多中外歌者唱《康定情歌》，我还始终没有听见过一个歌唱家把这个"溜溜的"的回族味儿唱出来。

夏收时候他担任一个麦场的"场头"，我也在他这个场参加摊场翻场晒场，有时候也学一学扬场。他当起场头来相当威严，说一不二，很注意本场的进度，绝不落在另外三个场的后头，同时很注意给场上的劳力弄瓜吃。每次弄瓜他亲自上瓜地，有一次因为瓜不好他和瓜匠吵了一架。休息时间他一声令下，我们放下木锨木叉扫帚，满身糠皮草棍绒毛土星地围在一起，用"铁砂掌"把瓜砸个稀巴烂，一人一块吸里吐噜地吃。依斯麻尔吃瓜的本事也是别人无法比拟的，吃西瓜看不见他吐瓜子，只见他不停地吞、咽、吸，瓜子儿自动地从他的嘴角涌出，雨点般纷纷落下，他吃瓜的声音如翻江倒海。我曾试图学习他的这种"自动排子吃瓜法"，不然他吃完一个了我还没吃完一牙儿，吃亏太大——麦场上吃瓜的法则是快者多食，只试了一次，呛得我脸红脖子粗，几乎进医院动排除气管异物手术。

"四清"工作队也抓生产，夏收时曾经三令五申要求给使役的牛、马戴笼嘴。说起伊犁大牲畜在麦地麦场大口吞吃麦穗乃至扬净了的麦粒的情形，实在可怕。不但只有一个胃的马搞得消化不良，拉粪时一撮一撮地拉麦粒，就连拥有四个胃、细嚼慢咽的老牛在麦收期间也是大把大把地排泄整麦子。我个人是拥护工作队的指示，赞成把牛、马的嘴封一下的。

工作队亲自找人用铁丝编了笼嘴，送到各场各队。依斯麻尔也好，别的乡亲也好，对工作队的指示唯唯诺诺，表示坚决照办，并当着工作队干部的面把笼嘴套到马嘴上。工作队干部刚走开，依斯麻尔就把所有的笼嘴摘下，把马嘴解放出来了。摘下的笼嘴并不拿走，垂挂在马头上，那样子使我想起城里人戴口罩来。有人戴口罩就是这样，鼻子、嘴都露在外边，口罩带挂在耳朵上，口罩布罩在下巴上或垂在胸前，真不知道这样戴口罩是糊弄谁。

我完全不能理解依斯麻尔这种阳奉阴违、顽固对抗工作队指示的道理何在。我对他说，还是戴上笼嘴好，把场上使役的马的嘴解放出来，对马无益，弄不好吃生麦子过多，马会得肠结胀破胃。依斯麻尔不屑地撇一撇嘴，骂了"毬"以后，耐心教诲我说："唉，老王，你读书识字的人怎么不懂得，麦子一年熟一次，胡大给的，人也好，牲口也好，麦收期间都应该敞开吃，一年就一回嘛！"

他的道理不能说服我，当然，我也不抱希望能说服他。我发现，所有的当地农民都大致抱与他同样的态度，对给牲口套笼嘴非常反感。不仅场上如此，麦地里拉高轮车的老牛，也是垂挂着笼嘴而到处伸口，敞开吃。"四清"结束以后，直到今天，据悉这个习惯也没有改，而且在使役大牲畜的时候，就连挂于耳朵垂于胸前的口罩——做样子的笼嘴，也不见了。

这一年——一九六五年冬天，开始了伊犁地区三县一市和兵团农四师有关团场民工的联合大会战，改建人民渠龙口。人民渠一般叫它大湟渠，源于伊犁河上游三条支流之一的哈什河，浇灌着伊宁市、伊宁县、察布查尔县、绥定县（后并入霍城）、霍城县的许多土地，堪称伊犁河谷的水利命脉。但这里的龙口（进水口）还是清朝留下的底子，全靠树梢木柴石头沙袋来堵水，把一部分河水截入渠道。每遇到洪水暴发，就会把这种临时堆积的堤坝冲决，于是大渠干涸，四方惊恐。然而解放前是由"龙官"、解放后是由水利部门给各地派工派料，前来抢险堵水。每年都要这么干好几次，不但开支浩大，用水无保证，而且这是一个危险而又艰苦的活儿，龙口地区荒滩野地，在这儿出工要风餐露宿，抢堵的时候弄不好会屡有伤亡。解放前更有故意把名叫"托乎迪""图尔迪"（意为停、止）的人推入河流以止水的事情，说起来令人魂飞天外。

所以，当伊犁党政领导制定了在大湟渠龙口修建电动分水闸、泄洪闸、加宽上游渠道、提高水位并修建数个跌水，为将来建设水电站打下基础的宏伟计划以后，受到各族人民的热烈拥护。十一月下旬，玉米大致收完了，各县各公社各队各农场，车水马龙，络绎不绝，条条道路向大湟渠渠首进发。

我们生产队当时正闹领导班子问题。原队长提升为大队长，新选的队长脾气倔，和上上下下闹僵，撂了挑子，只剩一个副队长维持局面。这时"四清"工作队也已经撤走了，队委会几经研究，决定起用依斯麻尔，派往湟渠渠首的民工，由依斯麻尔带队。

依斯麻尔喜形于色，胡子翘得更高，眼珠子瞪得更大，说话声音更响，连身上的汗味儿似乎也比平常更刺激，短短几天便做好了各项准备。队里又优待去湟渠的民工，每个劳动力预分十元钱、二斤菜籽、一斤羊肉，并且给家里各卸半吨煤，于是本队的二十五个劳力（包括我一名），在依斯麻尔带领下向湟渠渠首进发。

湟渠渠首离我们公社约有一百公里，本来是一片荒滩。各县各公社各队早在夏季便为施工准备挖好了地窝子。来自四面八方的上万民工住到了一半在地面上一半在地下的"地窝子"里，牛、马、车辆、各种工具以及雷管炸药也都云集工地。每队一个食堂，地窝子群里有几百个食堂杀牛宰羊，到处挂着牛皮羊尾和盐渍了一下、切成一条条风干备食的牛羊肉。此外还有许多地窝子划出来兼作指挥部、队部（里面安装了电话）、供销社门市部和医疗站以及车辆工具加工维修站（包括铁、木作坊）。工地地窝子群一下子把伊犁地区的生活浓缩在四平方里的方圆之内，显得很密集、热闹。而这些食堂、队部、供销门市部……的地窝顶上插了红旗、彩旗以至国旗和党旗，伊犁少数民族农民很喜欢挂旗子，他们是不管有关悬挂国旗、党旗的规定的。挂着牛尾羊肉的临时竖起的木杆子上，既有电话线，又有广播

《大海航行靠舵手》和"'老三篇'辅导材料"的高音喇叭。说实话，这个水利工地的景象和气氛确是非常红火，非常动人。就连没完没了地唱"鱼儿离不开水呀，瓜儿离不开秧"和没完没了地读"白求恩同志是加拿大共产党员……"当时人们也觉得新鲜、热烈、鼓舞人心。住房条件艰苦一些，被子褥子里全是沙砾、石块和土圪垃，但让老农们一说，比起解放前睡在冰天雪地里修渠现在已经是天堂。至于吃的，除了奶茶不如在公社以外，肉和白面都比在公社吃得多，而且顿顿饭都非常香甜。

民工的任务主要是挖土方，每县每公社每队每人的工作量都有定额。依斯麻尔到达之后立即去"视察"了现场，又出席了公社分指挥部的派工会，回来，他召集我们二十五个人说："你们都看见了，就这点活，拖拖拉拉也是干，拼拼抢抢也是干，干一个月也是它，干半年也是它。工地再好，没有在房子里搂着婆姨睡觉舒服；地窝子再暖，没有房子里的炕头暖；食堂里的拉面肉再多，没有房子里拉得细。我说定了，两个半月的任务，给你大哥我一个月干完。队上拉来的给咱们吃两个半月的肉羊，你大哥我给你们一个月吃光。咱们三班倒，遇到冻土用炸药崩，有你大哥我点捻子，脑袋开了花谁也不用偿命，那叫……那叫……那叫重于泰山，宋朝的司马……司马啥说的。咱们都说明白了，开完会咱们先吃半只羊，哈萨克的饭叫做'那仁'（白肉末面皮），休息三个钟头半夜十二点咱们就上第一班，一个人一天得给我干两个人的活，谁要是偷懒耍奸我日他先人！"说到这里，他刷的一下子把眼睛瞪起来了。

"依斯麻尔哥，不要骂人嘛！"文绉绉、扭捏捏的穆罕默德·阿麦德小声咕哝说。

依斯麻尔的眼睛瞪得更大了，他把袖子一撸，露出了汗毛浓重的粗壮的腕子："骂是好的，我还要打呢！我专打那些个偷奸耍懒的人，穆罕默德·阿麦德兄弟，你记住了，你大哥我名叫依斯麻尔，说到就做到！"

连工作队长都敢顶撞的能言善辩的穆罕默德·阿麦德被镇住了，满脸煞白，一声也不敢吭。其他社员鸦雀无声，两个年岁大一点的长者连连点头，"实话，实话。"他们表示拥护。我也认为，他虽然说得粗野，但总的精神还是正确的，而且这样一个流里流气的人一旦加给他某种责任之后，能在一夜之间变得这样声色俱厉，带几分"铁腕"味道，也使我佩服。唉，那些神经纤细的文艺知识分子们（包括从前的我）啊，拉到大湟渠工地给依斯麻尔当两天"部下"，恐怕颇有益处呢！

关于依斯麻尔的说话，这里还要说明两句。新疆的回族与内地的回族不同，他们一般维吾尔语说得较好，往往比维吾尔人自己说得还清脆一些，而说起他们本民族的语言却相当滞重干巴。回族本无所谓本民族语言，他们用的是汉语，但某些词的发音和用法以及某些句子的构造，还是另有特色。至于新疆的回族话，其口音接近甘肃山区的汉话，但口音更重。依斯麻尔说话则又与新疆的回族不同，他的回族话（或汉话）说得近似陕西话，他的维吾尔话说得飞快，社员们都听得懂，但我认为他的发音极为糟糕，语法更是一塌糊涂。最明显的例子是"害怕"这个词，本是小舌音，一般汉人发成"阔阔多"，变成喉音，不准确，而依斯麻尔呢，则发成"猴儿猴儿多"，相去更远。听到他这种怪腔调，我这初学维吾尔语者忍俊不禁，但社员们却都听惯了。

依斯麻尔平常说话是"见什么人说什么话"，除了以上两种语言，他也会说哈萨克话，同样一派怪味儿。至于上面提到的在水利工地开会讲话，他是自己讲完了自己翻，"两个舌头"一起发挥作用。

在湟渠龙口工地，昼夜三班倒的人马分派好以后，依斯麻尔有板有眼地干了起来。他一个是抓检查质量、进度和劳动纪律，一个是抓工具改革和维修，一个是抓后勤——主要是伙食和取暖煤柴的供应。他本人牢牢地掌握着主动权，想在哪一班睡觉就在哪一班睡觉，想在哪一班吃肉就在哪一班吃肉，想在哪一班干活就在哪一班干活。不管是哪一班,他随时可能出现在工地上,随时可能离去。只要来到工地上,他一是带头大干,二是连吆喝带咋呼,又是表扬又是批评,说出话来针针见血,即使态度蛮横你也觉得他快人快语,实话实说。第三,他的点子多,不断找窍门、挖潜力,推动施工。

一般挖土方是自上而下挖,他挖了一小时以后,让分开段先从下面掏槽,然后从上面砸夯,轰隆一声,被掏了槽的沙石像一面旧墙一样地坍塌倒下,效率提高四五倍。总指挥部的技术员不准我们这样做,说这是"危险作业",容易出塌方事故。依斯麻尔连声称是,等技术员一走,他骂一声"毬",照旧指导我们这样搞,并且提出了许多防止挨砸的办法。沙石挖下以后,要运出去百十米,倾倒到河滩里。开始我们队是用手推车运沙石,这已经比某些队的抬把子、挑筐效率高多了,但随着沙石的倾倒,河滩上形成了一座小山,小车愈推愈远,愈推愈高,愈推愈费劲,愈容易推不到地点就翻车,也有的人故意提前把车翻掉以节省力气,从而使下一车更难推到指定地点。依斯麻尔立即从公社分指挥部设的地窝子铁匠炉那边定制了几套铁钩,又打电话从家里调来了几匹马,每辆手推车都由马在前头拉短套,人在后头推(其实只需要掌握一下方向),一下子我们的手推车就威风起来了,人欢马叫,小车上"山",奔跑如飞。等把这些弄好了,上了轨道,他优哉游哉唱着小曲回地窝子睡觉。有时候他从地窝子门市部买一小瓶(半斤装)酒到食堂吃小灶。在工地干了一周之后,他的气色反而更好,比在家里更胖了。

他这两项"技术革新"迅速在全工地推广了,第二项"马人结合推车法"是大张旗鼓地推广的,第一项"掏槽砸夯人工塌方法"是悄没声地推广的。全部施工过程中,发生过两次突然塌方事故,死一人,伤残二人,但工效大大提高,指挥部三令五申制止这种危险作业,硬是制止不住。一件小事的是非功过,评说起来好像也不容易。

马人结合推车法也有副作用,有时马拉的冲劲太大,人控制不住,便会把车扔到河心里,甚至连人带车一起落入河中。这种事故出过不少，但并无人伤亡。工地高音喇叭经常广播表扬在出了上述事故之后，跳入冰水中救车、救人的先进人物。我们队也发生过两次这种事，依斯麻尔跳入水中救过一次车，除广播表扬外，经公社分指挥部批准，由食堂免费供应他一碗姜汤，半斤白酒，还有一斤白煮连骨羊肉。

吃饭的时候，睡觉前休息的时候，他与社员们说说笑笑，照样是有辈有素、"平易近人"，指挥起生产来，他说一不二，独断专行，咄咄逼人，大家确实也都服了。最后，眼见着我们队进度快、质量好、纪律好（没有请病假事假的）、团结好，安全方面也没出什么大问题，成为全工地最早完成任务、提前凯旋班师的队之一。依斯麻尔受到了各级领导的多次表扬，指挥部还奖给他一条毛巾、一个搪瓷缸子、一件绒衣和一双球鞋。据说工地总指挥、伊犁区党委的一位副书记曾当面告诉他，要选派他参加全州的活学活用积极分子讲用会，不知道是由于他本人确实学得太差还是有人在背后"捣了杆子"（即说坏话），一九六六年三月，州上召开讲用会的时候，修水利功劳卓著的依斯麻尔未能得到出席这个光荣体面的大会的通知。

一九六六年，"文化大革命"的烈火烧到了边疆。先是各大队召开声讨"三家村"大会，我们大队由会计独眼伊敏重点发言，他列举了我大队解放以来的种种变化和各项数据，激昂地喊道：

"邓拓！呸！邓拓！快睁开你的双眼！我们的事业成就巨大，灿烂辉煌，铁证如山！你想一笔抹杀，我们一千个不答应！你说今不如昔，纯粹是白日做梦！你还要让我们受二茬罪，我们要坚决和你斗争到底！"

大家都认为他讲得好，我也没想到，远在与北京时差两小时四十分的伊犁农村，还有这样高水平、联系实际、情理并茂的发言。只是在带领喊口号时，大队贫协主席、老实巴交的卡利两次把万岁——亚夏松和打倒——约卡松喊颠倒了，社员跟着喊了个乱七八糟。好在乡里人厚道，倒没有人当场出来抓反革命——很多人可能没听出来。大队支部书记显然是听出来了，因为在卡利喊错之后他神态紧张，满脸涨红。

散会的时候依斯麻尔与我同行，他慨叹道："让卡利这样没脑子的人当贫协主席，不让我当，你说这'四清'工作队有没有脑子？"他又问："你见过邓图儿吗？"（他把邓拓说成了邓图儿）我觉得尴尬和不好回答。他摇摇头："这个邓图儿也是没脑子嘛，要是我去北京也不能说那些没脑子的话嘛。"我只好摇头苦笑，他叹了口气："都是谝传子（瞎说一通）的事情呗！"

按照当地农民的理解，大会开过了，邓拓、吴晗、廖沫沙打倒了，"文化大革命"也就大功告成了。何况这时马兰花谢了，玫瑰花盛开，包谷苗锄了第二遍，早熟的洋芋苹果（一种含淀粉量高的苹果种）虽然还硬，但也可以吃了，许多农家房梁上的燕窝里的雏燕也已长得羽毛丰满、能展翅高飞了，各条水渠上的蒿草都长得茂密高大了。到了夏收时节，大家的心思，全放到了地里的麦子上。

一临近夏收，队干部就抓瞎了：需要现钱。春天青黄不接，农民们已经苦了一阵子了，到了六月底，确实有的家庭连上水磨交几毛钱磨面都交不出来了，以至个别户用盐水煮包谷粒吃。要动员农民积极投入夏收，除了政治挂帅，抓革命以促之以外，不分点钱是不行的。所以依惯例年年夏收前要搞预分，而这个预分又都是平均主义的，如按劳力每个整劳动力分五块、每个半劳力分三块或者干脆按户，每户分十块之类，不管是超支户、结余户、债权户、债务户，人皆有份。

但是队里的钱从哪儿来呢？一切作物还都在地里，一开春化肥、农药、种子、农具维修、机耕、水（利）管（理）……全是支出，只有从仅有的铁匠、木匠、成衣匠，还有一户赶着毛驴车到伊犁河沿收购脱了脂的牛奶、搀上水运到伊宁市出售的汉族新社员那里抠一点钱。但由于社员的穷困，他们享用铁、木、成衣匠的服务的时候都是只记账而不交钱，偶有营业收入，从业匠人们也是千方百计地隐瞒不交或少交钱。那位卖"坏良心"的牛奶的"自流"来新疆的汉族女同胞又因在伊宁市和人打吵子一星期"罢工"没干，所以队里硬是连一户两块钱都预分不下来了。

队干部连开了两天会，没有下地干活，全队上上下下一片"普鲁（钱）约克（没有）"的诉苦和叹息声。那天我们在哈密瓜地浇水，说起队长犯愁、预分无着的麻烦，依斯麻尔突然来了灵感，他扶着砍土馒木柄，大骂道：

"咱们这一群队干部，全是馕口袋（即饭桶）！如果让我当队长，麦收以前怎么也给你们赚上个几百几千！"

众社员听了诧异，不免请教他有何高策。

他一边骂着"老一字"一边说："我早告诉队长了，要钱吗？便（读 biàn）宜得很！在队上的木匠房里修个大炕，凡是队干部，都把自己的婆姨拿出来，年轻的一块钱一次，老的五毛钱一次，不进钱，你们割我的屄！"

社员们笑成一团，女社员（已婚者）边笑边骂，"脑袋让狗吃了的！""该死的麻子坏蛋！"泼悍的阿细罕抓起一把石头子儿往依斯麻尔身上扔，她说："好极了，我们选依斯麻尔当队长！"

"早就该选我！"依斯麻尔眼睛一斜，胡子一翘，"如果我把队里搞得穷成这个熊样子，我先把马秀仙拿出来给人家……"

没有人拿依斯麻尔的话当真。只有我的老房东穆敏告诉我："这并不全是笑话，依斯麻尔想当干部已经想了很久了……"

我想了想，觉得不像，一个这样胡言乱语、放浪形骸的麻脸文盲，难道还有什么雄图或者野心不成？

麦子没割完，各生产队又开社员会批判起《新疆文学》的副主编来了，据说那个副主编是从北京扛着黑旗到乌鲁木齐来的。在此以前，这里本来是没有一个社员知道世上还有《新疆文学》这么个杂志的。不知道更好，批起来坚决、透彻、不伤脑筋。

紧接着大队也成立了红卫兵。开始这个红卫兵确实有点"半御用"的性质,参加红卫兵的都是大队团总支的干部和积极分子,除了烧《可兰经》和拆鸽子窝(维吾尔人有养鸽子的悠久历史,唐代称古维吾尔人为"回鹘",既是音译,又与鸽子有关。当然,这是"四旧"中的极"旧")以外,他们每天敲锣打鼓催所谓"懒汉""懒婆娘"上工,成绩倒也可喜。

两星期以后,批判"资产阶级反动路线"的大风刮出了玉门关,刮到了天山南北,伊犁河畔。最先发难的是两位从甘肃自流来疆的具有初中文化程度的汉族社员,用歪歪扭扭的汉字写了大字报,揭露前一段大队红卫兵是搞"资反路线"的。在少数民族聚居地区,几个无人看、无人懂的汉字居然立即把"御用"红卫兵打得落花流水、销声匿迹,上上下下都有一股子紧张劲儿。然后是蓄有美丽的长须的大队长率先站出来"破四旧"——剃去胡须,转眼间干部和积极分子的下巴都变得光溜溜的了。然后妇女队长带头剪去自己的长辫……然而,应者寥寥,最后妇女队长也哭起来了,直后悔。显然,女人比男人顽固多了。

干部们带头"破四旧"的革命行动并没有能够缓和或者软化"群众运动"的势头,几天之后,正式贴出了"露布"(布告),公社"云水怒"造反兵团建立,由依斯麻尔任"一号勤务员"。可能是由于"一号勤务员"这个词拗口,始终没被群众接受,相反,"依斯麻尔当司令了"的消息却不胫而走。"司令"这个词儿,早已被各族语言所吸收了。

这个"云水怒"是怎样成立的,依斯麻尔又是怎样当上司令的,我无法与闻其详。反正见到露布,我先是一惊,接着是想笑而不敢笑,最后也有点"却原来失敬了"之感,对自己的不能"知人"小有自责。我在街上看到过几次当了司令的依斯麻尔,他行路匆匆,神态严肃,见了我略似挥手示意又似无暇顾及,胳臂上围着红袖标,那红袖标比原来烧《可兰经》的小红卫兵的袖标大一倍,其"革命"性大概也超过一倍吧。

社员们对他当"司令"似乎认为是理所当然。显然,他们更了解他。他们说,依斯麻尔是"诺契"嘛。"诺契"有"好样的""好汉子"之意,也有"争强好胜""富于进取心的人"之意。我悄悄说了一句:"又是诺契,又是泡契。"意思是说他又是好汉,又是牛皮大王。因为这两个词语在维吾尔语中谐音,很快便传开了,大家当面叫他诺契,背后则说他既是"诺契"又是"泡契"。

到了一九六七年一月,依斯麻尔突然在我们生产队的社员会上宣布"夺权",并且找人念了一份不知道从哪儿弄来的传单,传单上说,夺权便是革命,反夺权便是反革命。众社员包括原先的队干部,早已被当时的形势搞得五迷三道,不知依斯麻尔手执的传单来头有多么大,但有一点是明确的,就是无人愿意当反革命,于是一致拱手请依斯麻尔担任了我们队的队长。与此同时,依斯麻尔宣布,公社的"云水怒"那边他再也不去了,那里其实只有几个汉族自流人员抬着他"谝传子",还不如掌握一个生产队有一点真实货色。事后我听到好几个比较有心计、有阅历的社员评论:依斯麻尔不愧是好汉,造反司令急流勇退,先捞个队长当上,确实是明智、实惠之举。看来他比学生"造反派"司令们高明得多,知识分子就是不成,不服也得服!

依斯麻尔当了队长,可称是敢想敢干!首先是他在当时那种瘫痪混乱状态中抓起了生产。他每天骑着队里最精神的一匹大白马,到处叫人、指挥、"检查工作",对不上工的、干活不合质量的,碰上就劈头盖脸地臭骂一顿,而且摆出一副六亲不认的架势。事实上我看出来了,他主要还是训斥穆罕默德·阿麦德那种人熊货软、干活不行、在此地又无根基的人,而对于一些强者(干活方面,能说会道方面,或敢斗敢闹、脸皮厚方面),他另有主张。

首先他把原有的队干部全部"免职"。原有的队干部倒是些循规蹈矩的正派人,但他们有一个共同的致命弱点,离了上级的指示,他们寸步难行;离了上级的支持,他们没有也不愿去获取属于自己的威望。正常时候,他们是好干部,遇到一九六七年那种状况,他们全抓了瞎,六神无主,只知道等待毛主席做出新的指示。所以,依斯麻尔根本没有把他们放在眼里。

队上有几个著名调皮捣蛋的"落后分子"。一个是前国民党警察班长瓦里斯，这个人鹰鼻鹞眼，容貌不凡，嗓音浑厚，说话有板有眼，老婆能歌善舞，想当年也是风流人物。虽然国民党早垮了，但农民们仍称他为瓦里斯班长。这也是维吾尔人聚居的农村的一个有趣的习惯，搞终身职称。不管是革命的或是反动的职务，不管你是代理过一个月还是连任三十年，只要你担任过某种职务（包括官职和技术职务，例如某某石匠、某某锅匠，以至某某〈电话〉总机等），就会获得终身称呼。

第二个叫艾拜杜勒，一副肺痨三期的熊样子，下眼皮总是翻出一种类似胡萝卜的颜色，他曾经担任过供销社的售货员，因贪污逾千元被处理下来了。他"休"掉了前妻，娶了自己的外甥女，家庭关系一塌糊涂。但他有个哥哥是州上一个部门的头面人物，他在队里仍有几分神气。

第三个是从南疆来到这里不久的马穆特，马穆特为人又懒又脏，但开会必作长篇发言，发言必批评领导和卖弄自己如何赤贫受苦，有时一个会能让他包了，从开会到散会他发言不止，是无师自通的马拉松讲演家。这样的人没有投生到西方去竞选议员而屈居新疆务农，真是屈才了。但他之所以著名并非由于讲演，而是由于他一到伊犁便闹了一百五十元的"外快"。一九六三年春他到伊犁的第四天，家还没安置好，在公路上，被州运输二队的货运卡车挂了一下，倒在地上。司机吓坏了，连忙把他送到医院，检查、透视、照片子，都证明除擦破一点皮以外没有大伤，但他赖在医院不走，不停地哭、诉、讲演，运输二队领导来了，除担负全部医药费用外，又发给他五十元赔偿费。他回到庄子，指使妻女不辞劳苦地每天去八公里外的车队哭闹，终于又弄到了一百元钱，他的这个事迹，在毛拉圩孜公社家喻户晓。

最后是一对汉族男女。女的三十多岁，细皮白肉，原是贵州省贵阳市一个电影院的职员，不知怎么下来而且来到新疆的。男的是河南人,二十刚过,爱流稀鼻涕。这两个人在三年困难时期来到伊犁,口音大异,但男的称女的为舅母,便住进一间土屋。等到"炮打司令部"以后,二人干脆以夫妻互称,社员们付之一笑。

依斯麻尔任命瓦里斯班长担任仓库保管员,艾拜杜勒担任文书兼记工员,马穆特担任出纳,贵州女人担任会计,河南男人担任了另一个作业组的记工员并兼任菜园和果园的司磅。

六个人新"官"上任,喜气洋洋,衣服也都穿得干净整齐些了,从在队里一贯扮演的反对派角色一变而为"内阁阁员"。

看来我虽然身处逆境,但正统思想非常严重,对他们当干部而社员们毫无异议觉得不好理解,便和我们尊敬的房东老爹穆敏谈起这个话题。

穆敏老爹微微一笑,他说:"鹰有鹰的路,蛇有蛇的路。依斯麻尔还是厉害的,他能说、能干、能出主意、能冒险,而且,他是两个舌头(指会维、汉两种语言,在新疆,会两种语言办事要方便得多)。他再抓上这几个人,还有谁能有力量反对他呢?"

"可这是错误的。"我说。

"错误当然是错误了。"穆敏老爹点点头,"我们现在能怎么样呢?如果上面说这根柱子是你们的领导,我们就听这根柱子的,如果上面说这根椽子是你们的领导呢,我们就听这根椽子的……"他一面说话,一面指一指为支撑中间下陷的屋顶而新近支上的一根柱子,又指指头顶上一根已经被虫子蛀了的椽子。

我打断了他的话,反驳说:"上面可从来没有说过让依斯麻尔当领导!"

"可上面没说'不'呀!老王,我还要问你呢,党到底还有没有,到哪里去了?党怎么不说话呢?"

我无言以对。

但是队里还有一个能人,他对依斯麻尔是软硬不吃。

他名叫王吉泰,汉族,二十八岁,比依斯麻尔小六岁,是伊宁市本地人，本来是毛纺厂的机修工，一九六二年调整经济、精简机构时候下来的。他看起来比依斯麻尔精瘦，其貌不扬，远不如依斯麻尔神气，穿戴更不像依斯麻尔那么有特点，在女社员当中，他远不如依斯麻尔有魅力。在农村，他立足未稳，既没有依斯麻尔式的产业，也没有依斯麻尔那么多宗族亲戚。说起话来，他没有依斯麻尔式的冲劲和幽默感，尤其是，他没有依斯麻尔具有的少数民族的代表性。这些方面，他都比依斯麻尔"分儿"低，所以在依斯麻尔跟前，他一直是谦虚退让，甘当老二的。体力方面，他与依斯麻尔打个平手，两个人在别人起哄下掰过一次腕子，僵持十五分钟，不相上下，但依斯麻尔脸红脖子粗，王吉泰谈笑自若。围观的许多人说是王吉泰故意让着依斯麻尔，王吉泰不承认，说自己只有那么大劲。两个舌头方面，两人也是平手。王吉泰虽是汉人，但生在伊犁、长在伊犁，说起维吾尔话发音比依斯麻尔要强得多，但哈萨克族话不如依斯麻尔。干活方面，王吉泰赶车、浇水、打芟镰、场上全套……也与依斯麻尔打个平手。王吉泰原来在工厂待过，所以他还会修理柴油机、拖拉机，能操纵粉碎机、弹花机、碾米机等农业加工机具，这方面胜过依斯麻尔。王吉泰粗通文字，文化方面比依斯麻尔强。特别是王吉泰有一位贤内助，初中程度，四川人，一九五八年因为那里大跃进搞得太苦，辗转来到新疆伊犁，嫁给了王吉泰。她两只大眼睛光辉流动，只是嘴巴嫌外凸了些，除了劳动好、家务好、对人态度好以外，还经常把找得到的一些报刊社论政策文件讲给王吉泰听。

性格方面王吉泰与依斯麻尔迥然不同。王吉泰说话少，行动规正，违反政策法令或一般道德规范的偷鸡摸狗、邪门歪道的事一件不干。他的日子过得不如那些混水摸鱼的人，但他并无怨言，而且对上下左右各族各色人等广为结交。他住在伊犁河沿庄子的两间产权属于集体的小土房里，队部这边的社员到伊犁河沿去劳动，都拿他家做落脚、集合和打尖的地点，饿了在他家吃，渴了在他家喝，困了躺在他们的炕上便睡。上至"四清"工作队长、公社党委书记，下至十来岁的小娃,不管谁来,他和妻子二人都是笑脸相迎,一视同仁,倾其所有热情招待,而且是百来不烦,千来不厌。

他稳扎稳打地扩大自己的基础和影响。凡是到他这里喝过茶吃过饭歇过响的人,都会听到他对队里各种人和事的有根有据、有条有理、要言不烦的批评。他很少说旁人的优点,但他也绝不无根据地说别人的缺点,他对别人的任何指责都是经得起查证而且留有余地的,他从来不把话说绝。他对队里和大队的生产和工作的设想、建议、评论,也都经过深思熟虑。

他在会上并不多说话。尤其是,他坚决不当干部。从公社党委到大队党支部,以及"四清"工作队刚一进村,都看中了他,都曾建议选他当副队长至少是队委委员,但他宁可得罪器重他的领导干部也不接受。同时,他没有一天放松对于队里工作的观察评论以及对各色人等的鉴定。他的意见、他提供的情况经常通过别人的嘴讲出去,因为凡是去过他的家的人都会在不知不觉之中受到他的影响。用当前时髦的说法,他实际上是我们队多数社员的一个在野的、不出面的精神领袖。

最初,依斯麻尔拉他,让他当自己的副手,他当然不予考虑。依斯麻尔进一步表示,愿意把正队长的职位让给王吉泰,自己给王吉泰当副手,他仍是咬定一个"不"字。依斯麻尔在分菜、分粮、分瓜果、分煤炭的时候专门指示把成色最好的给王吉泰,王吉泰不拒绝。预分的时候要给他多分十五块钱,夏收农忙食堂宰牛的时候给他悄悄送去了一块肉,他都退回了,而且在第二天不动声色地把退回十五元与一块肉的事情纯客观地叙述给队里一两个胡须长、威望高的老人。然后,事情传遍全队。

依斯麻尔生气了,一连几天见到王吉泰就板起面孔,王吉泰仍然是谦虚谨慎的样子。王吉泰在那几天驾驶马拉收割机,一天,依斯麻尔来了,这时的依斯麻尔夺权当队长已经五个月,从头到脚已是焕然一新。他仍是骑着高头长鬃大白马,头戴硬盖新帽,身穿米黄绸子褂,左胳臂上的袖子一会儿挽上去,一会儿秃噜下来,秃噜下来以后,再挽上去。袖子挽上去以后,你就会看到他戴着的黑皮表带瑞士表,表拼命往上撸,已经撸到了接近肘弯的地方。这一回,依斯麻尔的脾气特别大,也不下马,高高在上地对跟随收割机给麦子打捆的社员吆五喝六。等走近了王吉泰,他忽然一声冷笑,回头一看,却看见了穆罕默德·阿麦德。依斯麻尔翻身下马,姿势洒脱,杀气腾腾地向穆罕默德·阿麦德近旁走去,用鞭杆子杵了杵他捆的麦捆。果然,穆罕默德·阿麦德捆的麦捆又松又细,只听依斯麻尔大喝一声:"日你妈!说,你是吃馕还是吃屎(长大的)?"

我看到不仅是穆罕默德·阿麦德,而且还有几个未婚的女社员,吓得哆嗦了一下。整个麦地的空气立刻凝结了。

"说话呀!死了吗?把脑瓜子贱卖了吗?"

"依斯麻尔哥……"穆罕默德·阿麦德颤着声音说。

"只问一句话,你吃的是馕还是屎?"

"我吃的是馕……"

"日你妈!你干的这活儿是吃馕的人干的吗?"

就在这个时候坐在马拉收割机驾驶座位上的王吉泰打了一个唿哨,收割机停住了,王吉泰摸出一张裁好的报纸,卷上烟,按照防火的要求,离开机器,躲开麦捆,到一个长满青蒿的大渠沟边点上火,抽烟去了。

依斯麻尔转过头,斜着眼睛看着约二十米以外的王吉泰,他的瞪圆的眼睛里似乎在喷火。大家都明白了,今天活该穆罕默德·阿麦德倒霉,队长骂的是穆罕默德·阿麦德,气却是对准了王吉泰。

王吉泰吐出一串烟圈,伸了一个懒腰,斜躺在了渠埂上。

依斯麻尔突然大步噔噔地迈向王吉泰吸烟的地方,而且响亮地咳嗽了一声。

所有人的眼睛都看着王吉泰,穆罕默德·阿麦德也明白过来了滋味儿,一下子轻松了许多,脸上恢复了血色。

王吉泰转了转头，一边吐着烟，一边似乎在欣赏天上的一片薄薄的白云。

"王吉泰！"依斯麻尔叫了一声，所有人的心都提到了嗓子眼儿。王吉泰纹丝未动，只用眼睛的余光瞧了瞧依斯麻尔。"你！"依斯麻尔的"你"字更具有威吓性。

"把烟给我抽两口！"依斯麻尔力图保持声调的威严，但人人都感觉到鼓胀的轮胎撒了气。

王吉泰坐起来，微笑着，自己又用力吸了几口烟，好像对"转让"这支烟恋恋不舍，最后才懒洋洋地把烟递给了依斯麻尔。

两个人把说话的声音放低了，我们听不见了，只是在最后听到了依斯麻尔的笑声。

后来王吉泰告诉了我们几件事：一、依斯麻尔调用队里的人力、马匹、犁具，在自己的园子里耕地、种白菜；二、依斯麻尔调队上一辆胶皮轱辘车，为自己拉了大量胡萝卜、大米、油菜籽，准备做抓饭为儿子大办三周岁的生日；三、依斯麻尔用队上的建筑材料和劳力为自己新盖了一间房；四、依斯麻尔在队上借支的现金，半年内积累数已达一千二百元。

听了这些，全队的人（包括我）都气极了。

到这个队以来，我与队上的社员、干部保持着极为融洽和互相尊重的关系。他们知道我所受到的挫折，但对我毫无歧视之意，相反，似乎更增加了他们对我的纯朴的善心。我对他们，包括对依斯麻尔和那一对汉族男女，也一直保持着最大的体谅和尊重，我最反对动辄看到别人的毛病和指责别人。但这一段依斯麻尔的一套"新政"，确实使我觉得难以忍受，我开始在私下里审慎地却也是明确地表达对依斯麻尔的不满。

依斯麻尔是个很聪明的人，不知道他怎么看出了或听到了我对他的不满。在我由于感冒咳嗽两天没有上工以后，这天一大早，我来到伊犁河沿小庄子的王吉泰家里，准备下地。这时依斯麻尔来了，一见我就板起了面孔："不上工怎么不请假？"

这是在毛拉圩孜公社六年多当中唯一的一个"干部"对我这样生硬地说话。不等我回答，已经有几个老农对依斯麻尔说："不要这样对待老王嘛！人家又不要你的工分！人家对咱们老老少少都是那么礼貌！"

"我要管！我就是要管！"他大声说。

见我一直没有出声，他大概自以为已经达到了目的，便又友好地同我谈笑起来。关于感冒，他说他准备给我一碗绵羊尾巴油，喝了这油什么病都能好。他又问我在伊宁市的住家情况，当他得知我爱人所在的中学给她分的房子被一个修自行车的女人强占了两年，既不交房租水电钱又不腾房时，他打起抱不平："这个事交给我！我给你带几个人去，她不走，我把她所有的东西摔在马路上！"我慌忙制止，口干舌燥，才劝说住了他，否则，真不知道会出什么事情。

（事后王吉泰对我说，依斯麻尔不过是吹吹而已，他大话吹得响，办事却是很好的，不会轻举妄动，我大可不必那么认真地去制止。对这一点，联系到他"文化大革命"以来的作为，我难以做出判断。）

我们说完我的房子事情，王吉泰对依斯麻尔说："你本事可真大，什么都要管！看来一个生产队不够你指挥的喽！"他的话里显然充满了嘲弄。

但依斯麻尔很高兴，拍拍胸脯，捋捋胡子："当然，给我一个大队，也是白指挥！"（"白"如何如何，即毫不费力之意。）

于是人们你一嘴我一嘴地笑着问。

"给你个公社怎么样？"

"一样地干。"

"你当县长怎么样？"

"白干！"

"那你能不能当州长呢？"

"那……"依斯麻尔用短鞭杆捅一捅自己的帽子边，认真地转着脑筋,"我文化上差点。"他谦逊地说。

"幸亏你没有文化,你要有了文化,新疆还怎么装得下你?"我说。

"我不能有文化!"他正色道,"我要再有了文化,不成了十全十美的人了吗?十全十美,天都不容!一准长疙瘩(肿瘤),要不就一方遭瘟、地震、发大水、着火!"

大家活跃起来,说、笑、点头称是、摇头称谬、叹息。多数人认为他说得还真有点道理,彼此还补充了一些事例:某某人身体好、文化高、房子好、老婆漂亮、有儿有女,结果前不久车祸身亡。某某人栽葡萄葡萄赚,栽蒜蒜涨价,财源茂盛,群众关系也好,就是老婆偷人。某某人又是党员又是大学毕业,又升官又晋级,可生了个儿子是傻子,长到十五岁啦,还不会拉屎拉尿……

趁着气氛热烈关系和谐谈话投机的这个机会,我向依斯麻尔提出忠告说:

"依斯麻尔哥,我一直想劝劝你:你现在当了队长,抓生产,这是好的。可有些事儿上上下下反映很大,你难道不知道吗?听说你当队长以来光借支现钱已经超过一千块了……"我列举了一些事实,大概只占我知道的事实的五分之一,我说:"这样下去,你想想你变成了什么人呢?早晚你要被推翻、被赶下台来的!"

他从鼻子里重重地出了一口气,砰地一站,一条腿抬起踩在板凳上,用鞭子杆掀一掀自己的帽子,两眼瞪圆,喝道:

"我才不猴儿猴儿(害怕)呢!谁有本事谁来捣我的杆子好了,把我捣下来,两个卵子交给你们爆炒着下酒!现在呀,我是队长,全都得听我的!上工!给我干活去!"

麦子刚收完,就发生了一件事。一天夜晚,依斯麻尔请瓦里斯班长与"四不清"下台干部艾拜杜勒和那一对汉族男女到家里喝酒(不知道为什么这次没有演说家马穆特)。酒确实喝得多了一点,瓦里斯班长从抨击语录歌开始谈起国事来了,说是听到人们用维吾尔语唱"世界是你们的……"就觉着世界是到了末日。然后下台干部艾拜杜勒打着酒嗝喊道:"我告诉你们吧,毛主席早就没有了,现在是江青在那里主事。"这两个人愈说愈远,依斯麻尔制止也制止不住。看来依斯麻尔政治上还是有原则、有界限的,他大吼一声,就把放着酒瓶酒杯酒菜的饭桌掀倒了,他大喊:"闭上你们的尿嘴!再说这些个反动话我把你们全送到公安局去!"见事不妙,一对汉族男女先悄悄地溜了,旧警察班长与"四不清"干部酒吓醒了一半,也嗫嗫嚅嚅、畏畏缩缩地走掉了。

这件事不知怎么很快传遍了全队。大家早就对依斯麻尔有意见,此事提供了极好的突破口。很快,在几个积极分子带动下,在那个前面提到过的比较深沉、比较有威信的汉族社员王吉泰的不露声色的组织下,群众自动召开了对瓦里斯班长和艾拜杜勒的批斗大会。瓦里斯还算沉得住气,冷眼看着大家。艾拜杜勒则摆出一副坦白从宽、争取宽大姿态,对揭发出来的一切"反动言论",全部承认不讳,对一切质问都低头回答:"我有罪。"他还主动交代了自己的一部分"反动话",并立即转而揭发瓦里斯班长。另外就是他一再表示不但歌颂伟大的党,还赞美伟大的汉族。

批斗会上,依斯麻尔完全伤了锐气。虽说他掀酒桌证明他大义凛然、界限分明,"反动言论"一案不会牵扯到他头上,但他重用的五个人当中霎时间出现了两个"反革命",只能使他无比沮丧。他缩在会场的一角,一声不吭,面色苍白,连胡子也软塌塌的了。

批斗的结果是态度好的与态度坏的全带到了县公安局,收到监狱里去了。

紧接着斗批改宣传队进驻,立刻免去了依斯麻尔的队长职务。查来查去,依斯麻尔的问题还不算太严重,第一他本人无政治问题,他这个"造反司令",一没打过人,二没抄过别人的家,三没砸、抢过东西。而且,他当了没几天,急流勇退了。第二,他经济上的多吃多占是明的,"合法"的。所有借支都打了借条,包括调队里的人、畜,机种园子也都有记录,他当时就按了手印,好像已经准备好了事后退赔。第三，他的态度好，不但承认和检讨自己的一切缺点错误，而且立刻卖表、卖靴子、卖奶牛、卖毛驴，还卖了一条毡子，一口气就退赔了三百五十块钱。虽然这不足他欠的账（折合以后加在一起是两千二百元）的六分之一，但是厚道的维吾尔老乡普遍认为不应该再逼他了："人家毡子都卖了，还要人家怎么着？"大家都这么说。

斗批改整个过程中依斯麻尔平安无事，劳动大致积极，衣着朴素，神态比较老实，调门降低了，"泡"也少多了。他好像一个演员，上台演戏的时候有声有色、叱咤风云、不可一世，等散了戏，卸了妆，收起了行头，便心平气和、心安理得地穿上最普通的衣服，融化到普通的人群里去了。

你能想象吗？这样一个蛮壮活跃的人物竟不到五十岁就死了！一九八一年重回伊犁的这个公社这个队以后，人们告诉我，依斯麻尔死了两年了。

"什么？！"我不信。

"长疙瘩死了。他小肚子上长了一个脓包，本来吃点消炎片就会好的，他死也不肯去医院，又不肯吃药，只是喝羊油。后来他发烧、昏迷不醒，送到医院，医生说那个脓包从里头溃烂了，晚了，治不了啦，就死了。"

"怎么会这样呢？"我为之顿足。

"唉，新疆农村的人嘛，一不相信医院，二不相信银行。新疆的回族农民赚了成千上万块钱，谁也不存到银行里，而是在砌炕的时候留一块活砖，把砖抽出来，把现钱放到里头，再盖上。"

对我讲这个话的人本人也是回族，我不知道他说的是不是一定符合事实。反正我写下这一句话，只包含着盼望新疆各族同胞生活得更加幸福的友好情意。而且新疆的维吾尔、哈萨克、回、汉……各族人民对我的好处，他们身上值得我学习的长处，我永生不忘。

一九八一年我到位于伊宁县团结公社的人民渠（大湟渠）渠首

去看了一下。那里静悄悄的,连喧哗的河水也变得平静驯顺了。地窝子、民工、彩旗、车、马、晾晒的干肉条,当然,全没有了。沿渠漂亮的沥青公路上,偶尔有汽车走过。拦水坝、泄洪闸都是电力控制的,闸门上油漆锃亮,控制台像一座钢桥,跨越在大渠渠首与河道之上。走上钢桥,可以看到一切都井井有条,大度雍容。

原来的水利工程指挥部是几间光秃秃的砖房,现在,砖房隐没在果树的绿阴里了,看着这茂密的果树,我想起了当年工程指挥部总指挥因为某些工作人员糟蹋了树苗而大发雷霆的情景。听说,现在这里是渠首管理站,只有为数不多的几个技术人员在这儿值班。

这几年又建成了团结水电站,这里的农村已经实现了电气化。只是因为配电、输电网的建设没有跟上,发了电用不完,所以现在水电站的机组只有三分之一在运转,潜力还大着呢。

拦水坝、泄洪闸、公路、水电站、树木、房屋和人民留了下来,喧哗和躁动却随着哈什河的流水逝去了。渠里流着渠水,河里流着河水,流水不停,流水无意却又似有情。这流水似的时间可真是宽宏啊!

看着风貌大变的前水利工地,我想起好汉子依斯麻尔的音容笑貌、优胜劣败,我祝祷他的罗汉(这是回族对于人死后的"魂灵"的称谓,是《可兰经》经文音译)安息。同时我也借此文表达对马秀仙嫂的慰问,望她善自珍重,希望她不会因为我一九八一年没有登门去悼念和问候而生气。

至于旁的几个人的情况,王吉泰从一九七〇年担任队长,后又担任了大队长,威信是高的,但身体已不如前,而且常常与共事的其他干部闹磨擦。艾拜杜勒与瓦里斯一案大致平反了,法院认为属于说错话性质,不能构成反革命刑事犯罪。艾拜杜勒放出来了,瓦里斯却已死于劳改队中。至于大依斯麻尔呢,一九八〇年也被落实了政策,提任公社的领导副职,他更胖了,笑嘻嘻的像个弥勒佛,谁都不得罪,你问他什么事,他是一问三不知。

发表于《北京文学》1983年第8期

葡萄的精灵

穆敏老爹是一个虔诚的穆斯林,而一个严肃的穆斯林,是既禁烟又禁酒的。

有一次,生产队的管理委员会在我的房东穆敏老爹家召开。会上,老爹对队长哈尔穆拉特的工作提出了尖锐的批评,说他安排生产没计划,致使场上的粮食大量受潮变质,老爹说了一句:"头脑在哪里呢?"

哈尔穆拉特虽说已经四十岁了,还是个火爆性子,听了老爹的批评立即把头上戴的紫绒小花帽摘下,露出剃光了的尖而小的头。与他的一米八的身高相比,他的头实在太小了,头顶之尖,令人想起鸡蛋的小头。我在一旁闲坐旁观,看到他的头颅真面目,几乎笑出声来。

"就这儿,我的头!"哈尔穆拉特道,"看见这帽子了么?真正的绣花帽,不是路上捡的,也不是偷的,伊宁市巴扎上十二块钱买回来的!"

类似后面的话我常常从人们的争吵中听到,揣测它的意思是通过强调自己的帽子的价值和尊严来表述自己的脑袋和整个人的价值和尊严。

维吾尔族,确是一个讲究辞令和善于辞令的民族。

队长一着急,老爹就笑了,别的队委也笑了,旁观的阿依穆罕大娘与我也笑了。笑声中副队长批评哈尔穆拉特说:"契达玛斯!"这句话直译是"受不了",意译是"小心眼儿"。

哈尔穆拉特也尴尬地笑了,为了挽回面子,他慷慨地打开自己的烟荷包,拿一沓裁好了的报纸,每人发一条,然后一撮一撮地给大家分发金粒中杂有绿屑的莫合烟。

显然是在分发纸与烟的过程中得到了灵感,队长忽然给从不吸烟的穆敏老爹手中塞了一条纸,并宣称:"今天我们要请穆敏吸烟,不吸不行。"

于是,大家笑了起来。

老爹无法拒绝,便也卷一支松松垮垮的烟,用火柴点着以后,别人是吸,他是吹,很认真地向外吹,发出一种只有五岁以下的孩子才可能发出的呜呜声。

所有的人都笑成了一团,老妈妈更是笑出了眼泪。生活愈艰难,人们愈是有取乐的要求。虽然事后想起来,也许我们分析不清楚,令一个操守严格者破戒,究竟为什么那么可喜。

这就是我第一次也是最后一次看到穆敏老爹吸烟。

至于老爹饮酒的故事就要复杂一点了。

老爹与大娘是很重视食物的凉性与热性的,他们认为,一切食物都具有凉或者热的属性,非此即彼。例如包谷是热性的,抓饭是热性的,鸡蛋尤其热。如果夏天而又吃了包谷或抓饭或鸡蛋,就容易受热生病。生了这种热出来的病,需要吃凉性的东西。阿依穆罕最喜爱的凉性药用食品是醋拌萝卜丝。遇到老爹染恙,她采取的第一项医疗措施往往便是切萝卜,然后放上少许盐和大量的醋,而老爹吃后,症状立刻就会减轻一些。

防患于未然的办法则是在夏季制作清凉饮料。酸奶和浓缩酸奶——大娘把酸奶用干净的纱布兜起,挂在葡萄架上,水珠滴滴答答地落下,剩下的雪白半流质半固体的浓缩酸奶,实在好吃极了。可惜做得不多,穆敏老爹不是很爱吃酸奶,而且牛奶脱脂后经常要卖掉,换几个零花钱。

阿依穆罕大娘还用糜米放在瓦罐里，做出了一种既像黄酒、又像啤酒、也像喀瓦斯、还像哈萨克夏牧场的酸马奶一样的叫做"泡孜"的饮料，喝上一口，酸、苦、甜、凉、热俱全，我也很喜欢。

但穆敏老爹不满意，他说大娘做的这些都不好喝，不如干脆晾点凉茶。

一九六九年，是我们的小院里栽上葡萄的第三年。这一年，绿的和紫的葡萄圆珠累累，成堆成串，惹得许多嗜食甜汁的野蜂整天围着葡萄架飞，乌鸦与麻雀也常来光顾。

"您做的那些饮料都太没有劲，我这次要做葡萄酒。"穆敏向阿依穆罕宣布。

阿依穆罕撇一撇嘴。

秋后，老爹把葡萄摘下来，留出来吃的与卖的。又从卫生院找来两个有刻度的玻璃瓶，每个瓶可装药水五百克的那一种。他让老太婆把瓶子反复洗刷清洁，然后，他用煮过的白纱布挤压和过滤葡萄原汁，先用一个搪瓷盆子把葡萄汁盛起，再通过漏斗，将葡萄汁灌入两个玻璃瓶里。

知道老爹在酿酒，而且是原汁葡萄酒，我也有点兴趣，便拿出两块还是在北京王府井百货大楼食品部买到的糯米酒酿，"给，这是最好的酒药，请您把它化开，对到葡萄汁里。"

老爹看了看它，大摇其头："不要酒药，不要酒药。"

"不要酒药怎么能酿？"

"这是最好的葡萄酒。好葡萄挂在藤上自己就会变成酒。老王，您没有吃过吗？摘晚了的葡萄本身就有一种酒味。哪有酿葡萄酒还要放酒药的道理？"

老爹的话使我将信将疑。葡萄这种东西的成分大概最容易变成酒，有时一串葡萄放的时间长一些，又有外伤，便会发酵，发酵的结果常常是酒香满口，这是我亲口尝过的。但葡萄汁灌到瓶里，再密封起来，自己就能变成酒？如果这样，造葡萄酒不是易如儿戏吗？

老爹信心百倍地把两个药瓶特用的橡皮塞心子塞入瓶口,再把橡皮翻转过来把瓶口严严实实地包起来。现在,即使倒提瓶子,也不会洒出一滴葡萄汁来了。

两个玻璃瓶悬挂在葡萄架向阳的那一面柱子上,晚秋的阳光把它们照得亮亮的。

一个多星期以后,瓶子里出现了气泡,液体开始变得混浊起来。我有些兴奋,也有些惊慌,把这个情况报道给穆敏老爹。

老爹笑嘻嘻地点点头,眼珠一转一转,满意地摆动着胡须,他说:"就是要这个样子的。"

晚秋是多雨的季节,晚秋的连绵阴雨使瓶子的表面也变得污浊了,气泡也没有了。

我再次去报道。老爹说:"好,好!它要沸腾的,沸腾几次,再平静几次,就变成好酒了。"

晚秋的雨变成了初冬的雪,葡萄秧已经从架上取下来,盘好,掩埋起来了,葡萄架显得空荡荡的。天晴以后,我透过寂寞的葡萄汁瓶眺望白雪皑皑的天山,望到了一个神秘的变形的世界。

在无风的时候,初冬的太阳仍然是温煦的。透过花花点点的玻璃瓶,我看到,果然,已经平静的葡萄汁又活跃起来了,升腾翻滚,气泡一个接着一个,我感到,那里面不是装了准备酿酒的葡萄汁,而是装了《天方夜谭》里的魔鬼。

北风呼啸,来自西伯利亚的冷空气的前锋已经侵入伊犁河谷,我提醒老爹说:"该把两只瓶子收回来了。"

"不用管它,那酒自身是热的。"

果然,什么东西都结了冰了,然而混浊的瓶子里装着的混浊的葡萄汁还是流动的。气泡没有了,装入瓶子的魔鬼的不安的灵魂又暂时平息了。

直到冬至,老爹才把瓶子收到室内,并一再嘱咐:"酒还没有做成呢,谁也不准动。"

135

……终于,漫长的北疆的冬天过去了,伊犁河谷吹遍了解冻的春风,到处钻出了绿草芽儿,苹果树花开似锦,葡萄秧开墩见天日,百灵鸟在空中边飞边唱,成双的家燕从南方回到了伊犁故乡。两个没有擦拭过的玻璃瓶子,重新迎着太阳挂在了原来的地方。

"魔鬼"又闹了两次,葡萄汁在曝晒下煎熬翻滚。我提心吊胆,怕这两个瓶子像红卫兵武斗用的土造手榴弹一样爆炸。

还是老爹说得对,在经过这样几次沸腾以后,我们的葡萄原汁,不但平静了,而且净化了,不但不再混浊,不再有任何絮状沉淀物,而且没有颜色了,晶莹剔透,超凡脱俗,如深山秋水,观之心清目明。

一九七〇年夏季到来的时候,穆敏老爹把两个瓶子摘下来,擦拭干净,喜滋滋地告诉我:"我的葡萄汁已经成为葡萄酒喽!"然后,他友好地问:"您不尝一点么?老王!"

我非常高兴能得到这种殊宠殊荣,而且,动乱的岁月、少数民族的朋友、农村的劳动,使我愈来愈爱上了酒,而这酒,又不同寻常,是我亲眼看着老爹一手制造的,经历了伊犁河谷的秋冬春夏全部季节。

我把一点点"酒"倒在一个小木勺里,用舌头一舔,几乎叫了起来:"这不是酒!这是醋,不,这不是醋,是盐酸!"确实,酸得我的舌头像着了火。

"那就更好了,酸,说明有劲!这个酒有劲得很!"老爹点点头,自我夸奖。

在维吾尔口语里,"酸""苦""辣"往往用一个词。维吾尔语中还有一个专门表述酸的词,我忘记了。我想,老爹一定以为我说的是"辣",类似二锅头的那种辣了,所以我愈是说酸,他就愈得意地说他的酒造得好,有劲儿。

我把木勺递给了老爹:"您自己尝一尝,我说的不是类似白酒的那种辣,而是咱们拌凉面用的醋的那种酸。"

穆敏老爹完全不理睬我的分辩,也不肯自己尝,他把木勺里的酒小心翼翼地倒回瓶子,点滴不浪费,然后一丝不苟地塞好瓶塞。他说:"这样的酒是不能随便喝的,我要让老婆子做几个肉菜,再拌一个萝卜,我要请几个朋友来。"

"您请谁来呢?"这使我感兴趣了,因为,老太婆是经常请一些女客来共同喝茶、或者吃苹果、或者吃葡萄的,至于老爹,还从来没有见过他请客呢,更不要说请客饮酒吃肉了。

这个问题难住了老爹,他面孔变得严肃起来,看来他在认真思索,他终于变得十分惶惑了。"是的,请谁呢?谁是我的朋友呢?好像都是我的朋友,又好像都不是……"

一个月过去了,老爹没有请人来,我也不再想喝那两瓶酒。晚上睡觉的时候,平视着放在窗台上那两瓶非酒非醋的液体,我甚至为它俩觉得有些寂寞。

一天夜间,大雨刚住,大约有一点半钟了,我们都已睡熟,忽听门外大呼小叫:"老王!老王哥!"随着叫声,还有一片哄笑。

我起床披衣去开院门,只见大队民兵连长艾尔肯和会计独眼伊敏还有邻近大队的一个精悍的青年人在那里,三个人酒气熏天。艾尔肯放低了声音说:"老王哥,今天晚上在我家有个聚会,结果,三瓶子伊犁大曲都喝光了,巴郎子们还不满足,还要喝,我们去了经常贮酒的教员达吾德家,又到了公社干部穆萨哥家,不巧,他们的酒都喝完了。听说穆敏哥家有两大瓶自酿的酒,请你向穆敏哥要来,带上酒,与我们一起走。"

"那酒……"我正迟疑着,老爹已经起身走了出来,手里拿着那两瓶酒。原来,他已听到了艾尔肯的话。老爹的样子非常愉快,好像十分乐于为这两瓶"酒"找到这样体面的出路,好像他早已在等待需要他的酒的人的到来。

"拿去吧!这酒的力量可大了!啊!"

"走,老王哥,我们一起走!"艾尔肯接过酒,欢呼道。

"请别生气,我不去了,我已经睡了……"

"睡觉算什么?去您的那个睡觉吧,我们过去睡过觉,今后也要睡觉的,我们有的是时间睡,有问题吗?没问题。如果您去了,啊,我们的聚会就真正地抖起来了。"艾尔肯喝得已经有点站立不稳,一面摇摆着他那健美的身躯,一面喘着气,做着手势,口若悬河。

艾尔肯是我们大队的一个机灵鬼,他的化险为夷、逢凶化吉的故事我将在另外的小说中讲,他的盛情是不能拒绝的,有时我甚至觉得我是需要他的保护的。于是,我跟着三个青年去了。

艾尔肯家里肉味儿、洋葱味儿、茶味儿、烟味儿、奶味儿十足,酒气熏天。人们靠墙坐着围成一圈,中间是饭单铺在毡子上,饭单上杯盘碗盏狼藉,酒已经喝到了八九成。由于酒没了,大家在喝茶、抽烟,东一句西一句地唱着歌,看到我们进来,一片欢呼,既是对艾尔肯手提着的穆敏老爹造的两瓶"酒",也是对我。

我看到在座的有大队干部,有社员,有一名公社干部,有一名正在公社搞"斗批改"的宣传队员,有一名被宣传队揪斗、最近又解脱了的社员,有两派群众组织的头目。艾尔肯可真行,虎、牛、羊、鸟、鱼都能被他拉到一起吃酒赴宴!

艾尔肯拿起一个小小的酒杯,把老爹的"酒"满满地斟上,充满感情地先发表了一通对我的颇多溢美的"致敬演说",然后在众人的欢笑声中,将这杯酒敬给了我。

再无别的办法,为了民族团结,为了与农民的友谊,也为了伊犁河畔父老兄弟对我的深情厚意,我拿起这杯酒,一仰脖子,咯地吞了下去。

我整个嘴都是火辣辣的,我张大了口。我的表情使座上众客体会到了酒的力量,纷纷议论:"好酒!赛过伊犁大曲!穆敏老爹做的还能有错!"

过了一分钟,刚刚闭上嘴的我忽然辨出了一丝沁人心脾的幽香,我立刻忆起了这酒的前身前世,在一个轮回以前的玫瑰紫葡萄的甘甜、芬芳、晶莹、娇妍。原来这酒并不像我上次用舌尖在木勺里舔了一下时所尝到的那样糟,它当然不是醋,更不是盐酸!醋和盐酸里何曾有这样的夏的阳光,秋的沉郁,冬的山雪和春的苏醒?醋和盐酸里何曾有这伊犁河谷的葱郁与辽阔?酸涩之中仍然包含着往日的充满柔情的灵魂?

酒杯轮流下传,每人一杯,转了一圈以后,又一圈,大家又唱又跳又笑,齐声赞美老爹的酒好。

我也想,穆敏老爹酿的酒委实不赖。

发表于《新疆文学》1983年第11期

爱弥拉姑娘的爱情

在我的房东大娘阿依穆罕的众多的亲戚之中,与她血缘关系最近的是她的姐姐图尔拉罕。

图尔拉罕比阿依穆罕大三岁,方脸膛,由于脸盘大,显得似乎比阿依穆罕胖一些。其实,她的胳膊细如麻秆,脚也瘦得像一束枯枝,肤色白里透青,使人想起不祥的尸体。只是她的脸上,由于微血管破裂,才现出了一些不均匀的红晕。

图尔拉罕经常在头上围着清洁的白纱巾,身穿白色连衣裙,外罩一件小翻领、浅灰色上衣,腿脚上是一双洗得发白的长筒线袜子和一双由于不上油而显出皱纹的高筒皮靴。冬、春、秋三季,不论是否下雨,她都要穿套鞋,她的套鞋倒是崭新的和洗刷干净的,不像一般人的套鞋,沾满了湿泥和尘土。

她给人一种清癯缟素的印象,这可能是由于她的职业——她是执有县卫生局颁发的合格证的农村助产士。也可能是由于她早年丧夫,迄今未再嫁——虽然维吾尔家民对于夫死再嫁以及离婚的观念比汉族农民要活泛得多。

她有一个亲儿子,在伊宁市当干部,命途多舛,从一九五七年以来一直抬不起头,一个人的工资养活着丰满美丽的妻子和接踵出世的诸多孩子。这些孩子完全不理解这个世界有多么艰难,专喜欢降临在家道潦倒的人家。

与图尔拉罕住在一起的是她的养女爱弥拉姑娘。爱弥拉姑娘曾经在伊宁市第一师范学校读书,毕业后回到毛拉圩孜小学当教员。她身材苗条,曲线完美,眼睛不大却非常活泼清亮,鼻子端正高耸,五官富有轮廓感和立体感。她的下唇似乎比上唇略略短一点,这样,说话的时候,她的嘴的动作,时常使我想起某种美丽的禽鸟。她的声音也很特殊,有点尖利,有点沙哑,似乎声带没有能很好地振动起来,但是她的声音有一种特殊的魅力,流露着一种温柔,抖颤着一种少女的惶惑和惊恐。听她说话的时候,你很可能想到山野里的一只羚羊,或者一只小鹿,或者山谷里的忽而跳跃、忽而分散的溪流。

一九六六年的春天,虽然我到毛拉圩孜公社三大队第五生产队落户和住到穆敏老爹和阿依穆罕大娘家才只有一年,但是由于老爹和大娘是那样的纯朴又那样仁义,由于我们相处得亲密无间,包括图尔拉罕母女在内的许多队员,已经差不多把我当做穆敏老爹家的一个成员了。

一个星期天的上午,我正在伊宁市的家里休息(一九六五年秋后我妻子也来到了伊犁,在伊宁市"三座大门"地方的一所中学任教,学校给我们两间房子,我平日在公社劳动,节假日回来),听到有人敲门。开开门,原来是图尔拉罕母女。

见是"亲戚"来访,我和妻子不敢怠慢,招待她们娘儿俩吃了清炖羊肉和拌面条,还请她们吃了奶油糖与蛋黄杏仁饼干,她们俩都很高兴。图尔拉罕老太太一面喘着气一面介绍说:"我的女儿爱弥拉姑娘是读过书的人,她最爱读各种书了,我们家里的灯油,都被她读书时用去了。老王,您不是在学维吾尔语吗,你们可以常来我家,与爱弥拉姑娘谈谈。"

"常来吧,老王哥、崔姐,我欢迎你们。在乡下,我常常苦于没有人可以一起谈论书上的事。我看的那些书多是从汉文翻译过来的,像《青春之歌》呀,《红岩》呀,遇到了疑难问题,可让我问谁去呢?"爱弥拉姑娘说。原来,她的表情虽然羞涩,声音虽然柔弱,待人接物实际上是蛮大方的。毕竟是上过学、有工作的人,与务农的女孩子们不同,那些维吾尔农家姑娘,见到生人,尤其是男性,无不捂着脸,深埋着头一言不发,或哧哧地笑个不停,硬是连一句整话也说不出来。

饭罢闲谈之后,爱弥拉姑娘建议我和妻子随着她们母女去看望她的哥哥,我们欣然同意了。

她的哥哥名叫穆萨阿洪,家住在西公园附近少数民族聚居的一条土巷里。巷内巷外、院内院外,都有许多杨树,树阴下流着清清的渠水。他们住的两间房子门前,有一株紫丁香,我们去的时候紫丁香开花已经盛极而衰,给人以美人迟暮之感。穆萨阿洪的两间房子虽然窄小,但很齐整。老式的天花板和地板分别漆着蓝漆和红漆,窗台低矮的窗户临街,窗外还有一层俄式雕花木窗扇,室内全都铺有印花羊毛毡,墙上挂着一块鲜艳夺目的库车地毯和一块绣有三潭印月西湖风光的丝织壁挂。室内各种物品充分利用空间,像搭积木一样地堆砌在一起,巧妙、雕琢、雅气。显示了人口众多的维吾尔家庭,最大限度地利用和美化房间的非凡的本领。

穆萨阿洪的妻子身穿烟色花绸连衣裙,体态雍容,肤色白里透红,像一个熟透了的大蜜桃。她嗓音嘹亮地、大大咧咧地迎接了我们,为我们烧了奶茶。我们一面喝奶茶,一面闲谈。穆萨阿洪介绍说,他早在解放初期便参加了工作,工资级别不低,并曾在北京高级党校学习,在一九五七年运动当中受到留党察看处分,到如今已察看了九年,既未撤销处分,也未将他开除出党,但一直让他搞体力劳动而没有机会从事本职工作。听了他的话我也就明白了,他这种情况就叫做被"挂"着,这种不上不下有始无终的"挂"的滋味,似乎比我的处境还要难受。我向他点点头,不再多问,用一种豁达健康的态度劝慰他说:"劳动好! 劳动好! 既然千千万万的人都在劳动,我们为什么不愿意劳动呢?"穆萨阿洪听了我的话微笑不语,他的笑容是很好看的,特别是他的那一双深邃的大眼睛,深沉而又忧郁。他待人接物彬彬有礼,说话缓慢,不知道是由于照顾我的维吾尔语听力还是由于谨慎,他好像很注意遣词造句。

第二天是星期一,我回公社干活,晚上收工以后回到土屋里见到图尔拉罕。图尔拉罕一见我便说:"昨天太对不起了,爱弥拉姑娘在她哥哥那里当时就变了颜色,又羞又气,回来后她都哭了。"

我听了以后觉得完全摸不着头脑,翻翻眼,问:"怎么了?"

"她嫂子一端上茶来爱弥拉姑娘的脸就这样了。"图尔拉罕做出一副拉长了脸,气呼呼的样子,那样子使我觉得滑稽可笑。

"端上茶?端了茶又怎么样?"我仍然不明白。

图尔拉罕把手一挥,我真怕她那细瘦的腕子会在这挥动中折断。她做出一副不屑说的表情:"我那个儿媳妇不好!你们是第一次到穆萨阿洪家去呀,她难道就不能多放点奶皮子、多放点茶叶吗?哎咦!"

我又翻了好几次眼才弄明白,原来老人家挑眼了,嫌她的儿媳妇端上的奶茶缺乏必要的浓度,其实我丝毫没有觉察。倒不是说我清高免俗,而是说那天刚吃过午饭,本来就愿意喝点清淡的。再说,我还不知道喝奶茶有那么多讲究。从这次图尔拉罕评论奶茶之后多年,不论哪一位乡亲朋友招待我喝奶茶,我都忍不住要看一眼,估量一下茶的浓度与奶脂的多少,虽然理智上觉得这样的目光实在庸俗、无礼,却硬是不能根除这种鄙俗。唉,图尔拉罕老太太,您真不该向我传授这套奶茶经啊!

我愈是向图尔拉罕解释昨天在穆萨阿洪家坐得很好,谈得很愉快,茶也喝得很合口味,老太太愈认真和激动。她一方面强调爱弥拉姑娘为此是怎样的负疚、羞愧、气恼、伤心,一方面强调她的儿媳是怎样吝啬、刚愎无礼,而这一切话题缘起于对"老王"的招待!

最后,老太太正式发出邀请,要我和妻子星期日到她家做客。

这次做客是一个漫长的、懒散的、成系列的过程。前后七个半小时,我们度过得是那样惬意和轻松,而且是在那样的年月,我又是那样的处境。也许,只有在那样的年月和那样的处境中,我才能接受那种令人惊异的质朴,那种世外桃源式的安宁,那种几乎使人变成孩子的陶然忘机的清静。一切都是最普通的,喝一小碗茯茶,嗑几粒炒得火候恰到好处的葵花子、谈谈天气、羊肉、葡萄和家庭人口,半坐半躺地斜靠在褥子上,又往你的腰下塞了一个枕头,然后当着你的面不慌不忙地一块一块地切肉、一条一条地切菜、一下一下地和面。这大概算不上什么高规格、算不上什么招待,也算不上什么享福享乐。然而这一切都是在最愉快的情绪下最隆重地进行的。毡子上的褥子总共铺了四层,最上一层是绣花缎子面新褥子,客人被招待坐在躺在这样的缎褥上,当然比任何太师椅、安乐椅、皮面双垫沙发都更辉煌。每一个质地与花色都极一般的瓷碗都是细细地洗净了的,每一碗这样的茶都在特制的漆花铁盘中端到你的面前。按照维吾尔人的礼节,本应是女主人端来盘子、"举案齐眉",再由男主人取下茶碗递到客人手里。由于这一家没有男人,便由爱弥拉姑娘直接把茶端给我们。然后用同样清洁而质朴的盘子端来了芳香诱人的葵花子……然后你被劝告休息:"请休息,请睡一会儿!"于是为了不辜负这种好意,你躺下了,并且半合上眼睛。空中摇曳着光影,是从窗口射进来的光束被灶旁水桶里的水反射到了屋顶上。于是你的目光转向小小的低低的窗户。由于维吾尔人常常盘腿或跪坐在毡子上而不用椅凳,他们的窗户也低得足以使席"地"而坐的人方便地眺望。有白的与红的与粉红的玫瑰花在窗前探头,像是一伙顽皮的、不懂礼貌的孩子在窥探邻居家来了什么客人。于是我想到爱弥拉姑娘和她的母亲的种满了花的小园子,那比我的房东穆敏老爹家的园子还小的园子啊,真是一个朴素而精致的花园。金针是那样高傲而又热情,看来维吾尔人不吃黄花菜而把它作为观赏植物来培养是对了。还有马兰,它的小紫花有一种令人心醉的温柔。还有花盆里的四棵石榴,好像具有一种挑战意味,谁说生活不应该更加鲜明耀眼呢?连马马虎虎地用柴木绑起来的低矮的院门,简陋中也包含着一种心安理得的怡然。室内就不用说了,还是用现成的维吾尔人的天才的借喻修辞吧,这一家的一切都擦拭得像细瓷碗一样洁净透亮。

哦，当然，这一切都是爱弥拉姑娘的双手和她的心的象征，好客、单纯、欢快、认真，一个人一辈子能有几次受到这样的绝无任何其他实利目的的款待呀！

这个家庭弥漫着她们母女俩的爱。"我的孩子""我的女儿""我的好女儿""我的命根子一样的孩子"，图尔拉罕的每一声招呼里都包含着深情的定语和语言的深情。"啊，好妈妈！""您，我的妈妈！""妈妈呀，妈妈！"爱弥拉姑娘的每一声回答都像抚慰寂寞的老人的天国的声音。女儿挑水的时候母亲清灶，女儿抱柴的时候母亲刷锅，女儿和面的时候母亲放桌——拉面的很大一部分工序是要在抹了油的小炕桌上进行的，女儿切菜的时候母亲烧热了铁锅，女儿把肉丁拿起的时候母亲已经把菜籽油出过烟，女儿炒着菜的时候母亲尝出了咸淡并加进了适量的盐。她们的一切语言、动作都是默契的，相互呼应，像同一个人的两只胳臂。

吃过饭以后爱弥拉姑娘拿来她的相册。那是一本价廉质劣、因为受潮而翘起了一角的褪了色的相册，但显然爱弥拉姑娘对它十分钟爱。打开相册，首先看到的是电影《冰山上的来客》里的假古兰丹姆着塔吉克盛装的彩照，看到这个"特务"这样光彩夺目地被珍重地收藏，我感到有点不安。然后是王晓棠在电影《野火春风斗古城》里饰演的金环、银环。我不由呻吟了几句："这些电影都被批判了！"爱弥拉姑娘却像是完全听不懂我的话，她兴高采烈地指着假古兰丹姆问我："这个演员是汉族吗？看她的名字像汉族，可长相像我们的少数民族啊！"

爱弥拉姑娘自己的照片有五六张，都是在伊宁市农四师垦区照相馆照的，这对于一个农村姑娘来说，大概就算是照得多的了。可惜的是没有一张照得能赶上本人，个个都显得呆板而且寒碜。特别是一张上了彩色的，把她的嘴唇涂得那么红而头巾涂得那么绿，她的头巾我见过，本来是褐黄色，为什么要涂成苹果绿呢？那种生硬和虚假使我简直不敢正视。

"好！好！"但我和妻子还是连声夸赞她照得好。

她高兴地转动着自己的手,像是一个舞蹈动作。

然后她和我们谈起了电影。离我们大队不太远的地方是生产建设兵团农四师工程处,那里每星期都演一两次电影。爱弥拉姑娘说,每逢有电影她都去,场场不误。图尔拉罕老太太说:"我的女儿最喜欢看电影了,小时候,她常常想当一个电影演员。老王,你看看,她能够演一部片子吗?"我不知道怎样回答好。"不要说这些了!"爱弥拉姑娘止住了她的妈妈的话,然后她忍不住格格地笑了。

然后她一个接一个地讲最近她看过的电影,介绍剧情并且发表评论。可能是由于她说话太快且又缺乏逻辑性,可能是由于舒适的饱食使我昏昏欲睡,也可能是由于当时我的维吾尔语水平并不像我向妻子吹嘘的那样好,我听得糊里糊涂,弄不清她说的究竟是哪几个片子。但我不但要听,要做出反应,而且要充当翻译,把她的话译给妻子,把妻子的话再传达给她。以至,我变得语无伦次起来,等我瞎蒙瞎唬地翻译了第一段话以后,她的第二段话却分明与我对第一段话的理解毫不相干,第三段话半明不明却又像是与第一段话相衔接。我翻的话使妻子莫名其妙,我把妻子的话翻给爱弥拉姑娘,也使爱弥拉姑娘翻白眼。总之,这一次谈话使我在运用维吾尔语方面的威信大大地受到了损害。

但有一点是给人深刻印象的。爱弥拉看了供批判的电影《早春二月》并且盛赞这部片子,同时,对另一部也是供批判的片子,她认为"糟极了、糟极了",她用的维吾尔语语词是"艾斯柯衣",她说这个词的时候微微露出牙齿,辅音"斯"发得很重,给人一种从生理上表示厌恶的感觉。

在这次做客以后,我和妻子长久地谈论着这个女孩子,她的天真、单纯、快乐,她与她的养母之间的慈爱,她们的生活的幸福和美满。在伊犁农村,如果你有奶牛和葡萄架,有苹果园和玫瑰,有收拾得一尘不染的房屋和足够的瓷碗,而且又有工作,月月能见到现钱,哪怕只有二三十块钱,那确实也就是神仙也不换的日子喽!

这一年的夏天爆发了"文化大革命"。包括爱弥拉姑娘在内的全县各公社的全体小学教员得到通知，要到县城集中学习一个月。县城距离我们公社四十八公里，这将是爱弥拉姑娘的一次时间相当长的远行。而且据说这次学习非同小可，要"当场出彩"，揪出"牛鬼蛇神""三反分子"。爱弥拉姑娘临行前到穆敏老爹这里来辞行，大家似乎都有点忧心忡忡，阿依穆罕大娘从自己新打的馕当中挑出四个最好的"托嘎契"（一种不大的、较厚的圆馕）让姑娘带上。老爹没有说什么话，只是用慈祥的眼光和惜别的微笑表达着自己的感情。爱弥拉姑娘是这一家最受欢迎的一位亲戚，她每次到来都带来一种青春的活力和亲人间的慈爱之情。如果整整一个月她要在几十公里之外参加吉凶难卜的什么学习，确实叫人依依。

爱弥拉姑娘走后图尔拉罕来得更勤了，每隔一两天她就会出现在老爹这边。三位老人一起议论着，祝祷着，计算着日期，期待着爱弥拉姑娘的归来。原来这位姑娘不仅对图尔拉罕老太婆是须臾不可离去的，而且对穆敏老爹与阿依穆罕也是不可缺少的，她的不在使大家都觉得别扭——怪怪的。

满一个月了，爱弥拉姑娘没有回来，公社小学的教师们没有一个回来的，传来的消息说，他们的学习要再延长一个月。传来的消息还说，那里已经斗了个不亦乐乎。

"老王，这文化大革命，整整搞了一个月了，还没搞完么？"

图尔拉罕满面愁云地问我，她的每一根皱纹都是那样深长，她的声音也似乎更加衰弱了。

这次学习并没再延长一个月，而是只延长了十几天。一天下工以后，我刚走进我们的小院，正在院外的灶上烧水的阿依穆罕大娘笑盈盈地告诉我："爱弥拉姑娘回来了！"

我连忙跑进屋里，爱弥拉姑娘与老爹盘着腿坐在墙边。我一眼看出了爱弥拉姑娘的憔悴。一个多月没见，她瘦多了，两只大眼睛兴奋不安，眼角上出现了细细的鱼尾纹。她的历来都是那样清洁整齐的头巾似乎系得松松垮垮，头巾下露出的头发显得缺乏梳理。她回答了我的问候，解释说她们开始时对学习抓得很紧，要检举"三反分子"的"三反"言行，揪出了几个出身不好的或乱说怪话的人。"斗争"愈来愈激烈了，这时候又传来批判"资产阶级反动路线"的消息。经过了一段沉默以后，终于，小学教师们乱了营，县文教科领导也傻了眼，控制不住局势了，最后稀里糊涂散了摊子，各自回家。她说这些话的时候好像心不在焉，举止也那么神经质，说话声音忽大忽小，好像急于把话说完，快一点回到她自己的事情上去。

她是怎么了？她怎么忽然变得这么大了，如果我不是说变得"老"了的话。

"您……在学习期间，还好吧？没有什么人给您贴大字报，要揪您吧？"我试探着问。

爱弥拉姑娘用舌头打一个响，这是伊犁的青年人断然否定的一种表示。

后来图尔拉罕老太太也过来了，我们一起吃了面条。图尔拉罕一直诉说着这一个多月她是多么孤单，她的身体是多么坏，每顿饭只吃一小角馕，夜里常常咳嗽得喘不过气来，白天常常一阵阵心跳和头晕。"要死了，要死了！"老太婆用第一人称祈使式叹息说。

爱弥拉姑娘的目光是茫然的，她好像并没有多少话与我们说。即使她笑着应答几句，也不像往日那样亲切自然。忽然，她又异常温柔地安慰她的妈妈，搂着妈妈的脖子，像一个撒娇的小女孩。

三天以后我又看到了爱弥拉姑娘，她更加消瘦，我要说，简直是老相，昔日的天真和快乐没有了，她盘腿端坐着，低垂着头，无声地垂泪。老爹与大娘坐在一旁，不住地热烈而关切地问候她，她一声也不出。"你怎么不说话呀，我亲爱的孩子？""快说说吧，不管有什么难处，快些告诉我们吧！""有什么不能说的呢，除了为你好，我们还能有别的心吗？"房东二老不断地开导着，爱弥拉姑娘不发一言。

姑娘走了以后，阿依穆罕大娘以一种过来人的饶有经验的语气判断说:"很明显,爱弥拉姑娘恋爱了。"

"恋爱？那是好事情啊,她也不小了,该搞恋爱了呵!"我说。

"那怎么行？"阿依穆罕白了我一眼,"图尔拉罕姐已经给她物色了人家,在五大队,与我们也有亲戚关系,人家是大队干部,是亲上做亲呢。"

"……女孩子大了,又不及时嫁出去,那是一定要出事情的,我早就说过了!"穆敏老爹评论说。从他们的表情看来,显然他们一致觉得是大祸临头。

紧接着三位老人展开了频繁的活动,他们一起窃窃私语,他们一起挥手顿足,他们一起嘴唇哆嗦、面色蜡黄,我也就回避开。爱弥拉姑娘不断地到这里来,老爹与大娘或分别、或一道不断地与她谈话。星期天,穆萨阿洪也来了,双眉紧皱,神志严肃沉重,他也是前来找妹妹谈话的。

阿依穆罕大娘不断地把情况透露给我,她说在学习期间,爱弥拉姑娘与哈什河上游天山公社的一位男教员交了朋友,爱弥拉姑娘学习回来后每天只是哭,什么话也不讲。她是和他相爱了吗？他们要结婚吗？她要离开母亲和亲人嫁到那里去吗？她要调动工作吗？对所有这些问题,爱弥拉姑娘不做一个字的回答,只是没完没了地落泪。穆萨阿洪向她详细地分析了利害,图尔拉罕现在与她相依为命,图尔拉罕是积蓄了一点财产的,她早已明确表示,愿意将来把财产全都遗留给爱弥拉姑娘。但图尔拉罕不希望女儿远嫁,而且,如果爱弥拉姑娘远嫁,抛下图尔拉罕孤身一人,老妈妈将无法活下去。

"噢,穆萨阿洪也这样说。那爱弥拉姑娘说什么呢?"我问。

"除了哭,她什么也不说。"

爱弥拉整整哭了一个月。这一个月当中,不论在什么时候什么地方看到她,她都失去了往日的姣好的容颜和青春的光彩,失去了往日的令一切人满心喜悦的魅力,她变得憔悴、神经质、魂不守舍,她的面容显出了不美的那一面,她的两腮凹陷,下唇也太薄,嘴如鸟喙。

这是恋爱吗？她简直是在受地狱的熬煎。

图尔拉罕老妈妈的神态是奄奄一息。她一再严肃认真悲凉地宣告，爱弥拉姑娘出嫁之日，也就是她一命呜呼之时。

阿依穆罕大娘急得如热锅上的蚂蚁，她一天往姐姐家跑两三趟，一会儿个别向穆敏老爹"汇报"，一会儿又私下向我"透风"，估计穆敏老爹是不让她把这些事也对我说的。我试图用早在五四时代就提出来的关于婚姻自主、自由恋爱的道理来说服她，她理论上不置一词，只提出一系列实际问题。

"从小养大一个姑娘，要花多少粮、多少茶、多少油盐多少钱，难道就这样白白给了人家不成？"

"她嫁到天山公社去了，一走了事，我姐姐怎么办呢？养一只羊羔还能混上一嘴油呢，为什么养一个女儿会这样没良心？"

"我小时候又怎么样呢？大大说让嫁给谁就嫁给谁，我出嫁的时候只有十三岁，我的男人是个衣麻穆，当时已经三十多岁了，他前妻留下的孩子和身材与我一般高……"

她的话的粗暴与残酷出乎我的意料。而无可否认，她是一个善良的人，她爱爱弥拉姑娘，就像亲生母亲。

就连看透一切、富有哲人风度的穆敏老爹也对爱弥拉的爱情不能原谅，他不多说什么，只是不住地长吁短叹，深深皱着眉头。偶尔他只说一句："要记住这个教训，女孩子一到十八岁，一定要嫁出去！"

连公社领导也出面了，不知道是否穆萨阿洪或图尔拉罕找了他们。我知道，公社书记的两个孩子，公社社长的三个孩子，还有副书记的一个孩子与文教干事的五个孩子，都是图尔拉罕接生的，图尔拉罕与公社干部是能说得上话的。

公社领导警告爱弥拉姑娘说，现在正在搞运动，一切人事调动冻结，如果她嫁到天山公社，只能退职去当农民。

就这样又过了两个月，当伊犁河谷落下第一次雪，当株株挺拔的杨树在一夜之间尽情地落光了自己的叶子、当远山戴上银冠、当农家幢幢土屋的烟囱冒出了无形无色却又折光折影的烟的时候,房东二老告诉我:爱弥拉姑娘走了,嫁到远在五十公里以外的天山公社去了,抛下了母亲,抛下了他们,抛下了如此可爱、如此亲切、由于离伊宁市不远所以如此方便、如此有着千般优越性的毛拉圩孜公社,更抛下了她每月四十多块钱进项的体面的工作。连我都觉得,这代价确实是太大了。

这一年的古尔邦节——牺牲节是在冬天。节日第三天,我去爱弥拉姑娘的哥哥穆萨阿洪家给他拜年。我看到了他的几乎是肩挨肩的四个孩子,四个孩子都在汉族学校上学,四个孩子都长着明亮的大眼睛,个个显得聪慧异常。他们母亲用拉长了声音的昵称招呼他们,例如小女儿名叫凯丽碧奴儿——这个名字我在一篇小说里用过。它的意思是心的光,母亲叫她"凯丽碧什",那声音好听极了。

穆萨阿洪夫妇对我的来访既惊且喜。当然,图尔拉罕对于她的儿媳妇的抱怨并没有对我产生影响。穆萨阿洪的妻子相当热情地与我交谈了一会儿,自我介绍说她原本是伊宁市食品公司第十门市部的售货员,因为孩子多才退职回家。于是我想起了门脸儿很大的门市部,第十与第二门市部是各门市部中最大的两个门市部,烟酒糕点、糖果罐头,曾经是应有尽有。我对她的退职颇表遗憾,我也完全能够想象她持家的艰难。

她谈了五分钟左右便退了出去,为了不影响男主人和我的交谈。穆萨阿洪对我说他要把邻居的一位医生找来,问我愿意不愿意认识他的朋友,我点点头。一会儿,他的朋友,一位圆脸和秃头但年岁比穆萨阿洪要小一些的维吾尔人随着他进了屋,进门的时候他躬着腰,似乎有点鬼鬼祟祟。

等他和我互相问完好坐下来以后,我才明白为什么他进屋时那样一种姿势。原来他的怀里揣着一瓶酒,他弯着腰并且一只手紧贴在胸口,是为了免得把酒瓶从下摆处掉出来。

他的酒的味道实在可怕。他直言不讳地告诉我,节日供应的白酒早在节日之前喝完了,他现在拿来的是医院药房里的酒精。

"药用酒精!那是不能喝的!有毒!"我惊呼道。

"没事,老王,请放心!"穆萨阿洪微笑着,矜持地、缓慢地对我说:"他那里的酒精,我们喝过许多次了。"

"酒"味道虽然不好,但是它仍然带来一种晕眩的快感。一面喝酒一面大听大讲维吾尔语,是我当时的一大快乐。我兴奋起来了,便打断了穆萨阿洪对他的医生朋友介绍说我是一位作家的话,我说:

"什么作家不作家,小说不小说,那些玩意儿都已经吹了!我是农民!毛拉圩孜的农民!我抡砍土镘,我喝奶茶,我吃包谷馕,我也常常和维吾尔朋友们一起喝上一杯。"说到这里,我像维吾尔人一样地挤一挤眼睛:"这是多么快乐呀!"我欢呼道。

"您说得很好。"秃顶圆脸的医生彬彬有礼,口齿清楚地说。他说话的语调和神气好像一位课堂上的小学教师。"我们爱伊犁,爱伊犁的田野,爱伊犁土地上的劳作,我们要用双手和汗水来换取收成,在我们的伊犁,农田的收成总是那么样的好!"他欠了欠身子,严肃地继续说:"但我们是生活在二十世纪的社会主义国家的人,我们不是马厩里的牲畜,我们不仅需要草料、水和役使,我们还需要文明,需要科学技术和文学艺术,我们需要精神上的财富,所以我认为,像现在这样的摧残文化的做法是绝对不可能长久的!"说完了,他圆圆地瞪着两只眼睛看着我。

穆萨阿洪显然被他的话吓坏了,他的脑门子上沁出汗珠,一面看我的脸色,一面赶紧岔开话题。

我没有说话。只觉得耳朵发烧,脸发烧,心里发烧。我兴奋,我惭愧,我无法回避那不应该回避的诸种严肃的问题。直到离开他们以后,我还觉得我刚才是燃烧在熊熊的大火里。

这个医生我以后再没有见过。此后我多次见过穆萨阿洪,我问起过他,穆萨阿洪的回答是漫不经心的。

这次小坐当中,我们没有谈到爱弥拉姑娘的事。

图尔拉罕频频到我们这边来，阿依穆罕几乎每天都要到图尔拉罕那边去，穆敏老爹不论做什么事都想着图尔拉罕，不论是驮来麦草、包谷、哈密瓜还是从渠旁割下来的大捆青饲草，他总要留一部分，亲亲热热地对阿依穆罕说："剩下的这些我给咱姐姐送去。"然后，在阿依穆罕的含泪的感激的目光注视之下，扛起一麻袋麦草，或包谷、或瓜果、或青草，向图尔拉罕住所方向走去。

显然，在爱弥拉姑娘出嫁以后，图尔拉罕和她的妹妹，这老姐俩过往得更亲密了。

我也去看过两次图尔拉罕，一次是自己去的，一次与妻一起。使我们欣慰的是，尽管原先事态显得那样严重，使我的心都为之绞痛，等爱弥拉真的走了，她们反而平静多了。对于爱弥拉姑娘，她们不再咒骂也不再埋怨，她们吞下了这个既成事实，并不显得太苦。她们正常地含笑也含着老年人的忧伤议论"远"嫁的爱弥拉姑娘，充满了惦念的情意。同时，她们的生活仍然是自得其乐的，认真地一起品茶，一起做薄皮南瓜包子和奶油面片。认真地议论着家长里短。

我第二次去看图尔拉罕引起过一点称不上误会的误解。图尔拉罕给我们倒清茶喝，我和妻子每人喝了一口以后骇异得目瞪口呆，那茶水竟然有那样一种怪味，请图尔拉罕的在天之灵原谅，事后我和妻子谈论起来，一致怀疑是不是老太太把什么人的尿弄到了茶水里。当然，我们一面这样怀疑，一面又断然否定了这种可能性。只是一年之后我们才弄清楚了是怎么回事，内心里为老太太"平了反"。我有一次煮羊肉，吃完肉后锅刷得不够干净，木盖又盖得严严实实。几天以后揭开锅盖，便闻到了这种已经不陌生的气味了。维吾尔农家每家只有一口铁锅，煮肉、煮奶、煮开水泡茶，全靠这一口锅，这一切都是可以理解的了。

后来到了一九六七年的春天，苹果树开花如雪，小鸟在枝头和茶棚上跳跃，牛、羊、驴、马、狗、猫、鸡都起劲地拉长了声音鸣叫，在春天，它们叫得比任何别的季节都更多情。一天我下工回来，看到了爱弥拉姑娘和一个高大英俊、大眼睛非常秀丽、肩膀宽宽的男子。开始变得有点丰满的爱弥拉姑娘眯着眼睛微笑着把她的丈夫介绍给我，她的丈夫叫谢米什丁，而谢米什丁这个词来自阿拉伯文（还是波斯文？），意思是太阳，那是连我一个局外人也觉得温暖和光辉的太阳。

爱弥拉姑娘在家住了五天，这五天大家都非常愉快。爱弥拉姑娘总是似笑非笑地注视着谢米什丁，虽然谢米什丁就在她的眼前，但她的目光好像看着远方。她大概从谢米什丁身上看到了旁人看不到的、她永远看不够的东西。

而谢米什丁对她也非常温柔。他说话不多，声音低沉，但每句话都那么亲切文雅，对于爱弥拉姑娘，他小心翼翼地爱护着。喝奶茶的时候，他挑拣一个打得最好的馕掰碎，带着他手上的汗，放到爱弥拉姑娘的碗里。吃面条的时候，他把自己的碗里的炒得冒油的羊肉块拨到爱弥拉姑娘的面条上。他的这种做法令阿依穆罕瞪圆了两只眼睛。我知道，维吾尔人的男尊女卑观念是非常强的，甚至在双职工，以至女方是领导干部的家庭里，做丈夫的吃饭时总是摆出一副等待伺候的老爷架子，而且当着外人的面，更是连正眼看都不看妻子一眼，说话也都是粗声粗气的。阿依穆罕大娘看到谢米什丁这样照顾和服侍妻子，她的惊奇大概与第一次看到半导体收音机所差无几。

而穆敏老爹含笑微微点着头，他是终于首肯了这门婚事吗？他不为自己最初的反对态度而感到歉意吗？

图尔拉罕则是一种喜不自胜的样子，她一面气喘吁吁，一面不停地叫着克孜姆（我的女儿）和巴拉姆（我的孩子）。

这几天，似乎有一种光泽从爱弥拉姑娘脸上、手上、皮肤上、眼睛里和头发上洋溢出来，扩散开去，于是，穆敏老爹、阿依穆罕大娘、图尔拉罕大娘——大概也包括我，我们的眼睛里和脸上也出现了光泽，连这两家的锅、灶、碗、罐、梁、椽、窗……也似乎比平时更加光亮。真正的爱是雄辩的，人们会服的。

只是在爱弥拉姑娘和那个讨人喜欢的小伙子谢米什丁离去以

后,阿依穆罕才透露给我,除了丈夫以外,婆家的人对爱弥拉姑娘并不好。那是一个非常吝啬的家,喝完茶以后,他们把馕收拢好锁到箱子里而爱弥拉姑娘拿不到钥匙。也就是说,平常如果爱弥拉姑娘饿了,她连吃一块馕都不可能。

"可她的丈夫对她好啊,那还不够吗?"我劝慰老妈妈说。

"可她每个月四十多块钱的收入没有了!这次回家,她没带一块钱来,是图尔拉罕姐在她回去以前给了她十五块钱!"阿依穆罕大娘恨恨地说。

真遗憾,他们一旦不在眼前,世俗的计算偏见便立即占了上风。

这年秋天,挺着大肚子的爱弥拉姑娘回来了,按照维吾尔人的风俗,她回娘家来生孩子。本来,她的名字里的姑娘两个字应该去掉了,但因为克孜——姑娘这两个字原来是她的名字的一个组成部分,是名字而不是称谓,所以,这两个字便比它们实际意义上的存在更长久了一些。

这年冬天,赶着毛驴拉拉车的谢米什丁隆重地接走了产后满四十天的妻子和小儿子。

次年(一九六八年)春天,满身发了酵的奶味儿的爱弥拉带着小儿子来做客。她穿着一件黑棉衣,棉衣轧着许多竖道道,她面色焦黄,开始有了那么一点点蓬首垢面的味道。只有她说话的声音,还像从前一样动人。

这年夏天,图尔拉罕老妈妈突然发作心脏病去世了。阿依穆罕老妈妈见到我后咧开嘴大声哭了那么长时间,这哭声给我以罕有的庄严。从这哭声里,我好像看到了一代又一代的人出生、长大、衰老和逝去,我感到了死的普通,也感到了生的珍贵。

五天以后,爱弥拉才抱着孩子赶回来,当然是撕肝裂胆的痛哭接着痛哭,再接着无声的啜泣。但请原谅我把实话写下来,我觉得她的啜泣并不像她在婚前恋爱时显得那样伤心痛苦、柔肠寸断。紧跟着这一切,爆发了爱弥拉与她的哥哥穆萨阿洪、姨妈阿依穆罕的争吵,她指责这两个人串通起来处理了图尔拉罕的遗产……我不愿写这争吵了，因为他和她们都是好人、善良的人、我所喜爱的人，而且阿依穆罕老妈妈也已不在人间。但我仍要说，这争吵是可怕的，比图尔拉罕的突然去世还要可怕。争吵之后，据说爱弥拉空手归去，没有要她母亲留下来的任何东西。

后来我又见过几次爱弥拉，在一九七一年我离开毛拉圩孜公社的时候，她已经两个孩子了。她蓬首垢面，青春已经离她远去。而且有消息说，她和她丈夫也并不是那么好。但愿这消息是不确实的。

毛拉圩孜公社的人评论说："谁让她当初不听话，嫁到那边去呢？否则，不但能挣现钱，有正式的工作，而且，如果她在家，图尔拉罕身后遗下的一切财产，包括房屋、葡萄、家什和现金，不都属于她一个人吗？"她在图尔拉罕房子里生活了二十多年，竟什么也没有得到，这令人惋惜。

人们还说，如果她继承这些遗产，她的丈夫是绝对不敢对她不好的。也许，谢米什丁与她的芥蒂，正是从责备她不该赌气什么遗产都不要，空手回到天山公社开始的吧？

还说，天山公社处在风口，那里每个月都要刮二十天风。那儿的女人老得快，皮肤粗得快。如果当初爱弥拉姑娘没有嫁到天山公社，而是在毛拉圩孜，说不定她至今还青春常在呢。

什么都是可能的，又绝对不可能。我不了解别的，只是从她付出的代价中体会到她获得的幸福。维吾尔农家女孩子多半是想从爱情、婚姻中有所获取的，自己与自己的娘家，总要从婚姻中得到物质的好处。在一些离婚官司里，女方常常把男方已经一年没有给自己制新衣服作为有说服力的理由提出来。

而我看到的是爱弥拉姑娘的付出，一个代价接一个代价的付出。

既然有这样的付出，便可以想象她的幸福。她一定是令人羡慕的。我祝她永远幸福。

发表于《延河》1984年第1期

逍 遥 游

当我快要结束我的这一辑小说的时候,我觉得我应该更多地说说伊犁。

伊犁首先是一条河的名字,它的源头是三条河:巩乃斯河、特克斯河和哈什河。汇聚成伊犁河以后,河水湍急,挟泥带沙,奔腾旋转,呼啸而下,自东向西,流入苏联境内的巴尔喀什湖。

一九六五年春天,我第一次造访伊犁河。走近河岸以前,先经过了一片渗水的沼泽地,地上布满了开着神秘的蓝紫花朵的马兰。高坡上搭着几个帐篷,是牧业队的哈萨克牧民在这里游牧。然后,我们看到了一片坡地断崖,这些大概是洪水期大水泛滥到岸上以后冲刷形成的。高高低低,欲倾未倒,她像是古战场的断壁残垣,充满了力,充满了危险和破坏的痕迹,也充满了忍耐和坚强,那是一种恐怖的、伟大的美。

然后我到了伊犁河边。大水滔滔,不舍昼夜,篝火腾腾,无分天地。阳光普照,金光万点,混浊的水流,漂浮的枯枝败叶,雪白的、倏忽生生灭灭的浪花,河中央的杂生着丛丛野灌木的岛屿和仍然不时传来的河岸塌方的轰轰声,还有天上盘桓的鹰,水面展开黄褐色的双翅的野鸭,岸上的油绿而又苗壮的草,以及从对岸察布查尔境内依稀传来的人声畜吼……这一切给了我这样强大的冲击,粗犷而又温柔,幸福而又悲哀,如醉如痴,思歌思吟。而化雷化闪,问地问天,也难唱出这祖国的歌、大地母亲的歌、边疆的歌、带有原始的野性而又与我们的人民无比亲密的伊犁河之歌于万一。

哦，伊犁河！让不让我歌唱你？我该怎样歌唱你？

从行政区划的意义上讲，伊犁是我国西陲的一个（也是唯一的）哈萨克自治州的名称。它包括直属的八个（原是九个）县市：霍城、水定（后取消）、伊宁（县和市）、尼勒克、新源、特克斯、巩留、昭苏，另外还包括两个专区：阿勒泰与塔城。

但人们的口语中很少在上述意义上说伊犁，人们说"伊犁"，往往只是指伊宁市，最多加上那几个直属的县市罢了。

在新疆生活的十六年，我每每惊异于新疆的维吾尔人、哈萨克人、塔塔尔人、乌兹别克人、回族人，还有在新疆定居的汉人，谈起伊犁来竟是那样众口一声，赞不绝口，怀着深情，怀着向往和留恋，怀着自豪，怀着那样忠实和虔敬的崇拜。一九七一年到一九七三年，我在乌鲁木齐南郊的乌拉泊地区就学于"五七干校"，在那沉重的劳动与沉重的思想负担下边我经常接触和愿意多接触的是少数民族同志。我们经常谈论的一个题目便是天山那边、赛里木湖那边的伊犁。伊犁河谷的绿洲，高大茂密的白杨树，户户农家的苹果园，丘陵牧场与高山牧场，还有林场和林场里的养蜂人，用蜂蜜酿造的土造啤瓦（即啤酒）和俄式喀瓦斯。还有聚居在伊犁地区的被称为"他兰契"的一支维吾尔人，他们热情而又粗犷，见面的时候总要互相打一拳，骂一声："阿娜昂……"（犹汉语妈妈的）。还有伊犁的无烟煤。一位祖籍河南但早在盛世才担任新疆督办时期就举家迁往新疆的老同志告诉我说，伊犁的无烟煤，只用一根火柴便可以点燃。我在伊犁住家八年，倒还没有用火柴点燃煤炭的经验，当然，这种煤易燃，而且有一种自我保存的本领，有非同一般的优越性，它燃烧一段时间，表面布满了灰，它便"封"起来了，一大块煤，可以"封"几天几夜不灭，而生新火的时候，只需从旧火灰中找到鸡蛋大的一块红火，再不然从邻居家攉来一块鸡蛋大的红火煤，就足可以在十五分钟内生起一炉熊熊的大火来。

在 伊 犁

七十年代初期,我和我的少数民族干校学友,常常用谈论伊犁来抵挡生活的寂寞和沉重,来激发我们对于生活的爱恋和信心。我们还常常用将来干校"毕业"以后"回伊犁去"来自我安慰和互相安慰。风云可以变幻,文联可以解散,然而伊犁的白杨树与苹果园永存,这大概是我们共同的潜台词。一九七一年的古尔邦节(穆斯林的牺牲节),我和一个锡伯族老同志、一个维吾尔同龄人、还有一个同寝室的哈萨克青年同志,都喝得酩酊大醉,醉后,我们含泪捶着桌子大叫着:"回伊犁!回伊犁!"但后来我突然说了一句:"不,我想的并不是回伊犁!"使他们愕然,也使他们沉默了。酒醒以后,他们告诉我,我说了那样的话,我却全不记得,也不理解。同时我看到,桌面被我捶坏了,我的手也受了伤。

还有一件事也是难忘的,一九七二年我们干校的几位"五七战士"去呼图壁雀儿沟林区为汽车装运木材,人们告诉我们,翻过对面的大山,便是伊犁地区的新源县。我们注视着面前的大山,我开玩笑说,爬到山上去,闭上眼往下滚吧,滚到伊犁去!几位少数民族同志听了我的话简直是欢呼了起来。

但我要继续把实情告诉读者。当我们在干校结业,当文化工作多多少少有了一点恢复的可能的时候,尽管那时还只是一九七三年,大的气氛并没有变化,我们干校的全部学员当中只有一个人实现了自己的愿望,回到了伊犁。其他那些讲了一千遍伊犁的好处与乌鲁木齐的坏处的伊犁本地人与向往伊犁的人,都仍然留在了乌鲁木齐,留在了自治区文教工作岗位上。

也有一些这样的人物,他们去过兰州、杭州和广州,去过北京、南京也许近年还去了东京,然后他们走了一趟伊犁。他们莫名其糊涂地、天真无邪地质问我:"伊犁,又有什么好的呢?一个偏僻可怜的小城,马和驴在柏油路上拉粪拉尿,全城只有一条(最近好像又加一两条)公共汽车线路……塞外江南?她又怎么能和真正的江南相比?"

于是我买了一张十八块六的长途汽车票,在乌鲁木齐长途客运站挤挤搡搡地上了车。凌晨时分,城市生活还没有正式开始运转,行色匆匆的各族同胞扛着抱着背着提着大小旅行包、麻袋、木箱、马褡子……紧张地寻找该自己搭乘的那一班车。负责维持登车秩序和督促行李过磅等事宜的好像是一位山东哥儿们,他态度粗暴,声如破锣,对乘客说话就像训孙子。然而正是由于他的经验、热心和铁腕,才能使这一些乌合之众各就其位,安全正点开车。车驶过了展览馆,驶过了木材厂,驶过了石油新村。昌吉的水塔雍容亲切。呼图壁的通讯天线寻找着天空。石河子新城坐落在荒凉的戈壁滩上。下午三四点,我们到达了北疆重镇乌苏,汽车将从这里分道驶向西面的伊犁,西北面的塔城或正北面的阿勒泰。乌苏的维吾尔文地名叫做"谢胡",汽车站的大众旅舍就起名叫"西湖饭店"。这个谐音用得真好,当你从沙丁鱼罐头般每排七个人坐得紧紧的汽车上下来,进入"西湖饭店"的简朴的房间,打一盆热水,洗去满脸的风尘,喝一杯热茶以后,你的快乐,不是胜似游西湖吗?西湖饭店这个名称,不是确有一种玫瑰色幽默的韵味吗?

第二天车就常常走在荒漠里了。精河县的附近都是沙,一场大风以后沙包会把公路遮断,所以那里有"治沙站",所以那里的西瓜特别大也特别甜。最妙的还是这一天行程之后的宿营点,一个群山之中的小小空场,名叫"五台"。这是一个专门为了旅客而出现的服务点,每天晚上这里熙熙攘攘,就着爆炒羊肉喝酒的,寻找床位的,修理汽车水箱和离合器的,匆匆往来。每天凌晨天不亮汽车马达就响成一片,而等天亮以后,这里几乎消失了人迹……

通往伊犁的公路上的第一个冲击当然是赛里木湖了,当地人俗话叫做三台海子,公路旅行的第三天你才能见到她。那碧蓝的、平静而又蕴藏着不安的湖水是人们从来没有看到过的。三面环绕的、夏天也仍然晶莹凝重的雪山把自己的影像投射到平如蓝镜般的湖水里,你分不清是天蓝还是水蓝,是高处的雪山还是水里的雪山更真实和高洁。最后，你分不清这方圆几百公里的高山湖是不是一个海市、一个传说故事、一个神话。而伊犁呢，便在神话故事的另一面。

我必须请求读者原谅这种"博士卖驴"式的文体。为了了解伊宁市的生活你必须了解伊犁河谷，你必须旅行，经历漫长的兰新铁路与乌伊公路的试炼与铺垫。你应该听到午夜检修工用榔头敲响每一节列车的车轮的声响，你应该知道天色未明时分从沿途孤零零的交通小店的床上匆匆爬起的紧张与欢愉，你应该知道嘉峪关的狂风与乌鞘岭的奇寒，你应该体验河西走廊的没完没了与夜半经过星星峡进入新疆境内的兴奋，你应该排队去买长途汽车票——第一天是紧迫的，第二天是疲劳和寂寞的，第三天的公路旅行却那样新鲜神奇，令人目不暇接。

于是我不再写二台的墨绿的云杉林，如果中国也有白雪公主和七个小矮子的话，一定是白雪公主和七个小矮子住过的玲珑的木头房子。我不再写果子沟的野果林与芦草沟的庄稼地。让我们到达伊犁吧，来到天山山脉之中的这块富饶、温暖、单纯而又多彩、快乐亲切而又常常唱着忧郁的酒歌的地方。

从城市的观点看伊宁市也许确实无善可陈。她没有高楼大厦，没有繁华的商店，没有漂亮的大街和哪怕是喀什噶尔那样的一个气魄宏大的十字路口。何况喀什噶尔的十字路边有一个世界驰名的艾衣提尕清真大寺，清真大寺的巨大的圆穹和星月吸引着许多国家的穆斯林。可怜的伊犁呀，你连一座宏伟的建筑都没有！

伊犁只有杨树。青杨和白杨，新疆杨和加拿大杨。有一位苏州医学院的毕业生分配到伊犁来，初到伊犁，他想去逛一逛伊犁的公园。按照他的经验，在一个小城镇找公园的方法是，出门扬头看，哪里树多便往那里去，但是他的这种办法在伊犁却没有行通。如果你在伊犁，不用扬头，就会看到到处都是树。

最大的树在斯大林街，这大概是伊犁的一条古老的街，街上常常有豪华的铺着花地毯的四轮"六根棍"马车通过，这是一种俄式"旅游车"，地毯下面铺着柔软和芳香的干草，车上的一面翘起来像公园的长椅背。有时候车上只坐着一对新婚男女，或者一位阿訇，或者一位首长，但套着三匹健壮的伊犁栗色马。马脖子上系着红绸和铜铃，行驶起来，四个包着铁皮的木轮的隆隆声和铜铃的叮当声合奏在一起。

斯大林街通向一个颇有特色的叫做"努海古尔"的居民区。居民区的分布好像棋盘，道路分经纬，方正、齐整、宽大，但都是土路，难免晴天的尘土与雨雪天的泥泞。这里住房我过去似乎只是在契诃夫的小说插图里见到过，高台，木扶梯（台阶），四根雕花木柱撑起的山脊形顶盖，经常关着的雕花木门，打开门以后是一条黝暗的通道，通道两面是并排的住房。而在这讲究的漆着天蓝色的油漆的门的一侧，与路面相平，多半是无门槛的对开双扇大门，有时这门呈栅栏形，又矮，站在门外仍然可以看得见门里的空场和空场边缘的低矮的土房。这大门，便是为了进出马车的了。在过去的伊犁，努海古尔的居民拥有的马车之多大概能与北京居民拥有的自行车相比。

努海是维吾尔口语中对于塔塔尔人的俗称，把这个地方称为努海古尔，包含着这里聚居着塔塔尔人的含义。但更多的人告诉我，这个地名来自俄语，来自老沙皇占领伊犁的十年间，占领者把这个地方命名为"挪维格拉德"，俄语是"新城"的意思。维吾尔人念白了，读成了努海古尔。管它呢，历史背景与民族成分的复杂，只能增加它的特有的魅力。

与斯大林街始而平行、终而垂直相交的另一条大街叫做"解放路"，这是一条比较新的路，宽大一些，伊犁区党委与伊犁军分区这两个当地的高级首脑机关都位于解放路上。到六十年代末期为止，长途汽车客运站也位于解放路的起点。长途跋涉的旅客一下车，就会被车站附近的招揽生意的代步用毛驴车以及卖葵花子、莫合烟、葡萄干与杏干的小贩所包围，就会闻到一种混杂着大量尘土、杨树枝叶、流水、牲畜、皮革制品和其他土特产气味的特有伊犁味儿。

解放路两侧，整齐高大但不如斯大林街古老的是排列成行的青杨，青杨树阴下是用洋灰砖精心垒砌的明渠，清水在渠内昼夜不停地稀里哗啦，这是最别有风味的。每年八月份，瓜果成熟的季节，渠旁尽是堆积如山的哈密瓜、西瓜、苹果、葡萄。

伊犁的可爱恰恰在这里。说是城市，又像个农村集镇。说是农村，明明又是城市。而且对于北京、上海的人来说它似乎远在天涯，而当你到了那里，你觉得她是那样亲切随和，很容易被人们所接受，而她也很容易接受新的友人。她有一种纯朴的熨帖，是任何大城市所没有的。

一九六五年九月，我在伊宁市也安了一个家。就是说，我把妻子接到了伊犁，她在解放路的一所中学继续教她的书。我呢，一般在毛拉圩孜公社劳动，遇到假日休息，就回伊宁市来。我们的家位于解放路的一条巷子里，巷子和大街一样宽敞，有同样多的杨树和土渠。在伊犁生活的一个令人难忘的镜头便是从临街的窗户向巷子望去，常常会看见斜对面的青杨树下，水渠边，一个小小的木门前，有两个维吾尔姑娘谈话。一个姑娘面色黝黑，身体健壮，头发上插着一个半月形梳卡，天蓝色的纱头巾敷衍地在后脑部一围，纱巾下露出了粗壮的辫梢。她口里镶着两粒金牙，说起话来嘴往前一噘一翘，像撒娇又像是发火，表情丰富，嘴唇飞速开合，估计她说得又多又快，永远说不完。另一个姑娘修长苗条，只能看到侧背面，她的头发弯曲而且细碎，她总是频频点头，点头的时候有时可以看到她的睫毛的抖动。说也怪了，我们在解放路住了两年多，不知多少次看到她们俩用这种姿势这种角度这种神态说话，好像她们和树、和水渠、和木门、和尘土飞扬的宽而直的路一样，她们也是伊犁风光、解放路即景的一个固定的、不可缺少的部分。

一九六七年秋天，伊宁市的这种世外桃源式的宁静被破坏了。从后窗望出去，不再能看得见那两位美丽的维吾尔姑娘，土路上匆匆过往的尽是些戴着柳条帽、拿着大棒或者扎枪，后来干脆扛起了步枪和冲锋枪的"小将"。两大派红卫兵的大规模武斗迫在眉睫。

我们住的地方位于两个观点不同的红卫兵组织的"接火"处。每天深夜,都听见一方"告急,告急"的广播,和对方的功率超过五倍的高音喇叭里播出的"语录歌":"凡是敌人反对的,我们就要拥护"。这个歌节奏跳跃,听起来极不稳定,似乎有某种"现代倾向"。一天,一方试验土造手榴弹,弹片一直飞到了我们的门前,击落了我们自己种植的刚刚坐果的小南瓜蛋儿。

"再不能在这儿住下去了。"只要我一回到伊宁市的"家",我就本能地感到了一种威胁,我的从一九六六年以来患有的严重的"恐小将症"就要发作,我强调了搬开去的必要性。

大乱避城,小乱避乡。我已经从北京避到了乌鲁木齐,从乌鲁木齐避到了伊犁,看来,还要再次落荒。

于是,我们展开了紧张的找房活动。在伊犁新结交的各族朋友给我们提供了一些线索,不约而同,所有的箭头都沿着解放路往南指,指向伊犁河边。

从解放路与斯大林街相交处往南走,是一座清真寺。维吾尔语将这个清真寺坐落的位置叫做"城里",窃以为在这里"城里"恐怕是北京话"城根"的意思。因为从这里再往南走一步,便景象全非了。从"城根"向伊犁河边走去,叫做"阿衣冬",译成汉文,便是月亮坡。而月亮坡的路口,名叫"水门",可不是导致尼克松总统下台的那个事件发生的位于华盛顿的"水门"。这里有条大渠通过,渠水流过这里带动三台水磨,水磨坊一年四季昼夜雷鸣,带动了水磨以后的流水,依然气势汹汹地下泻,从"水门"分到几条方向不同的支渠里去。经常可以看到这里的居民,多半是年轻妇女,挑着伊犁特制的口大底小的锡铁水桶前来挑水。她们多半扁担不下肩,斜弯一下腰,用桶向跌水处稍稍一倾,动作潇洒地接满了水,轻松地回家去。

是的,到阿衣冬区,就没有自来水了,伊犁活水清如碧玉,这里似乎不产生对自来水的需求。在六十年代,这里一般居民家里也没有安装电灯。即使安装了电灯的,由于常常停电,最牢靠而方便的照明装置仍然是煤油灯。对于大多数不读书也不看报的家庭来说,煤油灯也丝毫不比电灯逊色。杂货铺里摆着煤油灯,有各种型号和式样,有用以摆在窗台或者案头的,有侧面带卡子可以挂在墙上的。"我买一个十号煤油灯灯罩。"在伊犁,我学会了去挑选和购买常坏常换的煤油灯罩。在伊犁,闻到杂货铺一角黑而圆的大铁桶散发出来的煤油味儿,甚至有一种温暖和恬适的感觉。

在阿衣冬区,我被介绍看了一所房。一个小小的院子,一排西番莲,一株青杨,两间厢房,三间正房,都是泥顶土地,没有顶棚。房主要价是四百五十块钱,介绍人估计说,大约花三百七八十块钱就可以把这个院子买下来。真是不贵啊!那时全国城市差不多都把私房收归公有了,伊犁沾了少数民族地区和边远地区的光,居然还保留着私房买卖的古风,这简直叫我不敢相信,也不敢想象。

这里我需要穿插叙述一下对于伊宁市城建局孔同志的怀念。一九六五年我们把家(更精确地说,是家的一部分)迁到伊犁之初,经人介绍我去找过孔同志。伊犁没有单独的房管局,所有公房都是由城市建设局管理。孔同志穿着一身标准的灰咔叽布干部服,脸孔黑、圆、扁平,浓眉大眼,皱纹布满前额。根据我的经验,例如在北京,所有不相识的房管局干部都是紧绷着脸如讨债的债主。但孔同志对于当时的畏畏缩缩的我是那样谦逊而且热情,那种少有的礼遇使我几乎……不说那些了。他记下了我的姓名和联系途径,并答应为我找一处"好一些"的房子。三个月以后和半年以后,我和妻子分别各找过孔同志一次,他同样亲切热诚地接待了我们,并告诉我们没有房。当然,这是可以理解的,我们不再指望城建局,有孔同志的这么好的态度,已足够慰藉我们自己。后来在伊犁城乡一住许多年,对不起,我把孔同志也就忘记了。令人惊异的是,一九七一年我离开伊犁去乌鲁木齐走"五七道路"不久,家还没搬,孔同志辗转打听找到了我的妻子,告诉她说,他终于为我们等到了五间既有天花板又有油漆地板，还有宽大的前廊，还有俄罗斯式的壁炉和面包烤炉，位置又适中，安全条件也好的房子，他希望我们快快搬去。然而，当时我们已经开始做离开伊犁的打算了。凡事既有开头，便有了结，我们未能搬入这说一说也痛快的新居，但像孔同志这样"重然诺"，实在是令人感动，值得牢记。

现在回过头来说，一九六八年，我对城建局的公房不抱希望。而在阿衣冬区用不太多的钱买一个小院子，躲进小院成一统，舒服则舒服矣、清静矣，却未免不可思议。如果传出去，某某在"文化大革命"期间、下放农村劳动锻炼的时候，变成了当地的小小房主，这似乎超出了可以理解的行为逻辑与思维逻辑。其实，正是"文化大革命"期间，趁着房价暴跌的时候，有几个我们认识的伊犁的干部教师买下了房屋宅院……仅此一点，也可以说明伊犁毕竟是伊犁，不仅与京、津、沪不同，而且与乌鲁木齐不大一样。在缺乏买房的想象力的情况下，我又被介绍到阿衣冬区和市区的交界处去看一间出租的房屋。屋主身材高大，皓眉银髯，面色红润，相貌不凡，只是说话口齿不清而且带一种使人感到晦气的哭腔，听音儿像个长流鼻涕的熊包，与他的堂堂仪表不相符。女主人低矮圆胖，笑嘻嘻不乏善良。他们有一个培植了许多花草的美丽的院落，尤其惊人的是，小院落里嬉戏着七只活泼美丽的猫儿，大概是猫的一个家族的三代同堂。虽属同宗，猫皮花色却大不同，看起来琳琅满目。据说是老两口有四儿两女，都处不好，分家另过，与他们不怎么来往。于是，按维吾尔语的句法可以说，高大的老头儿与低矮的小老太婆在孩子的位置上饲养了猫。老头儿老太婆对猫儿精心照顾，爱护备至。

老头儿还有一项工作：卖自来水。到了与市区交界的地方，自来水便不那么普遍了，居民们用水，主要靠几处公共水龙头。一分钱一挑水，先要按这个价钱买下"水牌子"，再凭水牌子挑水，老头儿掌握着室内的开关，收牌子给水，而在北疆的漫长的冬季，他的一项重要的任务是保护水管水龙头不致冻结、冻裂。

老头儿的工作是轻闲的,他的小院小猫小花小草是可爱的。但是他准备出租的房间实在太差。那间房子没有窗子,白天关上门也是黑洞洞的。倒是有一个天窗,打开以后会落下一束光线。在南疆农村,这种房子是普遍的,在伊宁市,这样的房子却显得过于简陋。而且……我非常不喜欢老头儿说话的声音。

就在参观了老头儿的院、猫、房并且决定告辞的时候,一个前来挑水的歪戴帽的小男孩对我说:"你找房吗?街对面就有。"

如果人生中不妨偶尔用一下"命运"这个词的话,这位歪戴着赭石色俄式学生帽,嘴里还叼着一支纸厚而烟草极少的卷烟,口水把卷烟的报纸浸湿了半截,样子颇顽劣无赖的男孩子,便是命运的象征了。

顽劣无赖而又活泼可爱的命运使我住进了伊犁"城根"的一个小杂院。整整两年。

我的房东名叫茨薇特罕,一个年近七旬的老女人,胖大,驼背,走路颤巍巍,小三角眼睁不开,但说话声音洪亮,她的声音里似乎还蕴藏着不少的生命力。她本来是整个院子九间半房子的主人,一九五八年城市房屋改革时城建局赎买了她的六间多余房屋,给她留了三间半正房,她自己住着两间,那一间半就租给了我们。

这三间半正房该说是相当高级了,房基垫得高出院子(和其余房子)地面近七十公分,宽大的前廊,被一列四根齐整的方柱所支撑。玻璃窗都是向南开的,窗户位置低矮,这是因为维吾尔人一般喜欢在地毯或毡上就座、活动,这就比汉人坐椅、凳时的视线要低得多,向阳、低窗,使房间里的阳光更加充足。但这窗子是向院内开的,这与伊犁一般住房喜欢向街道开窗以便瞭望街景的习惯不同。室内都有地板,虽然地板的油漆已经脱落。比较有特色的是它的屋顶,它有排列整齐平光的天花板,不知是由于油漆还是由于年深木色氧化,天花板呈现出一种古朴的深黄色。与一般天花板不同之处在于它很高,它不是装饰用的而是支撑用的,它承受着屋顶的大量草泥的重量,起着苇席的作用。那么,一根根椽子便不是被天花板遮掩,而是裸露在天花板下面,支持着天花板。这种既讲究又未免过于简单的天花板使我用了好长时间去习惯它。

　　我的搬家活动非常简单。全部家当包括几块点火方便的伊犁无烟煤由一辆四轮货运马车——当地称作槽子车的——拉到了新居。马车进大门的时候受到了茨薇特罕的干预,她大呼小叫不准车拉进院子,怕车撞坏她的双扇大木门。赶车人原来也是一位教师,据说当年在乌鲁木齐和伊犁善于朗诵诗而小有名气,在五十年代后期他因故从讲台上被拉了下来,赶车已经十年。他眯着一只眼,用亲切愉快而又油滑的腔调与茨薇特罕对答。他们俩的声带都长得那么好,说话声音有共鸣、有色彩、有情感也有个性。我当时正处于学习维吾尔语的"狂热"之中,我欣赏他俩的拉长了声音的富有表现力的应答,像是欣赏一出歌剧里的对唱。会朗诵诗的赶车人一面巧妙而优美地回答着她,其中还有这样的句子:"老妈妈,请别哭,请别叫苦。"一面精确地掌握着辕马,端端正正地把马车赶到了院子里。车停到了我的新居的门前,马抖动着自己的眼睑和鬃毛,我感到了几分得意。

　　进入新居以后的第一个发现是原有的电灯灯口被拧走了,电线被黑色绝缘胶布缠起来,拧得高高的。我向房东老太婆询问关于灯口的事情,茨薇特罕回答说:"你不能用电灯。"

　　"为什么?"我不能理解。

　　"电费不好算。"

　　"怎么讲?"

　　"你们屋里的电灯与我的电灯是共用一个电表的。我这里有两盏灯,但我每天用得很少,每天天一黑我就睡。如果按瓦数分摊电费,我就要吃亏。过去常常因为缴电费的事与房客打吵子,所以,你干脆不点电灯好了。"

　　如果这种蛮不讲理的话是用汉语讲出来的,我大概会火冒三丈。在我的一生中最使我惊奇的事情之一便是一些人硬是可以毫不脸红地、振振有词地讲自己的歪理,甚至还觉得自己受了委屈。我曾经不止一次地幼稚地设想过,如果能够把形式逻辑、三段论法的知识普及一下,世界和人生都会美好得多。

但她的话是用维吾尔语讲的,当时,我觉得世界上最美好的语言便是维吾尔语,最有趣的事情便是说、听、读、写维吾尔语。我听着她的话,欣赏着她的发音,寻找着我在发音和构词造句方面的差距。不错,她发 i 的音就是和我不一样,汉族人不会只发元音 i,而必须加上辅音 y,变成 yi——衣。还有,当她说"不行"的时候,她用的是动词原型,把动词原型用到祈使句里,这是我读过的维吾尔语教科书与语法书上所没有讲过的。我入神地欣赏着她的说话,同时用心地打腹稿,尽量学她的发音,尽量流利而又正确地用维吾尔语答道:

"这事好办嘛,算电费的时候听您的。"

"您这是说什么?您这是什么意思?"她没懂我的话。我觉得,由于我的文雅的态度和自以为相当准确的发音,她的态度显然也礼貌多了,维吾尔民族本来是一个非常讲礼貌的民族嘛。

"例如,"我的话带有某种书面语言的味儿,"一个月的电费是三元钱,您可以缴一元,我缴两元,我们没有必要去计算电灯的瓦数和百分比。"

"啊?一元?"

"如果您认为您消耗的电的价值远在一元之下,可以缴五角,那么,在此种情况之下,我将缴两元五角。而如果您竟然认为缴五角钱也不合理的话,例如,您可以缴一角钱,那么,在此种情况之下我将缴两元九角。总而言之,简而言之,一言以蔽之,电灯我是一定要点的,而电费,您怎么说我怎么缴。这不是很好吗?"

老太婆目瞪口呆,不知道是由于我的不设防因而是不可战胜的方案,还是由于我的比任何正确的维吾尔语都错误,而又比任何错误的后学的维吾尔语都更正确而且繁复的语言。我当时很得意,我在谈话中多次应用了"条件复句"这种句式。事后才觉察,我给动词加条件词尾的时候用错了人称,这使我后悔莫及。在伊宁市这个小杂院的逗留中,这大概是一件最叫我遗憾的事情了。

但无论如何,我安装好了电灯。在这个院子里,我们这三间半正房,还有三间东房,一共四户人家是点电灯的,另外一间南房,两间西房,则没有电灯,只点煤油灯。所以,我们的电灯显得格外亮堂。第二天一早,刚一起床,我照例进行我的"功课",用维吾尔语高声朗诵"老三篇",记得这天读的是《纪念白求恩》,当我读到:"这就是我们的国际主义,这就是我们用以反对狭隘民族主义和狭隘爱国主义的国际主义……"的时候,忽听窗玻璃被人敲得砰砰乱响,由于正在专心朗读,我吓了一跳。一抬头,原来是茨薇特罕,她整个老脸都贴在我们的窗子上了,她的脸显得浮肿。她的眼睛睁得圆圆的,一点也不三角了,她大叫道:"这是您吗?这是您在阅读?我还以为是维吾尔语电台在广播呢!"

在我们的房基和前廊地面七十公分以下,是小院和另外四户人家。小院只有一株半死不活、半黄不绿的小苹果树,此外没有树木花草,与伊犁的其他居民庭院相比,这里真是一个荒凉的地方。东屋两间,泥顶土地,窗玻璃正好对着院门,住着一对五十岁上下的白姓满族夫妇。老头儿在毛皮厂传达室看大门,未老先衰,爱咳嗽。老太婆腰粗脚大,是街道上的积极分子。我们搬进不久,白大嫂来看我们,一面热心地指导我砌炉灶和存放煤、柴,一面告诉我:"这个院儿很复杂,有两个脑袋的问题!"我不由一震。"两个脑袋?"我问,白大嫂用嘴向东努了努。在伊犁,"两个脑袋"可以是指一个人在国外有亲属(一般指苏联,但也有人亲属是在阿富汗、巴基斯坦、土耳其等地),也可以是指一个人有双重国籍。而在更严重的情况下则可以指一个人有"里通外国""叛国投敌"的行为或动机,至少是嫌疑。

东屋紧靠大门是两间不错的房子,天花板、地板、玻璃窗外加一层木窗,这些规格都与正房相同,只是间量小一些,方向(朝西)差一些,同时地基也比正房低矮得多。这里住着一位身材适中但显单薄,眼睛很大然而目光忧郁,说话更是细声细气、慢条斯理的维吾尔小老太太,我始终没有记住她的名字,只是她有一个小儿子叫做亚利,是"心上人"的意思。亚利只有八九岁,是小老太太的养子。亚利有两个姐姐,是小老太太亲女儿。大女儿据说还在北京大学读书——后来是"停课闹革命"、又后来是复课闹革命了吧?二女儿叫做姑丽娜尔,是供电局的工人,经常穿着劳动布工裤,骑一辆男车,多少像一个"假小子"。

小老太太对我们家也是友好的。有一回我在农村,不在家,姑丽娜尔和她的母亲合作打馕,我的爱人在一边观看了一会儿,神情上表现了对她们打馕的技术的赞许与对于新出炉的热馕的向往。结果,一小时以后,她们打完了馕,小老太太用围裙包着一个形象和色泽都非常完美的小馕,悄没声息地走上我们的廊沿,轻轻地敲门,把这最好的新馕献给了我们。从此,成了一个规矩,凡是她家打馕,我们就笃定可以吃到一个最鲜最红最热最香最圆的小馕。维吾尔人的这种朴素的情意比什么都珍贵。我知道,她们串亲戚,乃至为子女说亲的时候,也都是用红布裹着馕做见面礼的。我在毛拉圩孜公社农村的房东穆敏老爹还对我讲过,维吾尔人认为馕——粮食是世界上最高贵的东西。

她走路从来没有声音,每次来送馕的时候都悄没声息,连话都很少说。她轻声敲门,我们开门,她脸上显示含蓄的笑容,把馕交给我们。我们道谢,她点点头,嗯一声,然后悄没声息地走下廊子去。

我有时候想起白大嫂的话。我看得到的只是她的一个脑袋,一个相当内向的面孔。那第二个无形的可怕的脑袋和面孔在哪里呢?

南房是一小间,前后左右都不与其他房屋相连——我不明白这个小院为什么是这样布局。小南房的主人是一个哈萨克老太婆,年龄与房东茨薇特罕相仿,形象与神态却截然相反。她瘦小枯干,胳膊腿都细如麻秆,但动作灵敏,在院子里飞速地穿来穿去,像一只老鼠。她说话声音尖厉,像用金刚石划开一块玻璃。最惊人的是有一次她为了够着挂在她门边墙上钉子上的一个布袋,因为钉子老高,她连续跳了几次才把布袋取了下来。她偌大年岁竟有这样好的弹跳力,令人难以置信。

她有一个儿子,自始至终我没有见过她的儿子的正脸。每天天黑以后,夏天有时到晚十点,冬天一般在晚八点左右,一个哈萨克大汉骑着马归来,于是寂寥了一天的小南屋里传出哈萨克老太婆的亲切急促的说话声。她儿子说话不多,但我每次都听见他一声一又一声地叫着"她特衣"——妈妈,他叫得那样低沉,又那样深情,而且用的是这样一种孩子气的叫法,与他那大汉的样子不太相称。我几次看到他的侧脸与背影,他好像有点浮肿,走路也有点跛脚,但仍然很威风。一个老鼠一样的女人,却生出了一个雄狮——哪怕是病狮一样的儿子,这叫人捉摸不透。

这位病狮每天天黑以后回来,把马拴在他家门前,抱上一捆苜蓿就不管了。第二天,等到大家起床的时候,他早已不见了,饲草与马粪尿全部收拾得干干净净,不留痕迹。

他是什么人?他在哪里工作?是城市职工?为什么每天回来那么晚而且骑着马?他是山里的牧民?那为什么要住在城市?哈萨克牧民可没有喜欢城市居民生活的。

我回答不了这些问题。同时我也想,管他呢,说不定邻居们也为我的身份而纳闷。

茨薇特罕已经不是这个只有一棵半死不活的苹果树的院落的主人了,但她仍然充满着"主人翁感"。或者叫做"主人媪"感吧。

当她从院内走过的时候,她并不紧靠着属于她的正房的高廊之下,她总是要穿过院落的正中,似乎她的身体的移动需要占用和穿过全院的空间。她的眼睛也不是只看着自己的住房与房前,不,她以一种阴沉的、全权的、审视的目光望着全院的每一个房间、每一个角落,而且十分负责与敏锐地随时提出问题,提出批评,提出声讨。

"是谁把污水泼到这里？我不是说过吗,泼到大门外去!"

"我的胡大!怎么连煤灰也不扫净呢？煤灰是热的,里面还有火,刮起风来,会引起火灾!"

而遇到有小孩子来找东屋的亚力或者西屋满族夫妇的养子猫娃,闹闹嚷嚷地在院子里玩开了的时候,茨薇特罕便威风凛凛地站出来:"走开! 全给我走开! 别让我给你们棍子吃!"

扫兴的孩子们一面退出院子一面起着哄用汉语喊道:"地主! 地主! 地主!"

几乎一句汉话不懂的茨薇特罕却懂得"地主"二字,一听到这两个字她就像被针扎了一样,满脸涨红,骂着最难听的话,以一种决一死战而又力不从心的可怕而又可笑的姿态向众顽童冲锋,同时用维吾尔语严正地为自己正名:"不,我不是地主! 我的成分绝对不是地主!"

我不喜欢茨薇特罕高于众房客一等的"唯我独主"的神气,但我感谢她严格地维护着小院的安静与清洁。

一天早晨,茨薇特罕突然向着孤零零的小南屋咆哮起来,她叫着那个哈萨克老太太的名字,口出恶言。

我终于听明白了,是哈萨克"病狮"没有把拴过马的地面打扫干净,"房东"发现了马粪蛋渣。文章从马粪蛋渣做起,茨薇特罕回顾了她们之间的长久以来的分歧,即房东从根本上就没有首肯过哈萨克大汉可以把马拴到院子里过夜。她认为一匹马竟然在她的眼皮子底下拉屎拉尿吃草,实在是对于全院的生活秩序与她的权威的挑战。她说:

"我们是城市,我们是城里人,我们是文明的人,懂吗？如果你要养马,你就专门为马建一所马厩,再不,就把马牵到你们的房里去吧! 但是我不要它! 我不允许! 我不答应! 听见了没有？"

哈萨克老太太上衣只系着两个扣子,光着两只鸡爪一样的脚开门冲了出来,几乎撞到茨薇特罕身上。由于气恼,她浑身乱颤,她像

雄鸡一样地跳了一下,茨薇特罕不自觉地向后退了半步,哈萨克老太太用她的锐利的声音、充满哈萨克语味儿的维吾尔语喊道:

"你管得着吗?这是我的门前,这是我的家!房子是官家的,有你的什么事?我又没有把马牵到你房里去……"

"你是猪!"茨薇特罕骂道。

"猪是你!"哈萨克老太太反击。

"你是驴!"又骂。

"驴是你!"又反击。

胖大而驼背的老太太愈骂腰愈躬,好像要倒在对方身上。干瘦的小老太太一骂一跳,好像要空降到对方身上,但她们还是严格地尊重着对方的人身的不可侵犯性。尽管她们吵得很欢,身体是互不接触的,而且在互骂了几句以后,双方的脸色和声调都大大地轻松化了。如果这时有一个全然不懂维吾尔语的过客来旁观,也许会以为是她们俩返老还童,练习一种幼童双人体操或游戏的吧?

院里的民意多半在哈萨克瘦老太太一边。"茨薇特罕太恶!茨薇特罕恶得很!"满族白大嫂不怎么避讳地公开评论。"叫您说什么好呢?为什么要这样厉害呢?""两个脑袋"的住东房的小老太太在给我们再次送新馕时嗫嚅道。

东屋靠里,位于院子的一角,既阴暗,又狭小,连房山都歪歪斜斜的一间屋里却住着这个院落里最年轻、最有朝气、最使人愉快的一户。这是一对汉族年轻工人夫妇,两个人都只有二十几岁,形影不离地各推着一辆自行车出出进进。男的叫赵自得,个子并不算高,但身体各部分的比例很合适,四肢显得舒展,长相也还英武,只是两道浓眉常常皱起。女的叫林晓钟,她的皮肤有一种非常健康红润的光泽,两条辫子,刘海上是一片细碎而又弯曲的头发,动作洒脱麻利,一看就是个能干人儿。她给人印象深刻还在于她的一口洁白的牙齿,离老远就会看到在她的粲然的笑容中放光的整齐如玉但又嫌稍大一些的牙。

"这老婆子最不好啦。"他们丝毫也不隐瞒对于茨薇特罕的敌意,他们的憎恶似乎确有一种"阶级"的性质。他们告诉我说:"她最怕人家管她叫地主,也可能她的成分不是地主,但她的思想是彻头彻尾的地主。她看不起我们,好像是我们这一拨穷鬼住了她的房子,占了便宜。她常说,我们现在住的这些房子,过去是她的厨师、工匠、马夫乃至牲口住的。但是她不敢碰我们,便老是欺侮哈萨克老太婆。"

我笑一笑,点点头,劝他们不必计较。

几个月后,我们与这一对年轻人渐渐熟悉起来了。我得知,他们两个都是工人,都是"逍遥派"。他俩是在一九六○年困难时期,从南方一个省份来伊犁谋生的。工厂里两派组织斗了个稀里哗啦,"大联合"总是合不起来,他俩乐得在家逍遥。赵自得喜欢写毛笔字、刻图章、拉胡琴和玩牌,包括扑克牌与麻将牌。他自己找梨木切削、雕刻、油漆了一副麻将牌。"可惜太轻了,抓着不过瘾。"他自谦地说。我还发现了他的牌的一个缺点:"幺鸡"刻得太难看了,像是一只秃尾巴秃毛的死家雀。赵自得还喜欢打篮球,他能打几下,但他更喜爱的是做裁判。"给篮球比赛当'灰叟'(英语,'哨子',指掌握哨子的裁判)是有瘾的。"他给我讲。有一次我们一起看一场球赛,边看他边评论该场球赛的裁判,"哨子"吹得不严,又不准确什么的。原来,别人是在看球,而他只是在看裁判。他说话的声音很大,惹得观众频频回头看他,林晓钟怎么制止他也制止不住,连坐在他旁边的我也觉得如芒刺在背,最后,在他抨击他所谓的漏判时,说话声音太响,被在场上辛苦跑动的裁判听见了。裁判停住脚步狠狠地盯住了他,并说:"有本事你来吹哨!"我们坐在一边都觉得脸上发烧了,但他倏地站了起来,"我吹就我吹!"原来他真想取而代之。最后是林晓钟和我一起拉拽,又加上其他观众嘘之以声,他才没再出洋相。但直到一星期以后,我再一次从公社回来休息,他见到我,还兴致勃勃地给我讲解和论证那个裁判是如何之迟钝与无能,而且瞪大了眼睛声明:"如果我去吹(哨),比他强得多。"

倒也可爱。倒也自得。

林晓钟的爱好则是读书。她找到了一本巴金的《家》，一部《西游记》，看了又看，看了又看，每一段情节都记了下来。遇到空闲，她就给我们讲《家》和《西游记》里的故事。当然，这两部书我和妻子都是读过的。但彼时彼地，从她的嘴里再给我们讲一遍，我们不但感到新鲜，而且感到一种偷尝禁果的兴奋。每讲到鸣凤与觉慧诀别，觉慧正忙，竟没有来得及救援鸣凤的时候，我们便一起长吁短叹，眼里含着泪水。于是我又想起了"从前"在北京看过的话剧《家》，想起了在舞台上觉慧与鸣凤一起读的苏东坡的《水调歌头》。于是，我给他们背诵"明月几时有？把酒问青天……"他们脸上都显出极为迷醉的神色。最后，共同长叹一声："这些，反正也都算是'四旧'了！"心领神会，意在不言。

但我们那时并非对"文化大革命"有什么怀疑或者否定。我们有时候一起唱"语录歌"。我最爱唱的一个是"我们的教育方针……"尽管这一段词最不抒情，但我总觉得那曲调里包含着一种怀念和遐思，一种绵绵的心意，唱起这个歌我就觉得鼻子发酸。其次一个是"我们共产党人好比种……"曲调像湖南花鼓戏，健康、纯朴、乐观，词也好，我至今认为它是成功之作，可唱之作。

林晓钟也喜欢唱歌。她教会了我和妻子唱"敬爱的毛主席，我们心中的红太阳……"其中那两句"我们有多少知心的话儿要对您讲，我们有多少热情的歌儿要对您唱"，堪称余音绕梁，三日不绝。还有一个用藏族民歌曲调唱的"……您像光辉的北斗，我们像群星，紧紧围绕在您在身旁"，也都出自肺腑真情，婉转动人。

而当新年快要到来的时候，一九六七年的除夕之夜，林晓钟带领我们跳起了"忠字舞"。我们是完全自发的，在自己的家里跳的，我们向毛主席像挥动着自己的手臂，就像红卫兵在天安门前挥动花束一样。跳完了以后我们都特别高兴，哈哈大笑，身心似乎都得到了某种满足。

也许不应该再回顾这些充满个人崇拜气味的事了,但那毕竟是一个时代。我们不是先知先觉,甚至于跳忠字舞和唱语录歌的时候我们同样真诚地热泪盈眶。当然,我无法像化学检验师一样地对这些眼泪的组成做出定量和定性分析报告。

茨薇特罕显然在这个院子里是孤立的,邻居中的大人和小人,谁也不说她好。

与她相依为命的是她的孙子瓦里斯江。但她与瓦里斯江的关系与其说是祖孙关系不如说是母子关系。瓦里斯江叫她"妈妈",她称她孩子或者儿子。伊犁的哈萨克人是有这种习惯,或者可以说是"制度"的——大儿子要把自己的第一个孩子"上缴"给自己的双亲。这个孩子称呼祖父母为爸爸、妈妈,而称呼自己的父母为哥哥、姐姐。许多维吾尔人也是这样做的。这有它的生活的合理性,一个人在子女长大成人以后可能仍然有抚养孩子的需要。另外,这种做法之所以能够实行和流行,还由于新疆的一些少数民族远远没有汉族那样严格的伦理、辈分观念。称呼自己的尚未衰老的父母为哥、姐,这是很普遍的,年轻一点的母亲还不准孩子叫自己"阿帕"(妈妈),而只准叫"海代"(姐姐)。这在汉族听起来,不免骇然,以为大逆不道。

说来有趣,这个小杂院里有三个老太婆家里有养子。

茨薇特罕的孙子瓦里斯江在一九六七年是十七岁,还有点单薄,有待发育,高个头,眼睛明亮单纯,动作灵巧。他是"城根"附近的一所古老的维吾尔中学的高中毕业生。学校要求毕业生去农村接受"再教育",他妈妈——奶奶不让他去。他希望能在城里找个工作,最好跟一个有手艺的工匠学徒,但在当时的情况下,这根本不可能。他的单纯明亮的眼睛里,常常显出一种茫然无所事事的空虚。

瓦里斯江的耐心和柔顺令人惊异,一个大小伙子,差不多整天只陪着一个呻吟叫苦的老太婆。他不吸烟,不喝酒,也很少有人来找他。他有一本用维吾尔语出版的苏联乌兹别克民间故事集,是精装的,这是他们家的唯一的一本书。他把这本书借给我读了,很引起我的兴趣。说起他的工作和前途,他默默无语。"最好能给一个木匠打下手,我也学点木匠活。一个月给我十五块钱我就知足。"有一次他含笑说:"我原来功课很好,除了体育是及格外其他科目差不多年年成绩都是'优秀'。七年级(相当于初中)毕业以后我为什么要上高中呢?如果那时去上师范,或者上畜牧兽医中专,现在不就能有……"又有一次他这样说。没等说完,又否定了自己:"噢,不,中专毕业也得先去农村。有什么办法呢?妈妈不让我去农村,她离不开我。"

一九六八年春天,瓦里斯江不知从哪里弄来一辆破烂自行车。这是我有生以来见到的最不成样子的一辆车,比我的那辆在毛拉圩孜公社出名的破自行车还要破,前轮和后轮的外胎都已断裂,用铁丝在断裂处绑上几块胶皮,犹如打上几块补丁,居然就这样骑。当然,这样轮子不圆的车骑起来一颠一撞,如同摇筛子用的偏心轮。瓦里斯江总算找到了一点事情做,差不多一个月时间,他一会儿把车吊起,一会儿倒置,一会儿拧下车把,一会儿松下螺丝,一会儿打气,一会儿放气。他在车旁忙个不停,眼神也虎虎有生气了,而且常常到各家敲门,跟这个借钳子,跟那个借扳子,又跟另一个借方凳,一副重任在身、理直气壮的样子。

他的精心修理的结果是车子彻底不能骑了。打补丁的外胎再也安不到钢圈里去,飞轮前后都是空转,车把也拧不动了。

又过了一个月,车不见了。

"在哪里呢,您的自行车?"我问。

"卖了。"

"卖了?"我吃了一惊,"卖了多少钱?"提出这个问题是不礼貌的,但我实在按捺不住好奇心,再说该时该地也不时兴讲这么多礼貌。

"三十四块钱。"

然后他补充说:"原价是三十三块钱买的,我赚了一块钱。再说我总算有过一辆自行车、骑过一辆属于自己的自行车了。现在结束了,完啦。"

又过了一会儿,他相当满意地咧开嘴笑笑:"将来我要买新的,飞鸽牌的。"

不可思议,这辆破车居然有人卖,又有人买。而在这辆破车匆匆来去之后,瓦里斯江的为时短暂的主人经验大大增加了他的一种男子汉气概。

茨薇特罕家两间房子宽宽大大,空空荡荡。外屋只有一半有地板,另一半是土地,令人奇怪。白大嫂告诉我说,这屋里的一半地板是被它的主人卖掉了。白大嫂抨击这种做法说:"实在缺德。"

茨薇特罕的里屋地板完好无损,但只有一半铺了毡子。单就这一点看,这一家的穷困也实在出奇。在伊犁城乡,这是我唯一见到的一家,毡子(更有钱的人家则是地毯)没有把地铺满,而又几乎完全没有木器家具。

里屋的墙上挂着一个相当大的镜框,镜框里是一张我以为由画像拍摄下来的照片。那是一个上唇胡子很重的男人,戴着一顶近乎俄国哥萨克式的帽子,神气十足,七分伟大,两分严厉,一分凶恶。不用说,这就是茨薇特罕的丈夫的形象。

"他生前是做什么的?"我问老太婆。

"他做买卖。他教授《可兰经》。他去过麦加朝觐……"

"那么他是哈吉了?"我插话。

"是的,哈吉,原来您也懂这个。"老太婆脸上焕发了那样光灿灿的笑容,十五秒钟以后,又是原来的病容、老态和怒容、愁容的混合物了。"后来他参加了三区革命。"老太婆嗫嗫嚅嚅,始终也没有说清她的丈夫的职业和身份。

"他去过苏联吗?"我问。

"当然。常去。阿拉木图、塔什干、布哈拉、还有撒马尔罕。对了,还有伊犁。苏联那边也有一个伊犁,是个小地方。"

可能是由于我用维吾尔语念《纪念白求恩》念得好,又加上我知道去过麦加的穆斯林可以获得"哈吉"的称号的缘故吧,茨薇特罕对我比对任何同院的邻居都要好一些。有一次我刚从我的公社回来,瓦里斯江来找我:"妈妈叫我请您过去,我们现在正有一个乃孜尔。"

乃孜尔是一种包含着祈祷、祝愿内容的宴请。我立即清一清衣服,洗一洗手脸,规规矩矩地跟了过去。

茨薇特罕家里人并不多,只有四个面貌威严、胡须浓密、长袍大褂的老者和一个皮肤白净的中年人。五个人跪坐在那里,见到我,给我让出了一个空位。

瓦里斯江端来一大盘抓饭。盘子是橘红色的,硕大,精美绝伦,风格类似清朝官窑的出品,花纹是刻雕出来的,像是浮雕。与此同时,茨薇特罕端来一个色彩形状俱同而容积只有大盘子的五分之一、显然与大盘子属于同一套瓷器的一小盘抓饭来,饭上插着一个木勺,这显然是为我准备的——她估计我不会手抓。

抓饭香气扑鼻,特别是摆在油汪汪的米饭粒与胡萝卜丝上的几块羊肉,那确实是精选过的,是关内同胞一辈子做梦也想不到的那样色、香、形、味俱佳的上品。四个老人与一个中年人立即用手抓了起来,食指、中指、无名指和小指拢成一个勺形,拇指则负责把饭压实,然后往嘴里一抹,有时还舔舔手指上的剩饭粒和油。看到这样几个庄严的老人用那样庄严的跪坐姿势和在我看来未免像孩子的"手法"津津有味而又不苟言笑地大啖抓饭,而且这是一次带有我所不知的庄严的祈祷意愿的乃孜尔,我觉得有点好笑。有一个老人可能发现我精神不够集中,便用两声"请吃,请吃",督促了我一下。我这才发现,原来用手抓比我用勺舀快得多。而且据一些学会了手抓的汉族同志告诉我,用手抓比用勺舀着吃要香得多。我相信。

那次吃完以后,在那五位客人庄严地祈祷的时候,我用沉默表示了我的对于少数民族风俗习惯的尊重。然后我翻过盘子看了看盘底,原来这非常中国式、清朝官窑式的盘子,是苏联塔什干出品。我想,这几个盘子可能是茨薇特罕的一去不复返的旧日的富贵生活的遗物和纪念。

"没有钱哪,没有钱!"茨薇特罕在和我打交道的过程中,至少说过二百次"没有钱"。每次见面,在问完好和谈完天气以后,不论谈什么,她都能引导到多次叹息没有钱上来。

"王民,"不知为什么,她总是把我的名字发成"王民"的音,"我想把我的房子卖掉,您看怎么样?"

"现在卖房子,恐怕不容易卖个好价钱。再说,您卖了房子,您到哪里去住呢?"

"是的。卖了房子,我到哪里去住呢?"她惶恐了。然后发牢骚说:"每天都敲锣打鼓,每天都敲锣打鼓……"

"您还是让瓦里斯江到农村去吧,那样,组织上总会有一个安排……"我建议说。

她摇摇头。

"您的孩子们呢,他们总会多少给您一些照顾的吧?"我这样说了,觉得浑身都不自在。一个老妇人在我的面前为贫穷而哭泣,难道我不应该有所表示吗?难道我没有责任吗?我的天……还东拉西扯的。我真想快一点结束我们的谈话。就在这个时候,瓦里斯江走过我们的身边。

茨薇特罕毫不顾忌地指着瓦里斯江的头说:"您是说他的爸爸,我的儿子图尔迪阿洪吗?图尔迪阿洪他不是人,他是一条狗,一条恶狗!"老太太激动起来了。我打了一个寒战。瓦里斯江安静地站在一边,单纯地、茫然地看着我们。

图尔迪阿洪我见过有限的几次,四十多岁,戴一顶式样奇特的高桩帽子,目光阴郁,眼珠突出,穿着一双破旧马靴的脚每一步都迈得阔大而又沉重。满族白大嫂说他五十年代曾经在自治区的一个领导机关当科长,后来"下放"了,现在在伊宁市近郊的一个公社务农。

图尔迪阿洪每回来一次都要与他的母亲发生一次争吵,一般是在夜深人静以后。由于我们住得只有一墙之隔,依稀能听得到他们的说话声。图尔迪阿洪的声音低、慢、沉稳、执拗,好像用一个凿子不停地敲着一棵大树。茨薇特罕的声音忽高忽低、忽快忽慢、忽哭忽叫,像是一个百分之百的外行拿起弓子在琴弦上扯过来蹭过去。

"他们为什么总是吵架?"我有一次问。

"还不是为钱。儿子回来跟他老娘要东西。别看她哭穷,她丈夫给她留下的宝贝还多着呢……一分钱也不给儿子,儿子人口又多,过去当干部的,现在靠工分生活……"白大嫂回答。看来,毋宁说她更同情图尔迪阿洪。本来,依白嫂素日的言语表现,她应该对显然有"问题"(说不定也是"两个脑袋")的图尔迪阿洪抱批判态度的。为什么她却"丧失原则"地同情起他来了呢?后来我才悟到,这是由于她十分讨厌茨薇特罕的缘故。"凡是××反对的我们就要拥护",这条原则的适用范围是相当广泛的呀。

我叹息、摇头,如饮铅汁。人们为了钱会变得怎样丑陋,生活一次又一次地给我上了课。

一九六八年四月的一个星期六晚上,茨薇特罕把我找到她的空荡荡的大房子里,对我说:"最近有一位汉族同志急着找房,他愿意住你们现在住的这一间半房子,他愿意每年多给我二十块钱的租金。王民,你搬走吧,你另外找个地方好不好?"

她的话使我大吃一惊。我本来以为,经过维吾尔文朗诵,经过谈论麦加,经过她请我吃乃孜尔上的抓饭,又经过我的一系列投桃报李的友好表示,特别是,鉴于她在全院的孤立和只有我对她表示尊重和某种程度的理解,我们关系是良好的、几近于"牢不可破"的呢。如果她哭穷,要求我在已付一年房租的基础上再补助她一些,我也是愿意考虑的,但我万没有想到她居然一张口就下了逐客令!

"然而我们租赁还没有到期……"我结结巴巴地说。

"是的,您只住了半年,后半年的房租我退还给您。"老太婆早有准备,说着,掏出钱。

到那时为止,我在用维吾尔语交际方面已经相当熟练了,但我还完全没有用它表示抗议、提出驳论,乃至与人争吵的实践经验。相反,我用惯了的是那种彬彬有礼的动词和句式,那种婉转的声调。"啊,是的,那么,好吧。"我竟这样回答了。

见我没有提出疑难,茨薇特罕十分高兴。我回去以后却愈想愈窝囊,我无法开口把这件事告诉妻子,在与伊犁的父老乡亲打交道过程中,还从来没有发生过这样令人沮丧的经历。

第二天,茨薇特罕的女儿玛渥丽姐回来了。

茨薇特罕只有一儿一女。玛渥丽姐是图尔迪阿洪的妹妹,看样子有三十挂零。从背面看你觉得她身体强壮,但正脸一看就会看到她的面色太不好,黄中带褐,粗糙的皮肤不像女性,两道刚毅的眉毛和微微含笑的眼睛给人一种自尊适度、谦逊得体的印象。她在四十公里外的县邮局工作,据说每月工资很低。她和她的丈夫刚刚打了离婚,带着一个五岁左右的神气的胖小子。玛渥丽姐差不多每星期天都回来,她说话不多,和颜悦色,没有和任何人——包括她的脾气不好的母亲——发生过口角,但也从来没有听到过她的笑声。

我把玛渥丽姐请到我家来,给她端上茯砖茶、糖果以后,诚惶诚恐地把她妈妈下逐客令的事告诉了她。

玛渥丽姐脸色微红了一下,紧紧皱起了眉头,神色烦乱地说:"让您见笑了,真对不起。我不知道我母亲她老人家是怎么了,她怎么能这样?其实,我们的日子都能过得去。当然,我们不是大财主。现在,谁又是大富翁呢?老王,您是一个好人,否则,您可以到街道办事处去控告她。我这就去和她说,您不能走,您也不用走。唉,我也没有时间每天管她的事,应该说,我也是有责任的。无论如何,我要请您原谅。她没有文化,又过惯了享福的日子,刚刚有一点困难——其实还算不上什么困难,她就叫苦连天,神经紧张,您能谅解么?"

玛渥丽姐的态度使我喜出望外,我连忙声明:"其实老太太对我还是蛮好的。"

"是这样的,她常常讲您的好话。还不是为了几张钱票子,她想出了这种不通情理的办法……"玛渥丽姐的脸上微微现出了笑容,她端起茶杯,轻轻沾了一下唇,起身告辞。

下午四点多,玛渥丽姐便带着胖儿子回县上去了。玛渥丽姐刚走,茨薇特罕便来找我:"把那半年房钱再还给我吧。"她劈头就是要钱。我把钱放到她手里,她抹开了眼泪:"王民,眼巴巴的二十块钱拿不到手上了……我没有任何收入,没有钱,没有钱,没有钱啊!"她哭出了声。

我慌了手脚,摸摸衣袋,总算摸出了十块钱,"这十块钱也给您加上吧。"

"真的?"老太婆一面问一面迅速把钱收好,破涕为笑了。

经过这样一个否定之否定的过程之后,我们的友谊关系似乎巩固了不少。

但我始终觉得对不起玛渥丽姐。她生活得不轻松。我不能帮助她,但至少不应该再给她添烦。如果我和茨薇特罕之间发生了卑鄙无耻的纠纷,应该是我独立地抗住或咽下这卑鄙无耻。我没有权利把压力转嫁给这样一个不幸的女人。在茨薇特罕面前我唯唯诺诺,接下她无理退还的房租,却又向这样一个自尊的玛渥丽姐抗议,我的这种行为使我羞愧。那天玛渥丽姐是怎样地皱起眉头,怎样地受到了伤害的呀!

一九六八年五月的一天深夜,我们之间的隔墙被捶得咚咚乱响,睡梦中被惊醒的我听到茨薇特罕的变了声的惊呼:"王民!快来!王民!快过来!"

我连忙披上衣服跑了过去。五月的北疆夜晚,夜气还是相当寒冷的。

老太婆哆哆嗦嗦地告诉我,她起夜出门的时候,门被一只手顶住了,她拧来拧去推了半天推不开。她还以为是门把手坏了,没有在意,接着门一推开,她看到了一个黑影从廊沿上跳了下去,吓得她不敢去厕所了,回屋便捶起我们的隔墙来。

瓦里斯江也起来了,睡眼惺忪,哆哆嗦嗦。

既然有弱者相求,我便感到了自己的威风和力量。"不要怕,我去看看!"我大声说,为自己壮着胆,又抄起他们的一根木棍,雄赳赳地在院里转了一圈,回来告诉她们说:"放心吧,没事了,现在院子里一个人也没有。"

把她安抚好以后,回到自己房间,再次睡下来以后,我才觉到自己的心在怦怦地跳。

对于茨微特罕深夜捶墙事件,白大嫂采取断然否定的态度:"纯粹是虚惊一场,自己吓唬自己!你问问她,她看见一个黑影子从廊沿上跳下,她听见人跳下去的声音了吗?"

当我真去问时,茨薇特罕吃力地眨巴着眼,她说:"是啊,我听见没有听见声音呢?唉,我的耳朵不好,我的耳朵太背呀!"

白大嫂评论道:"我看那黑影就是她自己的影子!"然后她话锋一转:"世界上有这么缺德的人吗?如果真是有什么事的话,她把手无寸铁的老王叫了去,又不告诉老王去做什么,这不是诚心害人吗?老王,你记住,半夜里有人叫你,不问个青红皂白,绝对不能开门!"

东屋善于打馕的小老太太家的反应就完全不同。在白大嫂发表推理和评议的时候,她们一家人面面相觑,惶恐万状。

慢条斯理的小老太太家最近又增加了一口人,亚利和姑丽娜尔的姐姐,北京大学物理系毕业生琪曼姑丽回来了。

琪曼姑丽穿一身西服,身量不高,黑而瘦,一粒金牙给她增加了一种洒脱感。"读书,用功,用功,读书,从小学读到大学,十几年我只知道读书,累出了神经衰弱症,累出了近视眼……"

"近视眼?您怎么不戴眼镜?"我插嘴问道。

"我怎么敢戴眼镜?在伊犁,哪里有女孩子戴眼镜的?像是怪物!"她用流利的,只是过分清晰的北京话回答:"……读到大学三年级了,闹起造反有理来了……最后糊里糊涂地毕了业。"

"您分到哪个单位了?"

"分到哪个单位?分到哪个单位还不是一样?我到文教局去报了到。文教局让我到曲勒海去接受再教育……难道就没有什么单位需要翻译了吗?反正搞物理也搞不出什么名堂来了,我干脆去当翻译好不好?维翻汉、汉翻维,文字、口语,我都行。老王同志,您能给我问一问吗?"

我只好点点头。又只好摇摇头。

"您最好还是不要把物理丢了,物理是一种科学,而科学,什么时候都是需要的。"我艰难地劝解她。

她低下了头,似乎后悔不该向我这样一个身份不明的陌生人说那些没有志气的话。"北京大学的老师和同学还是很好的……"她轻声说,边说边回忆着,"我们系的团总支副书记,一个汉族姑娘和我住在一个房间里,她给我补功课,带我去颐和园、去故宫、去自然博物馆玩。您去过自然博物馆吗?"

"没有。我在北京住了近三十年,还从来没去过自然博物馆呢。"我遗憾地说。听她说北京,就像听人说一个传说中的故事,一个失去的梦。

她不住地点头,好像完全理解我的心情,"就在天桥,就在天坛西门旁边,您可以坐十五路公共汽车。"她轻声说,叹了一口气,"那位团总支副书记只比我大三个月,却像我的大姐姐。这位姐姐在六六年被人推了阴阳头,说她是几条黑线上的。这次回伊犁之前,她也这么说:'小琪,'她把我叫做'小琪',其实我不姓'琪','可别丢了物理。'她说的和您一样。你们汉族同志,有许多话是共同的……"然后她呆呆地笑着,好像心情好了一些。

这天晚上我和妻子在赵自得、林晓钟的小屋里喝茶,听赵自得讲他学习放映电影的事,他非常乐于学习新技术、新知识。门轻轻地敲响了,赵自得喊了一声"请进",门被轻轻地推开,一个人轻轻地、猫一样地走了进来。原来是琪曼姑丽,她的样子非常不安。

赵自得皱着眉头,用疑问的神情打量着她。

"……是这样,我要请你们几位帮我分析分析。昨天夜半茨薇特罕大妈看到了人影,拉不开门,叫起了王同志,是这样的吧?嗯,嗯,这个,这个就是说,已经有好几天了,半夜有人敲我们的窗户。我们问:'谁?'没人应声,我们也没敢开门……"

她说话的紧张的神态和不安的声调使我感到不寒而栗。

确实也难为她们家,三个弱女子,一个男孩儿。

"姑丽娜尔怎么说?姑丽娜尔听见敲窗子了么?她的样子是蛮勇敢的呀!"林晓钟问。

"我妹妹一听见动静就用被子蒙住头,真拿她没有办法。"

我们也是面面相觑,提不出任何见解或者对策来。

赵自得取出了一支"飞马"香烟,点着了,狠狠地吸着,眉毛拧在一起,样子非常像"文化大革命"前反特影片上的侦察科长。

"……我看是你哥回来了。"赵自得一字一顿地说。说完他咳嗽了起来。

琪曼姑丽的脸刷的一下子红了,紧接着变成了惨白,像中了枪弹一样。

林晓钟抱怨赵自得说:"这个人,怎么胡说起来!"

我和妻子完全摸不着头脑。过去也从来没有听说过这一家还有大儿子。

赵自得咳嗽完,又把烟叼在嘴上,手指也不去夹烟,一面用嘴唇衔着烟一面满不在乎地问林晓钟:"那你说是谁?"

"……他怎么会回来?他回来也不敢到我这里来……他应该到公安局去……"琪曼姑丽的语言陷入了混乱。

看到我们不解的神色,赵自得叼着烟含混不清地对我们说:"她哥哥六二年跑到苏联去了。我们公司也有一个跑苏联的,最近冒险回来了,还到处做报告呢……批判修正主义……在那边受了不少的苦……"

琪曼姑丽无地自容,有口难辩。但赵自得最后的一句话还是很"仗义"的,他说:"你们再听到什么响动,就敲墙叫我,我什么都不怕,人、鬼、神、反革命。我正闲得难受呢,能抓个贼娃子也好消遣消遣……"

琪曼姑丽感激地,也是诚惶诚恐地告辞了。赵自得拉我们与他们夫妇一起玩扑克。但是这天晚上我完全没有玩牌和戴高帽子的兴致,我谢绝了赵自得夫妇的好意。

一连几天,琪曼姑丽和她的母亲忧心忡忡,"两个脑袋,两个脑袋,两个脑袋"。一见到她们的悄没声息地走路,我就想起了这可怕的四个字。她们是一副有罪的样子,所以你也觉得她们有罪。

姑丽娜尔就满不在乎,她发育得越发丰满和强壮了,穿着一件皮夹克,经常一只手插在裤袋里,俨然是一个满不在乎的小伙子。一遇到假日就有伙伴来叫她,男男女女,都是青年,仨一群俩一伙,有时一来七八个,站在院子里说说笑笑,嗑葵花子把瓜子皮抛得满地都是。茨薇特罕和白大嫂各自从卫生的观点和治安的观点发表了不满的评论,姑丽娜尔却浑然无觉。她那乐乐呵呵的样子似乎是说:"谁愿意愁,谁愿意气,就去愁、去气吧。而我呢,我只需要快乐。"

亚利愈长愈高,愈长愈淘,满嘴维吾尔、汉、哈萨克语的骂人话。放风筝,抽铁牛,滚铁环,砸烟盒,竖羊拐……他有他自己的世界。他的世界是不受侵犯的。有一次到了吃饭时间大姐到处找他,找回来时大声训斥他,把他训哭了。结果老太太很不高兴,反而把琪曼姑丽说了一通。

姑丽娜尔对付"小弟弟"亚利自有办法,当着妈妈她不闻不问,也从来不与弟弟废话。遇到弟弟表现不好妈妈又不在身边,她照着亚利叭就是一个嘴巴,然后掐住亚利的脖子猛一通拧、推、搡,任何旁观者都会害怕。正因为她有这种"强力威信",即使老太太回来了发现了亚利脸上身上有伤,亚利只说是与小朋友打闹时碰的,绝对不敢告二姐的状。

两星期以后,我回到这个院落的时候正听到琪曼姑丽唱歌,我从来不知道她唱得这样好,清脆嘹亮,有一种山歌风味。她唱的是《柯尔克孜人民歌唱解放军》,高亢而有力,特别是那几声"哎……哎……哎……"更是热情澎湃,势如破竹。

"您唱得太好了!"见面以后,我为她喝彩,"为什么从来没有听见过您唱呢?您大概有什么高兴的事吧?"

"您真会观察人。"她回答,抑制不住的喜悦从眉梢涌出,"我下星期就下放劳动去,已经联系好了。既然都让去就去,何必老待在伊宁市发愁呢?"她豁达地说。

"那太好了,农村空气新鲜。现在正给玉米锄头遍,也是播种西瓜和哈密瓜的季节。我想不会叫女同志打瓜埂子的,那个活很累。"

"……我的哥哥从巴基斯坦寄来了一个包裹,给我们一块丝绒料子,漂亮极了。"

"哥哥?您有几个哥哥?"

"这个哥哥,对,汉族的精确的叫法是叔叔。不,是舅舅,他是我妈妈的弟弟,也不是亲弟弟,我也说不清楚了。跑苏联的那个是哥哥……他也来信了……"

"来信?现在还通信吗?"

"是的。一封信走了一个多月。"

"他怎么样?"

"您等一等。"她跑回去,拿来一个写满了俄文字母的信封,C.C.C.P四个字母赫然映入了我的眼底。"您看吗?"她把信拿了出来,展开。

我摆一摆手。我为什么要看人家的家信?

"他说他平安。胃病好一些了,嫂子和孩子也都好,别的什么话也没有说。这我们就放心了。六二年也真是发了疯……政府还是允许通信的。斯大林街邮电局门口,专有一批会写俄文的代写家书的人,他们负责写寄往苏联的信封。"

"……噢,我想起来了,是有几个这样的摊子。我很奇怪,为什么他们的小摊上摆着信纸信封以外,还摆着许多个写着俄文字的旧信封?"我问道。

"有一些常委托他们代写家书的人,干脆把对方寄来的信封存放在这些人手里。他把这些信封摆出来,既说明他们光明正大合法,也说明他们是受信任的、有经验的,这就能招揽更多的在苏联有亲属的人来找他们写信……就是这样。"

我恍然大悟。我明白了为什么邮局前的那些代写家书人竟在中苏关系如此紧张的时刻展览来自苏联的信封。我甚至悟到了琪曼姑丽这样详细地介绍有关的情况也未尝没有用意。

晚上,友好的与快乐的琪曼姑丽拿了她的来自巴基斯坦("脑袋"益发多了!)的丝绒给我们看。绛红色的贴花丝绒,贴花呈枫叶形,精美高雅无双。我们一致赞叹不止。最后我在丝绒下端发现了一个小小的标志,标志上写的是"MADE IN CHINA"。

"丝绒是中国造的。"我说。

"那不可能!"琪曼姑丽尖叫起来,"我亲自去邮局取的包裹,还有街道上的证明,还缴了税。"

"我并没有说包裹不是从巴基斯坦寄来的。我只是说,丝绒本身是中国制造的。"我讲解了那三个英文单字。

琪曼姑丽的眼睛瞪得老大。她的瘦削的脸庞上似乎只剩下了一双眼睛。

天气渐渐热了,大家都觉得日子轻松了些,担心了好久的武斗一直尚未发生。"也许不会发生的吧?"人们这样想。

茯茶、火柴、食盐、电池、肥皂在经过一阵又一阵的"敲锣打鼓"以后(照茨薇特罕的说法)一度短缺了一阵子,一九六八年夏天以后又好转了一些。凡短缺的东西都发了票,凡发了票的东西都能买到,凡买到的数量也就满足了我们的需要。何况大家各有各的其他门路。新来乍到如我者，也常常从农村往城里带牛肉和鸡蛋。伊犁河沿的庄子上新建立了一个供销点，售货员是我的朋友、在北京读过大学、在南疆教过穆罕默德·阿麦德、后来又退职回毛拉圩孜公社的一位乌兹别克人。他有时多卖给我一些白糖、方块糖，还有时卖给我一些鸡蛋。只是有一次我骑着车往家带鸡蛋的时候，五十个鸡蛋全部落在公路上，全部跌破，满地都是蛋黄蛋白，实在可惜。

应该说，城根我们这个小院的居民，全部是"文化大革命"中的"逍遥派"。逍遥派的日子不见得真那么逍遥，但总比陷到派仗里舒服些。由于"文化大革命"造成的全面无政府状态，这一年，我去毛拉圩孜公社劳动也开始有点三天打鱼两天晒网，自动实现了某些欧美国家开始实行的每周两天休息制。这样，在小院的活动就更多了些。除了读维吾尔文书、看维吾尔文报、听维吾尔文广播、干家务劳动以外，我还养鸡、养猫、自制酸牛奶。当雄鸡第一次啼鸣报晓，当小母鸡被自己的第一个蛋激动得咯咯大叫，当小猫捉了老鼠或者麻雀，衔着它的战利品跑到主人面前报捷，当牛奶变浓变酸、酸得恰到好处或者酸得倒牙的时候，我简直能笑出眼泪。妻子曾经诚恳地劝我写些东西，我好像听不明白她的话。

黑白花猫是农村看瓜的一位老头和他的年轻的爱吸烟的妻子给我的。我们把它从解放路"旧居"带到了这个小杂院。遇到我们全家去毛拉圩孜公社小住的时候，我们就把它带到穆敏老爹的虚掩的土屋小院。初次迁徙，它大感惶惑，而后适应。等到再次带来带去，它也就习以为常了。从它的车厢———一只手提包里爬出来，立即能辨别和适应环境，该上墙头就上墙头，该爬树就爬树。它尤其善于辨别我的声音，每听到我的那辆比瓦里斯江那辆略好一些的自行车的前后挡泥板叽里咣当乱响的时候，不论是在城市或者乡村的哪个小院，它都要跑出去几十米去迎接我，不但咪咪地叫，而且用它的可爱的小脸蛋儿在我的裤管脚上蹭来蹭去，堪称是猫的吻了。

在城根小杂院,我们的屋子是没有供猫使用的"猫洞"的。但是小猫自己找了一条地下小道。我们的地板上有个不大的洞,地板下与茨薇特罕家相通。猫儿从地下进入茨薇特罕家,再从她那里走出室外。她那儿没有猫了,但还有为曾经有过的猫设置的猫洞。

小猫也增加了我们与茨薇特罕之间的话题。"昨天半夜小猫回来了,它捉住了老鼠。"茨薇特罕告诉我。

"好像不是老鼠,是一只麻雀。捉住麻雀它不吃,一定要叼回来,给我们看。它回到我们房里,把麻雀一抛老高,又接住,又抛起,向我们显摆。我们本来已经睡了,听到声音,开开灯观看它的表演……"我向茨薇特罕详细汇报。

"比人还聪明。比人还聪明。"茨薇特罕深为赞叹。

"瓦里斯江到哪里去了?怎么昨天一天没见瓦里斯江?"谈完小猫,又谈起他的儿子(孙子)。

"他干活去了。他找到了工作。"

"找到了工作?"

"临时的,天热了,卖凉茶和糖水,就在汉族巴札。您去看看,照顾照顾他的生意吧!"

老太婆的介绍引起了我的兴趣。汉族巴札又叫汉人街,顾名思义,本应是汉人聚居之处,但现在倒恰恰是少数民族制靴、制帽、擀毡等地方手工业聚集以及各种摊贩、各种农村生产队拉着车来销售农副产品的地方。甚至在最最最"左"的年月,汉人街的这些私人性质的或者小集体性质的交易贸易也没有完全停止。从我们住的地方向东走一段路,再稍稍向北一拐,便到了汉族巴札。我走到那里,果然找到了瓦里斯江的茶摊。瓦里斯江的茶摊好红火啊,周围竟围着一圈人。一根木柱,三块大石稳住柱脚,上面扯开一块蓝色方格单人床单作为遮阳的凉棚。下放一个条案,几条板凳。条案上放着一个陶瓮,大概装的是凉茶。另一个玻璃罐子,放着多半罐子粉红色的水。一看那颜色那样子,便知道是颜料加糖精做成的"清凉饮料"。偏偏板凳上坐着几个农民打扮的人,每人掏出五分钱,指定要喝那种红颜色水。

离这个"冷饮摊"不远是一头个头儿如犬的小驴和一辆拉拉车,显然是早来晚走,拉运这些家什的。最吸引人的却是挂在柱子上床单下的一个鸟笼子,鸟笼子里一只灰不溜秋的其貌不扬的鸟,羽毛蓬松丰满,眼睛上似乎有一块白斑,脖颈处有一圈黑毛。小鸟不停地滴溜滴溜地唱着,清脆婉转,撩人心扉。我听了第一声便呆了,再一看,周围好多人站在这里原来都是为听鸟儿唱歌。

"王民哥!"瓦里斯江终于看见了我。

"我要一杯茶。"我想起老太婆"照顾生意"的愿望,便结结实实地坐到了一条板凳上。

瓦里斯江习惯性地去给我倒红颜色水,我连忙制止,指着陶瓷说:"我喝茶。"

"王民哥,这个好。这个好,王民哥。"我不知道他为什么坚持给我端上了一杯红颜色水。

我不能对他的红水的品质提出疑问。我虽然不能给他帮多少忙,总不能搅乱他的生意。我只好默默地承受了这杯红水,并且呷了一口。

红水的气味是可怕的,但毕竟喝到嘴里有一种凉甜之感。而且坐到板凳上,端起一碗红水,便更可以安心地和富有全权地去欣赏那灰鸟的独唱。正像一个买了票的观众,他可以心安理得地坐在音乐厅里。

"这是什么鸟?"我问瓦里斯江。

"布哩布哩。"他回答。

"布哩布哩",有人译做"夜莺",有人译做"百灵"。喀什噶尔的胖胖的女歌唱家帕塔穆·库尔班便被称为"南疆的布哩布哩"。为了"布哩布哩"究竟是夜莺还是百灵,"文化大革命"前"黑线"们在新疆办的刊物上似乎还争过鸣,都鸣了些什么,一闹红卫兵,我也就全忘了。

不一会儿,一鸟独鸣似乎携带着我离开了尘世。如小溪、如风笛、如弦如歌、如诉如慕如喷笑,这确实是天上的歌,林中的歌,山里的歌。尽管是在尘土飞扬、汗臭与牲畜粪尿味儿混合的熙熙攘攘的汉人街,我却好像鸟儿般地飞了起来,看到了整个伊犁、二台、三台、赛里木湖——不管人们怎样折腾,仍是那样美丽动人的大地。

我忽发奇想,用颤抖的声音向瓦里斯江问道:"这布哩布哩是您的么?"

他向我翻翻眼,自顾去为新来的顾客端红颜色水。

"我要买下这只鸟,多少钱都可以。"

"一百块怎么样?"一旁站立欣赏鸟鸣的一个容貌秀丽的小伙子插嘴说。

"一百块也可以。如果真的是一百块的话。"我回答,并随着这回答,这语言的发声和入耳,渐渐恢复了理智。

"王民哥,您要这只鸟做什么呢?"

"我,我……"我不想当众说。

"这是我从我的一个最好的朋友那里借的。它可以帮助我招揽顾客,多赚一点钱。可您要它干什么呢?"

"吃肉!汉族人什么肉都吃,"从围观的人们当中传来一个这样的不友好的声音。

我有点生气了,便不假思索地脱口而出:"我要把它放掉……"

我觉得所有的目光都集中到了我身上,惊奇的、迷惑的、不解的、欣赏的、警惕的……我意识到了自己的失言和失态,连忙给了瓦里斯江一角钱,起身走了。

后来瓦里斯江告诉我:"您想买去这个鸟放掉吗?您这样做是白费劲。我的朋友——鸟的主人已经把这只鸟养熟了,他常常到西公园去放鸟,把鸟笼子打开,让鸟出去飞一飞。他只要一打唿哨,鸟就回来。他是专门做了蛋黄喂鸟啊,鸟能不找他吗?您的猫不也总是围着您转吗?"

我不愿意再与他讨论这个题目,虽然我完全不能同意他关于鸟和猫的类比。我问:"靠卖茶水能赚些钱吗?"

"除去本钱,一天一块钱,有时候还多一点。"他向我挤挤眼,这个动作过去是没有的。我真担心,这个老实孩子,在汉人街那种环境,会慢慢学得油滑起来。

满族白大嫂的养子叫做猫娃,大名本来叫白忠全,但我们整天在院子内外听到白大嫂嗲里嗲气地拉着长声喊:"猫……娃儿!"于是各族同胞便但知有猫娃,而不知有白忠全了。

猫娃年龄与亚利差不多,但显得瘦小,喜欢探着脖子眯着小眼睛看人,常常用羊咩一样的声调与他养母说话。他叫妈妈总是叫成"马麻",用一个上声字加一个阳平字代替妈妈的本音,从而产生一种特殊的黏软感。白大嫂与猫娃经常进行掏心窝子的恳谈,说话的声音总是能被全院听到。

"猫娃,好儿子,不要出去玩了吧!他们都欺负你,你打又打不过。"

"马麻,他们要打我我就叫马麻……"

果然,常常见猫娃哭着跑回来:"马麻,他们又打我。"猫娃的声调也曲折有致。白大嫂召之即来,儿了一告状,她立刻冲出去参战。但这样的事愈来愈频繁,白大嫂干预不赢。后来,白大嫂干脆参与儿子与其他小朋友一道进行的游戏,以免随时保护爱子。她不但可以和孩子们一起捉迷藏和拍皮球,而且一起玩跳绳和角力,这种返老还童的雅兴倒也罕见。

一天猫娃儿与亚利发生了一点冲突,据说亚利拧疼了猫娃的胳臂。白大嫂叉着腰教训亚利,把亚利训哭了。正巧这个时候姑丽娜尔骑着一辆男式自行车回来了,姑丽娜尔当即向白大嫂提出了抗议。抗议完了,姑丽娜尔便回了自己的家。白大嫂像疯了一样地向姑丽娜尔家冲去,当然,她还是尊重宪法所保证的公民住宅的不受侵犯性的,她又哭又叫又闹,但是不进姑丽娜尔的屋。她哭叫了半天,姑丽娜尔毫无反应,她便左右捆起自己的耳光来。她一打自己,姑丽娜尔、亚利、连同她身后的亲爱的儿子猫娃都笑出了声。这样,她才回到了自己的屋。同时,一个晚上,都可以听到她的情真意切的教子之声。

第二天,亚利的妈妈给我们送来了两个(比平时多一个)新打的馕。小老太太没有提及她的女儿与白大嫂的冲突的事,只是轻摆着头叹息说:"人啊,人,什么样子的人都有着呢!"

傍晚,白大嫂给我们送了一包杏干,当地叫做杏皮子,使我们感到受宠若惊。她也没提孩子打架的事,只是告诉我们,据她的观察,前前后后有六个二十多岁的小伙子来这个院找姑丽娜尔。"有问题,有问题呢!"她严肃地说。我恍然大悟,她的窗户正对着大门,她整天坐在窗前眼睛瞭着大门,不单为他的儿子,也为大家义务地起着警卫作用。

我接受了姑丽娜尔的妈妈的两个新馕,又接受了白大嫂的杏皮子,我颇怀疑这种接受包含着坐收渔利的意味。我当然没有去鼓励更不要说是挑拨他们的纷争,但这客观上确实存在的意味使我惶惑乃至惭愧。

与此同时,亚利与猫娃早已和解,每人手执一个涂上黑墨的硬纸板做的玩具手枪,热火朝天地玩起战斗游戏来了。

"乓!乓!死了,死了!"

就在这两个孩子津津有味地相互"射击"的时候,"咕——嘎——"一声清晰的枪响震动了伊宁市。

这一天是一九六八年六月二十六日。在枪声刚刚响起的时候,维、满两个孩子怔了一下,他们大概以为自己手执的涂着臭胶墨汁的纸手枪突然"成了精"。紧接着,枪声炒豆般地连响起来。

街上的行人车马纷纷躲避,转眼间人踪全无。不到半个小时,在外工作的白老哥、姑丽娜尔、赵自得、林晓钟、瓦里斯江,一个接一个神色仓惶地回来了。

赵自得的兴致最高,一回到家他便放了心,换成一副兴高采烈看热闹的神气,争着抢着向别人介绍枪声出现的前前后后。除去白老哥和平素一样不吭气以外,瓦里斯江、林晓钟、姑丽娜尔也惊魂乍定地向我们叙说他们听到枪响后跑回家来的经过。他们的叙说常常被赵自得打断,因为赵自得坚信只有他掌握着最翔实、最确切的情报,因而他有介绍情况的专利权。

"血战红师""红三军""驱虎豹""红炮兵""风雷激""一反到底"……

他的叙述提到了这些令人胆寒的红卫兵组织。原来,酝酿多时的伊犁两大派群众组织的大规模武斗终于开始了。

枪声愈来愈激烈,愈来愈近,你觉得子弹就在院子的上空、就在你的耳边飞过。紧接着传来消息,城根的新华路,已经"戒严",被一派"革命群众"武装封锁了。

"那,那还怎么挑水?"糟糕的是,那位养着许多猫的看自来水的老头,是住在新华路的南面,而我们是在路的北面。历来挑水是要穿过新华路的。一听说新华路封锁,大家都傻了眼。

"那还能不让群众挑水吗?"赵自得非常乐观,"我们刚挑过水,你们谁家没有水做饭,到我那儿拿去!"他慷慨地说。

赵自得的态度使大家平静了些。晚饭后,赵自得和林晓钟还过来与我们说话,天南海北、云山雾罩,有一种只有在特有的压抑下才能出现的特有的无所用其心的轻松。没有电,点了煤油灯,堪称是挑灯夜话了。

入夜以后,枪声更烈,步枪、冲锋枪、轻重机枪、小炮乒乒叭叭轰轰地响,似乎整个城市都成了战场。思前想后,我如何能睡?彻夜难眠,而又百思不得其解。这究竟是打的一场什么糊涂仗啊!我想起陆游的诗:

> 僵卧孤村不自哀，犹思为国戍轮台，
> 夜阑卧听风吹雨，铁马冰河入梦来。

无论后人怎样称颂陆游的诗的豪壮，那种僵卧孤村的滋味，恐怕难以不"哀"的吧？

我睁着眼，听着枪响，一直挨到了天亮。一出屋门，正碰到茨薇特罕在扫院子，乱中不忘洒扫庭除，我含笑向她致意。她驼着背，抬头对我说："王民，你昨天晚上睡得最好！"

我不懂她的话。我睡得好不好，她又何从知晓呢？

她解释说："老年人，睡不着。过去，我常常听到您睡梦中的声音。只要您在家，您几乎每一夜都要说梦话。您还常常在梦里喊叫，又像是哭泣。您有什么病吗？我几次想问您。但每当天亮以后，我见到您高高兴兴，有说有笑，您说话总是那么有趣，引人发笑，我就断定，您是没有病的，我用不着问您什么。但是昨天一夜，您没有出一点声音。您一定是睡得特别好吧？"

"什么？我常常说梦话？不会的吧？我没有什么病，我一直是很高兴的啊！"

我回答。还说什么呢？在我日子过得潇洒而且逍遥的时候，是常做噩梦吗？怎么我自己一点也不知道呢？在我一夜失眠的时候，倒是得到了安宁的效果。

中午，传来消息说是允许挑水。众人不敢怠慢，纷纷挑着桶排着队去挑水。路过马路的时候，两边都有荷枪的武装人员怒目监视。我们目不斜视地到了自来水站，放好了两桶水，忽然看到紧靠着看水老头家的另一个门里，有一个妇女在招呼我们买苹果。由于"戒严"，我们失去了外出购物的可能。我们的小巷子倒是不戒严，但也并无任何商店或摊贩。见了卖苹果的，我喜出望外，从身上一摸，恰好带着一块钱。我便过去说买一块钱的苹果。卖苹果的妇女也非常高兴，干脆把一篮子苹果以一块钱的代价全部给了我。这天中午天气炎热，我上身穿的是粘胶丝汗衫，这种汗衫我给它起名叫做"滑溜",穿在身上确实光滑凉快。下身我穿了一条土黄咔叽布短裤,脚蹬塑料凉鞋。浑身上下,没有一个地方可以放一个苹果。当然,我出来挑水时更不可能携带购物用的提包或竹篮。但我自有办法,在"非常时期"采取"非常措施",一篮子苹果分两半倒入我的两个水桶。青苹果属于蒙派斯种,俗称冰糖果子,早熟,较甜,但品质疏松,倒入水桶后纷纷踊跃地浮向水面。我挑起水桶,不止一层的苹果你上我下地欢快地拥挤着,嬉戏着,漂游着,并且撞在桶壁上发出叮叮咚咚的声音,它们挤掉了一部分桶里的空间,水从桶沿四下里溢出来了,但它们又保护着水面在我行走的时候不起波、不涌浪。白水青果,清新活泼,煞是可爱。当我穿过被武装封锁的马路的时候,连荷枪的武斗斗得红了眼的"战士"盯着我的水桶也现出了美丽的笑容。

我把水桶挑回了小院,请院里的各族同胞吃苹果。清水出青果,天然去雕饰,被刚出管道的自来水沐浴过的青青的苹果个个鲜活光亮,充满生命力。各族同胞拿起果子大口啃过去,齐声用各族语言称道:"甜得很,甜得很。"并称赞我会找窍门儿,发明了水、果同步运输法。不喜欢说话的白大哥是肩挑一挑水,右手还提着一桶水回来的,那一桶水,他给了枯瘦的哈萨克老太太。我们这才想起,那个庞大的幽灵式的人物——哈萨克大汉未见回家。"您的儿子呢?您的儿子没有回来吗?"我问也出来吃苹果的哈萨克老太婆。她尖声尖气,零零碎碎地回答了许多,除了她的儿子已经没有马了,把马卖了这一句话以外,其他的话我根本听不懂。我问身旁的维、汉、满男女同胞,他们也一致认为哈萨克老太婆的话是不可理解的。但我们一致赞扬白老哥的助人精神。一向不爱说话的白老哥也破天荒地笑着笨笨拙拙地说了一句:"互相帮助,彼此帮助。"白大嫂嫌他话说得不利索,声音嘹亮地说:"咱们这个院子,关起门来,不就是一家人嘛!"说完她自己先朗朗地笑了,看来,她完全没有把平日与邻里间的鸡毛蒜皮的纠纷放在心上。我也觉得非常愉快,觉得在这种"兵荒马乱"的形势下,我们这些萍水相逢的身份不同、文化不同、民族成分不同的老百姓之间，自有一种团结力。

一声像炸裂一样的刺耳的枪弹声打破了我们的小院"联欢"。为了防止意外，我们各自回到各自屋里。经过挑水和买到苹果以后，我的心情也大有好转，便和妻子谈论起来伊犁以后的种种见闻来，你一句我一句，互相补充，又说又笑，一致觉得在伊犁收获极大，一致认为如果一直囚（读上声）在北京凸字形城内，不到新疆，不到伊犁来，实在是人生一大憾事。说着说着又一声震耳欲聋的枪声、碎裂声和唿哨声，定睛一看，窗上玻璃上端打穿了一个小孔，一粒子弹破窗而入，射入后墙成一深洞。我们目瞪口呆，不自觉地伏下了身子，不明白这一枪为什么会打到我们屋里来，看来这正房地基太高，比起院子和大街的路面，其高尤甚，在全院最为暴露。为了安全，我们不再敢坐在椅子上或床头谈话，而是干脆学习维吾尔人，把褥子铺到地板上，我们席地而坐，席地而躺，降低高度，以求自保。晚上，躺在低处，似乎更增加了紧张气氛。夜间炮声大作，"战斗"似乎更激烈了。但这一夜我睡得很好，既没有失眠，也没有说梦话。武斗的炮火似乎使我更加看到了个人的命运与国家的命运、人民的命运不可分割，反倒少却了许多个人烦恼。

这样的生活持续了三天。第三天，百无聊赖，我们与赵自得夫妻整整玩了一天——十四个半小时的麻将牌。我们玩比较简单的——"叫嘴子"的一种。什么"亮四打一"，什么"全求人"，什么"摸张听（去声）"，都是这次学会的。有一个非常适合白痴玩的花样，叫做"西北铁路"。就是说，自己的一副牌中必须有"西风""北风"和"四条"——代表铁路，求其"形似"。我最爱叫这种令赵自得的嘴撇到南墙去的"嘴子"。而且，说也怪了，我只要叫这个嘴子，十次能"和"个七八回。

麻将牌是我最最刻骨仇恨的旧中国的象征之一。我过去认为、当时认为、现在也认为不论赌不赌输赢，玩麻将牌就是消磨意志、消磨时间、背叛生活、背叛理想。也许这样写下来不无偏颇，但作为个人的心情确实如此。所以,当四面枪声不断,玩完麻将牌后只觉头昏脑涨、天昏地暗的时候,我和妻子相对苦笑惨然,一种莫名的恐惧从背脊梁处向周身放射。

赵自得玩牌则认真得可爱。他备有专用的筹码,前身大概是围棋子。筹码输光的一家,则戴上用报纸卷筒做成的高帽子。我们彼此都欣赏过对方戴"土高帽"的风采。后来到了七十年代,开始见到一些多年不见的老上级、老同志,他们对我"文化大革命"中没有戴过高帽子颇觉诧异。一位老前辈并说这简直是奇迹。我不无迷信意味地自嘲地想道:"说不定我命中本有高帽之灾,但这劫数被赵自得兄弟自制的报纸卷成的'土高帽'给解了——玩'亮四打一'的时候,我已经戴过了嘛!"

第四天,我这里发生了断粮问题。六月二十六日那天下午,我是特意从农村赶回,准备给家里买粮的。一武斗,交通断绝,粮店关门。令人欣慰的是茨薇特罕听说我们的困难后立即派瓦里斯江端来了一搪瓷盆包谷面。赵自得还拿来了一些珍贵的川南糯米,是他年前回家乡探亲时带来的。在这种非常情况下,包括茨薇特罕都能这样慷慨助人,大大增加了我对于生活、对于人民的信心。那时给我们吃的包谷面,便是黄金,那时的糯米,便是珠玉。

有了粮食,自然不怕封锁。我给自己规定了指标,武斗期间一天背诵四十个维吾尔文单词。上午我正在一面背单词一面用开水烫包谷面准备做发糕,白老哥突然砰砰敲响了我们的门。

这是白老哥头一遭来访,而且他神色慌张,我们连忙请他进屋。原来是这么回事:在武斗中渐遭败绩的一派组织的一个成员,不知怎么摸进了我们的院子,被赵自得收留。"这可怎么办?老王你知道,咱们院里的人可都是不参加任何一派的,武斗的事咱们可不敢然(然是新疆汉话,纠缠之意)。赵自得年轻逞强,收留下个'败兵',那不成了全院的祸害了吗?"

紧跟着白老哥,亚利的妈妈——维吾尔小老太太也来找我谈此事来了,她的观点与白老哥相同。但姑丽娜尔把她妈叫了回去,并埋怨她妈说:"您干吗要这样说话?不管哪一派的,反正我们不能见死不救……"

由于我素日与赵自得夫妇来往较亲密,而又年长一些,他们来找了我。我便去敲赵自得的门,去探问情况。

经过盘问以后,赵自得才开了门,同时令那个"败兵"从床下爬了出来。"败兵"看样子不过十八九岁,衣服褴褛,脸上满是尘土硝烟,幸好他并没有受伤。我们一起商量,我们的小院地处另一派"武装力量"的控制区,他待在这里并不安全,而且邻居有意见,还是请他洗洗脸,吃点东西,换一身衣服,从小巷子里走出去,多绕几个弯,便可转回家去。我们还准备给他一个面口袋,这样途中遇到查问,便可推说是由于家里没粮出来找亲友借粮。"万一走不出去,你就回来还找我好了!"赵自得讲话还是很讲工人哥儿们的义气的。"再不要参加武斗了!都是自己人,动枪动炮的做什么!"林晓钟与我也反复叮嘱他,他连连点头称是,千恩万谢,如土的面色上开始恢复了血色。二十分钟以后,他离开了这个院子,我把情况通报给了白老哥与亚利的母亲,大家却又欷歔不已。

中午放行挑水的时间到了,我挑着水桶走到了门口,迎面来了一个戴着墨镜的彪形大汉,后面跟着两个彪形小汉,手里各拿一把盒子枪,大步走了进来,我连忙退后闪开。这时全院的男子都在室外,有的已挑起扁担,有的正在往桶上挂钩。彪形大汉打量着每一个人的脸,所有的人都一声不响。忽然,大汉的眼光停留在赵自得身上,走近赵自得,把手一挥:"跟我们走一趟。"

林晓钟冲了出来:"他是我爱人,就住在这个院子里,住了好几年了……"

"是的,他就是这个院子的。""他没有参加过武斗。"我们也小声地作证说。

"没事。"彪形大汉把手一挥,墨镜下面的鼻口现出了笑意,"我们审查一下,没问题就放回来……"不容分说,把面色苍白的赵自得带走了。林晓钟不顾众人的阻拦,毫不犹豫地冲了出去。

全院死寂无声,都待在了那里。突然一声枪响,姑丽娜尔捂着脸叫道:"他们把赵自得毙了!"

"不,不可能,绝不可能!"我安慰着他们,大家决定照常去挑水,并且在穿过新华街时,与路上的武装人员再说一说赵自得的事。

"我去说。"我说,"就冲我这副眼镜,再加'滑溜',再加短裤,再加凉鞋,他们绝不会怀疑我是参加哪一派武斗的。"我说话的同时却又感到一阵紧张,如果他们问我:"你是谁?你是哪个单位的?"可怎么好呢?

姑丽娜尔说:"不,还是我去说好。他们对一个维吾尔丫头还是客气的。"

我们顾不上为她自称"维吾尔丫头"而发笑,同意由她出面。

水是顺利地挑回来了,但与武装人员的交涉未得任何要领。

三个半小时以后,林晓钟回来了。她真有办法,穿大街、过小巷、越墙、上房、爬坡、过沟,硬是在枪声四起的情况下目送丈夫进入了被临时拘留的地方,又跑到伊宁市的另一端,找了一位老乡,这位老乡是属于得胜的一方群众组织的,而且是个中等头目。林晓钟告诉我们,老乡已向她保证,尽快把赵自得放出来。

赵自得第二天一早回了家,他没有受什么苦,只是形容憔悴。他很感激院内邻居对他的同情,而全院邻居,在向他的受惊表示慰问的同时,交口称颂林晓钟不愧是女中豪杰,有勇有谋,才貌双全。从这里,我们还看到了爱情的力量。

事后许多年,每当我回想起这个场面,回想起那一个彪形大汉和两个彪形小汉,我就觉得,他们的服装打扮,他们的举止动作,他们的语言,全部与某些电影镜头一样。他们显然是从电影中学来的。竟有这样的游戏!

武斗平息下来以后,我与妻子带上那只善解人意的小猫,沿伊犁河沿小路,徒步走了五个多小时,到了毛拉圩孜公社。我们与猫在穆敏老爹家一连住了一个月,直到夏收完毕,伊宁市也彻底平静之后,才又带上猫回到了城根。

回到城根以后,看到了多日不见的琪曼姑丽。琪曼姑丽已到曲勒海公社插队锻炼好几个月,脸晒得黑红黑红,戴着一个绿色黑格头巾,完全像农村妇女一样地把头发包扎起来。插队以后,琪曼姑丽显得开朗多了,大声说笑,毫无负担,再没有刚从北大回来时的那种忧心忡忡的样子。"老王,您一天割得完一亩地麦子吗?"她问。我回答之后,她点点头:"看来您还是锻炼得不错的。可与真正的农民相比,您还差得远。"她说话的样子,像个"首长"呢。士隔三日,刮目相看,看来农田的劳动能给小小知识分子们增加不少豪气。

瓦里斯江的冷饮摊,受到了取缔,他归还了驴车,归还了鸟笼子。"我也准备下乡了。"他对我说。

同时,白大嫂告诉我,哈萨克老太婆的儿子已经病卧不起,在房子里躺了十几天了。

就在我们"返回家园"的第三天凌晨,传来了哈萨克老太婆的令人心碎的哭声:"我的孩子!我的命!我的儿子!我的命!"

"他死了。"我和妻子相互低语,沉默着。

起床以后我梳洗完毕,穿戴好,第一件事先去了我从未进过的小南屋。

"妈妈。"我叫了一声。哈萨克老太婆来给我开门,与我预料的相反,她是平静的。"死了。"她轻声告诉我。

我终于看到了哈萨克大汉的身躯,真是庞大啊,而且浮肿。他的脸是遮着的,我也不想掀起那块一直遮着他的正面的幕布。

我表达了我的哀悼和慰问,我向瘦弱而又惊人的顽强的孤独的哈萨克老太婆做了一点微乎其微的表示。老太婆很礼貌地谢了我。

就在这时,一位住在通往毛纺厂的大路上的著名的衣麻穆来了。这位衣麻穆鹤发童颜,脸色白中透红,红中透白,举止雍容,气度不凡。我与他问好后,退了出来。

然后全院子弥漫着他的颤抖的男高音。那种发声方法极为特殊,它不是意大利式的,不是汉族民歌式的,不是蒙古民歌式的,也不是新疆任何一个少数民族的民歌式的。既颤抖得很厉害,又悠扬苍劲,既温柔平和,又庄严厚重。我完全忘记了他是衣麻穆,他在诵经,我似乎是在听一个民歌手在唱关于人、关于生和死、关于聚会和离别、关于宇宙和无限的歌。

一个又一个的穆斯林腰上系着白带子前来追悼。全院笼罩着隆重肃穆的空气。我完全没有想到这样一个贫苦的老太婆的身份可疑的儿子的丧事竟有这样的规模。

与哈萨克老太婆胡骂乱吵过多次的茨薇特罕也怀着真诚的悲伤去吊唁了。"呵,我的真主!呵,我的真主!"她不停地说。

四十天以后,为亡者在这个院子里举行了盛大的乃孜尔。瓦里斯江一直帮忙,用砍土镘在土地上巧妙地挖了挖便成了一个临时的大锅灶。一大瓶子菜籽油,许多羊肉、胡萝卜和成袋稻米,做出了可供五十个人吃的抓饭,我简直不明白这些东西是哪里供应的,怎么得来的。

我被邀参加这个乃孜尔。我去了。

后来在一个偶然的机会我听当地一个哈萨克族同志说到了一点关于已死的哈萨克大汉的事情。他似乎是一个部落首领的后裔,会弹冬不拉,会即兴唱诗。解放初期,他一度被吸收到文化站去当过干部。后来为了争一个私生活名声极坏的女人,与一个维吾尔教师争斗,打死了人,被判徒刑。服刑中得了重病,放了出来,每月由街道上给他一点补助。至于他有一匹马而且每天骑马出去,这并不奇怪,因为哈萨克人即使是乞丐,也还是要骑马的。他每天出去一个是放马,一个是就近找哈萨克牧人的帐篷休息、吃喝、接受施舍馈赠。也是,他不出去,又如何在小院里养马呢?此后许多年,我常想象出一个画面:一匹马在伊犁河边懒洋洋地吃草。一个也许终于醒悟了但已为时太晚,或者始终是浑浑噩噩的虚有其表的"大"人物躺在草地上,眯着眼睛看着太阳,在他的最后的日子里,他究竟想了些什么,他有什么话要告诉他的母亲、告诉旁人的吗?

一九六九年四月,首先是赵自得与林晓钟搬走了,他们早就想改善自己的居住条件了。他们搬到了军区后身的艾兰巴赫区。有人说"艾兰巴赫"是破坏了的花园的意思。有人说"艾兰"根本不是维吾尔语,因此不能那样理解。反正巴赫的意思是庭园,那是不错的。

赵、林的新居虽然还是土房,但是宽敞多了。他们又非常善于生活,善于布置房间。虽然他们的收入有限,但他们的新居朴素大方,每次去看望他们我们都感到温暖而且满足。赵自得已经完全掌握了放映电影技术,调任他们公司的电影放映员了。

同年五月,经过几度犹豫,几度改变,几度推迟之后,瓦里斯江终于去他的生父所在的公社接受"再教育"去了。茨薇特罕剩下了一个人,她急于把她住的房也租出去。她准备随瓦里斯江下乡,但老是找不到合适的房客。

茨薇特罕的女儿玛渥丽妲带着胖小子常来看她的妈妈。据义务新闻发言人白大嫂说,玛渥丽妲正在"搞对象",新的婚姻即将形成。

琪曼姑丽在下乡一年之后分配到了城根中学教书,她走出家门不到五分钟就可以到学校。七月,她与一个回族青年结了婚。结婚一个月以后,她带着属于她的财产搬回娘家来了。白大嫂说,是由于和婆婆关系不好。

我们在一九六九年十月,住满两年之后搬到了奴海古尔。

据说不久茨薇特罕也下了乡,小院景况面目全非了。可惜我再也没有去看过白大嫂,不然,她该能提供许多新的消息、新的故事的。

在这个我鬼使神差地住了两年整的小杂院里,还有许多虽不重要却很难忘的事、难忘的画面、难忘的人情世故、难忘的氛围风物。这些事、画面、人情世故、氛围风物,都是住在大城市、知识分子圈、干部圈里的人所难以想象的。

就拿喝牛奶来说吧,城里人习惯于买装在标准化厚玻璃瓶里的牛奶。在伊犁的解放路上或斯大林大街上,卖牛奶的则是来自察布查尔奶牛场和郊区生产队的奶车。毛驴车上装着专门盛奶的大洋铁桶,卖奶的人手执半公斤、一公斤装的提子为顾客打奶,正像关内许多副食店用提子打酱油和醋一样。

而在城根以南,则都是当地的少数民族少年卖奶。他们卖的奶是长时间熬过的。因为当地人买奶都是为了对奶茶,熬过的奶表面上漂着一层奶皮子,用这样的奶做出的奶茶要比用一般鲜奶做出的奶茶香得多。

卖奶的孩子都挑着许多个类似北京孩子的"蛐蛐罐"的小陶罐。一个扁担钩子下面是多头、多"线索""放射性"的结构,而不是传统的一条"主线"。罐里平均分配着奶水与奶皮子,每罐一角钱。罐子口小肚大,这样,奶水不容易溅出。每天早晨和黄昏,都有大量的这样卖奶的孩子走街串巷叫卖。他们不是叫卖"牛奶",而是吆喝:"奶皮子,奶皮子……"而一家家精明的主妇就会从自己的家门里走出来,不惜工力地挑剔着和比较着各罐"奶皮子"的厚薄优劣。

有时挑着轻轻摇摆撞击着的众奶罐的几个孩子同时出现在我们的院落里,他们争相兜售自己的奶皮子,拼命招揽生意,花言巧语,口若悬河,但互相从不发生冲突。当最后一个幸运的孩子卖掉了一罐,得到了一角钱之后,他便以一个慷慨的胜利者的姿态,调皮地、抱歉地向在这次竞争中失败的对手们做一个鬼脸。

其中有一个成人,三十多岁,矮、胖、壮,由于癞痢头,不长一根头发。他右额上有一块小疤瘌,戴一顶可以拧出油来的紫红色维吾尔小花帽,上衣没有扣子,条绒裤腿肥大得可以各装进一个孩子。他喊叫得最凶,态度最和气,他吆喝的时候总是两种语言连用:

"卡衣马克（奶皮子）！卡衣马克！好买奶子儿！好买奶子儿！"

究竟是"好买"还是"好卖"，我未能辨清。为什么他要这样排列造句，我也不明白。

傍晚时分，他常常降价处理：

"好买奶子儿！两个一毛五！"

我们买过几次他的牛奶。他一面卖奶，一面跟你搭讪："工作好？身体好？"他见了我总要问。茨薇特罕和亚利的妈妈都反对我们买他的奶："他叫得最欢，奶子的质量最次。"她们告诉我说。

一天我爱人买奶时，这位戴花帽的"好买奶子儿"看到她手上的皮肤病，他关心地问道："您没有去治一治吗？应该上药啊！"

"好多年了，我在许多大医院看过，总是除不了根儿。"我爱人叹息说。

"我给你找人治，保来回！这种病，大医院治不了，北京、上海，全是白费劲！我保来回！"他拍了胸脯。"保来回"一般是卖西瓜的人爱说的口头语，意即"不甜管换"，被他用在这里了，倒是别有一种风趣。

说到做到，第二天一大早，"好买奶子儿"带着一位骑驴的野郎中走进了我们的院落。这位野郎中长长的上翘的胡须，白色缠头帽，狡猾而又深邃的眼睛，长长的敞开怀的袷袢，一双打了好几块补丁的长筒皮靴。他一见我们，飘然下驴，右手抚胸，左手扬起，向我们俯身道"萨拉姆"。他的穿戴长相风度，让我以为是活活遇到了纳斯尔丁阿凡提（即通常说的阿凡提。阿凡提本意是"先生"，纳斯尔丁才是他的名字）。

"阿凡提"拿着我爱人的手进行了详细研究，他咕哝了一句，"好买奶子儿"连忙又重复了几遍"保来回"！然后"阿凡提"拿出一个小小的药瓶说："上这个药，五块钱。"

"五块钱？"我吃了一惊，用一种怀疑加不满的眼光看着"好买奶子儿。"

"好买奶子儿"连忙走过去与"阿凡提"大声耳语,他指着我说:"这是我的老朋友,我们的关系像亲兄弟一样。他是一个有学问的人,你难道看不到他的眼镜上的一个圆圈又一个圆圈吗?他会写维吾尔文。他会读《可兰经》。他研究我们民族的一切风俗习惯。他曾经被提名获得斯大林奖金……"

"您在说什么?"我惊叫起来。

"可以少收钱,可以少收。""好买奶子儿"用手势安抚我,似乎我的惊叫是由于五块钱的要价。他又与"阿凡提"如此这般地说了一通,还故意把嗓音降低了一些,但所有的话仍能被我听见,使我无法相信我的耳朵,相信我的理智的正常性。最后"阿凡提"皱起了眉,把药瓶往"好买奶子儿"手里一推,不高兴地说:"那你看着办吧。"说完,便去牵驴。

"好买奶子儿"以一种得胜的姿态向我挤了一下带疤瘌的右眼,同时催促我爱人说:"一块,一块!我说了算,只给他一块!"

他拿到了一块钱以后,跑着去追已经跨上驴骑到大门口的"阿凡提",把一块钱塞给了他。然后,他兴致勃勃地跑回来,向我们告捷说:"省下了四块钱!我们是瓶(朋)友嘛!"

然后他用眼睛瞄着我们码在廊子上的从皮里青煤矿运来的煤块。他亲切地说:"恰好我家里没有煤了,就把这一块抱走吧。"说着,他不待我们首肯,熟练地抱起一块至少有二十公斤重的大煤块,向我们点点头,走了。

他的这种幼儿式的狡猾使我哭笑不得,目瞪口呆。

我打开他的"药水",药水呈褐色,有一股刺鼻的洋葱味儿和沙枣味儿。我抨击说:"什么药水,皮牙孜(洋葱)加沙枣,我也会做!"但妻子还是认认真真涂用了他们的药。

回农村后,我向穆敏老爹问起了关于伊宁市的野郎中的事,穆敏老爹的回答是严密而审慎的。"很难说。他们也有自己的一套,自己采药,自己配药,到处看病。也有把病看好了的,也有看不好的。

但一般他们都喜欢吹牛,也往往要很多钱。如果抱着姑且一试的心情,不妨找他们看看,但这很不可靠。"

在再次见到"好买奶子儿"的时候,我发起了进攻:"您这是怎么回事,有的没有的胡说一通?那么一小瓶药就要了一块钱?"

"您不知道,那个药贵重!"

"什么贵重?我化验过了,皮牙孜加沙枣!"

"好买奶子儿"做出一种善良天真诚实困惑的神色,与那天那个油腔滑调劲儿判若两人:"是这样的么?难道是这样的么?"他不安地自言自语,老实态可掬,我几乎笑出声来。

此后"阿凡提"再没有来,妻子抱怨我说,即使是皮牙孜加沙枣也罢,她擦此"药"是见效的。病变的皮肤日趋缩小,最后只剩下一小点的时候,药用光了。而由于我的态度,使"阿凡提"拒绝再给她治疗,一切后果应该由我负责。

在关于城根小院的回忆的最后,让我写一写伊犁的冬天的雪吧!伊犁的冬天多雪,常常是漫天的、四面八方起舞的、纷纷扬扬的、无边无际的。雪大雪厚而且寒冷,但很少有像在达坂城(就是民歌里唱的那个"石头硬又平啊"的达坂城),像在通往塔城的必由之路上的老风口常有的那种暴虐恐怖的风雪。这儿是河谷地区,中间低,四面高,这儿的雪热烈而又清凉,放肆而又温柔,洁白却不孤高,轻盈而又厚重。这儿的雪从皑皑的天山上飘下来又从地上卷上去,它能陪伴你一个月,两个月,三个月,整整一冬,一无所有而又无所不在,锤炼你,振奋你,惩戒你,却又给你以意想不到的安抚。在天山脚下,在伊犁城乡,落雪的时节注视天空、山岭、原野、树木和庭院吧,落雪的时节注视每个人的眉毛、胡须、面孔、头巾和衣服,注视每匹马的鬃毛和各种车辆的顶部吧,这是一种怎样的兴奋和满足!你会觉得这真正的北国的雪是宇宙的一种伟大,一种赏赐,一种沉默而又欢腾的舞蹈,一种真正的平等和博爱,一种永远的峭拔刚强而又随遇而安的朴素的真诚。

伊犁的雪是很大的,有时候半天不扫就可以封住门,当然那封门也是愉快的,推门的时候,你感到吃力,你听到门板挤轧着雪发出的顽皮的吱吱声,你看到白的世界,而室内的用上好的伊犁无烟煤燃起的炉火正红。

及时扫雪是所有的伊犁居民的习惯,更准确一点说,是一种爱好,一种享受。有没有成套的足够的扫雪运雪用具,这是判断一户人家是否地道的"老伊犁"的一个标志。就是说,真正的伊犁人,虽然他们不务农也不承包基建施工,但家家都有大扫帚(场院用的那种)、木锨、抬把(读去声)子,有的还有刮板(也是场院用的那种)。

在一九六七至一九六九年期间,这个小院扫雪最积极的是满族老哥。如果大雪降落的时候白老哥在家,他每半小时出来扫自家"门前雪"一次。遇到扫雪的时候他显得精神开朗,谈笑寒暄也比平日多。

其次就是瓦里斯江,青年毕竟是青年,他扫得又快又好,腰也不怎么弯,似乎像"玩耍"一样。尽管他们家很穷(姑且按老太太的自述这样认为吧,尽管白大嫂有不同的看法),但他们家的扫雪用具最为齐整完全。

亚利家扫雪是分担给全家人的,有时候是调皮的亚利,有时候是大大咧咧的姑丽娜尔,有时候是谨小慎微的小老太太,有时候是黑瘦的大学生琪曼姑丽。虽然次数不等,但还没有"三个和尚没水吃"的状况发生。

哈萨克老太太也扫雪,但她的力气只够把雪坟堆一样地堆在自己门口。当解冻季节到来的时候,她的"雪坟"的融解以泥泞威胁着全院居民,这也曾成为茨薇特罕与她争吵对骂的一个起因。第一年,就是一九六八年三月,是瓦里斯江和我用抬把子抬了二十多次才把那个雪坟铲平,运到大门之外的,其时巷子里的雪已堆积如院墙之高。那一年多雪,在另一些更窄小的巷子里,雪山顶峰位于房顶之上。当然，不必怕，解冻时分，雪都是从下开始化的，地皮热了，接触地面的那一部分雪先化成水，流入地下，上面的雪也就降落下来，不会发生雪水灌入庭院的危险。

一九六九年，哈萨克老太太的儿子故去以后，是谁为她抬的雪呢？记不得了。

赵自得由于住在最拐拐里面，他的门前只有一块很小的地皮，他的屋顶也不大，所以他的扫雪任务不大。我们就惨了，我常常不在，而又没有置备扫雪运雪的工具。有时候我的妻子是弓着腰用一个室内扫地用的小高粱苗扫把来扫一大片雪的。但每当扫完雪以后，她总是兴高采烈，满脸通红，像喝过了酒。我还要感激地说，茨薇特罕她们经常主动把大扫帚借给我们以代替事倍功半的小扫把，把木锹借给我们以代替又费力、又锄得少、又铲不平铲不净的铁锹。但我们毕竟不可能每次都向人家借，而且许多情况下你需要用的时候人家也正在用。伊犁一冬能扫多少次雪呢？我们一天吃三次饭，但大雪的时候一天就要扫十次八次雪。

尤其给人以节日的狂喜的是登上房顶扫雪。伊犁（整个新疆亦是如此）多是草泥顶子，而且相当平，房顶上连一层青灰或者石灰都没有，更没有什么瓦、石棉或者哪怕只是一层沥青油毡。夏天全靠少有大雨，草泥又上得厚，而水不够草泥吸收的，才不会漏雨，到了冬天，积雪在房上一旦融化，可谁也受不了。所以，伊犁的规矩是，下一场雪，就要上房扫一次。

居住的时候不觉得我们房子大，上去除雪的时候才知道我们（惭愧！）竟占用着伊犁的不少面积。伊犁很少有两层以上的建筑物，上到房顶上便可登高远眺，鸟瞰全城，鸟瞰整个银装素裹的世界。正是久雪初霁、冬阳明丽、空气清纯、小风爽人，只觉得一上房便心神开朗、胸怀辽阔，用木锹或刮板推上一会儿雪以后，身上也热了，手脚也活泛了，血液也流通了，呼吸也舒畅了。呵，在房顶上推雪的时候吸进的是怎样富有营养和医疗作用的空气啊！十五分钟以后，你的肺脏胸腔，你的每一个细胞似乎都用天山白雪进行了一次净化清洗再生！看看周围房顶上吧，同样是一些朴实的、友好的、勤劳的人，他们在认真地卖力地劳动，他们大声向你问好，鼓励你："加油！加油！"

终于，把雪堆成了一堆，看一看房下，喊一声："有人没有？"或者："小心，底下的！"于是居高临下，威风凛凛地把一木锨一木锨的雪抛到地面上来。雪落到地上时发出噗的一声虚响，那声音不似金石，不似海浪，也不似电子发声器，细细地听那每一声噗的当中都有一个由弱到强到弱到消失，有一种类似捻拂琴弦的音程的流动。同时，在向下抛雪的时候，不断有细微的雪尘被风吹起，吹到你的脸上，吹进你的脖子。等抛下三十锨以后，你会无端地在房顶上呼喊。等抛下一百锨以后，你会高兴地在房顶上唱歌。一九六八年一月，我扫雪的时候就唱了一个小时的"临行喝妈一碗酒"，各群众组织的高音喇叭里放的也都是这个啊。而抛下二百锨以后，你会仰天长啸，你会欢呼！

"多么迷人的生活和大地！当动乱的忧烦成为过去以后，一切一定会更加美丽！"

发表于《收获》1984年第2期

边城华彩

一　花儿为什么这样红

　　大队民兵连长艾尔肯是一个非常讨人喜欢的小伙子。他中等偏高身材,方脸庞眉眼端正,有一点连鬓胡子,但刮脸刮得勤,经常是干干净净的。他头脑精明、性情随和、行动敏捷、随机应变、口若悬河,但待人忠厚,精明与口才绝对不往害人处使。这里说的随和与应变,不过是指他见到老人毕恭毕敬,见到幼者和蔼可亲,见到平辈又说又笑,见到领导既认真汇报又认真听取指示,遇到开会积极发言,遇到传达文件二目圆睁、字字入耳、绝不瞌睡,遇到请他喝酒绝不推让耍赖,又能喝、又能唱、又能说笑话,说起笑话来既能逗人笑,自己也能开怀大笑,但又绝不流于庸俗。

　　据说他的家境并不宽裕,所以他很少请别人到他家做客。但在毛拉圩孜公社我们参加过的每一次宴请或者聚会上,从来少不了他。维吾尔年轻人请起客来是很大方的,但一般也相当注意礼尚往来,一个只能或只喜欢做客而不能或不喜欢做东的人,不可能逃得脱群众的锐利的眼睛和更加锐利的舌头(议论)。但艾尔肯是一个例外,任何一次聚会如果没有他大家都会感到寂寞,他在聚会上是那样善于应对、善于豪饮和唱歌,他实际上是每一个聚会的灵魂,但他自己很少招待别人。

　　在"多普卡"队进村后不久,大队宣传队组长曾经在一个很小的范围宣布:艾尔肯有问题,从一九六二年他的问题便已记录在案,"挂"在那里,凡听到这一说法的人都为艾尔肯捏着一把汗。也确实有一段时期大队组长对艾尔肯总是怒目相视、语言讥刺,常爱说什么:"真正有问题的人是逃不出我们的手心的……"一面说,一面摇头摆脑,得意洋洋。但为时不久,大队"多普卡"队员对艾尔肯的态度完全改变了,不但排除了"嫌疑",而且视为骨干之一,对他相当倚重。这到底是怎么回事,谁也弄不清。

但有一条可以肯定:艾尔肯对"多普卡"诸同志绝无任何拉拢手段。有些千方百计地去攀附、拉拢"多普卡"同志的人,效果总是适得其反。

一九六八年六月的一天,伊犁大武斗开始。这一天艾尔肯到伊宁市去了,枪声一响,他连忙"打道回府",向后转,退路却被一方的武装力量卡住,凡走过那个道口的都要经过盘查。"什么人?""社员。""哪个公社的?""伊宁县毛拉圩孜公社三大队七小队的,队长叫巴依·巴拉德。"艾尔肯回答得滚瓜烂熟,无懈可击。

突然,武装人员眼一瞪,问道:"什么观点的?""观点"这两个字当时是有特殊含义的,这个问题的要害在于要弄清艾尔肯是站在、哪怕是同情正在武斗的哪一派、哪一方的。

困难在于艾尔肯弄不清持枪人员是哪一派,欲表示亲热忠顺亦不能。于是,他立即回答:"没有观点。"

"胡说,这么大个子没有观点?毛主席号召我们要关心国家大事嘛……"

艾尔肯把眼珠向上一翻,叹了一口气:"不好说呀,咱们是富农的巴郎子啊,咱们不能参加文化大革命呀……"

"滚……"

虽然被骂了一声滚,总还是平安顺利地回了家。

事后艾尔肯绘声绘色地叙述了这一过程,听者莫不大笑。

一九七〇年七月,艾尔肯把我找了去:"老王,一个任务的有!

赶快写一篇《冰山上的来客》的批判稿,快,快,快!"

看到我不解的表情,艾尔肯说明道:"为了开展大批判,伊宁市正在放映毒草影片《冰山上的来客》。我们的武装民兵都要求批判这部电影,所以要看。但是电影院说,规定不把票卖给农民。所以,民兵连决定请您写一篇批判稿,这样就可以证明我们批得并不比那些个月薪七八十块的干部们差。这样,拿上批判稿,底下的事就由我来办好了。"

我将信将疑,而且我完全不明白《冰山上的来客》有什么可批判的。说起来,对这个电影我还颇有感情。一九六三年深秋,举家迁往新疆前夕,正赶上北京的一些影院上演《冰山上的来客》。我和爱人一起一连看了三遍,冰峰雪山、瀚海戈壁、各族同胞都使我无比神往,我只盼望早一天离开已经把我拘束了二十九年的凸字形北京城。我甚至觉得,《冰山上的来客》恰在这时候上演,是美丽神秘的新疆对我的一个召唤。

但我还是奉艾尔肯连长之命照抄报纸,飞快写完了批判稿。之后,由我口授,由会计独眼伊敏执笔,又写了一份内容大致相仿的维吾尔文批判稿。

一天半以后,艾尔肯拿着次日下午二时十分的三十张电影票兴冲冲来到了大队部。他神采飞扬地叙述自己舌战群儒、连闯三关的经过。在公社革委会、县电影发行公司革命领导小组和影院革命领导小组,他大谈工农兵是大批判的主力,并且介绍了我大队基干民兵开展大批判的组织、活动、措施和经验。"说呀,说呀,说呀,把他们都说傻了!"总之,他胜利了,三十张票到手。

第二天中午,理了发、洗了澡、刮了胡须、换了新衣服的艾尔肯神采奕奕地集合了三十名民兵。"立正!""向右看齐!""向前看!""报数!"口令叫得斩钉截铁。然后宣布:"牵马!"

三十名民兵从各队征集了二十多匹马,几个个小体轻的两人骑一匹。由于我写批判稿有功,艾尔肯招呼我与他同骑一匹马进城。

"加上我不是三十一个了么?"我说。

艾尔肯把手一挥:"到时候让他们出一个看马!"

一队精悍的维吾尔小伙子,人强马壮,人吼马嘶,人挥鞭,马抖鬃,踢踢踏踏,一片蹄声,一片烟尘,一声声咴咴的马嘶,好不威风!那样子,简直像是去参加凯旋检阅!

我和艾尔肯骑的是一匹高头大白马,这马虽说是驮着两个人,仍是龙腾虎跃、四蹄腾空、如飞如电,霎时间把株株杨树、碱沼、沙石路面和各种车辆,还有一间间土屋全都抛到了后面。九公里路程,二十分钟便到了。我们来到了伊宁市解放路绿洲电影院门前。

大家把马拴到影院门前的水泥柱上。并没有留任何人看马,三十一个人拿着三十张票毫无困难地浩浩荡荡开入了影院。只是进门的时候艾尔肯不住地与查票员说话,不知是不是为了分散人家的注意力。

妙的是那第三十一个居然找到了自己的座位。同样,这是由幸运的艾尔肯之手安排的。

可能是为了更好地取得批判的效果吧,不但放映前高音喇叭里传出了声调铿锵、成本大套的批判,而且在放映过程中,一直是放放停停,停下来就批,批的时候银幕上是幻灯打出的一个能被用来批判的大字语录。好端端一个片子,算是遭了难了!

当银幕上出现了喀什噶尔清真大寺,童年时期的古兰丹姆被人贩子卖掉,残忍的巴依(财主)践踏着阿弥尔送给古兰丹姆的那束红花的时候,传来一唱三折的悲怆的歌声:

  花儿为什么这样枯黄,

  为什么这样枯黄……

我虽然早已多次看过这部电影,而且已学会了唱《花儿为什么这样红》,却不记得歌中尚有"花儿为什么这样枯黄"的字样。此歌此景此时此语,我只觉得心头涌起无限酸苦,好像灌满了芥末酱,我哭出了声。

音响系统又响起了"比蛇还毒""司马昭之心路人皆知""是可忍,孰不可忍"的声音。我清醒过来,连连出声地擤鼻子。这样,如果有人听到我方才的哭声的话,我可以用"过敏性鼻炎"来解释我的失常。我悄悄地往旁边一看,却放了心。原来我们的民兵眼里都闪着泪花。

电影散场之后,众民兵又去一个小店喝了许多土造啤酒。伊犁的土造啤酒称啤瓦,是用麸皮熬成水,对入蜂蜜和啤酒花水,调好后灌入玻璃瓶,将瓶用大橡皮塞密封,经过烈日曝晒数小时促成发酵做成的。喝的时候,一拔那个上大下小的塞子,砰的一声巨响,俨如爆炸。然后泡沫汹涌,如不及时处理,有时整瓶酒全部涌出。这种酒汁液虽嫌混浊,但是喝起来苦中含甜,别有乐趣。

三十个民兵和我,一共喝光了两个小店的存货。然后,我们飘飘然骑马上路返乡,一路上大家放肆地唱着:

花儿为什么这样红?

…………

哎,红得好像燃烧的火……

二　燕子和猫

一九六五年春天,我初次到达穆敏老爹家的时候,住在他的一间小东房里。这间房子靠里是一个低矮的小炕,我躺到这个炕上,头和脚几乎都碰到了墙。炕外是一个锅灶。整个房子是方形,这样,按我的身长来推算,这间屋子的面积大约是三点二平方米。我过去曾经以"四平方米"来形容过这间小屋,显然是冒了。

这间屋子本来是做库房用的。墙上挂着两个罗:大一点的是面罗,小一点的是奶罗。挤奶的时候是需要一个细罗接着的,否则,奶牛身上的一些不洁的东西诸如落毛啊、草梗啊乃至粪嘎巴儿呀就会落入奶桶里。墙上还挂着两把尚未完工的高粱秸扫把,可能是老爹绑到一半,"四清"工作队进村了,不让进城卖扫把了,于是便名实如一地"挂"了起来。给人印象最深刻的还是挂在墙上的尚未鞣制的坚硬如铁片的小牛皮,牛皮上残留着微血管的网状痕迹,牛皮发出的腥臭味道还相当浓。

  小屋的房顶子七扭八歪,因为椽子呈不规则的曲线。小屋的烟囱是老妈妈自己砌好又抹上草泥的,两头尖,中间圆咕隆,形状像一截白薯。小屋的门更有意思,三块薄厚不一的木板松松垮垮地钉在一起,门框上方与门板之间留下的空隙足可以塞进三个拳头。

  大门缝变成了燕子的通道。我住进去以后不久,便发现有两只家燕在我的小屋的房梁上筑了巢。白天,它们飞出飞进,有时掀起一点尘土,有时发出一种扑楞扑楞的声响。傍晚,两只燕子相依偎着伏在巢里,一动也不动。但它们的眼睛还是睁着的,随着我收工回来、点灯、洗脚、看书、铺被,它们一直盯着我。我注意到了,它们不仅眼神跟着我转,有时候还随着我的移动而转动它们的羽毛丰满的小脖子。它们的羽毛是黑亮的,在下午夕照从门缝射进的一缕阳光下,黑亮的羽毛反射出一种紫色带绿的光泽。

  大约一个月以后孵出了四只小燕。刚孵出的红红的秃雏,真是难看极了,可怜极了。万物在它们幼小的时候都是何等的柔弱,不堪一击!一只小燕不知怎么掉到地上了。我们的房子本来就很矮,落在地上的小燕并没有摔死,还在捯着气。我心疼地捡起这只不幸的小燕,把它放回燕窝,但立即被大燕子叼起抛出来。毫无办法,只好眼巴巴地看着它刚出生便死去。

  几天以后,三只幸运的小燕子便吱吱喳喳地叫起来了。每天无数次,它们双亲——两只大燕子飞出门外觅食,然后扑楞扑楞飞回来。一见"父母"飞进,三只贪吃娇嗲的小燕子一起张开嘴巴吱喳乱叫,好像在喊:"爸爸!妈妈!我饿!给我!"它们的嘴巴张得那么大,那么圆,遇到这时,我在巢前看不到别的,只看得到像喇叭一样的粉红色的三个上颚和下颚,三个尖嘴巴,三个无底洞一样的口腔,一瞬间我觉得这三张嘴非常之大,需求量非同小可,都在那里嗷嗷——不,正确一点说是"喳喳"待哺。而耐心的、慈爱的、无私的两只大燕子,轮流嘴对嘴地把捉到的小虫哺喂给它们,不辞劳苦。我亲眼看到一条小虫被哺给小燕,小燕只用四分之一秒便把小虫吞入肚内,与此同时,大燕飞出再去觅食,而另一只大燕子又飞进来。所有的小燕子又拼命大哗,包括刚刚吞下虫子的小燕,丝毫也没有谦让和自觉、没有按顺序轮流的观念,照样参加进去"叫苦连天",好像它已经饿了一个礼拜。

喳喳待哺的喧哗相当响亮,大概有不少个"分贝",常常在清晨把我吵醒,在中午吵得我不得休息。但我一点也不讨厌它们,我觉得它们很可爱也很亲近。"夫妻"俩带三个"小孩",我屋里这个家庭也还颇具规模。"夫妻"的恩爱,父母的慈祥,孩子的天真活泼、娇态可掬,都使人觉得充满生趣。我是带着一个行李卷来到人生地不熟、离故乡八千里、连语言也不通的毛拉圩孜公社的,而且正逢"文化大革命"前夕,山雨欲来风满楼,政治形势之严峻,文艺气氛之肃杀,令人只觉两眼茫茫,此一来"劳动锻炼",前途未卜。这一"家"燕子似乎帮助我排遣了不少的当时特定环境中的孤独和寂寞。

而当我学会维吾尔语,能用来交际之后,阿依穆罕大娘亲切地告诉我:"您是好人!您一来我们就知道您是个善良的人。"

我疑惑地看着她,不知其所指。

"按我们维吾尔人的说法,只有善良的人住的房子里,才会有燕子栖息。这个小屋我是故意留了那么大门缝的,但两年来燕子一直没来。您才搬来,燕子就来了,您瞧!"

大娘又补充说:"我们喜欢燕子,非常喜欢。"

我被大娘夸得不好意思了。当然,她的判断人是否善良的方法不怎么科学。否则,燕子就可以协助公安部门和人事干部部门做许多工作了。但她的话非常美,我听她话时感动得几乎泪下。我似乎已经有一段时间没有听到过谁用这种天真、信赖、本身就无比善良的态度与我讲话了。

当我在伊犁安家落户以后，我还养了一只黑白花的小猫。我们给它起名叫做"花儿"。关于这只聪明的猫的一些事情，我在《在伊犁》之七《逍遥游》中已经提到过了。

我曾带着"花儿"下乡，我曾带着"花儿"进城。每天黄昏它跑出去几十米，站在邻家的房顶上等着我收工。只要听见我那"除了铃不响全响"的自行车响声，它就飞速地爬落到地上，抢着叫着在我身旁跑来跑去，并用它的猫脸蛋儿去亲我的鞋帮和裤脚。

有时，我能和它玩乒乓球，一玩玩上十分钟一刻钟。我把球抛过去，它便像一个足球守门员一样地去扑救，把球给我打回来。偶有一个球它没有截住，从它身边滚到了另一面，它的目光里就充满了惭愧和惊恐，眼睛瞪得大大的，不安地看着我，缩着脖，夹着尾巴，活像一个等待老师打手心的小学生。

令人最为赞叹的是它那未免太过分了的"避嫌"与"内外有别"。家里买了荤腥，它不但不偷不闹不叫，而且主动回避，连走路时都绕道避嫌，使我不相信我的眼睛。谁教给它的呢？这种遗传基因是怎样保留下来的呢？

但它对家外的一切可食的美味的捕食是极其灵敏和无情的。它不但吃老鼠，而且常常捉住麻雀。会飞的麻雀竟经常成为它的牺牲品。后来还有一个维吾尔孩子向我"揭发"说，"花儿"偷吃邻居家养的小鸡。

就在《逍遥游》中提到的那次战斗之后，"花儿"和我们在农村稳定地生活了一个时期。一天收工之后，我正在苹果树下清理扫除身上衣上的尘土，忽听阿依穆罕大娘的大叫和一阵噼里扑楞的声音，我走到茶棚下面，只见"花儿"正叼着我最心爱的一只黑色的燕子，燕子的头已经被它吃下去了，颈部的鲜血染红了黑色的羽毛，燕子活泼有力的翅膀散开了，像一把扯破了的折扇。另一只燕子就在茶棚附近惊慌痛苦地飞旋。

我向"花儿"冲去,但"花儿"发出凶猛的呜呜声。我一脚把它踢了老远,使得阿依穆罕大娘不得不劝解:"老王,请不要生气。"

过了两分钟,"花儿"吃光了那一只燕子,只在地上剩了些惨不忍睹的羽毛。然后,猫毫无愧色地跑到我的面前来,意犹未尽地舔着舌头。这时,它看见了仍在附近空中盘桓的另一只"未亡燕",突然一阵兴奋,两眼又充满了杀机,身子开始收缩,正是突然起搏的准备动作。我大声吆喝,轰走了燕子,猫儿懊丧地看着远去了的孤燕,向我乞怜地叫了起来,似是为未能捉杀这第二只燕子而自哀自叹。

"花儿"的结局悲惨而又耻辱。由于它老去偷食人家的鸡,人家在鸡窝里放了一块饵肉,饵肉里放了两根绣花针,底下的事便为其避讳吧。

还有另外一只猫,性格与"花儿"截然相反。就在庄子上看瓜的老汉把"花儿"给我以后不久,知道我要猫的另一个生产队的一户人家,又给我送来一只虎斑小狸猫。我把这后一只猫转送给了正因为老鼠成灾而发愁的房东大娘。这只猫被穆敏老爹命名为"匹什卡克",其意义与"咪咪"差不多。我们唤猫的时候多半唤"咪咪……咪咪……"而维吾尔人用的是另外的象声词:"匹什……匹什……"

匹什卡克从小就对人充满了敌意。一抱进屋,它立即爬到炕桌底下,严阵以待,再也不出来。谁要是想伸手摸它一下,它立刻噗的一声虎啸,像是一个火车头突然放气,即使老练从容如老爹穆敏者,遇到这种"突然放气",也会吓一个激灵,不由自主地倏地抽回手来,脸色也苍白那么半秒一秒钟,之后,才会哈哈大笑。

而如果抬起炕桌,它立刻一溜烟逃出。我们都以为这猫是养不住了的,谁知道,等到吃饭的时候,炕桌一摆上,此位匹什卡克小姐又神不知鬼不觉地爬到桌下来了。

匹什卡克的食量非常之大。阿依穆罕是常常喂它的,人吃什么就给它什么。大娘多次让我看,说是匹什卡克吃的比她还要多些。

我注意地看过，证明大娘的话并没有夸张。我甚至怀疑大娘把自己份额内的饭食过多地无条件地用以满足匹什卡克的饕餮，以致她常常吃不饱，愈来愈瘦。

匹什卡克终于接受了"先猫后己"的阿依穆罕大娘的抚摸，但它只接受她一个人的抚摸，老爹和我虽然做过多次努力，包括把自己分内的肉块"献"给它，匹什卡克一直视我们如路人，或者干脆说是视为对头。

穆敏老爹家还养着一只狗：阿克吐什，意思是白花儿。有一次匹什卡克在土屋门前晒太阳，阿克吐什友好地摇着尾巴过来了。据我的观察，阿克吐什的用意不过是"认识一下"新来的伙伴。但当阿克吐什走近时，匹什卡克突然大喷其气，胡子乍起如钢针，全身弓起如钢梁。堂堂雄狗阿克吐什，居然被小猫匹什卡克吓得向后一坐，一缩，退转逃去。由此也可见气势与决心的威力了。

一年之后，连阿依穆罕大娘也觉得无法再容忍匹什卡克了。第一它不捉老鼠，第二它大量偷吃。大娘辛苦积攒的奶油，一次被它吃去大半碗；大娘新打的圆馕，一次被它吃去多半个。不可理解的是，这些食物都是挂在悬于房梁的吊板上的，上不着天，下不着地，左不挨墙，右不碰壁。但匹什卡克先生（我终于不能再称它为"小姐"了。从它的名字我还常常想到狄更斯的匹克威克，当然就更不是小姐。匹克威克是一位浊世君子，我把他与匹什卡克联系起来，只是由于"意识流"的盲目性，并无不敬）竟能飞檐走壁，把该吃的都吃掉。第三它多次在室内出恭（再写下去就会自然主义），第四它下了一窝小猫崽以后竟自食其子，其行状能使神经衰弱者休克。

于是我奉命把它遗弃。装入全封闭式的书包之后，骑自行车一个半小时，我把它扔到伊宁市的一个花园里了，花园位于最繁华的路口。回农村交差，大家都松了一口气。

一星期之后，阿依穆罕大娘告诉我："老王，匹什卡克回来了。"

"什么？！"我几乎跳了起来。

"是回来了。今天早晨,它在我们的墙头叫,但是不肯下来,也不肯进咱们的屋。"大娘告诉我。

我疑心是大娘看花了眼睛。八九公里的路程,不知方向,它当然又从来没去过,完全被动地被投掷到那里,它怎么可能找回来呢?

但我终于亲眼看见了它。经过伊宁市一游以后,它变得更加肥壮雄武、独立不羁,似乎从此与人们再无瓜葛,已经进入了猫的"自由王国"。

三几个月以后,我又看见了它,带着它的第二胎:两个小猫。三只猫亲亲热热、优哉游哉。

我与穆敏老爹讨论它是怎样找回来的。靠视觉?看不见。靠嗅觉?这么远,即使猎狗警犬也不可能。靠瞎碰?失之毫厘,差之千里。我最纳闷的是,当它发现自己被抛弃到一个陌生地之后,它如何能决定它将要去的方向呢?难道它被装在挂在自行车把上的书包里,还有方向感和距离感吗?

穆敏老爹想了半天,他严肃地说,他估计它会看星星,它会根据满天星斗来寻找和确定方位。

三 长 女

如果我会写诗,我一定要写一首一百行的颂诗,诗的题目便是《长女》。

如果我会画画,我一定画一幅题为《农民的长女》的画,画一个瘦削的女孩,左手抱着弟弟,右手牵着妹妹,背景是农田、磨盘、一头牛。从女孩子的表情上,要让人们看得出她正在受到母亲的责骂。

什么是长女呢?

孩子的年龄、身材、体力;

成人的重担、责任、永远得不到休息和褒奖;

弟弟和妹妹的保护人——童年只属于弟弟和妹妹;

母亲的助手,母亲的知音,母亲的艰辛怨怒的替罪羊……

这启示来自我的身边,来自我们的隔壁邻居、房东大娘阿依穆罕的继女桑妮亚的长女,她的名字叫莱依拉。这真是一个好听的名字,即使不懂它的含义,光听这声音也会觉得十分甜美亲切。它的本意是蜀葵花。

但她从来没有像蜀葵花一样高洁雅致地开放。她有一个弟弟和三个妹妹。紧挨着她的是弟弟,再往下便是三个妹妹,出生日期的距离很有规律,都是两年。

这就决定了:一、她的弟弟在家里获得了至高无上的地位。二、她负有全责来照顾比她小四、六、八岁的三个妹妹。而她自己也不过八岁多,最小的妹妹出生才半年。

六岁的弟弟有自己的天地。他玩砖、玩石、玩钉子、玩木片、玩土、玩泥、玩猫、玩狗、玩水、玩火,并从六岁便卷起一张脏乎乎的纸,点燃起来再抹灭,叼在嘴里作为他的香烟。他一般不打搅莱依拉,但他有权向莱依拉要吃、要喝,要莱依拉给他缝撕破了的裤子。莱依拉做这些的时候非常耐心,有时也向顽皮的弟弟进行大姐式的规劝:"您瞧瞧,新洗的衣服就弄得这样脏。""我说过,不要玩铁钉,早晚会扎了您的手。"莱依拉对弟弟说话是称呼"您"的。但弟弟总是蛮不讲理地歪着脖,叉着腰,用一种不屑一顾的语气警告姐姐:"少废话,你!别让我告诉'姐姐'骂你!"

这里的"姐姐"是指他们的母亲桑妮亚。桑妮亚虽然生了五个孩子,却仍然保持着漂亮的身材和秀丽的姿容。由于桑妮亚不愿意服老,她不准孩子叫她妈妈,而只许叫"姐姐"。

从这里我们也可以看出一点端倪,人们之所以纷纷称赞桑妮亚"结实"——不见老,桑妮亚之所以生了五个孩子以后仍然是"姐姐"而不是"妈妈",至少有一个原因是莱依拉分担了她的辛劳。

看莱依拉怎样逗弄她的小妹妹吧,她俯下身去,用一个手指轻轻点触着小妹妹的下巴,"喔、喔、喔……嘀、嘀、嘀……娜依、娜依、娜依……"一连串象声词以后她摇着小妹妹的身体,"小丫头呀,小孩子呀,甜甜的呀,小命根呀……"她与小妹妹笑在一起,妹妹的笑声像银铃,只有不会说话的婴儿才会从胸腔发出这种清脆而又澎湃的笑声,而莱依拉的笑声里却包含着那么多成熟的欣慰。其实,她自己也是"小丫头""小孩子"呀!

我有时几乎快为莱依拉打抱不平了。有时桑妮亚一连两三个小时与她的继母、与其他邻居女人们一起围着桌子喝茶、说闲话,稳稳地坐在那里,一动也不动。就连给最小的女孩喂奶,也是莱依拉抱来,放到桑妮亚的膝头,喂奶时莱依拉在一旁侍立,喂完立即仍然由莱依拉抱走的。但这几个孩子只要发生一点什么问题,只要有一点哭声传来,桑妮亚便立即扭起鼻子(她的鼻子常常在这种时刻出现几道可笑又可爱的小纵纹),圆睁杏眼,大喝一声:"该死的莱依拉!"

当然,莱依拉"该死",因为她是长女。

还因为每天凌晨,她的父、母、弟、妹还都在睡着,她就起身把奶牛送到队上指定的一个"牧童"那里去统一放牧。而每天黄昏,太阳落山以后,全村都响起哞哞的牛吼声,吃饱了草的奶牛各自自动回家的时候,她要打开大门和牲口圈门,迎接奶牛的归来。

还因为她要帮助"姐姐"打馕和做饭,她打下手,她听吆喝,她受申斥。

还因为她要扫地,她要洗衣服。"姐姐"想起什么事来就派她出差:"莱依拉,到裁缝铺去一趟,问问我那件连衣裙做好了没有。""莱依拉,快到队部请一下队长和会计,咱们家今天晚上做抓饭款待他们。"

但她仍然生活得很快活,爱说爱笑爱唱,精神开朗。只是长得太瘦,脸像倒置的锐角三角形,尽管眼睛、鼻子和嘴都那样端正和匀称,但她的脸庞最初却使我联想到了一只——对不起,莱依拉——绿色的螳螂。

至今印象最清楚的是她教我学维吾尔语。我读的是旧版原新疆

省行政干校的课本,那一课的内容是:

> 您的家庭成分是什么?
> 我的家庭成分是贫农。
> 您的家庭成分是什么?
> 我的家庭成分是工人。

我结结巴巴地读了两遍,牵"长"抱幼的莱依拉走了过来,主动示范读道:

> 您——的——家——庭——成——

她读得好清楚呀!每一个元音和辅音都那么干净明白。而且,她其实不是"读",她自己没上学,不认识书上的任何一个字母,在这一点上,她还不如我呢。她只听我佶屈聱牙地念了两遍,便捕捉住、理解了、背诵了那课文,又反过来教给我。那课文又偏偏不是适合儿童学习的。她可真聪明。

她有点像"小大人"。而"小大人"是艰难而又痛苦的,我知道。

等到我和房东一家(包括他们的继女)完全混熟了以后,我便找了一个机会向桑妮亚表达我对莱依拉的称赞,并适当地建议桑妮亚应该给莱依拉更多的学习和休息的机会。

"好,您说得对。"桑妮亚接受了我的意见,她叹息着。

一个星期六晚上,我和妻子建议把莱依拉接到伊宁市城里过一个星期天,莱依拉的父母同意了。莱依拉也高高兴兴地梳洗打扮,换新衣服,并穿上皮靴(通常她是赤脚的),与我们一起进了城,进饭馆、看电影、听收音机,然后她睡了。

"让她好好地睡一觉吧。"我轻声说。

"让她好好地睡一觉吧。"妻子又说了一遍。

我们相对微笑,觉得自己是在做一件好事。

但第二天我们还在梦中,便听到了莱依拉说话和起身的声音。原来她睡着睡着,忽然一睁眼,见天已大亮,还以为是在家里。

"牛！"她以为错过了送奶牛集中的时间，"姐姐要骂的！"她这样想着，忙不迭地穿起了衣服，才明白过来是怎么回事。

没想到让农民的长女睡个安稳觉也不易。

后来莱依拉上了学，在担负着繁重的家务劳动的条件下，学得蛮好。后来有一次赶上乌鲁木齐的一个大工厂招工，她考取了。在我离开伊犁以后，我在乌鲁木齐见过她一次，她长得丰满多了，而且非常漂亮。我相信和父母一起三足鼎立地支持过中国农家的长女，应该能够成为社会的栋梁。

四　过　年

有一些原籍内地的汉族同志，在新疆工作了一段时期以后对终老于边疆不太安心，他们聚在一起便无可奈何地、却也是玩笑地贬低边疆，什么"公共汽车不准时"啦，"冬天冰雪多、路滑，上厕所尤其危险"啦……都在话题之列。这一类鸡毛蒜皮的牢骚发完，他们会换一种似褒实非褒的方式把牢骚继续下去："新疆倒是有一个大优点，过年多！"

就是说，除了大家共同的新年和春节以外，伊斯兰教民族还有两个节日——也称作"年"，那就是肉孜节（开斋节）与古尔邦节（牺牲节），后一个节与前一个节相距四十天。

除去新年要拜年，那三个"年"也都要互相拜年。特别是少数民族同志很注意在春节的时候给汉族同志拜年，汉族同志也很注意在开斋节与古尔邦节给少数民族同志拜年。这样，不论蒋子龙同志的小说《拜年》抨击拜年的陋俗有多么辛辣有力，新疆人却早为拜年找到了一面神圣不可动摇的旗帜：拜年可以加强民族团结。我在新疆的十六年中，至少有六年每年年前都传达自治区领导机构的书面通知：过节要朴素，不要大吃大喝，不要拜年……但实际的情况是——请自治区有关部门原谅我说了实话，这些通知的作用是——零。

在 伊 犁

刚到新疆时我们不熟悉这里的风俗。一九六四年春节,初一上午我们去看尚未封成样板的革命现代戏《智取威虎山》,中午回来大睡其午觉。就在午觉过程中来了四批拜年的。来一批,看到我们那凌乱的样儿,不胜诧异地走了。我们便躺下,准备继续寻找被扰乱了的梦。刚躺下,又有人敲门,便再接待,贵客同样不胜狐疑地走了。我们不死心,还想找梦。又躺下,又来了,又走人,又躺下……直到第四次以后,我们才觉悟大年初一睡午觉实在是一项反社会反传统的、一意孤行的做法。可见,靠自己来认识自己的错误也不易。

入乡随俗。到伊犁以后,我们一切按伊犁人的方式生活。春节前二十天,便打扫卫生,采购,烹调……像那么回事地开始了多方面的准备。儿时,还是在旧北平,关于过年的准备日程的"民谣"也全都想了起来:

二十三,糖瓜粘,
二十四,扫房日,
…………
二十八,把面发,
…………
三十晚上熬一宿,
大年初一扭一扭。

我背诵着这歌谣,重温了这古朴的情趣,也重温了这情趣中的迟缓、懒散、渺小、无所作为的悲凉。

等到过年的那几天,我们把一切打扫干净,收拾停当,从早到晚,桌子上摆着糖果点心、羊排骨辣子鸡、白酒色酒,壶里是沏好煮好的清茶、砖茶,随时处于"临宴"状态,进门就请你入席、举杯、动箸。一天过去,胃不知饥饱,也弄不清吃了多少次;头昏胸胀,似困似醉,也不知喝了多少杯。最累乏的还是面部肌肉,因为一天都笑嘻嘻,都保持着同样愉悦的面容以及此种面容所要求的面部各肌肉的张弛状态。

怒与哀之伤人大概已被古今中外人士所理解,而长期微笑之耗人心力,是我在伊犁生活的新体验。

当然,拜年当中不乏知心朋友的知心谈话,确是平时难得的机会。一九六八年春节,在城根那边住的时候,有两位中学语文教师(维吾尔族)来给我们拜年,他们来时恰好无人干扰,我们一起对酌闲话共两个半小时,彼此都极满意。但多数情况下拜年变成了走过场,几个人刚坐下另几个人又来了,车(自行车)如流水客如龙,什么话儿也说不成。

后来我也发现,"被拜年"也有走过场、搞形式主义的,我就在不止一家少数民族同志那里发现了这个秘密。他们布置出来一间极为漂亮的房子,壁毯地毯如花团锦簇,墙壁粉刷成崭新的淡蓝色,钢丝床上的丝绸被子和大型绣花枕头放置如展览品,桌上琳琅满目,炸的馓子如塔如山,各种摆糖果的器皿包括玻璃器与瓷器,都是精雕细刻的艺术品,特别是各家摆放葡萄干与方块糖的托盘,更是个个精美绝伦。唯独有一手,这间房子不生火,冷如冰窖,虽然房子正中铁炉与烟筒都完好无缺,擦拭得光可鉴人。到这样的人家拜年,初则以喜,继则以冻,再继则以哆嗦,上牙碰下牙咯咯地响,再继则以上呼吸道感染乃至并发诸症俱作矣。应该补充一句,伊犁冬天的气温,常常是零下十五度左右。

这样的冰窖当然只供参观和走过场用,以无声的语言劝告客人逗留时间不得超过两分钟。进门,问好,盘腿坐下,吃一粒葡萄干,表示谢意,再起立,俯身告辞。这一切动作环环相扣、紧紧相连,如体操规定动作然。

可见,什么事弄不好都可能产生形式主义、表里不一。

在经过了一九六五、六六、六七、六八、六九五年大过其年之后,到一九七〇年,我忽然走向了反面:何必每年这几天死等着人家拜年呢!老一套,浪费时间,吃不好休息不好玩不好,过年的结果是加倍筋疲力尽。

一九七〇年春节第一天，我一大早就找到一个熟识的中学体育教员，打开了他们的学校的健身房，先自己练了一回单杠、双杠、前滚翻、俯卧撑。这时进来了一位同志，他在党委部门工作，业余也常写些东西，是一位很有兄长风度、办事既热心又谨严的可敬的人。这位可敬的兄长见我在这里先是一惊，后来脸一红，接着大喜，邀我一起打乒乓球。虽然我们俩的乒乓球技术都不算好，但玩得颇有兴趣。为什么大年初一跑到这里打乒乓球，我们心照不宣。

后来居然又进来三个衣冠楚楚、一表人才、不无风度的人，估计怎么也是行政十七级以上干部之类，都在健身房健身。我们彼此招呼，都说了："过年好！"也可能都脸红了一下。一直玩到下午两点多钟，我肚子饿得不行，几次提议休战，"可敬的兄长"一再挽留，又与我决赛五盘乒乓球。最后离开健身房时，他流露出了特别依依不舍的神情。

回家后，对来拜年的客人，我仍是热情招待。赶上什么算什么，这也叫"命"。

五　夜半歌声

我算是爱唱歌的，听歌与学歌的能力也不能说没有。但我在伊犁那么多年，而且确实是那么爱听伊犁地区的维吾尔民歌，却至今没有学会唱一首伊犁歌儿。

不是由于笨。伊犁歌儿有一种特殊的散漫和萦绕，每一句的最后一个字都把声音任意拉长，旋律不断地周而复始又不断地变化，首首都无始无终，对汉族同志来说实在难学。它是那样忧郁，那样深情，那样充溢着散漫和孤独的美，使你想到天山，想到大河，想到富饶和辽阔的草原，想到空间和时间都是这样地无尽无休无边无际。而渺小的人却有着那样巨大的、不可遏止的热情、痛苦和希望。我坚信伊犁的歌儿是给山唱的，给草原唱的，给骑手耳边的风唱的，给远在千里之外的情人、母亲和朋友唱的。

喀什噶尔歌儿就大不相同。奔放、热烈、富于节奏感，像是一种突破着重压的呐喊，使人联想起南疆塔克拉玛干大沙漠和塔里木盆地的炎热的夏天，联想起骑着毛驴一颠一颠、长途跋涉的行人。喀什噶尔人在严酷的条件下绣花一样地编织着阡陌纵横的绿洲，无遮拦的太阳晒黑了人们的皮肤，强化着万物的焦渴，也积累着瓜果的糖分，积累着喀什噶尔人的火一样的情思。

我从来还没有听过像喀什噶尔民歌那样温柔、又那样野性的歌。它充满了野性的温柔与温柔的野性，唱完听完以后你觉得全部生命、全部身心都得到了尽情发挥。

我从来还没有听过像伊犁民歌那样忧伤、又那样从容而且甜蜜的歌。它充满了甜蜜的忧伤与忧伤的甜蜜，唱完听完以后你觉得你已经体验遍了人间的酸甜苦辣，你已经升华到了一个苦乐相通、生死无虑的境界。

一九八一年我重访伊犁的时候，在以栽植苹果著称的伊宁市红星公社，度过了一个难忘的夜晚。主人请来了盲歌手达乌德，为我们唱了一夜。达乌德看样子不过三十多岁，中等身材，彬彬有礼，双目失明。一九七一年，在一个朋友家的聚会上我已听过达乌德的歌唱。据说要请他参加聚会唱歌，要提前三个月便去相约、"挂号"、排队。十年后的这一次，他唱得更加成熟和深沉，他的音量不太大，但是嗓子特别甜。那是一种男性的甜美的嗓音，一唱三折，委婉摇曳，就像伊犁的苹果一样芳香，又像伊犁的青杨一样潇洒。才一声，刷地我流出了两行热泪。

当两行热泪落在我的两腮上的时候，我对我自己竟有那么一点满意，我毕竟没有白白的喝了那么多伊犁河的乳汁，没有白白地喝了那么多贫农老大娘阿依穆罕亲手做好、又亲手端给我的奶茶，我的心没有离开伊犁河谷，没有离开伊犁的父老兄弟，让我和你们围坐在一

在 伊 犁

起,好好地听着盲歌手达乌德的歌,快乐地大哭一场吧!

达乌德的眼睛是怎么瞎的?他的生活道路是什么样的?为什么他竟能唱得那样好?这常常引起我的遐思。也许我应该采访采访,写一篇小说、一个歌剧舞台本、一个电影脚本吧,什么时候去呢?

但我现在要写的不是他,而是一个不知名的、我从未见过面的、并非歌手的人。

一九六五年秋天,我家迁到伊犁以后住在解放路的一条宽大的土巷里。我的住房的窗子和多数伊犁居民的住房的窗子一样,是临街的。有许多个深夜,大约都是零点到一点的样子,我听到一个喝醉了的男人的歌唱。涨潮落潮一样的、大起来又小下去又大起来的声音,标志着他喝多了苦酒,也标志着他的感情像来自远方的海潮,一个浪头又一个浪头地涌起、退去。沙哑的、有时候接不上气的、断断续续唱出的声音使我猜想他的年纪已经不轻,青春已经成为不复返的过去。沙哑的声音还包含着一种特殊的悲凉,他是哭哑了的?他是喊哑了的?他是渴哑了的?他的心灵大概像龟裂的土地,何时才能得到甘露的润泽呢?当我正为他的歌声所传达的悲凉而战栗的时候,忽然,他的歌声变了……无可奈何花落去,似曾相识燕归来……这歌声怎么这样熟悉呀?却又全然想不起……

Вечер тихо песнею над реко плывёт.

原来是《山楂树》,这是俄罗斯歌曲《山楂树》啊!俄罗斯的节奏,俄罗斯的旋律,俄罗斯的歌词,我学会唱是在中苏友好的年代。

然而他唱的时候用的是纯粹伊犁民歌的发声方法,维吾尔的、更精确地说是他兰契(维吾尔的一个分支)的歌唱方法,这种唱法使我竟久久认不出这似曾相识的燕子。

但他的声调变了,情绪也变了,一种那样甘美的眷恋,几乎是孩提般的单纯和满足透过他的歌声流露了出来。我坚信,他在唱他的永久的思念,永久的慰安。

233

后来我又多次听过他的歌,他好像就站在我们的窗前,扶着那棵白杨树唱。每逢过维吾尔族"年",他唱得就分外多也分外好。估计那种时刻他喝的酒也最多吧?午夜,睡醒一觉听到他的唱歌,唯觉百感交集,难以状述。

每次唱都是两个歌轮番唱。我总算闹清那个维吾尔语歌儿的题目和内容了,那歌儿叫做《羊羔般的眼睛》。然后是天真美妙的《山楂树》,他是用俄语唱的,虽然他的发音正像他的发声一样,全是维吾尔——他兰契味儿。

后来是武斗,后来是搬家,后来是《逍遥游》中描写的那些奇异的经历。后来又转了一圈,终于在一九七一年我本人已经到乌鲁木齐南郊"五七干校"就学深造以后,我的家属把家搬回伊犁解放路那条土巷里。她们又听到过这不知名的汉子的醉歌吗?我没有问起过,她们也没写信告诉过我。当时让人发愁的事太多了,谁还顾得上这个并无一面之缘的唱歌人呢?

最后一九七三年,终于办好了把家再迁回乌鲁木齐的手续。家人全搬到乌鲁木齐以后,已经又是秋天了。中秋节前夕,我孤身一人回伊犁搬坛坛罐罐,我回到伊犁那已经把各种家什装箱打包的旧家,去办理了转户口、转粮食和副食关系……又联系好了汽车。诸事完毕,只等第二天装车开路的那一夜,当我充满惜别的心情辗转于卧榻上的时候,深夜,他又来了,我又听到了这久违的、熟悉的歌声。

　　你羊羔般柔顺而美丽的眼睛!
　　你永远消失了的温柔而明澈的眼睛!
　　你雾里的河边的山楂树!
　　你没有在伊犁生长过、却被唱过的山楂树!

你是谁?你在唱什么?你为我送行来了吗?你唱你爱过的姑娘吗?我猜你爱过一个俄罗斯姑娘,她是十月革命以后逃到伊犁的白俄的后裔,当第二次世界大战以后苏联改变了对昔日逃亡的白俄的政策以后,或者当六十年代初期中苏关系恶化以后,这位姑娘回到贝加尔湖、或者乌拉尔山、或者涅瓦河畔去了,于是,你永远地失去了她……无论如何,你恪守着对于祖国的忠诚,对于伊犁的忠诚,对于青春和爱情的无限的眷恋,和永远不会磨灭的对于明天的希望。

　　谢谢你,你给我唱了这么好的歌!谢谢你,你给了我这么多。你永远是我的,我也永远是你的。不是"别了",而是"再见",再见吧,伊犁,过几年我还要去看你!

发表于《十月》1984 年第 3 期

鹰　谷

　　你可还记得那初雪后的深山,山路蜿蜒如随手一抛的丝绸飘带,敞篷大卡车载着你和你的伙伴向林区腹地急驰,风几乎把你头上的帽子吹落,雄鹰仄歪着,展翅在你的车前,你好像看到了鹰的忧郁的眼?

　　你可还记得那深山里的峡谷,众石如来自昨天群星的大陨雨,涧水涛涛陶陶,活泼如歌如嬉,水花四溅如珠如雪,水纹如旋如卷如织,而罩在水上是永远散不开的迷雾、山路和倏而一现的丽日金光?

　　你可还记得那云杉林里的芳香,欲融还留的薄雪上的兽蹄足迹,伐木工的悠扬、深重而又威严的号子,这些膂力过人的壮汉的执拗、快活与得意洋洋以及等待装车的汽车司机的急如热锅上的蚂蚁却还要讨好赔笑的脸?

　　还有林间的小木屋,夜半的篝火,哈萨克牧人的皮衣皮帽,伐木的电锯的嗡嗡沙沙和大树折断的断裂巨响⋯⋯

　　还有一望无际的荒漠的戈壁,夜半的警告,突然的险情,一碗撒着姜丝和葱丝的热汤面,寂寞中的哄堂大笑⋯⋯

　　还有烧得半生不熟的狍子肉,行军壶装着的劣质白酒,牧人帐篷里半导体收音机发出的最新指示;还有人们的相望于白眼?相濡以沫?相亲相助于危难?

　　有些事我们不愿忘记。

　　时过境迁,有些事我们或以为已经忘记。在临窗的树叶、吊兰花盆、石雕与窗外巨大的烟囱、起重机、脚手架与突然升起的一座座新楼之中,我们已不再能看到那爬到高高的雪松上攀折枯枝当柴烧的哈萨克儿童的笑脸。在电话铃、汽车轮、鼓风机与种种现代音乐的嘈杂的交响之中,我们已经许久忘记了那甘甜的林中号子。

哦,那么快就落满了浮尘的记忆!

如今,我又想起了你,我又重新与你聚首,我并没有把你忘记。这是多么快乐呀,当我重新闻到了你林中的芬芳,重新听到了那祖祖辈辈唱下来的古老的迷人的号子,重新看到了那相隔相遮的遥远的峰峦叠嶂之中落下的那一年的第一次肃穆温柔的白雪。

一辆破旧的解放牌大卡车在公路上飞驰。我们四个人扶着司机楼顶和前槽子板,迎风一排站在车槽前面。这是一九七一年九月二十九日下午,其时我们正在乌鲁木齐南郊的文教"五七干校"就读深造。九月底,在新疆已经是很冷了,冷风吹透了我们的并不单薄的衣裳。我下身穿上了薄棉裤,上身是一件绒衣、一件毛线衣、一件破褂子,外加一件长毛绒领子栽绒短大衣。艾利和图尔迪是自治区原卫生厅的干部,现在干校七连,他们连队显然有较厚的家底,给这两位维吾尔族同志各借了一件老羊皮大衣。公家的大衣,落光了扣子,但每人腰间扎着一道绳子。艾利友好地给了我一根绳子,这根绳子确实帮助我少受了许多寒气。第四个人叫朱振田,他只穿了一件对襟小棉袄,只戴了一顶单制帽。上车前我一再友好地提醒他多拿衣服,被他哼了一声拒绝了。艾利本来也想给他一根绳子以便把衣服扎紧,他哼也不哼就拒绝了。在车上,我与艾利、图尔迪三个人紧挨着站,他自己一人在一边独行特立。

有什么了不起!我想起他的事便觉得可叹可气又复可笑。但我顾不上笑,因为我的感冒还没有好,我已经感冒一星期了。冷风吹得我不住地流鼻涕,我只顾得上一会儿一揩鼻子。我的这种不雅的动作逗得艾利笑起来,他悄悄对图尔迪说:"这位老兄真熊!"

我听到了他的议论，立刻接了过去："熊归熊，力气还是大大的有，不信吗？哥们儿！"

我的词锋为我捞回了一点面子，艾利向我挑了挑大拇指。但很快空气又变得凝重了。颠簸，沙沙的车轮，突突的马达，没完没了的道路，从路旁一闪而过的房屋和树木，令人晕眩，令人发困，冷风与困意在我们身上角逐，我们被夹在寒意与睡意之间。

而且，我们的情绪都不太好。九月二十九日，本来是我们这几个连队休假的日子，大部分同志二十八日晚上便坐市郊火车回乌鲁木齐度假去了，他们将和家人团聚，过一个快乐的国庆节。但二十七日晚上，我们四个人接到通知，要到数百公里以外的鹰谷林场去拉运木材，预计五六天才能回来。山里很冷，领导上告诉我们要多带行李和衣服。我们要去的地方没有伙食，一气要带够六天的干粮和副食品。从哪一方面看这都是一次苦差事。接受任务的时候我们四个人互相一看，一看便知我们四个人去合适。

朱振田在我们四个人当中最年长，已近四十五岁，中等身材，黄皮蜡瘦，留着一个刚刚开始歇顶的小平头。其实，他是我们当中的大力士，身体如铜铸铁打，各种农活、建筑泥水活全套把式都在行，而且能吃苦，能耐劳，有韧性，有长力。多少块头比他大、样子比他威风的人干起活来对他都甘拜下风。

打起架来他大概也很英雄，虽然在干校期间他没有多少机会施展他这方面的才能。据说他也曾一度参加过某派群众组织，有一次需要冲击另一派的会场，但大门被另一派关了。朱振田露了一手，平地翻高墙，越墙而入，然后打开了大门，把自己的派友放了进去。平日闲谈之中，他曾对我们几个"眼镜"夸口，说他可以用他的两个手指折断我们的肋骨。"你敢！""眼镜"们予以痛斥，有的还进一步斥之为"匪性未改"或"什么东西"，但这些有力的驳斥中并不包含对他的手指威力的疑义。

我在一九七一年是三十七岁。比我只大一岁而显得比我老得多

（我自以为，可能事实并非如此）的是艾利。艾利矮胖，腆着开始圆起来的肚子，黄头发黄胡子，满脸毛茸茸的，两粒眼睛小、圆、刁、有神。卫生厅的少数民族同志都称他为"艾利科长"，但他从来没有当过科长。科长、处长，宁有种乎？按他的资历和才能，也许他早该提副厅长了，但是……

最漂亮、最谦逊、随和之中似乎蕴含着苦味的是图尔迪，他三十三岁，高个儿宽肩，两只大眼睛英俊而又秀气，除了肤色嫌黑了一点以外，他的外表是第一流的。但他的举止稍嫌忸怩，以致使人觉得他缺少一点男性的雄健粗犷。艾利对他，亲热之中包含着一种优越感，一种颐指气使的放肆。图尔迪呢，柔中隐约含刚，对艾利，也许不仅是对艾利，他亲之敬之如待兄长，却也不失其警惕。

用人之道，精矣！把我们四个人派在一起出差干活，乍一听似乎晦气，继则令人愉快了。我大概是这四个人中最愉快的一个了。我在乌鲁木齐没有家，我压根儿就没想回城休假，本来就想主动申请值班。过去，我就多次单人留在连队值班，值班期间给自己烙葱油饼，熬放葡萄干的甜稀饭，值班期间我学会了江水英、郭建光、马小强的许多唱段，倒也悠然。而且，我非常乐于在早来的边疆的初冬进山。我向往山林也许不下于向往大海。

四个人的相聚初则使人沮丧当然是有原由的。首先，四个人当中就有两个人不是"五七战士"，就是说，有一半人还算不上"人民"。在"五七干校"上学的人有一个光荣的称号："五七战士"，但不是每个人都有权获得这样的称号。

例如朱振田，原来是国民党新疆驻军中的小军官，随着一九四九年底新疆的和平解放而被收编。据他自己说他只代理过两个月的副排长，但收编后填表，他为了骗取一个更高的待遇而虚报自己是连长。这样一来，"匪连长"的身份一直伴随着他。"真他妈的匪连长！"他的同事们常常这样嘲笑他，绝大多数情况下并无太多恶意，他也并不计较，最多反唇相讥别人的短处。如遇到地主出身的，那么"匪连长"的称呼会引出"地主崽子"的回应，从两人相唱和的表情上很难看出那是爱称、戏称还是蔑称。

但清理阶级队伍中宣传队的同志坚持认为既是"匪连长"，便是不折不扣的历史反革命。既是历史反革命，又不承认自己是历史反革命，便是翻案，理应抗拒从严。其实这个问题六十年代就已经搞清楚了：他确实只不过是代理"排副"。

朱振田之可爱与可恶就在于他始终又臭又浑又硬，还挺"个人英雄主义"。在一个文艺单位做行政管理员，他本来常常得罪人。对本单位的众多的"眼镜"、秀才、笔杆子们，他又一百个瞧不起。"狗掀帘子，全仗着嘴！"这就是他对于众知识分子的衷心的批判总结。他真心认为那些年头贬低知识分子的论调是正确的，"不会做工，也不会种田，也不会打架"的话，他常常挂在嘴边。原话本来是说"不会打仗"，他篡改成"打架"了。"清队"中由几个秀才组成了专案组来审查他的历史，为首的那位秀才恰恰是一位最能说而最不能做的，他认为。他态度倨傲，蛮不买账，经常还用一些"左"的词句来表达自己"怀忠不遇"，似乎他比专案组的人更革命。

"老九"再晦气，反革命却是"老三"！"老九"们再低头，也不必在"匪连长"面前谦虚……于是，朱振田在清队之后，便被"挂"了起来。

"挂"也还是这样，我行我素。你愈瞧不起他，他便愈瞧不起你。这便是朱振田。

再一个非战士便是图尔迪，他之所以当不成"五七战士"，据说是由于被揭发了一批攻击"文化大革命"的言论。

艾利和我好赖还是"战士"，维吾尔族话叫做"江契"，发音有力，而且和汉话挺接近，读起来挺有味道。

"您是'江契'吗？"艾利一上车就问我。他大概也听说过我的事情。

我点点头。艾利脸上显出喜悦、失敬的歉意、引为同道的亲近与高那二人一等的得意表情。他用嘴一努,向我耳语:"图尔迪不是'江契'。"

"朱振田也不是'江契'。"我说。艾利的反应是惊喜,我说完自己却觉得有点没意思。

"我的妹妹是迪里拜尔。"他向我眨一眨眼。

"哪一个迪里拜尔?"我问。

"您到北京不知道迪里拜尔?"他摆出一副绝不可以原谅的不满表情。

"是中央歌舞团的迪里拜尔吗?"

"对,就是她!"

我当然知道著名的维吾尔族歌唱家迪里拜尔。她唱的《当葡萄熟了的时候》《我心爱的牧羊姑娘》不但风靡全国,而且流传亚、非、拉。她唱歌的时候会做出自然得体的类似维吾尔民间舞蹈的动作,她的两只戴着手镯的白玉般的手臂,在肩上轻轻摆动,迷人极了。

迪里拜尔使我想起了一些似乎已经一去不复返的往事,但我身边只有她的哥哥艾利。

他是她的哥哥吗?短粗苗壮。而且,他的"生活作风"的名声极不好。在干校,他甚至在众目睽睽之下搞名堂。这就是他这个"江契"此次国庆节不得休假而要与两个非"江契"和一个他认为"江契"身份也不无可疑的人一同进山的原因。他的形象和他的风度无论如何无法使我把他与迪里拜尔联系起来。

"您是……迪里拜尔的亲哥哥?"我提出了这个不礼貌的问题。

"当然。一个大当子(爹),一个阿囊子(娘)。"

无可置疑。

汽车离开了公路,岔入了伸展在荒凉戈壁中的便道。突然间加剧了颠簸筛摇,我想起手工摇动着的搁在瓦盆上的柳条筛,筛子上跳动摇滚的黑煤球,那是童年时期在旧北平常常看到的。便道两旁一片灰黄,碎石粗沙,芨芨草骆驼刺,连天色似乎也变得灰黄了。荒凉瀚海,沉睡了亿万斯年的大地,当你得不到人类的心血的灌溉的时候,你似乎丑陋、烦闷,细想起来还多少有一点恐怖。如果一个人整日在灰沙与褐草里行走,他能够不愤怒吗?他能够不害怕自己早晚也要变成一块永远沉默的石头,消失在无边戈壁之中,自身也变成戈壁无涯的一部分吗?

这种低沉的情绪很快就被打破了。迎面驶来一串七辆解放牌大卡车,非常威武壮观。车上装满了圆咕隆咚的原木。原木大都有三人合抱那么粗,长长的,上端像管管炮筒一样伸展到汽车驾驶室上面,瞄向天空,下端伸出车身老大一截。每车原木都装得非常之满,有两排木头已经溢出了车槽,是靠粗大的缆绳捆绑固定住的。汽车沉重地嗡嗡怒吼,每个汽车司机都态度严肃,全神贯注,他们的表情使我体会到了这超载的每车的木头的分量。

"这就是我们的任务,这就是从鹰谷林场拉出来的!"艾利指着这一串汽车,有些兴奋地说。

"鹰谷!"我叫了一声。

"就在前面,快到了!"艾利指一指前方,说。

前面什么地方?我看见的仍然只有灰的石,灰的沙,褐的野生植物。与方才不同的是,褐色的枯干的芨芨草、梭梭柴与骆驼刺之间,似乎出现了一些斑斑点点的绿,显示着未凋的活的生命。还有斑斑污秽的白色,看来是没有被风吹尽的残雪。这边已经下过雪了,但戈壁滩上的雪是存不住的,大风吹过,雪就无影无踪,剩下的仍然是裸露的沙石灰土。看来,汽车开始向风小的地方开行了,不然,怎么渐渐看到了一点绿草白雪了呢?也许,这就是快要到鹰谷的征兆吧?

我抬着头,凝视着前方,终于,看到了远方灰蒙蒙的山路。

维吾尔人大概是我们知道的最富有耐性的人。一九六五年我在南疆叶尔羌河畔,曾经目睹一个农民一大早到公社找一个干部。那个干部不在,这个农民便靠墙坐到一株核桃树下,整整等了十二个小时,中间连饭都不吃。虽然一直有人招呼他吃饭,都被他礼貌地却是执拗地谢绝,直到晚上九点已过,他要找的同志才姗姗归来,他终于办成了自己要办的事,不慌不忙地离去。

艾利所说的"快到(鹰谷)了"的"快"字,大概也是出自他们的传统的耐心美德。因为,就在他给我以"快到了"的安抚以后,我又整整在卡车上摇了两个小时,摇得我肚子肠子微微作痛。风吹得我的脸又冷又烫,又像冰镇又像火烧,甚至连两只眼珠子,也觉得被风吹得酸疼。老站着摇太累,我便坐下。一坐便跳了起来,整个屁股与车板不断撞击,颠簸得更加剧烈和生硬了,于是便又站起。

"空车,颠得厉害,等装上木材就好了。"艾利安慰我。

我笑了。是的,什么都会好的,什么什么。

汽车进山,道路开始好了一点。路标不再是交通厅埋栽的标准石质里程碑,而是写着"林"字标记的木牌。这就是说,以下的山路,不再是交通厅修筑和管理,而是由林业厅专为采伐管护森林资源而修的了。

"林"字不断出现在我们的眼底,但暂时还没有任何"林"的影踪,除去在山口有一株孤独地伫立着的胡杨树。胡杨的叶子小、残缺不圆、抽抽巴巴,好像洗皱后忘记了展开。连同它的发育不良的躯干,都诉说着生命的艰辛。

初时,上坡还是缓缓的,渐渐愈走愈陡起来。太阳常常被山遮住,投下巨大的阴影。而当汽车开向了对面两峰之间的山谷地区,却又见到了灿烂的太阳。有好多只鹰,在山谷的上空盘旋飞翔。

路面颜色逐渐深起来,变成了黑色。"前面有煤窑。"艾利告诉我说。果然,再拐了两个弯以后,我们看到了一个黑黝黝的山洞,便是土法开采的小小煤窑。我看到了一个身穿发污的白小褂的"矿工"推着小煤车往煤堆上倾倒的情景。

过了煤窑以后,是山间的一块不小的"平原",四周都是山,汽车在中间起起伏伏,大致行驶在一个小平面上。开始出现了不知名的野果树、阔叶树和少量的针叶树。出现了一片一片的草地,枯黄中有绿点,有白雪,有马、牛、羊蹄的痕迹。我还看到了一个高高地骑在骆驼背上抱着孩子喂奶的哈萨克的妇女。哈萨克妇女的脸红扑扑的,简直像是被夏天的阳光晒透了的石榴。

"哈萨克!"艾利欢呼,"我们到草场来了!"

图尔迪不做一声,他含着笑,忧郁而亲切地望着四周。

"山上有哈萨克!我带你到哈萨克的帐篷里去吃手抓羊肉!"艾利转而对我说。

我翻翻眼,对于吃手抓羊肉的前景且信且疑。

显然,随着汽车轮子坚持不懈地向前转动,艾利的情绪愈来愈高。

"可惜是冬天,没有酸马奶。"我回答,并借此表示,对这一切,我也并不陌生。

汽车戛然而止。前面是用几根砍伐了但没有削去枝叶的云杉树搭成木门,就像学生们的夏季露营搭成的营门,或是一个带有山野风味的凯旋门似的。"凯旋门"右面挂着木牌,上面写着:"新疆维吾尔自治区林业厅鹰谷林场检查站"。左面门柱上贴着大字标语:"山路危险,注意安全"。不知道是林场的哪位画家,还在标语下面画了一个骷髅。

司机跳下驾驶室,向林场工作人员交验了介绍信,回头告诉我们说:"再跑两个钟头。"

进了林场的门以后不久,便是一座架设在山涧上的大木桥。桥的上方是编起的弧形钢筋。车过桥上的时候,我们几个人几乎同时喊起来:"水!"

我们终于看到了水,这新疆的"五行"中最缺少的一行。

从此,汽车虽然忽上忽下,忽左忽右;太阳虽然如同与我们捉迷藏,忽隐忽现,忽然照到你的前头,忽然绕到你的身后;林区公路虽然忽然靠着山头的一侧,忽然越过一个小桥以后又傍着山头的另一侧;但大致上,公路是依傍着山涧修的,我们总是能够看到或左或右、或前或后、或明或暗的涧水,看到活泼流动的涧水的跳跃、飞溅、旋转、下泻、停滞与畅流。我们还听到了比已经使我们的耳朵和神经麻木的汽车马达声与车轮碾轧声顺溜万倍的水流声。

随着这令人心醉、令人从粗暴变得从容、变得温柔的流水声,我们进入了完全不同的另一个世界。山坡上是一丛又一丛的暗绿色的云杉树,路边白雪里伸出了参差不齐的草茎。到处都是车辆的辙痕和人畜的足迹。可以看到稀落的简易却也是坚牢的瓦顶泥房子。汽车走到一家门口,便停下来。素日对我们吆三喝四神气十足的司机给这一家带来了洋葱,又给另一家带来了青辣椒,我们在车上可以听见森林工人的家属与汽车司机的说笑声。原来这些深山老林里的人家,就是靠来往的车辆给他们带日用生活物品来过活的。

"汽车司机对林业工人是有求必应。要不然,你一个车开上来,他给你撂一个星期不理,硬是让你装不上木头,回不去。别看新疆的司机厉害,到那时候,真有急得哭鼻子的。"艾利向我解释说。

即使是在目力看不清的地方,即使是在暮霭里,长着树的山与秃山看起来也完全不同。长着树的山看起来是蓝紫色的,边缘的线条与色彩也特别柔和,你一看便不由得相信,那边山上深含着许多幽雅和美丽。而在更高处,是皑皑的庄严冷傲的白雪。这白雪与路边的初冬才下的头一两场雪不同,这是积年不化的雪,谁知道这清冷砭骨的银冠是地球的哪个年代的古董?而这美丽的银冠下的远山,看来却虚无缥缈,像山,却又像一片紫灰色的云。

到深山去!到深山去!到深山去啊!一个看不见的精灵似乎在我的耳边低语,在我的耳边低唱。

你好,鹰谷。你好,雪,树,山,云,涧,石头,还有正在落山却变得更加金碧辉煌的太阳。

半明半暗之中到达了目的地——林场第二采伐区第四队。汽车把我们撂下就连夜开走了,这次,司机用不着为装车而操心。我们四个人的任务,是在林场指定的这个区域,寻找和集中分散在各处的合格原木。这些原木,据说是过去购买木材的大户前来拉运的时候,东一根西一根漏掉的,或者是因为规格上稍差一点,被购木一方故意丢掉的。我们"五七干校"要盖房,木料不够,与林场几经交涉,才被允许在已经拉了五车木头以后外加我们这一车,条件是我们出人,自己找,自己运,自己装。

半明半暗的天空上,只有一颗橙色的星。经过长途跋涉,下得车来,我们觉得有点晕眩,觉得突然安静下来,因此山谷里流水的声音更加清晰响亮,觉得周围的大小山头黑黢黢像蹲伏着的巨兽,觉得快乐而且有一点饿了。

我们的身旁便是我们的宿营地,那是一间木房子。不是那种像积木搭成的似的油漆得漂漂亮亮、组装得整整齐齐的木板房子。而是原始的野人的木房子。前、后、左、右、上,五面全部是由只砍去了枝叶却没有剥下树皮的圆木头排列组成,木头之间用一种"冂"形的大铁钉——有人称作"蜈蚣钉",不知道是不是这两个字——相联结、固定起来。

我们还顾不上进房子。第一步是烧水吃饭。木房旁有一架装着用废油桶改装成水桶的手推车,显然是二区四队的工人专为我们留下的。谢谢他们,我们立刻分了一下工,我和朱振田去推水,艾利和图尔迪去拾柴。

"这儿顺手一捡就是一堆柴,你们捡完了就休息。"朱振田神气活现地说。他主动抢重活干,但又必须把这一点指出来,不想得便宜,但是一定要卖乖,这就是"匪连长"的性格。

寻找着车辙印迹,我们把空车向上推去,上山就要转弯,我们转了两个弯。车轮轧过到处可见的碎枝枯叶和新雪,加上我们的脚踩,时时发出一种忽高忽低忽强忽弱的吱吱声。路是石路,是修过的。转了两个弯以后来到了井台,井修得蛮漂亮,是手压的汲水机。毕竟是国家林场,比一般农村的吃水井还要讲究一些。我们把联结着粗大的出水龙头的胶皮管子的一端放进车上的水桶,不一会儿就装满了水。朱振田驾辕,我在后面用力拽着,免得水车滑坡。一走动,水便在洋铁桶里猛烈地摇荡起来,发出很响的汩汩溅溅扑扑通通的水声,不时有水从桶口涌冒出来,洒落在地上。两只夜鸟一前一后在山径上低飞,鸟翅几乎触到了我的脸庞,扇起的风使我不由得一躲。对面天空升起了一轮山月,原来夜鸟是向着明月飞翔。

　　踏着月光,踏着山石,踏着碎枝碎叶,踏着同样吱吱响的薄雪,我们吱吱扭扭、叮叮咣咣、劈里啪啦把一车水推回来了。

　　说实在的,山里并不冷,完全不像在干校时想象的那样。虽然有雪,但是没有风,空气是清爽、安宁、自如的。我甚至觉得周围的活的和已经被砍伐了的林木,很可能在起着一种悄悄的化学变化,悄悄地释放着它们大量蕴藏着的温暖能量。而干校地处风口,一刮起那来自达坂城的愁天惨地的风就叫人毫无办法。而且山里的第一顿饭吃得那么好,滚热的砖茶,山井里的水,是何等甘洌!虽然水里有些柴烟的气味,但这气味似乎也在增进着食欲。还没有变干的肉馕,我们的食堂对我们是蛮照顾的。

　　我和朱振田所属的这个连队的食堂卖给了我们二十个咸鸭蛋,是煮熟了的。我拿出咸鸭蛋招待艾利和图尔迪一起吃。图尔迪婉言谢绝,说他不喜欢吃鸭蛋鸡蛋之类。艾利则完全是与我不分彼此的老友的样子。

　　朱振田对我的这个行为不满,他嗫嚅道:"鸭蛋给他们吃了,怎么算?"我立即回答说:"我请客,用不着你操心。"我总算给了他一点报复。方才推水的时候瞧他那个傲样子,就像他一个人推上又推下,而我只不过是个可有可无的配搭一样。

"你们怎么只捡了这么一点柴？怎么这么懒？"被我碰回去以后他又向两位维吾尔族同志寻衅。说完，他起身走了，图尔迪也随着站了起来。过了一会儿，他们又各抱了一些柴，走进了木房子。

"你们要放火么？"我问。木房里的地上铺满了麦草，难道能在这里生火么？

朱振田不理我，自己把麦草扒拉扒拉，在屋门口处腾出了一块土地。图尔迪拿出了一个装六节电池的大电筒，推上了电钮，照亮了地面。朱振田堆起一堆柴，用自己的打火机去点火。

"不行，这柴太湿！"艾利说。

朱振田埋头点火，谁也不理。火点不着，沤得满室全是烟。虽然烟里有一种芳香的松脂气味，大家（包括朱振田自己）还是呛得又咳嗽，又打喷嚏，又流泪。

"你先点这个干柴！"艾利挑出几根干柴走过去，被朱振田一把推开。艾利火了，大叫起来："你推人干什么？"

"算了算了，他就是这么个糟糕脾气。"我用维吾尔语劝慰着艾利。我知道，朱振田不懂维吾尔语。

艾利于是用维吾尔语对着我把朱振田大骂一顿。这倒不错，语言不通就有这种好处：又出了气，又没有激化矛盾。

朱振田也着实主观，可称刚愎自用。他硬是谁的话也不听，谁帮忙也不接受，自己撅着腚点火点了十几分钟，熏了个鼻红眼烂，最后终于火着了起来。

由于防备火灾，火只点了小小的一堆。在黑暗的山沟小木屋里，这一点金色的火焰立刻带来了温热和美丽。跳动的、虚虚实实、摇摇晃晃的火苗子，像是一种神秘的信号发射，那火苗的跳动好像是一种与天地一样古老的却也是难解的语言。蓝火苗、黄火苗、白火苗与红火苗交错转换，青烟、白烟与黑烟正在升腾和散开，立刻，迎头盖脸地扑来了热得令人发痒的分子。一种莫名的、强大的、其强烈大概超过考上了状元或者当上了国王的舒适感立即使我们陶醉了，全身的每一个细胞都有一种得意洋洋的舒展。我开始解开我的脖领子,图尔迪干脆脱下棉衣,露出他的脏污的红绒衣。他靠近火堆,轻轻地添着柴,唱起一首我似曾相识的民歌。玫瑰花,红色的花,我听得出来的词只有这一个,他的脸也变得红红的了。朱振田也无腔无调地哼哼起来了,声音像一个刚刚吸过血的快乐的蚊子。艾利不脱衣服,向后靠了靠,倚在几根杉木上,对我说:

"火是冬天的花朵。你知道这维吾尔族的谚语吧?"

我点点头,补充说:"比花还美,它的形状每一秒钟都在变化。"

"人也是火。我们都是火。我们正在燃烧。火烧完了,剩下灰。人死了,最后变成土。"他变得饶舌起来。

我挤挤眼,学着他们把手一摊。

"我在生活作风上犯了错误。"他的右手在耳边一拂,好像在赶走一个苍蝇,"噢,伙计。人就是火嘛,有时候烧得太旺了……"

"有时候烧不着,只冒烟。"

我其实是自思自叹,自言自语,虽然是接他的话茬。他却以为我的"冒烟"是说他的"生活作风"。"冒烟?"他反问了一句,"冒了烟就坏了。"他哈哈大笑起来,"老王说我是冒了烟。"他喊着告诉图尔迪,充满得意之情,一面叫一面笑,几乎笑出了眼泪。

"该睡了,不要再添火了。"图尔迪说。

谁的话也不听的朱振田倒还比较听图尔迪的话,也许正是因为图尔迪的话很少。我不放心,从寒冷的室外找来几块石头,把火炭压住,又用带来的铁锨就地培起一圈土,以免我们睡后火会扩散。

我们各自打开自己的行李,各找一角,放到麦草上安歇,倒也宽敞清净。

躺下来才看出来,除了地面以外,木屋的其余五面都露风。从屋顶的缝隙处,我清晰地看见了星星和天空。摘掉眼镜以后,不知道是由于散光还是近视,我一再强烈地感到那星星已经从木房缝中落入了我们的屋子,已经变成了停留在我们室内空中的一盏亮晶晶的灯。

只是随着我的眼睫毛的眨动,这"灯"忽上忽下,忽大忽小,忽然长得像藕,忽然圆得像茄子,但它始终分明。"睡吧,在这深山里。"星星好像对我说。

在落入木屋的蓝星的照耀之下,我熟睡入梦,完全忘却了此身何有,此身何处,渺渺然如走在儿时的旧北平的小胡同。小胡同对于儿时的我却是无比漫长,每一步路如踏在云里雾里,依稀在云雾中看到了垢面的疯女人和她的女儿,这母女乞丐经常活动在我们的小学校门口。后来我给妻子打电话,我们在同一个城市,却因为接不通电话而不得见面,我着急而又兴奋,似乎立刻就能见到她,却又那么难于见到她。电话铃响了,她……

"老王,老王……"把我叫醒了,不是我在梦中电话里所期待的呼唤,而是朱振田。朱振田探出了少半个身子,真行,他不怕冷。"你听,这屋顶的木头吱吱地响……"

"什么?"我迷迷糊糊,侧耳听了一会儿,周围一片漆黑,什么也没听见。

"你不懂,这种雪松(云杉的俗称)木比较脆,但矿井里都用这种木头做坑木,因为它有个好处,遇到快要断裂的时候,它前一两个月就吱吱地响。就是说,它是一种会发警报的木头。我刚才听到咱们的顶木吱吱地响,说不定是要倒塌。"

朱振田放肆地大声说话,吵醒了两位维吾尔族同志,四个人一起竖起耳朵,除了流水声以外什么声音也听不见。大家把朱振田埋怨了一顿。艾利甚至说:"我们的这位大哥除了不知道害臊以外,天下的事,他都知道。"

大家笑了一阵,安静下来,准备再次入睡,忽然听到叭的一声脆响,我以为是放枪,却又不像。

"这是什么呀,朱大哥?"艾利带着揶揄的口气问"什么都知道"的人。

"好像是打嘴巴。"朱振田不假思索地回答。

实在令人喷饭！不愧是"匪连长"，有生活，有体验。不愧是什么都知道！一切联想、想象、比拟，都必须来自生活，信然。

可惜艾利不能把朱振田的回答与他的过去经历、亦即他的"历史问题"联系起来，因而体会不到这"打嘴巴"的丰富的内涵与特有的幽默性。艾利告诉我们："这是哈萨克猎人下的夹响了，说不定打着了一只狼。"

……然后我再也睡不着了。凌晨的寒气从五面袭来，室内还有浓重的松脂味、烟味，火炭却早已沉寂冰凉。我们干脆就像露宿在白雪覆盖的冬日的山头上，没有任何遮拦保护。艾利关于此地有狼的谈话使我想象出一幅狼进了我们的木屋的图景，我时不时看一看没有门的木屋出入口，担心那里会不会突然出现锯齿般的狼牙和绿光闪闪的狼眼睛。

艾利大打其呼噜，我坚信那种呼噜没有相当的福气是打不出来的。朱振田像孩子似的咬牙齿，这声音简直像是发自一只已经进入了木室的狼。图尔迪发出一种闷气的呻吟声，断断续续，如丝如缕，如走了调的琴弦。

寒气使我发抖，我的牙齿也要咯咯作响了。干脆我穿上了衣服，衣服上沾满了地上铺着的碎麦草。碎麦草随着衣服沾到我的身上，使我全身刺痒。于是我又弯腰，歪脖，伸臂，扭身，一根一根，除恶务尽地把领上腰上、皮上肉上的碎麦草一一挑拣出来。折腾了一顿，再穿上短大衣，戴上帽子，放下帽耳朵，竖起大衣领子，全副武装走出了木室。

原来已是满天霞光。在清亮的淡青的天之底色上，红黄黑三色云霞伸展如长絮，耸立的山峰截去了云霞的两端，却又像支挂着这云霞的立架。林立的远近山峰仍然是黑黢黢的。迎面最近、似乎伸手可触的山峰像一个巨大的仙人掌，顶峰似尖似圆，两侧挺拔陡峭，前后却又呈一种扁薄笏状。山上的每一棵树，逆光中如一根根仙人掌

251

的刺。而随着晨曦对黑暗的驱赶,山体的颜色愈来愈绿。四周的山峰则如帽,如剑,如馒首,如拐杖,如佛手,如刀劈,如断裂,如堆积,各呈怪态。右前方视野稍开阔,可以看到平缓如波浪的远山,从那白皑皑的颜色上可以断定,其实那平缓如波的远山比我们的宿营地还要高峭得多。

天大亮了,那几位还在睡懒觉,没有任何动静,好像这山里只有我一人一般。飞来了一只黑褐色的苍鹰,展开的两翅如打开的折扇,停留在空中,偶尔动一动翅膀,似乎凝固在那里,似乎在向我凝视。

哦,鹰谷!你苍鹰才是这山与谷的主人。打搅了,请允许我们造访。

由于鹰的召唤的暗示,我向前走了几步,一直走到了峡谷边缘。低头向下一望,我惊住了,完全惊呆了!

我何曾预期能见到这样的美景,俯瞰如自飞机的舷窗下眺。山谷里布满大大小小奇形怪状的石头,如虎、如象、如猿、如鸟,如炮弹、如瓶、如鼓,如卧、如立,如相扑、相倾、相亲,如相离、相疏、相躲避。哪里来的这么多石头,莫非昨夜群星曾陨落如雨?

哦,再看这涧水的飞扬激越。已经天寒地冻,山水仍然是生意盎然,天光明灭长流不息。它顽皮喧闹地爬上众石又落下,如小儿纠缠着自己的俯就的父兄,一会儿上膝、一会儿搂颈、一会儿跳下绕圈。还有迸裂的银瓶如碎玉、如雾,绽放的白花如雪,还有温热的水在寒冷的初冬早晨蒸腾着氤氲……

还有无数黄的、绿的、褐色的乔木和灌木。浅水处石缝里也生长着葛藤野草,一会儿水洗过它们,一会儿水绕过它们,它们永远新鲜洁净,随时改变着它们在急流的、闪闪发光如活动的镜面中的倒影。

看啊看啊,这一切之中最使我心动的还是那水中水边水上的石头,越看我越是相信它们来自天上。它们大概还保留着对于天空、对于宇宙无涯、对于永恒、对于幽深久远的光与色的记忆。如今,时过境迁,它们大概是相约聚首在新疆天山北麓的鹰谷,闲话叙旧,各自述说自己的灿烂辉煌、有声有色、纵横亿万光年、上下亿万劫的往事。也许在交谈当中它们能逐渐平和冷却,那就是它们历尽沧桑的报偿和安慰么?

而雪一样的水花呢,那就是它们的谈锋、它们的情感波澜、它们的青春的返照?流水的声音便是它们的闲话声?它们正在梳理水纹,扬起无尽的涟漪……

还有山岭上的曲折飘荡的公路,形状似舞蹈者手中扬起的红绸,似乎只要抓住其中一点,便可把整个公路提起……

而所有这一切是那样新鲜,又那样熟悉。为什么我丝毫也不觉得陌生?我从来没有进过这样的深山,仍然觉得一切都是那样亲近,好像我们早已相识,早已相向往和等待,相约相许。好像我们前生便已互相找寻,现在总算见了面——好不容易!

我们究竟曾在何方相识?是在传统的山水画里吗?这风光似乎曾出现在《高士图》《山径图》《流泉图》或者《听松图》里。是在安徒生的童话里吗?它使我想起了神秘的《冰姑娘》。也许,是在脍炙人口的唐诗里,"只在此山中,云深不知处""山中无日历,寒尽不知年""明月松间照,清泉石上流""返影入深林,复照青苔上"……

也许这一切早已埋藏在我们心的深处,早已贮存在我们的每一个细胞、染色体、遗传基因里?也许千万年来,我们的河山,我们祖国的每一块奇妙的土地早已把她的信息印到了她的每一个儿女身上,这祖国的每一个角落都早已与我们心心相印,处处相知,永不陌生,永不离弃!

我向后退了一步。我晕眩。山鹰又缓缓地扇动它的翅膀。我真想像鹰一样地展翅飞起,不是向上飞,而是向下飞到山涧里,飞到众石之中,飞到灌木丛里,变一朵水花,变一株小树,变一粒沙……如果不会飞,我就跳下去!我已经看到了那奋然跳起、飘然下落的我自己的身影。

我坚信我就要跳下去了,再有一秒钟,我就永远地留在这山涧里了。我坚信这山涧是我的,而我也是这山涧的。我向后退了,我再不敢多看这山涧一眼。

鹰缓缓地飞起了,越飞越高,变成了一个越来越小的黑点子,在朝阳中终于消失了踪迹。

汽车司机留话说,他估计我们备齐这些木头最多用三天的时间,他准备第四天开车来装木头,并把我们接回去。

"三天行吗?"我们没有底。校部给我们分配任务的时候,给的期限是五至七天。

"用不了。"司机是这样回答的。他不再征求我们的意见。司机向来是说一不二的,一方面一路上全都得靠他的,听他的,另一方面,他自觉比我们这四位"战士"与"非战士"地位高一些。

早晨我们几个人在木屋外合计,到哪里去找所需要的木头呢?朱振田拿起工具就走,艾利喝住了他。这次艾利不客气了,义正词严地告诉他,根据校部的指示,这里的任务由他负责,朱振田必须听他的指挥,不得自作主张与擅自行动。

朱振田干脆蹲下,冷眼斜视,一副怒气冲冲、死狗不上轿的表情。

还没等艾利履行他的"临时负责"职能,公路上过来一位汉族林工。林工身穿黑色小棉衣和黑绒裤,袖口和腰身都扎得紧紧的,短打扮如京剧《三岔口》中的刘利华。他个子虽不高,但精壮外溢,观之令人一振。

"早(班)啊,大哥!"他很礼貌地主动亲热地与我们打招呼,"你们几位是哪里来的呀?"他问,口音像说"快书"的高元钧。

"×××干校的。"我们答。

"来找木头的吧?"他显然事先有所闻,"你们要吗规格的……"

"直溜溜不弯不结,小头直径二十厘米以上,长度四米五以上……"我们回答。

"那有的是嘛,这木头没人要嘛,一两个钟头就备齐了嘛。"

见我们对他说得如此轻巧不甚相信,他招呼我们说:"跟我来。"

我们随他走上了一个山包,他指给我们几处堆放木头的地方,都不太远。

"就在那里吗?"我不免怀疑,那里不是已经堆好的木头吗?离公路虽说有些距离,却根本不需要兴师动众、劳民伤力来寻找搬运啊。

"你们就从那里搬好了,你们又要不了多少。现在什么都是乱的,你搬来就是你的。到时候开票,算账,不就行了吗?"

我们感谢他的指点,问他:"听你说话,怎么像是山东人?"

"本来就是山东人嘛!山东出什么?山东出苦力呗!新疆林业厅专门去山东招的工人,运木头。我们山东来的人,两个人就抬动一棵树!"

"你们的肩膀,大概能担个二百斤吧?"我用敬佩的、羡慕的眼光看着他那紧凑的身躯,连脸部的肌肉也像经过浇铸锻造的。

"什么?二百斤算个嘛!我们那里,小脚老太太也肩挑二百斤!"他拍了一下自己的肩膀,"撂上五百斤,你直不起腰,就甭想混这个木头饭碗……计件的时候,我们谁不挣个二百、三百?不出力,吃嘛?"

我们四个人互相看了看,包括朱振田,都深信不疑,深感佩服。这是进干校与朱振田共事半载以来,第一次看到真正能让他心服口服的人。

在去林木堆放地的路上,朱振田兴致勃勃地说:"山东人,那是没说的,我在队伍上……"我看了他一眼,他的脸红到了脖子上,因为他说的"队伍上"显然是指"匪军",但我马上把眼光挪开,做出毫不在意的样子。

"……那个山东小子,我还记得呢。"他继续说,"我一直对他不服气。那天我们一起抬石磙子,我注意地看着他的手脚。大绳套在扁担正中,谁也没占便宜,谁也不吃亏。起的时候,我们一起伸腰,他并没有抢先。可我硬是起不来了,脸憋得通红……不知天高地厚呀,一个大石头碌碡呀!我本来说找四个人抬的,他说了一句:'要是我,两个人抬富富有余。'人这个东西,吃葱吃蒜不吃姜(将)嘛。我非要和他两个人抬不可,他冷笑了一声,我更急了……脸憋红了又憋白了,脑门子上全是汗,再挣,我知道大事不好,我要撂到那里!不挣,这个脸……这个时候,只听他喝了一句:'让你起来!'他向下一大蹲,我倏地站了起来,腰一直,立木顶千斤,站起来就没事了。他呢,蹲裆骑马式,在我立起来以后他再起,这就多费了一倍的力气!唉,你哪里知道,真干力气活的时候,是死是活,是直是弯,是腰折还是腿断,是不是囫囫囵囵地拿下来,就在那一下呀!有时候,你走得好好的,你的对手突然间一挺腰,把腰伸长了五公分,你肩上突然加了十斤的分量……你猜怎么着?你马上就能趴下,大口地吐血!"

朱振田的话是真诚的,我们点头叹息。

又来了几个山东工人,他们和我们同行了一段,拐弯以后分手了。最初那位山东哥儿们特别嘱咐我:"看准了,你力气要是够使,就上,别含糊。要是力气达不到,就别硬努,说死说活也不能上,努伤了,一辈子也缓不过来。"

我感谢他的好意。然而,更需要保重的,不正是他们自身吗?

果然,我们轻而易举地找到了我们所需要的木头。与大山相比,与巨大的原木相比,我们所需要的木头不过是几根堆放着的火柴棍罢了。有山东林工的英雄形象在近边,我们四条大汉抬一根细木头简直叫人害臊,两个维吾尔族同志抬一端,我与朱振田抬一端,抬小头的把挂钩往里挪一挪,基本上四个人平均负担。只是朱振田每次都把绳套拉向他那边,缩小他那边力臂的距离,减轻我肩上的重量。受不了这种"侮辱",我对他喊了几句,他不理,照拨绳套不误。他拨过去的绳套被我一把拨了回来,觉得自己走起来也威风些。头十分钟走得好好的,十分钟后便觉小腿肚子发软,腰腿动作与面部表情都向不自然处变化,我拼命做出笑容,估计一看就知是苦笑,一面笑一面还龇牙咧嘴呢！这时朱振田不动声色地挪动了一下肩膀，让出去一个扁担头。立刻，我肩上的分量减轻了。我无法再逞英雄，便感激而友好地看了他一眼。他呢，两只眼睛看着别处，似乎全无所谓。

在第四次去堆放场运木头的时候，正碰上四位山东工人把一株新伐的、还湿着的、三抱粗的大树运到我们的身边。"刘利华"模样的人领着号子：

再加一把劲呀！嗨哟！嗨哟！
众人一条心呀！嗨哟！嗨哟！
向外甩一甩呀！嗨哟！嗨哟！
向前进一进呀！嗨哟！嗨哟……

完全用号子鼓气，完全用号子指挥。他的声音质朴甜美，婉转悠扬，听后令人振奋不已，堪称是令贪者廉、懦者立、耍花枪者返朴、迷机巧者归真的歌声。直到他的号子唱完了，巨木放好了，众人松了一口气，他也显示出憨厚的笑容，他的嘹亮的号子声似乎仍然在群山中回响。

"真'牌子'啊！"艾利称赞说。"牌子"，本来是个汉语词，被维吾尔语借去后，意思转宽，表示"漂亮""得意""呱呱叫"之意。

图尔迪感叹地摇着头，他感动得眼角里噙着泪花。

山东林工哼着悠扬摇曳的家乡小调又走了。我们注视着他们的背影，欣赏着。

朱振田"嘎"的一声怪叫，说老鸹不像老鸹，说猫头鹰不像猫头鹰，倒像是一木棒打着了一条狗，大家愕然。过了一会儿，才弄清，原来是他想学着叫叫号子。

美好的情绪全遭破坏，总还剩下了幽默，我们三个捧腹大笑起来。

"唉，老了，嗓子不行了。"朱振田谦虚地解释说。说完，吸了吸鼻子，这种谦虚的表情也是不多见的。山东劳动者的榜样的力量，确是大啊！

我想问朱振田他究竟什么时候嗓子"行"过，另外，即使嗓子还可以，他的怪调与人家优美的劳动号子相比何止是癞蛤蟆与夜莺之别。但想起劳动中他对人的照顾，我便没说什么。

两个小时运完，对我们这四个人来说是瞎话，但如果稍稍抓紧一点，如果拿出一点初到干校时干活拼命的精神，有一整天是蛮可以完成任务的。但"临时负责"同志艾利还是有章程的，上午才十一点，他宣布休息，坐在横倒的杉木上给图尔迪和我大讲阿凡提的故事。其中有一段是说国王见了阿凡提，问："墙头的白雪为什么这样厚呢？"语中讥刺阿凡提已是满头白发。阿凡提也用隐语给以巧妙的回答，使国王肃然起敬。这个故事我听起来不算精彩，大概是由于我对维吾尔语和维吾尔人的生活风俗的细微的幽默感还体会不到。艾利自己边讲边笑，笑个不停。朱振田一再催他干活，他置之不理，只顾谈笑风生，滔滔不绝。朱振田火了，一个人向一根木头走去，我和图尔迪站起身来，被艾利厉声制止。朱振田找了一根细一些的木头，又找了找重心，一搬一挪一扛，居然一个人把一根木头扛了起来。

"一个人扛得动的木头不合规格，扛了白扛！"艾利从眼角瞥了朱振田一眼，轻蔑地予以否定。"急啥呢？"他问我们。"我们劳动，我们休息，我们玩，我们在'五七'大道上奋勇前进。急啥呢？汽车要三天以后才来，'五七'道路还要长期走下去。急啥呢？这样的人太小气！我们维吾尔人最讨厌啦，心胸狭窄，不管别人……图尔迪，是这样吧？"

图尔迪笑一笑，不置可否。

吃过午饭以后，艾利宣布，下午就地休息，活动范围以木房子为圆心，半径二百米。"要注意安全保卫，群众纪律，护林防火。阶级斗争这样尖锐复杂，绝不能出问题。"他一本正经地说。

见他说得认真，我们都点头称是。

履行完他的"负责"职能，他又是吊儿郎当的了。午睡之前，他又说了好几个格调不高且有黄色嫌疑的笑话。

我刚要睡着,被艾利用草棍捅鼻孔捅醒。他向我做了一个手势,我随他走到了室外。

"走,咱们找哈萨克帐篷去做客去!"他兴冲冲地说。

"他们呢?"

"他们?他们不是'江契'呀!我已经说过,他们只能在二百米范围之内活动,而我们是自由的。"

我不知道他说得对不对,便随他去了。

他说上午运木时已经选好了目标,翻过一道山去,在一个比我们这里低些的地方有哈萨克牧人之家。

他要带我走一条近路,结果,走着走着没有路了,连山羊走的路都看不见了。我们伏在大山的阴坡上,到处是一小片一小片的雪,大概远看雪如鱼鳞吧,我们每脚下去踩一个深坑。多亏了这雪,再加草根、灌木丛,形成了一个又一个的仅够支持一只脚丫、一只鞋的台蹬,我们才没有滑坡。这山地势陡峭,有的地方,雪、草等提供的落脚点只有上马时登的马镫那样大小,只够踩着一个脚尖,把雪花蹬落一点,才容下了半个脚。这样向下爬,实在太费力了,我建议说:"干脆咱们往下滑、出溜,再不然干脆包起头来往下滚算了?"

"不行不行!"艾利的眼睛瞪得老大,警惕地看着脚下,"告诉你,老王,我们有可能遇到危险!"

"什么?"

"在这种地方,最容易有哈萨克人下的猎夹,只要打上,至少得折一条腿!"

"啊?"我惊呼起来,脚一趔趄,几乎出溜下去,我的左手立即抓住一把枯草。枯草经不住我的体重,我听到了草根的断裂声,我感到了草在我的手里摇摆出土,我的右手就在这个时候伸到了雪里泥里,像铁爪一样地抓进了泥土,与此同时,脚也找到了吃力的地方。

我出了一身透汗。

"注意！找有动物脚印的地方走！千万别走新土新雪……"艾利喝道。

我只是大致明白了他的意思，更加手忙脚乱。

见我那慌乱的样子，艾利断然下令道："你等一等！我在下面，你在上面，由我探路，你走我走出来的路，猎夹绝不会打着你！"

我顾不上分辩也顾不上推让，按他的指挥一步一步地下爬。

终于，我们落到了"平"地上，看看表，用了一个小时零五分钟，好一个近路！总算化险为夷，面前是石头铺成的路，和我们前一天晚上推水的路类似。经过了那一小时零五分钟的锻炼，我真想为山中的每一条路和修路的人赞颂和祝福。

两面是高耸的云杉。走着走着，听到了银铃般的儿童的笑语声。

"同志，同志！"我听到了招呼声，那声音就在我们的头上。

可能是方才太累了，我的眼睛有一点花，抬起头来，看了半天，才在至少有三层楼那么高的树顶的枝叶里发现了两个孩子。艾利却早与他们搭上话了。

两个哈萨克儿童一男一女。女孩穿得层层片片，花花绿绿，圆圆的像皮球，头上戴的帽子也是鲜艳而浑圆的。男孩穿得十分单薄，依我看来，他像是只穿着单衣裳。他的样子十分灵活，像个猴子，他对这样居高临下与我们谈话似乎颇为得意。

他们回答完了艾利的问题，我依稀听出是告诉艾利他们的家在哪里、有什么人在家之类。

我问："你们爬这么高做什么？"

我的维吾尔语他们听不懂，艾利把它们翻成蹩脚的哈萨克语。

"去折干树枝，当柴火。"他们回答。

"为什么不从低处折呢？"我又问。

"低处的已经折过了。"

"那么，为什么不去折另外的、低处有枯枝的树呢，在树林里，你们还愁没有柴烧吗？"

艾利翻译过去以后，他们咯咯地笑了起来。艾利插嘴解释说："也是玩嘛。山里哈萨克的孩子，再不爬爬树，你让他们玩什么呢？没有俱乐部，没有游戏场，也没有幼儿园……"

我点点头。"要当心喽！"我在准备离去的时候大声关照他们。

他们又笑又叫。不用艾利翻，我就明白，他们在嘲笑我的少见多忧多怪。这些山里的孩子！

走出去不远，在一个避风的山坳里，我们找到了哈萨克牧人的帐篷——毡房——孩子的家。只有女主人在，她听见狗叫出来迎接我们，我们没说什么话，径直进了毡房。她也没说什么话，就去给我们做了奶茶，拿来馕，铺上饭单，耐心地一小碗一小碗地从她的铜茶炊里给我们倒茶，加奶，加盐，调制好再双手端给我们。她还年轻，羞涩的睫毛始终阻挡着她的目光，好像也保护着她自己。但她丝毫不怀疑应该为我们俩服务，更绝不拒绝我们，尽管我们是如此陌生的两个男人，民族又不同，神态又这样可疑，何况我还戴着一副在电影里只有坏人才戴的眼镜。

我有点局促不安，艾利的自我感觉则十分良好。他本身倒是"宾至如归"，他的神态完全像在自己家里，放肆地与我说笑着，大口地喝茶，细细地嚼着馕，喝完一碗立刻就递过去索取另一碗，就像那年轻的哈萨克女人是他的女儿或者儿媳。

茶过三巡，艾利问道："请问，我的女儿，你们最近没有宰羊么？你们就没有什么肉么？鲜肉、干肉、咸肉或者煮熟了的、炒熟了的肉？"

听懂了他的维吾尔语味儿很浓的这几句哈萨克语的意思以后，我实感大骇，几乎起身逃遁。

艾利给了我一个胸有成竹、自信而又有一定的震慑力的目光，像施用了定身法，把我定在了那里。

哈萨克女人低声地、羞涩地、断续地做了些解释。艾利告诉我，她说,她们昨晚夹到了一个狍子,狍子已经宰掉剥皮弄好,狍子肉是留给一个常常在这一带跑车的哈萨克族司机的。

"算了算了,咱们走吧。"我由盘腿坐着首先改为一条腿跪起,并且拉动了艾利。

艾利拍拍我的肩膀,示意我少安毋躁。他继续不慌不忙,不躁不馁,和颜悦色地与哈萨克女人讨论"肉"的问题,他的美好的表情好像是给幼儿园的小朋友讲故事。

听到了响动声。两个小朋友完成了打柴任务回来了。小女孩胖乎乎、粉扑扑的笑脸,使人想起无锡惠山泥人《阿福》。男孩果然穿着单衣,一进毡房他就坐在了茶炊与取暖的火炉之间。他妈妈为他往火炉里添了一些柴,用嘴一吹,呼呼呼,立刻火就燃大了,不一会儿,洋铁炉壁就烧得发红了,我们也觉得热了起来。然后,男孩与女孩与他们的妈妈热烈地谈起了话,好像我们这两个客人并不存在。

艾利丝毫不觉尴尬,颇有兴致地听着他们谈话。他告诉我,他们正在讨论:第一,我们两个人是干什么的;第二,我是汉族还是维吾尔族。

炉火的温热使艾利打起了哈欠,哈萨克女人与他交谈了两句,马上拿来了两个枕头,一个给艾利,一个给我。

艾利不理会我的表情和抗议,舒舒服服地将头往枕头上一靠,伸开他的腿,立刻响起了他的有福气的鼾声。

我哭笑不得,毫无办法。自己一个人回去吗?连路恐怕都找不到。弄不好不但可能被猎夹打住,还可能喂了狼,更可能迷失在漫漫的白雪碧树里。心一横,我也躺下了,居然也迷瞪了二十来分钟。

临走,哈萨克女人给了我们一块方方的鲜嫩柔软的狍子肉。我要付钱,艾利用力拽住我的胳臂,几乎把我的小臂扭得脱臼。

我与艾利一路上在争,我掂了掂肉,说有一公斤半。艾利坚持认为这块肉不足一公斤,而且批评说,现在哈萨克人学得奸滑了,良心渐渐坏了。显然,这是由于交通发达,不断有汽车从亘古很少见生人影迹的山中驶过的缘故。"很清楚,他们是受了那个汽车司机的影响。"艾利伸出自己的右掌,一副有力的做结论的姿势,"不然,她就会把那整整一个狍子的肉全部给我们,自己顶多留一点头蹄下水。或者,如果他们的品质更好一些,那女人本会给我们宰一只羊羔,留我们过夜的。"

走到我们的木屋附近的时候,艾利兴高采烈地喊道:"同志们,迎接我们吧,真正的'江契',给你们带来了真正的狍子肉!"

这顿晚饭吃得丰盛而又别有风味。白水加盐煮的狍子肉,到了嘴里似乎就化成了山野的琼浆玉液。等我们吃起狍子肉来,我便开始纠正了自己的"错误估计",确信当然还是艾利更正确些。这块肉哪里有一千五百克?每人吃到嘴里的,似乎连二百克都没有,还没有咀嚼,还没有感受到狍子肉的存在,就已经不存在了。

……人间有多少最最珍贵的东西,当我们与之邂逅的时候,由于急躁,由于粗鲁,由于贪欲,也由于缺乏知识和思想准备,结果,只顾了匆匆消受却完全忽略了品味和体尝,更不要说去欣赏、去理解、去牢牢地捕捉和长久地保持在自己的记忆里……写到在这次难忘的晚餐里吃到的一次——也是迄今唯一的一次狍子肉的时候,我却完全忘记了那肉的味道。

人们却来得及慢慢品味那品质极其低劣的散白酒,来得及去咂摸它的每一口和每一滴。当时白酒供应困难,我们要从干校步行一个半小时到生产建设兵团化工厂的副食商店去买酒,能买到的只有一种河南出品的白薯干做的散白酒。此酒又苦又辣又臭,喝上几口以后感觉如脑后受到钝器的一击。维吾尔族同志给这种酒起了个绰号:"头疼大曲",因为它与新疆产的还算不错的"头屯(地名)大曲"谐音,而含义又颇贴切,广为流传。绰号归绰号,酒即使头疼仍然是酒,故而当艾利慷慨地拿出他带来的一行军壶"头疼大曲"的时候,受到了热烈的欢迎。

按照维吾尔人的习惯,先吃饭后喝酒,我拿出咸鸭蛋——这次朱振田没提异议——做酒菜,而图尔迪掏出一头生蒜,也是为了就酒。艾利向我使了一个眼色,耳语说:"多灌图尔迪一点,有好热闹呢。"

我不想看热闹,但我觉得图尔迪确实太忧郁了,想和他聊聊。于是我毛遂自荐,"竞选"要当酒官,顺利地取得了各族同胞的认可。然后,在认真地执行着依次分发酒的任务的同时,还说了大量友好快乐的废话以提高情绪。没有酒杯,我们洗净一个饭碗,每次倒相当于一小杯的量的酒。这样喝过了三巡,每人都干过"三杯"了,居然没有任何人感到头疼。当我提出这个有一定的学术性的问题以后,他们三个人不约而同地抢着回答,是由于鹰谷的含雪含针叶、清新纯洁凉爽的非凡的空气起到了净化解痛消毒的作用。

我喊道:"这就叫做邪不压正!"

艾利喊道:"我们是在深山里,难道我们还头疼不行?"他眨眨眼,论证有力,似有深意。

下面轮到第四巡酒——当然还是从"酒官",也就是鄙人这里开始了。我给自己斟好后,端起酒碗,跪起来,我说:"我打算读一首诗,把这杯酒敬给图尔迪,请他也朗诵一首诗或是唱一首歌,再把酒喝下去。"

图尔迪的眼睛立刻睁大了,他略带疑惑又十分感兴趣地看着我。

我清了清喉咙,念道:

　　空闲的时候要多读快乐的书本,
　　不要让忧郁的青草在心里生根……

图尔迪的眼睛瞪圆了,大放光芒,不等我念完就叫了起来:"奥迈尔·阿亚穆!"

奥迈尔·阿亚穆是十一世纪的波斯诗人,他写过许多首格式颇似汉民族的"七绝"的"柔巴依"。他生前和死后相当一段时间湮没无闻,后因英译本而"打响",名扬全世界。在干校劳动期间,我从一位"前"维吾尔文艺评论家、现"五七江契"那里看到一本乌兹别克译文的手抄本,背会了其中的几首。

艾利用手势止住了兴奋起来的图尔迪,示意我继续念下去。

> 再饮一杯吧,让我们一醉方休,
> 哪怕是死亡的征兆已渐渐临近。

"这最后一句不好。"我补充说。

"您知道奥迈尔·阿亚穆,您知道'柔巴依',您知道诗……"图尔迪的声音颤抖起来。艾利用肘部磕了一下我的肋骨,含笑说:"来劲了。"

图尔迪接过去酒碗,但是顾不上喝。他颤抖着声音对我说:"我曾经梦想成为一个诗人,从小! 一九五四年,我十六岁,我被带到一个诗人的聚会上去见大诗人艾利尤夫和伊敏大毛拉,还有自治区人民委员会的四个副主席,还有自治区文联的领导,还有新疆大学的校长和教务长也在那里。艾利尤夫倒给我一杯酒,我说不会喝,他便端给我一杯浓茶,茶里放了六块方糖。不骗你们,是进口的方糖六块。他说:'亲爱的兄弟,听说你也写诗呀,给我们念一首你的诗好不好?'说也怪,我一点也不羞怯,倒是现在说起来怪不好意思的……"

他拿起酒碗,咕咚一下喝掉了我敬给他的酒,"我那天朗读的我自己的诗作的第一句是:如果我是一只盘桓在天山上空的苍鹰……"

"不对! 您上几次说,您的诗的第一句是如果您是玫瑰花丛里的一只夜莺……"艾利提出疑问说。

"没意思。再给我倒一点酒,我再喝一次就去睡。"朱振田打了一个哈欠。

"先不要睡。去,弄点柴来,点个火大家取暖。"我向他发布"命令",他顺从地去照办了。

不顾这些干扰,图尔迪继续眯着眼睛,深情地说:"我念了四句,艾利尤夫就哭了,他搂着我的脖子说:'您是我们的诗的希望,您是维吾尔民族的灵魂。您是我的过去的重现,而您的未来要比我强得多。我要使您的诗发表在《人民日报》或者《红旗》杂志上……"

"胡说!瞎放大炮!一九五四年,还没有出版《红旗》杂志呢!"艾利批评揭露道。

图尔迪不为所扰,他含着泪专心致志地说他的话。朱振田又开始点火和抠烟了。泪水流在图尔迪的脸上,不知道是由于激动还是烟熏。

"那就是《人民文学》。艾利尤夫把我的诗稿推荐给了《人民文学》……"图尔迪陶醉地说。

"发表了么?"我感兴趣地问。

"是的。不。哦,发表了么?"图尔迪的两眼显出痴呆的神色,他指着酒碗,再次向我要酒。

"没有发表。你六二年在《新疆日报》上发表过一首诗,一共十二行,那算什么诗?顶多是顺口溜。我把它给我的妹妹迪里拜尔,她拒绝演唱你的顺口溜。此外,你什么也没发表过。清(理阶级)队(伍)的时候谈过的,我们都清楚……"艾利毫不留情地说。

"我没有订阅过《人民文学》。老王,您能不能找到五六年、五七年、五八年这三年的《人民文学》,看看有没有我的诗,他们不会不发表呀……"他迷惘了。

他的迷惘的神态使我很不舒服。我递给他酒,岔开话题问他:"今天一下午你做什么了?"

他喝了酒,又剥开并嚼咽了一瓣生蒜,他的脸被火光照得通红,他念念有词地说:

"诗,那不是一般的东西,那是天国里的语言,他们不明白。我现在也不会写了……你问我下午在做什么吗?"他活跃起来,"是的,我下午究竟做什么去了呢?"他急得抓耳搔腮,终于,又泄了气,摇着头:"想不起来……"

"我的记性不好。但我还记得我两岁时候的事情……"他悲伤地补充说。

"您大概还记得刚一生下来怎么剪脐带吧?"艾利辛辣地打趣了一句。最妙的是,说完这一句,艾利低下头,全身瘫软,就这么盘腿坐着,连墙也不用靠,睡着了,轻轻地打起呼噜来——这大概是矮胖的好处:重心稳定吧?

我和图尔迪把艾利扶到了他的行李上,为他盖好。至于朱振田,点着火以后他就去睡了。

"两岁的时候我在家乡阿图什。我真的记得人们给我无花果吃。您知道阿图什是盛产无花果的地方,碧绿的无花果叶子托着金黄的无花果果实……您相信么,我记得我两岁时第一次吃无花果的情景?"

我点点头:"还要'叭'地拍一下呢。"

他笑了:"那是丫头们的吃法。她们把无花果放在她们的细嫩的手里,'叭'地一拍,拍成了饼子,无花果果实带着丫头们的手的香气……"他低下了头。

"都说阿图什是个好地方。我只从那里经过过,却没有下车。"

"……有一个漂亮的阿图什姑娘爱上了我。每次学校里赛跑她都得第一,她跑起来比羚羊还快。她的耳环是女学生们当中最高贵的——她爸爸有钱。我们相识的时候,都只有十八岁,她就这样……"他伸出左手,手心向上,然后右手清脆地拍响了自己的手掌,"给我吃无花果……"他慢悠悠地唱起了南疆民歌《阿图什的姑娘》,他的样子充满了幸福。

"后来呢?你们……"

"后来她跑了……"他痛苦地挥了一下手,"就是说,她没有回来。国家培养她去塔什干留学……真没良心……后来我记忆力就坏了。去年群众审查我,我什么事也想不起来,说不清楚,问题愈搞愈严重……可我不是坏人。"

沉默了一会儿,他补充说:"算了,都是我瞎想的。也许并没有那么一个给我拍无花果吃的姑娘,噢!"他痛哭失声了。我也惶恐无地,不知怎么安慰他才好。忽然,他又戛然而止:"倒是有一首歌,叫做《阿图什的姑娘》。其实大概艾利尤夫也并没有夸奖过我的诗……不,那可是真的……最主要的,还是李白。听说李白是西域人,我将来要考证,我认为,他一定是回鹘——就是古维吾尔人,您看李白的性格!您不觉得,奥迈尔·阿亚穆的'柔巴依'有点像李白吗?但是您念的那首还是有点不健康。您听我的……"

于是,他朗诵了一首奥迈尔·阿亚穆的诗,意思是:

> 我们是世界的期待和果实,
> 我们是智慧之眼的黑眸子,
> 若把偌大的宇宙视如指环,
> 我们定是镶在上面的宝石。

图尔迪神采奕奕,两眼放光,斜仰着头,样子像苏联的一个有名的雕像——马雅可夫斯基。

"真棒啊,可有点吹牛呢!"我评论说。

我们都笑了。

直到睡下了,在黑暗中,我一再朝通过屋顶木缝透进来的蓝星微笑。

后来蓝星不见了。后来雪花从房顶的隙缝中飘落下来。由于白薯干子酒、由于火炭还在发亮,飘落的雪花并不使人觉得寒冷,它清爽而又温柔。我连揩拭都不去揩拭落在脸上的雪花,真好啊,"室内"也飘摇着稀疏的雪。

我想起了我喜爱的那一首奥迈尔·阿亚穆的"柔巴依",方才我首先念过的。何不用旧体将它译成一首"五绝"呢?

> 无事须寻欢,有生莫断肠。

遣怀书共酒,何问寿与殇?

　　一夜飘雪,山野皆白。

　　每一棵小草和每一粒沙石都承载着雪的负荷,接受着雪的爱抚。每一根树枝、针叶和哪怕是直立的树干,都受到了雪的眷顾。雪不拒绝在万物的任何部位或多或少或久或暂地栖身,雪与万物相亲。我们的木房子,差不多已经被雪埋起来了,像是堆起来的雪墙与雪丘。而当多情的地面向雪招手的时候,树上、草上、屋顶上的雪就会时不时跳落下来亲吻这广阔的地面。

　　新雪给大地铺上一层松软舒适的白色的地毯,使不停地摇摆着的云杉树枝呈现出新的风华。深褐色的布满纵纹的树干与苍翠碧绿的针叶上的白雪,似乎来自云杉自身的光芒,使云杉更加鲜明凸现,富有明暗对比。在这白的底色上,苍鹰展开的黑翅神秘而且庄严。

　　在白的山谷里,涧水热气腾腾而且分外青蓝,如刚刚放晴的天,而众石因戴上了洁白的雪帽而变得更加神气活现。

　　天放晴了,一片耀眼。为这常新的、永远鲜丽的世界而欢呼长啸吧,人民是世界的期望和果实。应和着你的啸声,雪花从高耸的云杉树冠上簌簌下落。

　　人间有多少仙境?多少奇遇?醇酒般的生活有多少滋味?当雪花封盖了深山木屋的屋顶,当雪花几乎封住了没有门的小木房子的门口,当哈萨克司机驾着大卡车取走他想要的狍子肉,当牧人的孩子用他们爬到高处折下来的杉树枝点起金色的火焰,当山东的劳动号子响彻边疆的深山,当我们的同事们各自在自己的家里欢度第二十二个国庆节,当白薯干酒温热了心胸、图尔迪忆起了美丽的负心的阿图什姑娘,当一位十一世纪波斯掌管历法的官员的诗作的朗读打破了夜的深山的寂静、激起了奇妙的感情的波澜?

　　我们的任务完成得非常顺利。国庆节上午拂去雪花又抬过来几根木头,如果不是雪的反光使我们的眼前发黑发紫,因而提前收工的话,那么,这一天木头就备齐了,十月二日就有点像游戏了。朱振田建议抬几根大木头壮壮门面,我们顾虑这样做会引起林场的反感,因为我们说好不要直径二十五厘米以上的木头的。朱振田坚持:"听那个呢,现在哪有人管!"后来,多半是为了出出力气,大家挑选了一根相当粗壮的木头,四个人运足了气抬动它,谁也唱不成号子,只有朱振田像喊操一样地喊着"一、二、左、右、停!"

  空闲时间我们睡大觉,我们谈天,艾利讲着一个又一个的维吾尔民间故事,其中大部分是我听过的,但是为了友谊、礼貌和兴致,我都专心致志地重听一遍。朱振田则更有兴趣于讨论一些高深的问题,他首先问我们什么叫轻音乐,我们答不上。他给我们讲,轻音乐就是没有管乐器的音乐。开始我们以为是他得到了真传,过了十分钟以后才想明白他讲的也是毫无根据不能成立的想当然独家言。然后他与我们讨论中国象棋与国际象棋的异同及起源,新疆的少数民族同志都是玩国际象棋的,他在新疆多年,似乎也有几分内行的样子。他涨红着脸论证中国象棋的着法应该侧重守而国际象棋的着法应该侧重攻,并说这一点他曾在一份"内部材料"上看到过,使我们瞠目不知其所云。图尔迪一再小声问我,九月三十日晚上喝过"头疼大曲"以后他是否说话太多,是否有些话说得"不妥"。我向他保证并无"不妥"和"太多"之处,只是请他允许我把他最后读的那首豪迈的"柔巴依"抄录下来。他摇摇头,像伊索一样地发出一个古老的感慨:"世界上没有比舌头更坏的物件了!"

  我们在多得不得了的空闲时间在山上踏雪漫游。我一次又一次地俯瞰那美丽的山涧,不再晕眩,不再想跳下去,只感觉到相看不厌,物我相亲。只想看一眼,再多看一眼,让我们相互成为永不磨灭的纪念。朱振田喜欢像孩子般地恶作剧,当我们走过树下的时候他突然推动树干,把雪摇落在我们头脸身上,倒也欣然。艾利建议我和他对周围的哈萨克毡房再次进行搜索访问,他说再去就要说明:"老王的家乡是北京。"这样,哈萨克女人不但有可能给我们宰羊,而且有可能给我们宰牛宰马宰骆驼。他正确地指出,带来的馕愈来愈干,愈来愈没有味道,而我们每天三顿毫无二致地吃这一种馕,已经达到了完全不能容忍的地步。我完全同意他的关于干馕的观点,但我坚决表示,即使他掏出匕首威吓,也休想让我再随他进一次毡房。他当真不快了,他皱着眉用一种发通知的口气告诉我:"我们维吾尔人喜欢您的性格。但在这一点上,您还残留着那种缺乏知识和教养的汉族人的莫名其妙的执拗和狭隘偏见。"我的回答是哈哈大笑,笑完了,我说:"算了吧,就算你把我打成反革命,不去就是不去!"

"多美呀!多好看呀!"当我一唱三叹地在山里漫游的时候,图尔迪表示过一次不以为然。他轻声说:"对于那些祖祖辈辈在这里的哈萨克牧人来说,这又有什么特别美的呢?太偏僻了……"他没有把话说完,但他带着责备意味看着我。

十月三号是预定汽车到来的日子,其实我们早已经无事可做了,但还是把备好的木头重新理了理。

等了一天,车没有来。从下午两点开始,只剩下了一个话题,骂司机。艾利态度最为激烈,他的样子似乎已做好了准备与我们干校的汽车司机决斗。

晚上什么话题也提不起兴致来。看来,不论多么美好,该来则来,该去则去,天下没有不散的筵席,这是正理。

咸鸭蛋完了,"头疼大曲"也完了。能够让头疼一下不也好么?

十月四日上午十点多钟,车来了。司机说昨天太晚了,怕雪后山路不好走,他宿在了进山前的一个交通旅舍。

驾驶室里坐着一个梳着鬈发、面色青白、眉目间犹有风韵但又透着专横厉害的中年女人。我们以为是司机偕夫人游山,后来经过说明,才知道她是那个交通旅舍的出纳,俗称"开票的"。我们都知道,在旅社,"开票的"最有权,住得上住不上,住得好不好,全靠她。

开票的女人是来山里弄柴火的。司机提议我们帮他搞点柴火,鉴于这位女性对我们不屑一顾的态度，司机的提议遭到我们四个人的一致抵制。艾利摆出"临时负责"的架势，用生硬的汉语说："我们只给干校装车，不干私活！"一时空气紧张。

两条腿像螳螂，样子像瘦猴的司机耷拉下脸。艾利用维吾尔语给我们鼓劲说："不理他，有本事他把我们撂到山里，把这个女人拉到干校去！"他的话挺幽默，我和图尔迪笑了。鬈发女人很可能懂维吾尔语，因为她也莞尔一笑。她这一笑大大缓和了紧张空气。

司机开始报复。他先开着车为开票的女人到处找柴火，找了足够一个私人家庭烧五至十年的柴火，然后把车开回来，让我们装木头。他站在车下，对我们的装车指手画脚，怎么也不对，一次又一次地要求返工。

艾利大怒，他指着司机的鼻梁大骂，幸亏他们之间语言不大通，这就减少了骂人的话的表现力、形象性与刺激性。艾利宣称："就这样，爱拉不拉。一半天会有一个哈萨克司机开的车子从这里路过，我们四个人可以搭他的车回乌鲁木齐。"

艾利的这张牌果然有效（真不白进哈萨克毡房）！司机在磨蹭到将近下午四点的时候，把手一挥："走！"又对艾利喊了一句："装不牢掉下木头来你负责！"——当然，这只不过是下台阶。

平常爱犯刺头的朱振田在艾利与司机争吵的时候未发一言。但司机的这句下台阶的话突然刺激了他，可能是因为他不愿人们忽视他在装车过程中实际上起了的技术顾问作用，他突然喊了一句："木头掉了我负责！"

司机已经去发动车子，没有听到他的话。

真的要离开的时候又真的依依不舍。再见了，鹰谷！我向着我们的小木房子招手。一瞬间，我们就把白雪覆盖的木屋连同屋里的为取暖而烧过的柴灰永远地抛在后面了。一瞬间，仙人掌状的山峰，群石聚会的山涧，推水用的吱吱扭扭的车，连同在新雪和旧雪上留下的我们的足迹都不见了。

只剩下了汽车马达,只剩下了颠簸,只剩下了只知道转了又转的车轮、飞驰而过的道路和飞驰中显得成缕成线的地面。车走得这样快,怎样的有情人也来不及对鹰谷道完一个又一个"再见"。

在疾驶的汽车上回身反顾也许确是一件不免叫人伤心的事情。车子刚刚开动的时候,人们看后面往往比看前面多。特别是,当正在离开你、正在隐退到山影与道路的背后的环境、经历和体验是这样不寻常,甚至你一生也许只能鬼使神差地得到它们一次,然后这一切将永不再现,正像流过的水不会回头,你不是益发感到那正在失去的东西的可贵吗?你不是怀着这样一种激动,激动地感谢这使你毕竟暂时地去了那深山的道似无情却有意的安排吗?

然后,我们转过身,抬起头,眼睛看着前面。这路上还有无数的新雪覆盖的山,刀削一样的石壁,仙人掌状的多树的峰峦,小小的石桥、木桥与水泥桥,还有密的与疏的千姿百态的云杉的挺拔的身影,还有为阻挡雪崩雪落而在公路两旁山坡上修起的木栅,还有高飞的与低飞的鹰、乌鸦和不知名的鸟。而且,涧水伴着我们的汽车,左右不离公路,与我们同一个方向向下奔流。这涧水,就是从那令我陶醉、令我匐匍的小木房前的山涧里流下来的呀!我们正追逐着清晨从我们的木房山脚下流过的清水,汽车的速度超过水的流速,等到天擦黑,我们将赶上这映射过"仙人掌"峰的倒影的水头了。

也只是在汽车往回开了半个小时以后,我才知道自己有多么疲劳。感冒压根儿就没有完全好,轻松的劳动更主要是与山东林工们比较而言。和他们一比,我们仍然是那样娇嫩,虽说是也总算经受了一点风雨的吹打。抬木头——即使每天只抬两个小时,也不会真的那么轻松。哦,我的肩、腰和腿!而且,雪后风又冷了一步,一根绳子,即使再绑几根绳子也会被天山的冷风吹透……

瑟缩、昏沉而又木然之中,天已经黑了。走吧,走吧,在新疆的行路是个锻炼耐性的机会,从乌鲁木齐坐长途汽车到喀什噶尔要走六天,到和田要走九天,来回路上就用十八天。颠啦颠,颠啦颠,每天十几个小时摇来颠去,"如醉如痴",我又想起叶尔羌河畔那位有耐心的农民来了。

远远的前方低处有什么东西倏地一亮。"快到林场检查站了!"艾利预告说。这报道并没有给我以安慰,到林场检查站又怎么样呢?然后是荒山、煤窑,然后是近两个小时的戈壁滩上的恶劣的路面,然后大公路上还得一个半小时……什么时候才能回到干校那间自己施工盖起的土屋?什么时候能打上一壶开水,沏一大缸子香片茶,再打上满满的两盆热水从头洗到脚?

前方又一亮,又一亮,忽然耀目,忽然变更方向闪闪发光。那是什么?是灯火?是对面有一辆打开大灯的汽车驶来?为什么前面这光亮是这样乱变乱动毫无规律,甚至显得紧张?

汽车嘎的一声停住了,这突然的急刹车使坐在木头上的我们几乎被甩出去。

艾利刚要骂司机,突然竖起了耳朵,我们也都听见了,前面有人在嘶哑地喊叫,那乱转乱动的光柱正是从那里发出的。

汽车司机打开车门一跃而下,他抛下我们,向前跑了有几十米。我们听到他也喊叫起来,但听不清他与对方在喊什么。

"桥!"艾利还是最聪明与最有经验的。

"桥?"大家一怔。

"桥!"都明白了。司机回来了,愤怒而又丧气地向我们一挥手。

我们四个乖乖地从车上爬了下来。

从司机身后跑过来一个拿着手电筒的人,他穿着一件破旧的军大衣,一双桦树皮做的靴子,瘦瘦的长脸上戴着一副小眼镜,一见我们这个车和这些个人,他前额上全成了皱纹,但脸上布满笑容。

他用一种十分可怕的哑嗓子与我们说话,我说是可怕的,因为那声音已经完全不像从人类的胸膛、喉咙、口腔里发出来的。他告诉我们,今天中午十二点的时候,一辆由一位新汽车兵驾驶的军车撞坏了桥,那辆车几乎滚到山涧里去,万幸,它开走了。但桥已损坏,我们的车无法通过。他讲话的时候有一种特别的急匆匆却又乐呵呵的样子,只有最喜爱自己手头的工作的人才会有这样的神态。他的口音像是江浙一带人说普通话。

"啊?!"我们——包括司机和开票的女人都傻了眼,被这突然的打击搞得无精打采。

多皱纹的同志告诉我们,事已无法,我们只有将车再向前开一点,停到离桥不远的地方,然后步行过桥去林场检查站休息,食宿问题他都已做好了安排。

遵命办理。黑夜里,这山涧显得特别险恶和宽大,涧水的流声也透着急湍骇人。我们看到了被军车撞坏的桥栏与一根桥柱,不知这桥是什么构造,被撞坏的桥栏下边,桥身边缘显然已有坍坏,我们走到那里,脚底下觉得忽闪忽闪,吓得我们赶紧抽身缩脚。

"唉,嘴上没毛的小兵娃子开车,还能不出错!"最先发表感想的是朱振田。

"这个桥修得不科学。它正处在下行拐弯的地方。从上面往下开,又都是重载,可不照直向桥栏杆撞去?稍不小心,老司机也照样玩不转。"这是我们的司机的评论,开车的还是向着开车的。

"林区便道嘛。"哑嗓子解释说。突然,他大喊大叫起来,又转身向后拿着手电筒放开光柱画圈。他的嗓子突然发出了这样强大的声音——虽然是非常难听的声音,我们都为之一震。

哪有什么动静呢?我们面面相觑。但司机说他也听到了,我们身后传来了汽车的马达声。

我们一起帮助这位哑嗓子同志大喊大叫,那位开票的女同志叫的声音频率最高,她一面叫一面跳,并说她看到了开过来的车的灯光了。图尔迪举起了他的威力强大的电筒,在这个小地方,他简直像开启了防空的探照灯。

等到我们都看到那辆车的灯光和身影的时候,车停下了。传来了那辆车的司机的喊叫声。

哑嗓子的同志丢下我们,向车跑去。

艾利叫我们往前走的时候我们几乎有些不好意思,怎么能让他一个人哑着嗓子看守坏桥呢?虽然已经全不必要了,图尔迪的小探照灯仍然开启着,旋转着。

其实桥并不大,正常步行从一端到另一端用不了十分钟。只是对于林区的便道来说,它才算得上一座大桥。我们走过桥,只见一个女人站在检查站的门口,提着马灯迎接我们。她把我们让到房里,让我们烤火、休息。她出去了一下,提来了一大壶开水,让我们喝茶、洗脸。然后她劝大家不要着急,她负责给大家煮面片汤,如果自己没带干粮,她这儿还有白面馍馍和包谷面馕。

她的和颜悦色和热心负责,使我们在极端沮丧的心境中感到如绝处逢生。一会儿,她又领进两个人,是后一辆车上的司机和司机副手。她同样又和蔼地安慰了一番,让他们休息,她去做饭。二十分钟以后,她果然提了多半水桶热气腾腾、放了姜丝和葱丝,还放了许多醋和胡椒面的面片汤来。然后她给我们分发各式饭碗与搪瓷缸子。我们四个人随身带着饭具,便没再麻烦她。她还拿来了一把用削了皮的树枝做的临时用的筷子。

这一碗酸辣面片堪称是安神定魂汤。喝下一口以后,意外地觉得还挺香。喝下三口以后,觉得自身的各样零件不但全部健在,而且是在正常运转。喝下五口以后,身上也热了,眼睛也明了,手脚也利索了,情绪顿时高涨了许多。我们也开始顾得上打量这位女同志了。灯光中只见她像当地少数民族一样用一块针织方头巾包住了头,身穿一身劳动布的制服,脚穿草绿色解放鞋。动作麻利,身材适中,说话文雅,口音与那位急匆匆、乐呵呵的男同志差不多。从她的打扮上,无法判断她的身份和年龄。

吃完以后,她一一安排我们休息。她对那位开票的女同志说:"你就住到我们家去吧,反正我们两个人今晚上都不打算睡。"她把我们四人领到一间办公室，又拿来一个草垫子。艾利和图尔迪睡桌子。朱振田最"高级"，睡草垫子。我最"雅致"，睡一条宽板凳，旁加三把高低不一的椅子。宽板凳上铺着两条麻袋，算是褥子，还有一条相当新的毛毯，当被子。

"哦，这么漂亮的毛毯！"我赞叹道。

"我们家里人口少，没有更多的卧具了，请同志们包涵。"她客气地说。

可不是么，艾利他们盖着一床蓝花土布棉被，朱振田那里是一件羊皮大衣，大概都是她的私人财产。

"我们把自己的行李带过来就好了。"我说。

"天太黑了，就凑合一夜吧。"她说完，走出，安排那三位正副司机过夜去了。

我无法断定那板凳究竟有没有我的身体宽，我躺在上面根本不能动。

"怎么样，伙计？"艾利问我。

"找两根钉子，把我钉到板凳上，固定好，就能睡了。"我说着挖苦的俏皮话。

"大家包涵。"一个嘶哑的声音随着门开传了进来，原来是那位男同志又来了。"真对不起，只能凑合，凑合了。"他说得有点结巴。黑暗中我羞得满面通红，其实我说那话与其说是要挖苦谁，不如说只是为了要耍嘴皮子——也是"无事须寻欢"罢了，怎么可巧就让他听见了呢？

"怎么样，冷不冷？"他问。

"不冷。"我们齐声回答，像连队战士在回答指挥员的询问。

他走到我的身边，"太窄了吧？这样，你转过身，背靠着墙，用力抵住墙，就稳当了。"

"没事，挺好。我刚才不过是说笑话。"

黑暗中我好像看到了他的宽厚的笑容。他缓缓地点起了一支烟:"嗯嗯。你们是'五七干校'的？怎么样,上干校收获大吗？"

"还好。还可以。"

"睡吧,明早儿还得奋斗,得把你们所有的木头卸下来,再用肩膀把它们一根一根扛到桥这边。剩下空车,多半能开过来……"

"现在,桥边上有人么？"我问。

"我老伴在……就是给你们做面片儿的那个人,我们是一家子。"

临走,他又说了几句:"睡吧,好好睡吧。"

他的话是灵验的,不仅给我指出了正确的睡板凳的姿势,而且,他来问候过以后,我们心里都觉得熨帖多了。什么倒霉呀,背兴呀,怨司机昨天没来和带来了那个开票女人为找柴火和斗气耽误了时间呀,所有的这些怨气,所有的这些说出口的和还没有说出口的牢骚,在他们夫妻的温暖的照拂之下,特别是在他的令人泪下的哑嗓子的抚慰之下,全都云消雾散了。

我时睡时醒。夜里又有几次听到了这不相识的人的嘶声喊叫。多么不辞劳苦！在寒冷的冬夜,他守着一座伤桥,回过头来他还要照顾我们,安慰我们,向我们致歉。他是谁？还有他的妻子,比任何旅店的服务员都要周到殷勤。当他问我们在干校学习有无收获的时候,那口气可不像一般职工。也许,他是个技术人员吧,戴眼镜？

第二天一早,天刚蒙蒙亮,我们就都起来了,也无所谓洗脸漱口,先赶到汽车那里。司机与开票女人已先到了。我们先卸车,开票女人也帮我们干。不知从哪里钻出来的哑嗓子的人含笑向我们问好,虽说他一夜没睡,面色青白,但他的样子仍是笑嘻嘻的。

"辛苦了！"我向他致意,我觉得我们应该向他说一点好听的话。

"你们才辛苦呢,还要卸车,还要搬运,还要再装车,还要走……我们好赖是在自己的家啊。"说着,他的眉头突然皱了起来:"这是怎么回事？"他看到了压在木头底下的柴火。

司机和开票女人一起向他解释,讨好地向他赔笑,但他的脸色冷起来了,愈来愈冷:"不,柴也不能随便拉走……别人?凡是我看见的,就不让随便拉走。这是建场的时候定的规矩,从来没有宣布过废除。没有多少钱?一分钱也得办手续……"

开票女人终于承认了错误,补办了手续,缴了款。我们四个人在一边窃笑,但对这位哑嗓子的同志益发佩服了。

司机摇摇头又点点头,表现了无可奈何中的心悦诚服。趁着"哑嗓子"回检查站给"开票者"开票补手续的时候,司机问我们:"你们知道他是谁吗?"

我们摇摇头。

"这是原来的林场党委书记。老新四军的,还有点资格呢。"

"是书记?"我们似乎还有点不信。

"打倒了,下来了。人家那真正是书记啊!"司机长长地叹了一口气,"整个鹰谷,不,整个自治区林业系统,谁不知道他?"

"那他爱人呢?"

"大学毕业生,林业技术员,原先是什么妇联的委员、'三八'红旗手呢……这两口子,那真叫不含糊!"

我们都呆了,事情是这样正常,而又这样异常。

用了一个多小时,终于把全部木头运到了桥下端的"凯旋门"以外。太阳出来了,一切大亮,我们的司机仔细观察了桥的损坏情况。本来桥就不宽,每次只能单行,两辆车不能相对开,现在损坏了一部分以后,勉强刚刚能过我们的车。

"怎么样?"哑嗓子的同志问,"从下面开来的车,我都让他们返回去了。装了木头的车,就都卸空,开过去。昨天下午开过去的两辆车都是'嘎斯',比你们的大'解放'小,也轻。剩下你们这两辆车,我看危险。"

"桥什么时候能修好?"后一辆车的正副司机也已经起了床,蓬头垢面地凑了过来,忧心忡忡地围观着问。

"最快……也得三天……现在这时候……"一直乐呵呵的"书

记"变得心情沉重了,他叹息着答。

"那我们就没有办法了……我们只有两个人,那么大的木头……你这里通电话吗?"

"书记"点点头。

"那就叫家里派车来接我们,等桥修好了再来开这辆车……"

"你先别急,"我们的司机发话了,"只要我这个车不翻到沟里,你的车也如法炮制……"

"我……"后一个司机大概为人力发愁。

"我和老伴帮你们卸车。""书记"把话接了过去。

"不,要走我们一起走。只要我们的车能够开过来,我们就给你们卸,给你们扛,给你们装……"我们四个人争先恐后地表态。

主意已定,我们的司机两眼放光,指挥若定。他先命令我们所有的人离桥远一点。然后,他给水箱灌上热水,发动着了车子。车子马达响了,他却不开过来,在那儿往前开几步,往后倒几步,又往前几步,又往后倒,好像在那里打秋千。我们目不转睛地看着他的车,都等得焦躁了,他还在那儿来回地蹭。

"他是不是害怕了?"艾利说。

"不。他要把机器充分烧热了。如果万一汽车在桥上抛锚,那就坏了。"前"书记"说。

在我们每人急出了一身汗以后,只见汽车喘着粗气,嘟嘟地叫着一步一步向桥开去。车上桥了,我仿佛觉得桥身一颤,心提到了嗓子眼上。汽车前轮打得正正的,紧紧地靠着完好的另一面栏杆开行,我真怕再撞了这一面的桥栏杆。天啊,车开到了桥心,我眼看车轮已经轧上了那忽闪忽闪的被损坏了的桥面。一眨眼,车已经过来了。

"凯旋门"成了真正的凯旋门,我们同声欢呼。但我们的司机坐在驾驶室,半天不能动,也说不出话来。过了足足三分钟以后,他的脸才恢复了血色,跳下车来,又满是牛皮:

"这有什么!在朝鲜开车那阵,炸断了的桥也照样能开过来!"

如法炮制,我们去帮助后一辆车。老天,这后一辆车全是大粗木料,我们一问,原来是山东籍林工唱着号子为他们装的车。

"干吧,兄弟!谁让我们那四天在山上逛荡了呢?我就说,鹰谷决不可能这么便宜就放我们走!"艾利颇带"唯心""宿命"地说。

确实,这一天才叫风口浪尖大大地炼,滚一身泥土,炼一颗红心,大喊大叫促大干呢。等这后一辆车也胜利地开过来,又重新帮他们装上了特大号的木头以后,极度的兴奋自豪与极度的精疲力竭糅合在一起,我想我们的感觉与参加完了马拉松竞跑并获得了一定的名次的运动员大概差不多吧?

车到干校以后我们四个人依依不舍。山中去来一遭,我们好像也有一点不同了。艾利和图尔迪把他们在乌鲁木齐家的地址留给了我,每个人都说了十五遍以上:"到家里玩去!到房子坐去!一定要去做客!和老朱一起去!"当然是无比亲热了。甚至连那位在交通旅社开票的鬈发女人中途下车,我们帮她把柴火搬到了她的家门口以后,她也热情地与我们一一握手,非要留我们在她家吃饭,并且保证我们当中不论谁,什么时候要住她的旅社,她一定把最好的房间以最优惠的价格开给我们。别忘了,她有开票权啊!

阿图什是新疆维吾尔自治区柯孜勒苏柯尔克孜族自治州的首府,它离喀什噶尔不过五十公里。这里是有名的无花果之乡,历史上又是维吾尔人的一个文化中心。这里终年干旱少雨,光照永远那么充足。这里的姑娘一个个黑里透红,浓眉俏眼,好像是从炼钢炉里跳出来的凤凰。她们喜欢镶金牙,喜欢在黑发上插一朵红玫瑰,喜欢把眉毛染成墨绿色而把指甲、手心、脚心染红。

她们的黑眼珠又黑又大又圆,睫毛又粗又黑又长。当然,她们爱吃无花果,她们的手心上常常带着无花果果实的润泽与甜香。

哦,也许已经太久了,太久了我没有听到她们吃无花果时的清脆的击掌。

粉碎"四人帮"以后,著名维吾尔族演员迪里拜尔又常常出现在舞台和电视屏幕上了。她真是一个奇迹,十年动乱过去了,她还是那样年轻、活泼、娇媚,时间的法则为什么对她不起什么作用呢?而且她歌儿唱得越发圆熟,称得上是炉火纯青了。别忘了,她就是与我一同上山的另一位唯一的"江契"艾利的亲妹妹呀!

说来话长。我读过郭沫若翻译的《鲁拜集》,郭老把"柔巴依"译作"鲁拜",把奥迈尔·阿亚穆译作莪默·迦亚谟。我还一知半解地翻阅过那位波斯中世纪诗人赖以扬名的诗作的英译本。英译本是住在旧金山的一位美国朋友送给我的。郭译显然是根据英译本进行的,但奇怪的是,我接触过并部分地抄录过的乌兹别克文译本与英译本根本无法相参照,二者有某些相似的情绪、意象和比喻,却找不到一句相通。特别是图尔迪给我念的那首少年意气、才如江河贯地的诗篇,在前两个译本中根本没有影迹。

一九八〇年,我曾经在国外的一个作家们联欢聚会的场合用乌兹别克语朗诵了那首诗:

　　……我们是智慧之眼的黑眸子
　　若把偌大的宇宙视如指环……

一个土耳其诗人狂喜地告诉我,他全部听懂了。

而不论在世界的哪一个角落,地球上的哪一条纬线与经线的交叉点,祖国的哪一块光明而又奇妙的地面,我还是常常觉得若有所恋,若有所失,若有所忆,若有所思。因为,除了当时当地的那个我以外,似乎还有一个我,或至少是我的一部分,已经留在了那个奇妙的名叫"鹰谷"的地方。

发表于《人民文学》1984年第3期

后　记

　　《在伊犁》，收篇幅长短不一的小说八篇，都是记载我在伊犁的所见所闻所经历的人和事。八篇可以各自独立成篇，并曾分别发表于一些文学期刊，但人物与故事却又互相参照，互为补充，互为佐证。可以说是从不同的侧面反映了那一段生活。

　　另一篇小说《鹰谷》，写的则是离开伊犁以后的一段经历，虽不属于"在伊犁"的范围，整个写法、事件、情绪，都与《在伊犁》诸篇一致，可说是《在伊犁》的一个续延、一个尾声，故而亦收在这里。

　　一九六五年至一九七一年，我在伊犁地区农村劳动生活六年，一九六五年至一九七三年，我同时在伊宁市安家落户（是准确意义上的落户，即我全家的户口曾转到了伊犁）八年。也许这在我的迄今为止的经历中占的比例并不算大，但这一段经历确实是非常难忘的、奇特的与珍贵的。回想和谈论我们在伊犁的生活，唤起并互相补充那些记忆，寄托我们对伊犁的乡亲、友人的思念之情，快要成为我和家人谈话的一个永恒主题了。不论什么时候谈起来都那样兴高采烈、感慨万端，不但历久不衰，而且似乎时间过得愈久，空间距离愈远，那时的生活反而愈加凸现和生动迷人。

　　几乎是在一种偶然的情况下我开始写《哦，穆罕默德·阿麦德》，一写起来便一发而不可收，写了这么多。

　　虽然这一系列小说的时代背景是那动乱的十年，但当我写起来、当我一一回忆起来以后，给我强烈的冲击并不是动乱本身，而是即使在那不幸的年代,我们的边陲、我们的农村、我们的各族人民竟蕴含着那样多的善良、正义感、智慧、才干和勇气,每个人心里竟燃着那样炽热的火焰,那些普通人竟是这样可爱、可亲、可敬,有时候亦复可惊、可笑、可叹!即使在我们的生活变得沉重的年月,生活仍然是那样强大、丰富、充满希望和勃勃生气。真是令人惊异,令人禁不住高呼:太值得了,生活!到人民里边去,到广阔而坚实的地面上去!

一反旧例,在这几篇小说的写作里我着意追求的是一种非小说的纪实感,我有意避免的是那种职业的文学技巧。为此我不怕付出代价,故意不用过去一个时期我在写作中最为得意乃至不无炫耀地使用过的那些艺术手段。

一九八一年,我听到过一个读者对我的作品的反映,他说:"××写的愈来愈像作家写的东西了。"这个反映使我失眠,使我一再自问而至今。他提醒我注意一种危险:职业化小说家的小说即使写得再圆熟,然而,它仅仅是小说而已。而真正好的小说,既是小说,也是别的什么,如,它可以是人民的心声、时代的纪念、历史的见证、文化的荟萃、知识的探求、生活的百科全书。它还可以是真诚的告白、衷心的问候、无垠的悠思。有时恰恰是非专业的作家写的那种可以挑出一百条文学上的缺陷的作品,却具有一条最大的、为职业作家所望尘莫及的优点:真实朴素,使读者觉得如此可靠。

文性难移,写着写着,到后面两三篇,我未能恪守那种力求只进行质朴的记录的初衷。就是说,越写越像小说了。有一得必有一失,有一失却也可能有一得。长短得失,有待于读者评说。

并谨以此书献给伊犁的、新疆的乡亲父老,我永远不能忘记你,我的第二故乡——伊犁!

1984 年 11 月

本系列小说曾以《淡灰色的眼珠》书名结集,作家出版社 1984 年初版

新 大 陆 人

(系列小说)

继哥伦布于公元一四九二年发现新大陆之后，二十世纪八十年代亚洲文明古国中国的大陆人，又发现了美国。发现了一个如此富足和"自由"的地方，可以去留学，可以去参观访问旅行，可以去开洋荤、捡洋落、发洋财，可以去探亲，去搞到长期居住的"绿卡"，去移民。一时，在美国找到社会关系、亲友乃至与美国人通婚，通过各种途径到美国去，成了一些人的"热门"。几年来，已经有数万人到了美国，其中有相当一部分人准备在美国多待一个时期。

　　本系列小说将向您介绍一批这样的新到新大陆的中国大陆人。时乎？史乎？戏乎？命乎？或可一思一叹也。

作者谨识

海　　鸥

一九八〇年三月,北方早春,大风天,遍地尘沙的一个夜晚,侯向阳悄没声息地爬上了新建的厅局级干部宿舍七层楼。电梯坏了,他屏气提腿,不着一响便上了七层,如有轻功,如做蟊贼。他横下一条心,笑嘻嘻地在赵局长的门上轻敲三下。

咚!咚!咚!

没有反响。再敲三下:

咚!咚!咚!

谁呀?是赵局长本人的苍老的声音。

是我,我来看您。大侯的声音婉转如歌。

在他的声音的独特魅力的感召下,赵局长给他开了门,一见是他,怔住了。

这不就是那个"文化大革命"中跳来跳去的侯晓云吗?每当某一派群众组织贴出"中央首长"接见之类的"特大喜讯",他就要发表一次"严正声明"。声明一贯是这样写的:

　　　最 高 指 示

在路线问题上没有调和的余地。

站队站错了不要紧,站过来就是了。

本人紧跟照办,誓死捍卫毛主席的革命路线,庄严宣布自即日即时即刻起与××战斗队脱离关系,加入×××战斗队。被蒙蔽无罪,反戈一击有功!××战斗队的被蒙蔽的朋友们,此时不反戈一击,更待何时?

任何人都不会相信,从一九六七年到一九六八年底,不到两年时间,侯向阳("文化大革命"开始即改名"向阳")共跳来跳去、反戈一击十一次。跳过去就立即投入战斗,毫不留情地揭自己原来属于的群众组织的老底。他的记忆力好,又有一种搜集资料、记录资料、保存资料的癖好。不但"文革"以来全部小报和传单他都留下了,过去随便一次会议通知、一次婚礼请柬、一份时事测验试题、一张电影票、一次挂号收据、一张糖纸,他都全部收藏起来。他喜欢记笔记,不但每次会议发言每个人说什么他全部记下来,而且到公共厕所解手,看到墙上有什么猥亵图画或什么骂人的话也都一一仿制到自己的本子上。再加上他口才好,笔头子也快,又特别善于用大概念,上纲上线、扣大帽子,他的反戈一击永远是力透纸背、令人胆寒的。他写的连篇累牍的大字报(最长的一次足足写了一百二十七页,整个贴满了一条街)也因材料翔实、上纲高、用语尖刻生动、带有一种故事的曲折性与判决书的坚决性而颇具可读性。这样,尽管人们明明知道他加入本组织便等于在本组织内部埋下了一枚定时炸弹,后患无穷,但人们更明白他加入本组织便等于在对方组织内部爆响了一颗原子弹,眼前的利益无限。而人性总是好近利而忘远患,总是存在侥幸心理、认为这次也许不会再翻过去了吧,又总是把能气一气对立面看得比一切原则、是非、影响都重。只要能气一气对立面,自己跟着倒霉也在所不惜。所以,按照正常逻辑难以发生的两年倒戈十一次的政治杂技认认真真是发生了,而且他的每次倒戈在受到一派恶毒咒骂的同时也受到另一派绝不淡漠的热烈欢迎。愈咒骂就愈欢迎,失去的愈多,找回来的便愈不少。这一切都进行得有声有色。

在赵局长莫知所措的时候,侯向阳却很自然很亲热地与他握了手,问了好,愉快地进入局长的会客间,并且伸出手来示意局长可以坐到他的旁边。他说："不是外人，不是外人，是您亲眼看着我从穿开裆裤成长起来的。别人不了解我，您还不了解我吗？我能吃几碗干饭，我蹲到坑上能拉多长多粗的屎，您都是明晰的呀！这不，我这儿一落实，一出狱，就找您来啦。"

侯向阳的性格的变化可真明显，完全是"判若两人"。"文化大革命"前，他孤僻、不开展、怕交际，为此他甚至连对象也找不上，直到最后在一九六六年初勉强找了一位工人。"文化大革命"开始以后，他竟然成了一位"活动家"。

到了"清队"，侯向阳可就遭了难。开始，工宣队、军宣队一来，侯向阳挺积极。第一次会议上他第一个发言，他说：

"盼星星、盼月亮，我们盼来了工宣队、军宣队。我们这个知识分子成堆的地方，恰恰就是'庙小神灵大，水浅王八多'。一群乌龟王八蛋——包括我本人，地、富、反、坏、右、叛徒、特务、走资派、'三反'分子，黑压压的一大片，簸箕一撮论斤约！文化大革命搞了四年，不锈钢制的阶级斗争盖子严丝合缝，针插不进水泼不入，资产阶级专了无产阶级的政，我们就是个地地道道活活生生实实在在的阎王殿！远里不说，就从一九六六年以来，喊错口号的问题，念刘少奇语录的问题，塑料鞋底上写反动标语问题，炮打无产阶级司令部的问题，里通外国的问题……真是怪人、怪事、怪现象，'三怪'何其多也，何其毒也！司马昭之心路人皆知，一样也查不出来。至今赫鲁晓夫式的人物与我们在一个铁锅里吃饭，为什么不揪出来？揪出来！揪出来！热烈欢迎军、工宣队！万岁万岁万万岁！"

侯向阳声色俱厉，大声疾呼，声泪俱下。讲到最后，他一跳老高，哭喊口号，众人（包括军、工宣传队队长）跟着一起喊叫，跟着垂泪，会场气氛热烈，斗争锋芒毕露，使与会者为之变色心跳，勃然悚然，使清队领导和各专案组人员意足心满，凛然欣然。

动员会开完了便忆苦思甜，侯向阳又上台慷慨激昂地讲了一通，听者不仅为之动容，而且为之流涕。深感如果再不擦亮眼睛再立新功揪出他十个八个阶级敌人定时炸弹,就必定使自己、使自己的父母兄弟姐妹妻女再受剥削压迫欺凌蹂躏……八亿人口,不斗行吗?

就在这个时候,"据悉"来了两份材料,一份检举侯向阳家庭出身是上中农而不是贫农,质问他有什么资格忆苦思甜。另一份材料则检举侯向阳是反革命组织头子。

这两份材料究竟是什么人写的,怎么来的,谁收下的,怎么研究的,从头至尾全是一笔糊涂账。等到一九八〇年宣布侯向阳无罪释放的时候,找遍人事档案与文书档案,干脆就没有这么两份材料。查遍全部军、工宣传队员和专案人员,竟无一人看过材料原件。像搜集口头文学民间传说一样,事后问起来,一个人一个版本,谁跟谁说的都不一样。而且甲说是听乙说的,乙说是听丙说的,丙说是……最后癸仍说是听甲说的。就是这样的罗圈账,一环套一环,即使福尔摩斯在世,也没处查去了。

但在一九七〇年夏,有关同志都听说了这两份绝密机要材料。宣传队员背对背征求群众意见,两派群众竟没有一个人说侯某的好话。野心家,投机家,两面派,新式反革命,扰乱革命阵线,干扰无产阶级司令部的战略部署……这就是广大群众对侯某其人的接近一致的评价。反映多了,军、工宣队当机立断,突然对侯向阳来了一个抄家,抄出了三十二本日记、记录、剪贴、资料簿。原来,"文化大革命"前,他孤孤僻僻,就是躲在阴暗的角落积累准备这些资料。搞这么多资料干什么?只能是等中国的赫鲁晓夫上台以后或者台湾军队打过来以后作变天账用。积极分子们一致这样分析,十几个具有初、中、高等学历的办案人员昼夜研读他的"本本",终于找出了许多三反言论,都是反动到了"高档"程度的。因此不能宣布。群众始终弄不清他到底有什么反动言论。而到了一九八〇年,又没有一条反动言论能得到确认了。

一九七〇年夏,三十几本反动日记与变天账的反革命集团案轰动了局、轰动了市、轰动了全省,组织了细密的搜查和攻心战。搜查一直搜到侯某人的内衣内裤,上身下身,眼球脚缝。侯晓云的左眼不太好,有点斜视,一位高小程度、常读苏联侦破小说的工宣队员便提出要检查他的眼睛,因为据他所知常常有间谍特务挖掉一只眼珠,再把微型摄影机乃至录音机制成眼球形,冒充假眼安放到自己的空眼眶里。

搜查了个不亦乐乎不亦"小人"乎,没查出个鸿毛来。攻心的效果则出人意料,宣传队长亲自与侯向阳谈,面带笑容说:你是聪明人,你知道你应该怎么办,你知道只剩下了一条路。你知道你已经陷入了人民的重围之中,你即使插翅也跑不掉了,你不想想南京政府到何处去吗?你不想想杜聿明的下场吗?说到这里,宣传队长突然一变脸,把桌子一拍,大喝一声:把反革命分子侯向阳给我拉出去!

这大喝一声学的是样板戏《智取威虎山》杨子荣审栾平一折。这出戏对审讯学的贡献远远大于对戏曲艺术的贡献。

侯向阳立即表示:我说,我说,我全说,需要什么我就说什么!我这儿全有。八年了,别提他了⋯⋯

此后的事情也是一个谜。

赵局长终于稳住了自己。他给侯向阳倒了一杯薄茶,冷冷地听着侯向阳的话。

这也是自作自受,最后,我比谁都惨⋯⋯我比谁都有罪,我比谁都臭⋯⋯我到底怎么了?我聪明、灵活、接受新鲜事物快,我盼望工作、盼望发挥出自己的能量。我不敢说我是千里马,至少也可以说是一条百里驴!您把一条百里驴关在一米见方的小栏圈里,一会儿这边挥鞭,一会儿那边吹哨,一会儿这边拽,一会儿那边推,一会儿是战鼓擂、军号吹,一会儿是红旗飘、呐喊脆⋯⋯而我想的是奔跑,趁着我能跑我一定要跑它几个一百里,几十个几百个几千个一百里⋯⋯最后,我没有跑出一米去,我左冲右突,我踢倒了木栏踢伤了蹄子,撞破了鼻子、眼、嘴⋯⋯人们还非把我送上汤锅,一刀要我的小命!

侯向阳审查了只有三天,便写出了厚厚的关于"反革命集团"的招供材料。集团命名为"国际反共组织中国分部",英文缩写"IAC-CB"。集团有纲领——中文、英文各一份。措词用语,文体很像"蒋公"的《中国之命运》。有章程,共二十四条。侯向阳任"总统",他解释说,他的职务是一个英文词,可以译成会长也可以译成总统。专案人员一致认为应该译为总统,虽然他们谁也不懂英语。译成总统比较过瘾,比较能报功。最可怕、可恶、不可原谅的是他书面招供了这个集团的全部成员和领导系统,名单囊括了他的全部熟人、亲友。他的名单写得那么完整详尽广阔,以致所有有资格读到他的交代材料的人,心怦怦然,人人自危,生怕从名单中突然跳出自己或自己的父母爱人兄弟的名字。

这是彻头彻尾的小说,比那些拙劣的小报上的所谓推理小说高明得多的小说。但在最初的一些日子,没有一个人敢提出对这个虚构作品的真实性的怀疑,因为谁也不愿意背一个为"反革命集团头子"辩护的黑锅。机要电话、电报、文件紧张地投向各方,所有被他供出来的人立刻遭到了从隔离到拘留的厄运。而所有从事并执行这一追查"反革命集团"任务的人,没有一个人从心眼深处相信侯向阳的招供是实。

两个多月后,各地的审查都得出了纯系子虚乌有诬告陷害的结论。人们被激怒了。终于,侯向阳以破坏"清队"、利用假交代陷害好人并发泄自己的反革命思想情感的罪名被捕。

你是不是反革命集团头子?

不是。

你为什么说是?为什么用中文、英文起草纲领?那纲领不是你写的吗?它代表的是谁的思想呢?

我是被迫的。

谁"迫"了你?专案组打你了吗?恫吓你了吗?刑讯了吗?疲劳审讯了吗?诱供了吗?给你注射麻醉剂了吗?

没有。绝对没有。

那么何"迫"之有？

我就觉着是被迫的。

那你为什么那么积极主动地写了那么一大篇,供了那么一大堆人呢？你的反革命纲领为什么写得那样"像"呢？

我不写就永远没有完。我拼命往离奇里写,我供的人大部分都是一些久经考验的、德才兼备的、上下交誉的、有口皆碑的好同志。这样就更加证明这样的国际性反革命集团的存在绝无可能。我这是"以子之矛攻子之盾",这是逻辑上的"归谬判断"。我按照专案组的逻辑推演下去,便得出了荒谬绝伦的结论。专案组的水平太低,弄不好会对我肉体折磨,叫做触及皮肉。我实在是怕触及皮肉,我是宁要触及灵魂不要触及皮肉。我相信我们的正式的公检法系统的政策水平与审理水平,我起码相信你们不会触痛我的皮肉……

胡说！放肆！什么"以子之矛攻子之盾"？这就是坚持与人民为敌！什么归谬,你是破坏……说,你写反革命纲领是什么意思？白纸黑字,赖也赖不掉！

类似的回答在审讯中,以至在后来的友好的询问中,重复了许多次,当然语气与方式各不相同。但即使对侯某人最不怀恶意、最能谅解的人,也无法接受他自己的说明,无法接受本身就荒谬绝伦的"归谬判断说",无法解释他写的全部反革命集团纲领、章程、组织系统、名单究竟意味着什么,无法为之辩白、为之开脱说这并不意味着什么。

你回去吧,你的工作问题听组织的决定好了,我个人不能帮助你。赵局长公事公办地说,他站起来,做出了送客的姿势。

那么多人都落实了政策,连几十万右派都"改正"了,为什么我就活该倒霉呢？我究竟犯了什么罪？我反对过党么？我参加"文化大革命"也是响应党的号召,我不敢自以为是,我常常自以为非,我时时按照上级的精神校正我自己的尺寸,这就是我的弥天大罪？为什么一直拖到一九八〇年才释放我？为什么不能安排工作？

侯向阳叫了起来,他含着泪。

人们无法扭转自己的与别人的对侯某人的恶感。"文化大革命"当中,他得罪遍了全局上上下下,包括司机和勤杂工。因为他每倒戈一次,对原来的一个战壕里的"战友"包括司机和勤杂工都要毫不留情地揭发批判一番,谁说过什么怪话过头话,谁发过什么牢骚,全盘端出,滴水不漏。应该说对他自己,他也要彻底清算一次。仅从现象上看,赵局长怀疑他是否有某种精神病。但接触他的人一致认为他的精神是绝对的百分之百的正常,相当坚强皮实。

有一位主管政治工作的以水平高而著称的副局长分析说,他的表现不仅是政治品质问题,而且是新生的反革命,反映了无产阶级专政条件下阶级斗争的新特点。在无产阶级专政条件下,阶级敌人不可能公开打出反社会主义的旗号,便极力上蹿下跳,混淆视听,扰乱阶级战线,制造分裂事端……

大家都认为这个分析有理。全局机关一次又一次地讨论,前前后后讨论了十余次,几乎每次都是大多数乃至绝大多数人不赞成把侯某人释放出来。至于那些参加过对侯的审查、逮捕的人们就更不愿意见到他无罪放出。多数人宁愿从理论上用一种新的政治逻辑论定他的"新生反革命分子"性质。直到一九七八年十一月党的十一届三中全会以后,清理侯向阳一案的"群众阻力"仍然很大。一次又一次讨论,一次又一次否决。最后毕竟没有抵得住实事求是、拨乱反正的洪流。终于,一九八〇年春,将侯向阳释放了,留了个尾巴,说他在"清队中犯有政治错误"。

侯向阳出狱的时候确实很惨,一米八的个子,只剩下了五十一公斤。在押期间,经组织同意法院批准,老婆与他离了婚。压根儿他们就没有感情。在监狱九年,他染上了关节疾患。受了这么大的罪,出狱后,竟然没有一个领导一个同事来看望他。只是保卫处派了一个干事把他从监狱领了出来。他默默地出来了,最重要的唯一令人欣慰的战果是领到了九年的部分工资(另一部分曾以生活补助费形式发给他的老婆,扣除),他好好保养吃喝了一番,速效生长。三个月后,他又"复归"了,开始为工作问题而活动,竟比入狱前又活跃了三倍,找到过去器重过他的赵局长这里来了。

赵局长皱着眉头,踱着步子。他说:你应该知道你没有办法再留到外事部门工作。你也别指望我个人能给你帮忙。我倒是器重过你,可"文革"一开始你头一个造我的反。想想吧,你在那十年表演得还不充分吗?你真是表演得淋漓尽致了!太过分了!

侯晓云是一九五九年入学的外国语学院英语专业学生。入学考试成绩优良。入学不久就在"红专问题大辩论"中受到重点帮助,全校把他树成了"只专不红"的典型,因为在一次时事测验中他竟把"三面红旗"答成"共产党、解放军、统一战线"。(按:正确答案应是总路线、大跃进、人民公社。书此备忘,否则时过境迁,不仅晚学,吾辈亦将忘个干净也。)

后来在深挖思想根源阶级根源的时候,他又检讨了一句:我有"不能流芳百世,也要遗臭万年"的思想。

你打算怎么个样遗臭万年呢?班上的积极分子来了兴趣。

比如说,比如说——侯晓云脑门上沁出了汗珠——比如说我要是暗杀某个人,不就也出了名了嘛。

你要暗杀谁呢?

我是打比方嘛。

有这样打比方的吗?如果你没有这种思想,又从哪里来的这样的比方呢?

侯晓云一身冷汗,差点休克过去。

从此他谨言慎行,处处赔小心,一步不敢走错。大学毕业时的政治思想鉴定还很不错,分到了这个省的外事局。

所以,"文化大革命"开始以后的乱冲乱闯的局面,使他兴奋若狂,他的自我感觉如同孙猴子去掉了紧箍帽。他终于能一展所长,在政治风云、革命风浪中一显身手了!他表现得是激烈躁狂体温极高。

但在内心深处,他又时时觉得心虚胆怯,总怕自己犯了错误,跌入十八层地狱万劫而不复。这样,便特别灵光地注意着风向气候动态,堪称眼观六路、耳听八方。与此同时,他又极得意于自己的政治敏感,推断力联想力与想象力。他能从报纸上一条百十个字的消息的字里行间,从一帧新闻照片的位置、大小、形象之中,从一条别人都认为是理应如此、最最一般化的标语口号之中嗅出某种政治气味来。与他相比,别人不是政治白痴也是政治低能儿!这样,他虽然胆小,但无法放弃显示自己的政治敏感力与政治逻辑推理力的机会,无法抵御靠自己的机敏智慧多方面的才能与应变能力在乱中一显身手、不枉此生的跃跃欲试之心的诱惑力。当他坚信自己已能看准政治形势,已经摸准了无产阶级司令部的意图,已经独得风气之先、独得"文革"三昧的时候,他就不惜以批判自己为代价,以得罪别人为代价,以毁坏自己的政治形象为代价,大跳特跳,一跳三丈高,表演个淋漓尽致了。

他深知,只要自己这一步走对了,一切代价都划得来,一切付出都可以成十成百倍地捞回来。

他跳完了往往立即又冷静下来,又眼观六路耳听八方地窥测盘算起来了。这一步走对了吗?留后路了没有?有应变方案没有?下一步该怎么走呢?又思谋上了。偏偏"文化大革命"中的政治风云瞬息万变,"文化大革命"中的政治舞台旋转如走马灯。侯向阳他是跳一次错一次,错一次(知今是而昨非一次)为了摆脱错的阴影便变本加厉地更加大跳一次。每次跳的时候他的侥幸心理正与接待他"站过来"的组织的其他成员一样:大概这是最后一次跳吧?

一次又一次。最后一次又最最后一次又最最最后一次。便成了不合逻辑的十一次。而且跳出了超高度。

(气壮如牛,胆小如鼠。才有九斗,"根"无一寸。热衷冒险,遇事怕险。安得不如是哉!)

可我觉得我的表演还很不够,我的真正的表演还没开始呢——

侯向阳反驳赵局长说——在"文化大革命"那种奇特的钢丝上,即使我会全套体操动作,我表演得出来吗?我的英语,我的英语经过九年坐牢已经进入了新的高得多的境界,您不让我搞外事,我怎么能让您知道呢?我还读了《资本论》,读了三遍!我承认我有错误,但是我的错误又是谁造成的呢?我不是一个坚强的人,以区区之我也谈不上反潮流,我反得了吗?让潮流一冲就不知道冲到哪里去了。这次能活着见您就算便宜了我了!可我能工作!"文化大革命"条件下我做了许多错事,在今天的大好形势下,我难道反而不能出力效劳,为人民做出点成绩来吗?

侯向阳出狱以后,调养期间,读了一本美国中篇小说《海鸥》,他读的是原文。这本书在七十年代的美国曾经十分畅销。侯向阳读着读着,由潸潸流泪到痛哭失声了。

他找出他的第三十三本日记——资料簿,奋笔写道:

我就是一只海鸥,我的生命的意义在于飞翔,在于飞得更高些,再更高一些。我有健壮的翅膀,我有冲向云天的愿望和勇气。历尽磨难,哪怕受了伤了也罢,我的翅膀的百分之九十的潜力还没有发挥出来呢!我的应有的高度的百分之十还没有达到呢,做一个俗人,做一个俗人所谓的好人,是多么轻松,多么容易,多么舒服啊!那就等于让一只海鸥生活在屋檐下,生活在鸡窝里!然而我宁死不能!让俗人们说我是政治投机商,是风派,是滚珠轴承的脖子吧!我追求天空,我追求高度,我追求飞翔的热诚敢叫铁石人儿落泪!难道我不是在认真地参加"文化大革命"吗?难道不是我,而是那些在"文化大革命"中睡扁了脑袋抱孩子抱出一身又一身痱子的家伙更有资格评价那十年么?为什么用一种积极赤诚的态度对待政治对待社会对待人生的人总是要倒霉呢?为什么占便宜的总是那些油头滑脑、模棱两可、非驴非马、八面玲珑的乡愿呢?

侯向阳愤愤不平。他比你还有理。

随着整个政治生活、政治气氛的改变，人们最后终于同情起侯向阳来了，怜悯起侯向阳来了，原谅了侯向阳了。

这家伙虽然不怎么的，然而他遭到的教训这一壶苦酒，已经够他喝一辈子的了。命运已经教训了他，他遭的罪早已经超过了他作的孽，连媳妇都丢了，我们还能说他什么呢？

说来说去还不是由于"文化大革命"，由于极左路线？不然，他好好地学他的英语，当他的翻译，他哪里至于来回来去跳十一次！他哪里至于坐牢坐到一九八〇年！

人们这样说，叹息着。

"民心"的改变影响着领导。赵局长也决心给他安排一个称心一点的工作了。上级人事、保卫部门坚持像他这样有"政治错误"、政治品质相当恶劣的"风派"兼"震派"的双料人物，不能再留在外事单位工作。要他去中学教英语，他不去。要他去大学教英语，他也犹犹豫豫。不久，他自己联系了一个工作，去旅游局。旅游局是新兴事业，急需懂英语的人才。在赵局长指示下给他搞了个鉴定，隐恶扬善，把他说得相当不错。安定团结，再不以阶级斗争为纲，与人方便，自己方便，谁不愿意做好人呢？过去生是斗过来斗过去，才把人斗恶了。本来嘛，人之初性本善嘛！再说，你要是鉴定坏了，旅游局不要，不还是得外事局背着吗？

这样，侯晓云——从到旅游局工作的第一天，他又"复归"为侯晓云了——便成了这个省新建立的旅游局的业务骨干。他的文化程度，他的外语基础，他的殷勤与机敏，立即为他赢得了好评。三个月以后，他就任旅游局接待处副处长。

高高的身材、花白的、略略有点稀疏的头发，礼貌、含蓄、自信的微笑，微微偏一偏头的贵族式的动作，面部特别是嘴角肌肉的灵活的运动，匆忙的却仍然是轻柔的步伐。手背与手心翻来翻去的高雅的手势，特别是眼睛里呈现出来的那种欣喜的、富有表现力的光泽，提供了侯晓云的全新的美好形象。潇洒，快活，有教养，颇有几分洋气，连笑声也变了,笑得分外自如。

一九五九年被"帮助"以后的大学生侯晓云,则是一个傻大个子。走起路来长胳臂长腿的动作互不协调,像一只受了伤的螳螂。脸上显着谦卑得近于恐慌的笑容,眼珠左转转右转转停不在一个地方,特别是走路的那种外八字脚的姿势,就像是缺一根弦的智力发育不全的人……

"文化大革命"当中,改了名的侯向阳呢,他的激烈的、机关枪嘟嘟嘟嘟扫射般的言语,他的不停地挥动、举起、放下和颤抖的两臂,他的显出了血丝的发直的眼睛,还有他的蓬乱的、随着演说的情绪一跳一跳、时而冲冠、时而驯服的头发,都使他看起来像一个狂人。

打成了"反革命集团"头子以后呢,他浮肿,他脏烂,他的眼神凶残而又绝望、故作镇静而又惶惶不可终日,他的整个身躯、整个块头都显得那样累赘、那样多余、那样侵占了地球的与国家的宝贵的空间,毒化了、污染了纯净的空气……留下一张照片来吧,从造型艺术而不是从法律的观点来看,连侯某人自己也不能不承认那正是一个典型的"反革命"。

呜呼,两个名字,四种(或更多种)形象,认同乎?异化乎?人者何也?何者人也?处境云云,敢不察哉!

侯晓云到了旅游局,如鱼得水。他的英语一经投入使用,便显出了昔日高材生的威风。无妻则闲,他几乎用掉所有业余时间听英语会话的录音带,听BBC与CBS的英语广播。听那种标准的牛津味儿的或美国味儿的英语,如同欣赏交响乐,侯晓云如醉如痴。

处境一好转、立刻有各种好事者前来为之说媒,介绍对象,有一位还把自己的表妹亲自介绍给侯某,被侯晓云一一谢绝。此事给他招来了诸如"怪不错的""不知道自己是老几""也不撒泡尿照照镜子"之类的评语,还暴露了他的自高自大、不联系群众、自命不凡、自鸣清高——干脆说是站到了人民群众的对立面上,多少削弱了最初三四个月他留给旅游局诸同仁的佳良印象。

一九八一年三月,旅游局接到所属饭店工作人员的报告,一位美国绅士游客要求会见旅游局一位懂英语的领导,说是有要事相谈。局领导再无懂英语者,便派侯副处长前去了。

美国游客名米勒·查理斯,枯瘦如柴,眼睛大得怕人,穿一件大花毛线衣,新新的毛衣肘部钉着两个大鸭蛋圆皮补丁,酱色条绒裤子,年龄估计与侯晓云相仿,不到五十岁。一见侯晓云,问好以后,他立刻滔滔不绝:

我很高兴我有机会会见一位中国的有教养的官员,我现在是康涅狄格州立大学副教授,我有科学史学博士和经济学硕士学位。我从年轻时便研究发展中国家的发展战略问题,我的经济学硕士论文题目是论约旦的经济状况和前景,顺便提一下,我的这篇文章受到约旦当局的重视,译成了阿拉伯文,我与侯赛因国王通过信。我访问和实地调查过拉丁美洲的经济与科学技术状况,我见过智利前总统阿连德和阿根廷前总统庇隆的第二夫人、十分著名的阿维塔。但我真正的兴趣在亚洲。对不起,我去过台湾,见过他们的官员包括一位蒋先生。我到过菲律宾、新加坡、印度尼西亚、印度,我与伊梅尔达·马科斯、李光耀、苏哈托、英迪拉·甘地或者见过面、或者通过信、或者通过电话。当然,我也到过汉城,对不起,还有特拉维夫——以色列。我是思想家、著作家。我著有《发展战略——发展的钥匙》一书,此书受到了《纽约时报》《巴尔的摩太阳报》的好评,并且在许多发展中国家已经引起了轰动,在马来西亚,这本书已经翻译出版而且畅销,但是这几年,我最大的兴趣是中国。在邓的领导下,中国正走向现代化。而我相信,我的思想学说,对于中国的发展是不无补益的。人们说,思想创造着生活,思想决定了历史。一个这样巨大的、历史悠久的、文化背景极富特点的东方社会主义国家走向现代化,这使我兴奋若狂。我几次与你们的国家政府和大学联系,但是,对不起,我要指出你们的办事效率与你们的现代化愿望是不相称的。你们的机构始终未能做出令人满意的安排。我是个急性子的人,像毛的诗里所说的,叫做"只争朝夕",我便自费以游客的身份前来了。对不起,我对你是坦率的。我想了解,你有没有兴趣多少了解一下我的著作和我的思想。我想了解,你有没有兴趣帮助我会见贵省政府的高级官员和贵省科学院的负责官员,如果可能,会见贵国的领导人?

侯晓云专注地听完了他的话,他半信半疑,又不无兴趣。他做了感兴趣的表示,他说他愿意尽力一试。

侯晓云回答问题的分寸感抬高了他的形象。查理斯先生立刻从公文包里拿出了一套资料。包括他的关于发展问题的专著——其实只是一本八十多页的小册子,由于外国出版物纸张厚实,印刷精良,装帧完美,仍然像一本很像样的书。关于他的书的评介的多种复印件,包括片言只语也都搜集了来。此外还有一些信件的某些段落的复印件,证明他所说的与诸发展中国家首脑、名流的通信来往并非虚夸。最后,最珍贵的是一盒电影胶片,用电影记录了他的学说和学术活动。侯晓云接过了这些资料,并对他的细心与开拓勇气表示佩服。他问:请问是否可以告诉我,阁下目前正在研究什么课题?

侯晓云认为这种突然的近距离提问是最好的测定方式,因为对方事先没有可能有所准备。

我在研究人类继承、传播和接受知识的新方式——查理斯先生说——有大量的知识是死记硬背的知识,并不需要人的高级的创造性智能。我们要研究这些知识被储存的生理机能与生理效应——我指的当然是大脑,但也不限于大脑,因为人们在集中精力学习,背诵的时候,他的全部机体包括血液循环和内分泌,都有自己的变化与特有状态。这样,我们不但能制造出软件,而且可以制造出药品或者食品或者硬件——仪器。就是说,一个人获取知识的方法将大大扩充。一个人不但可以通过苦学——通过阅读和做作业、听课来获取知识,也可以通过吞服或者机械处理来获取知识。例如,我所指的特制药品或食品,经吞服后,可以通过生物化学反应在你的大脑上"刻印"出与苦学死背的结果完全一致的纹路来。我们说的那些仪器,经过使用——诸如照射、烘烤、振动直至手术，也将以成套的牢固可靠的知识充实你的大脑……你明白了么？

侯晓云目瞪口呆，嘴都合不上了，失去了他会见外宾时的潇洒风度。

你可能无法接受我的这种观念。对不起。苏联就曾经拒绝接受关于模拟人的智能的观念，指斥电脑的研究制造是"伪科学"。结果呢，苏联的电脑研制至少落后于美国五年……

……好像一只海鸥，听到了云天之上的遥远的某地的一种奇怪的声响，看到了从那不可测的高空闪烁传导的莫测的电光。高空是辽阔、自由也是虚无……问题不在于事情本身，与查理斯的谈话的结果是奇妙的与全面的，像是服用了补药、激素，像是已经进行了"吞服"与"机械处理"。侯晓云耳底血液嗞嗞地响，如毒蛇吐出了长芯。侯晓云心跳如小鼓敲点。侯晓云脑门上沁出了汗珠。真正飞翔的机会到了，敢不敢？要不要？天上刮着狂风，亮着星辰，交错着各种电波……他甚至感受到了一种快乐，一种快乐的爆发与死亡，一种要从高楼上跳下去的神秘的冲动。他真正来劲了。

侯晓云使出了浑身解数，前门后门，唬、蒙、磨、泡、说服，找了省长的秘书的表舅，省长的儿媳妇的叔伯哥，又找了在省社科院工作的当年整过他的专案组成员。这也是中国人的独特人情味，叫做"不打不相识"。终于，他办成了。省长与省社会科学院经济所所长接见了查理斯。接见时由侯晓云充当陪同和翻译。会见十分成功，会见当时，省长指示：

一、尽快将查理斯的小册子译成中文出版。翻译工作由侯晓云牵头，配备两名得力助手协同进行。

二、由侯晓云陪同查理斯先生完成省内全部旅游日程。然后由侯写一篇具有一定学术水平的访问记，在省社会科学院院刊上发表。

三、当年秋季，将由省社会科学院正式邀请查理斯教授前来讲学，在华一切开支，由中国方面负担，并酌情给予报酬。

会见后省长设便宴招待查理斯。宴会时在座的有该省一些著名学者。筵席上有清烧蹄筋、松鼠大虾、葱爆海参、桃花泛。侯晓云也叨陪末座。席间宾主频频举杯为中美人民与学者之间友谊，为中美文化学术交流，为中国的四个现代化，为世界和平干杯。

此后的接触中，侯晓云和查理斯很快成了朋友。侯晓云的大学英语系毕业与"文化大革命"中入狱的经历使查理斯刮目相看，肃然起敬。在友谊商店，有一次查理斯要买一件景泰蓝圆盒，询问价格后又摇起头来。侯晓云看在眼中，记在心里，当天晚上便从另一家百货店买了一件花色式样无异而价格要低廉许多的景泰蓝制品，作为他个人的礼物赠送给了查理斯。查理斯高兴异常，连声喊着侯！侯！侯！要把自己的照相机送给侯，被侯晓云礼貌地谢绝了。

九个月之后，小册子正式出版，省内外、学界内外、领导层上下都引起了相当强烈的反响。在开阔思路方面，确实收到了好的效果。窗户关久了，随便刮进一阵风便令人觉得清爽芳香。不久，北京出的《人民日报》《光明日报》，上海出的《文汇报》和一大批（超过二十种）学术杂志介绍了这本书和他的作者、译者。

初冬时节，米勒·查理斯先生偕夫人正式应邀来访，处处待如上宾，他的许多关于发展的思想观念乃至名词，在这一省迅速流行普及。讲话结束后，查理斯夫妇又到北京访问五天，上海访问三天，杭州、西安各访问一天。临时应邀到香港中文大学讲学三天。

到一九八四年，小册子印刷了五次，累计印数超过了二十万。在这个省，印数仅次于金庸的小说《射雕英雄传》。

一时间，不懂不会用查理斯常用的名词变成了保守落伍的标志。"发展钥匙"成了改革家们的口头禅。除去一九八三年底一段时间忙于搞反精神污染以外（当时有人提出吹"发展钥匙"也是精神污染），一直是满城争论发展钥匙。

米勒·查理斯的著作在中国江南某省以及在全中国取得成功的消息反馈到了美利坚合众国康涅狄格州。从此，他便成了州长招待中国客人的鸡尾酒会上的不可或缺的陪客。邻近几个大学请他去讲在中国旅行的印象与对中国的经济改革的看法,每次演讲费一百五十至二百五十美元。他把三次内容各异的讲演稿整理了出来,以五千六百美元的代价把版权卖给了一所大学的出版机构。美国的一个大人物于一九八四年春季访华前搜集各种资料做准备工作,白宫派人来访问米勒·查理斯教授,谈话费每小时七十五美元。之后请他写了一份材料,报酬是一千二百美元。之后纽约出版的《新闻周刊》与《亚洲周刊》都来找他约稿。

在此期间,远隔大西洋或太平洋的地球另一面中国某省的侯晓云其人,他的身价与各项活动差不多与米勒·查理斯同步进行。查理斯第二次来中国时一再表示希望仍由侯教授充当他的翻译、陪同和向导。米勒·查理斯不管三七二十一,逢人便赞扬侯教授,于是省里的人也就承认侯是教授了。查理斯讲学的成功使侯晓云成了发展战略专家——查理斯学派权威。侯晓云也被请去到处讲学。最高纪录一次讲演费达人民币五十元——这在中国的条件下,已经是极好极好的了。尤其热门的是,他翻译了查理斯的纪录资料片。多年来培养的"收藏癖",使他能胜任这种"杂学"翻译工作,各大单位纷纷抢这部"内部资料片",而且必须是他亲自去做同声翻译,省内放完了放到省外,自哈尔滨到湛江,自喀什噶尔到上海,纷纷邀请他去译电影,去作报告。他在许多报刊上发表了诸如《发展的钥匙安在》《发展——人类面临的最迫切问题之一》《发展战略与我们》《发展战略学家米勒·查理斯二三事》《与查理斯话发展》……的文章,并接受了一些记者的采访。他的照片刊登在省城晚报的第一版上,配以专访《若无严冬苦,哪来梅花香——访我国发展战略学家侯晓云》,专访里特别提到他在"文化大革命"中曾受六年铁窗之苦,而由于"左"的流毒,竟在"四人帮"倒台以后又关了三年,而他拳拳报国之心赤红不渝。专访写得文笔生花,以"苦"动人,催人泪下。不久,他获得了省工会授予的劳动红旗奖状和省重点大学的兼职教授头衔。

次年春，晚报专访获得了最佳新闻奖，记者提升工资一级。

一九八四年，中国的开放政策大大前进一步，又用"一国两制"的构想与英国达成了关于香港前途问题的协议，举国上下，神州内外，改革的声浪，高亢壮阔，男男女女，咸与维新。这个省成立了一个发展战略咨询小组，由侯晓云担任组长。名为"小组"，正式编制只有九个人（其余成员均是兼职），但省委省政府的正式文件规定，此小组为副厅级单位，配备一辆新进口的白色伏尔加轿车。侯晓云同志按副厅长待遇，他迁入三室一厅新居，安装上了电话，上班下班均由"伏尔加"接送。不久，他入了党。讨论他入党的支部会上他讲得十分动情：

我希望自己有所作为，对社会有所贡献，已经希望了四十年！作为在哪里？贡献在哪里？心事浩茫，无计可施，倒是闹了一次又一次的笑话，犯了一个又一个的错误，丑态百出，贻笑大方！如今，我这样受到党的信赖，自己都想不到。我"成了正果"，是我个人有多大的进步、多大的出息了么？是我这个非驴非马、姥姥不疼、舅舅不爱的二百五突然长进，突然变得招人疼了么？非也……一句话，党的事业上了轨道，国家上了轨道！区区个人，离开党的事业，不如一粒微尘。我的有生之年，只有一个心愿，把一己的渺小的力量，汇入党的建设现代化国家的伟大事业的洪流。

几句话全场为之感佩，侯晓云也流出了热泪。

对于侯晓云几年来地位的突变，先是有不少的嘲弄舆论：这小子瞎猫碰上死耗子了！忽然碰上时运了！还不是连蒙带唬？撑死大胆的、饿死没眼的！还有的则纷纷预言：上去得快趴下得也快！爬得高跌得重！邪着上来的歪着滚下去……在这些预言中，看惯了他的倒霉态丑态、看不惯他的"发达"态并从而愤愤不平的哥们儿颇感到几分安慰乃至快意。他们的潜台词是：算你小子一时走运！最后趴下来，还是比我们矮一截！

侯晓云正式就任发展战略咨询组长并入了党。咨询组成立后不到三个月便提出了一批发展经济的建议而且受到了相当的好评。不久传来消息，说是北京某同志也对咨询组关于发展山区畜牧业和改变流通体制的建议颇加赞许。此时，包括对侯晓云一贯不抱好感，在"文化大革命"中受过侯晓云的"出卖"也整过侯某人的"反革命"的那些人，都改了口风：

不拘一格降人才嘛！用其所长，调动每个人的积极性嘛！别说，小子就是有股子钻劲儿！闯劲儿！干劲儿！邪劲儿！小子这几年打光棍儿，还真是一心扑在工作上了呢！也算个材料，也算个材料，至少算个鬼才，哈哈哈……

侯晓云的名字渐渐被大洋彼岸所知晓。一九八四年，中国的改革震动了世界。赞扬备至者有之，欢欣若狂者有之，衷心祝祷者有之，议论纷纷者、半信半疑者、照样骂倒者皆有之。这些人对米勒·查理斯的小册子在中国的成功极感兴趣，便也对侯晓云感兴趣起来。意大利一家《世界名人词典》的编辑决定把侯晓云收入一九八五年版的词典，并给予两行的篇幅。为此，省报做了引人注目的报道，标题叫做《我国发展学专家侯晓云成为世界名人》。美国的五所大学和美国官方机构——美国新闻处分别发出正式邀请，请侯晓云教授前往美利坚合众国访问、参观、讲学、交流。侯晓云"愉快地接受了"邀请，办护照、置装，购买了一个拿出去绝不寒碜的旅行用皮箱和一个多功能旅行包。对方提供了泛美航空公司的经东京抵达纽约的飞机票。临行之前美国驻北京使馆的一个低级官员还请侯教授在建国饭店吃了一顿饭，一个牛排收五十几元的外汇券。侯教授风度翩翩、衣冠楚楚、文质彬彬地来到了北美大陆，他谈笑风生、挥洒自如、对答如流，操着流利的英语中语遍访了纽约、波士顿、华盛顿特区、休斯敦、丹佛、洛杉矶、旧金山、圣地亚哥。他喝汤无声，喝酒有派，讲演有条理，答问无吞吐，博闻强记，既富表情又富幽默感，使和他接触过的美国人一致赞扬他是"当今中国知识界的优秀使节""令人倾倒的历尽艰辛的中国男子汉"。

按计划访问共进行八个星期,到第六个星期上,省政府收到来自美国的侯组长的长信,信上说:

我在美国的访问极为成功。我强调说,中国的开放不仅是中国历史上的重大事件,也是世界历史与国际社会中的重大事件。中国的开放将影响中国的历史进程,也将影响世界的历史进程。像中国这样一个大国古国,长期自动或被迫封闭,一旦开放,任何一股清风新风都会引起片片涟漪、层层波浪、种种奇观、次次冲激、千般风光、万般景致。诚二十世纪八十年代最重大之事件。我希望更多的美国朝野有识之士帮助中国实现自己的现代化计划。它有利于中国,有利于国际合作与世界和平,我的讲话到处赢得了鼓掌喝彩。

我要报告给组织上的是,我在美访问期间,结识了美国公民、黑人琳达小姐。琳达现年三十三岁、未婚,在一家电气公司做事,本人热爱中国,现正在夜校学习中文,而且向一位华人学唱京剧花脸,她现已会唱《二进宫》中的花脸唱段。我们一见倾心,建立了深厚情感,我们准备正式向中国与美国政府申请结婚。我们准备在美结婚,回中国度蜜月,我再随她回美进行两至三年的学习研究,我希望能得到省上的批准,并按停薪留职处理。有关事宜正在办理,料无问题。

这里我要郑重声明的是,我与琳达的结合,纯系个人的情感的选择,我既无移民美洲之心,更无离国投美之意(否则我就不写此信,也不会在婚后回国度蜜月了)。我申请二次回来在美国搞研究,仍是为了四化大业的利益。须知我国开放以来,来美者争先恐后,自美去中国者亦颇不乏人。可惜来的人走马观花者多,细心深入者少,采购电器者多,研究学问者少,笼统拜倒或笼统拒绝者多,具体分析者少,抱着"三洋"心态——开洋荤、发洋财、出洋相——者多,一心记挂着"四化"者少。而自美去中国者,旅行猎奇者多,了解中国者少,一知半解、指手画脚、夸夸其谈者多,设身处地、实事求是、真正为中国着想者少。长此下去,中美交流,将停留在相当低的层次上,而无大补于我国建设有中国特色的社会主义之伟业也。

我的目的是，通过现在可以有的条件，抓紧每一时每一分，研究美国生活特别是经济生活的各个方面，真正成为合格的美国通，成为合格的我省发展战略咨询学者。我十分感谢省政府的器重，但说实话，以我目前的水平，并不称职。我要经过一番奋斗，使自己成为合格的发展参谋，成为智囊或思想库里的中坚力量。我相信，领导上是不会误解我的苦心的。顺便说一下，三年以后，我决意回国报效人民，我相信琳达是会随我回中国的。她是黑人，是有革命性的，我相信她也能为我的祖国做一些有益的事。万一她届时不愿去中国，我也绝不迁延迁就，我是宁弃琳达，毋弃祖国的！我永远是中国的公民，中国共产党的一名普通战士！蓝天黄土，可鉴此心！

这封信完全出乎大家的意料，想多了解一些详情也很难了解上来。怎么办？有三种意见：

一、侯晓云本来就是坏人，是漏网的"三种人"。信任他本身就是错了。出国后他的行为完全出了格，应立即开除党籍，开除公职，回信给予通告，如果他自绝于祖国人民，一切后果，由他自己负责。

二、截至目前，侯晓云或有闪失，未失大节，不应推到敌人营垒中去。来信所述，即使不尽可信，却也毕竟表达的是一种良好意愿，不应一笔抹杀。更不能因此怀疑新时期我省贯彻执行的干部政策与知识分子政策，不如予以基本肯定。结婚、蜜月、留学诸问题，一一按有关法律、法令、规定办理。（这样的事并非没有先例。一位去拉丁美洲自费留学的党员，已经去了四年没有回来，按学生的标准，他现在一年只寄来六角钱人民币的党费。）

三、拖一拖吧，暂不回信好了。事情一拖，自然就找到最佳对策。

有一点多数人意见是一致的，侯晓云与一美国姑娘的恋爱，不是什么大事。中国在改革、在开放、在变化、随时会出现一些新气象、新问题，也会出现些古怪事情。见怪不怪，其怪自败。多出点花样，倒也耐人寻味。什么花样都没有，未必不是"僵化"呢。

发表于《小说家》1986年第3期

轮　　下

我还行。

你一口气跑上九楼，每一步跨两层台阶，共跑了二百八十级楼阶。你好不容易叫开我的家门，你的第一句话便是：

我还行。

你与我同年出生，比我小一个半月。就是说，你以为你已经不行。你竟从深夜一点爬楼这件事情上感动于自己的力量。你兴奋于一个新的开始。

我还行。你这样自言自语，不顾受惊吓的我的妻子。我已于当天——一九八〇年八月二十三日飞赴广州，将要从那里去香港，从香港去圣佛兰西斯科，开始我的首次美国之旅。算起来，你是先到达美国的，你是为了告别才深夜爬楼的。第二天清晨你就要阔别你的我的我们的祖国。

离开北京的时候你哭得一塌糊涂。哭得周围的旅客都感到尴尬，不知怎样才能帮助你。哭得空中小姐歉然，不知道在波音747上她做了什么错事。

而你是一个四十六岁的男人，饱经沧桑。眼角皱纹细密如网。你的两只眼又小又是三角形，为什么却配置出一股热情，曾经是那样专注，那样单纯？你的个子不高，肩膀宽，走路如飞跑，停下总是微劈着腿。那劈腿而立的样子很像有点武功，在美国，叫做"中国功夫"。

其实我知道，你从来不进行体育锻炼。因为你没有时间。早在五十年代,我看到过你的写着一周日程的纸片,每天早晨从六点到晚上十一点半,密密麻麻。我不知道——例如它像不像国务院总理的工作日程表。敬爱的周恩来总理已经去世十年。

还在五十年代,我记得你向我提出了一个我认为相当幼稚的问题。我当时是"老革命"(比你),是你的上级。你问我,周总理有这样大的才能,为什么不去研究学术、著书立说、传于万国万代呢?我记得我给你解释了革命活动、政治活动的巨大意义。而你仍然摇头。你似乎深深地为周恩来总理而惋惜(不知道你后来是否检查交代了这种思想)。你当时不但迷着马克思、恩格斯、列宁,也迷着康德、黑格尔、笛卡儿……你崇拜著书立说的人。

在当时的(还叫)新民主主义青年团的工作中,对于正在读中学的青年团员,你号召的——大体上也是我号召的——是向科学进军。做历史的创造者,历史的巨人,攀登珠穆朗玛峰。做全面发展的,大写的人。做大自然的主人,历史的主人,社会的主人。我们学习、宣传和讲解帕·费·尤金关于社会主义与共产主义的小册子,把历史发展的钢铁规律抓到手里如抓住舵轮的把手,我们在大海里航行,乘风破浪,胜利前进。

想起我们主持一个区、一个学校的青年团工作的情景,我恍若隔世而又不寒而栗。我说的是在"文化大革命"期间。

在讨论总理为什么不去搞学术的那一次,你还一再引用《参考消息》上的一则报道,忘记了是美联社还是合众社的电讯。那则电讯对正在进行第一个五年计划建设的中华人民共和国评论说,中国像一个发育神速的孩子,脑袋很大,身体还小,大步前进……我却没有理解这样的报道这样的形容有什么可爱可贵。

我不知道你的魅力在哪里,但即使对于我,你也是有魅力的。可能是因为我这一生再没有见过说话对手的这样专注亲切诚挚的目光。可能是由于你的头发,正中间分开,两面自然下垂然后翻起如波浪。到八十年代,你已经有了许多白发,但头发仍然一样的浓密丰盛自然潇洒。可能由于你的健壮的精力四溢的四肢。更可能是由于你的谈吐,你的狂热,你的多发多变多彩多姿的笑容。你的眼睛是会笑的,而且笑得恰到好处。我给你起的绰号是"拼命三郎",你记得吗?你上楼梯和下楼梯都是乒乒乓乓地跑。你给团员做报告时口若悬河。你即使上厕所大便时也从来拿着书报。后来你住单元楼房时你的卫生间里摆着那么多书。是专为如厕时准备的。那甚至更像书房而不像厕所。很抱歉,我又在我的作品里写到大便。已经有不止一个评论家和爱我的读者给我以亲切的批评,批评我没有注意语言的"五讲四美"。

现在我要说说你的面孔。我不知道现代心理学派会怎样分析一个男人对于另一个男人的面孔的感受。你的面孔多骨又多肉,既方且圆。当年我就不愿意把目光停留在你的面部的饱满紧凑而又富于表情的筋肉上。你迷恋理想,又被吸引于现实。你渴望苦行和献身,又渴求享受。你的面部表情里有一种健康的活力,却也有几分肉欲的粗鄙。愿你的在天之灵原谅,我说的只是我当时的直觉。你的面孔对于女孩子是危险的。当时你刚刚恋爱,我也刚刚恋爱。我们都沉醉于罗曼蒂克的初恋中。我不知道我为什么会有这样一种老辣的穿透性见解。

恋爱中你读屠格涅夫的《前夜》,你赞叹《前夜》对于爱情的描写是如何饱满。我当然同意你的见解。但更适合于当时的我的心境的却不是《前夜》,而是《处女地》,是《贵族之家》,乃至于是奥斯特洛夫斯基的《暴风雨中所诞生的》与《钢铁是怎样炼成的》。提到爱情的描写我也不会忘记爱伦堡和费定、巴甫连柯。

你爱上的是一个初中二年级的十六岁女生,后来的被你毁坏了一生的妻子。我们姑且用J来代表她吧。J是你们学校团总支的组织干事,常常到团区委取送团员登记表和入团申请书,以及上缴团费。当时批准团员及使用团费的权限不在基层而在区里。你是你校的团总支的书记。我是团区委的副书记。

J有一双怎样的圆而大的黑眼睛。不论岁月和风雨怎样吞噬了青春,不论严酷的生活使J变得怎样丑了,她的圆而大的黑眼睛永远与纯洁激越的五十年代同在。我相信就是她的早熟的眼睛吸引了你。她热情质朴如一头受惊的牛犊。我没有想到你会爱上她,我依稀(极其"依稀")觉察到了你的爱情中的一点自负、自信以及残酷。

　　二十余年后,J来我家诉说:他追我的时候我才十六岁!当时爸爸妈妈跟我说,这么小不许搞对象!我不承认。但是他老是到我们家来找我,我欢迎他,我不能抗拒……

　　J太痛苦了。但她并没有来找我。她对我十分客气乃至谦卑。她自制也自尊。每次都说不愿打搅我。有史以来她总共来过我这里两次。第一次是一九八二年我捎话要她来的,我要把我在美国与你会面的情况告诉她。我有一个残酷的任务,打掉她的幻想而又努力安慰她。我一生注定了扮演多次类似的角色,不知道是由于我的善良还是我的世故,是由于我的机敏还是由于我的愚笨自误。

　　第二次则是在一九八四年(八三年?)。真是,愈近的事愈记不清楚,我们都老了,不是吗?是深秋。就假定是深秋吧。

　　J说,我一滴眼泪也没掉。他报应了!这是报应!他对我太狠了……

　　我立刻给L打电话。我说,报应了。

　　我还行。

　　我妻子给我形容你深夜来告别时的神色,两目放着熠熠的光。你大汗淋漓,你兴奋地喘着气,你的样子像是要飞起来,你是飞到九楼上而不是爬到九楼上的。你急需一个人分享你的兴奋。你想歌,你想唱,你忽然想起寻找你五十年代的朋友。到了这种时候,青春时代的老友的地位是无可替代的。其实后来我们已经谈不上是朋友了,早在七十年代中期我们相隔近二十年再见的时候我已经发现了你对我的态度中包含着虚与委蛇。你对一切的态度都包含着虚与委蛇。

七十年代,经过了伊犁地区农村的劳动锻炼,经过了两年"五七干校"在盐碱地上开荒的生活,我终于又回到了乌鲁木齐,又似乎毕竟是恢复了一个"干部"的身份。当时妻活动与旅行比我方便些。在一九七三年冬,她回到北京探亲的时候我托付她去寻找你。我能有勇气去寻找五十年代你这样的旧友,显然说明"文化大革命"客观上反倒终于使我思想"解放"些了。这也可能与林彪的覆亡给我的潜在的鼓舞有关。我的妻子费了老大的事,终于找到了你。可悲的不在于你的遭遇,而在于你经历了如许沧桑以后仍然像一枚钉子一样钉在当初上学和做团的工作的那所中学里。你就在这个小小的天地里"红""黑",懒散,衰老或者腐烂下去。

你没有惊喜,没有热烈的反应。你没有给我写一封热情的回信来回答妻带去的我写给你的热情的信。

一九六三年十二月,我离开北京去新疆的时候你已经变得冷静多了。你在家里为我饯行。你的简陋的平房里放着一个墨绿色天鹅绒面长沙发,还有一串彩色小灯泡。这在六十年代是罕见的。何况那是一个寒冷的夜晚,窗外刮着西北风,刮得窗纸簌簌地响。你得意洋洋地告诉我你怎样在三年困难时期用很"划算"的价格从委托商行买了这些。你问,为什么别人可以有沙发我就不可以有呢?当然。那天J做的炒藕片非常好吃。此后我一直想再吃一次那种做法的藕片,在火候上、程序上不断变法试验,始终没有尝到那种味儿。

你和J患难相依,亲密和谐。我和妻在你那里度过了阔别北京前的一个温暖的夜晚。

你送给我一幅竹帘山水画,画上有一个老头坐在石头上观山听水。这幅竹画毁于一九六四年春乌鲁木齐的大雨中,那次大雨毁坏了绝大多数泥顶平房,我们坐在房间里,泥巴啪啪地从房顶上往下砸。我们只来得及收拾"细软",带着两个孩子逃往南门人民剧场,到新疆三个月后成了"难民"。

我送给你黑色的铁哑铃与一顶草帽,还有一个案头的书架。我相信你的健壮的臂膀需要哑铃的安抚。而那顶草帽，是一位即将担任驻北欧某国大使的老领导送给我的。我去他那里告别，说我要去新疆了。他向我告别，说他要去某国了。老领导用宜兴陶壶给我倒茶，茶很香，但茶水已经不热了，大概是剩茶。即将视事到职的大使在北京住得很寒碜，小小的客厅各种东西堆得乱七八糟，还放着一张行军床。他说他的侄子要睡在这里。临走的时候发现天下起了毛毛雨，或者是雪。他把草帽给了我，说，就送给你吧，反正到了×国用不着戴草帽。

我又把草帽给了你。因为我认为新疆是个寒冷的地方，只需要皮帽子。我怎么可能在永远的冰天雪地里戴草帽呢？互赠纪念品的时候我解释说，一个是希望你好好注意身体，锻炼身体，一个是永远热爱劳动，认真改造。还有学习、读书。

这时候我发现了你所购到的《辞海》。《辞海》是困难时期印的，用了质量低劣的纸，那纸一面光滑，一面糙可锉手。我不记得我是怎样地表现了对《辞海》的兴趣。也许我根本没有表现对《辞海》有兴趣。你立即建议说，你要把《辞海》"让"给我，由于书首你已用毛笔写下了你的名字，你的九成九新的《辞海》只收我八成或七成钱。你说你需要钱，你正为用钱买了《辞海》而懊悔。而你认为我比你更需要《辞海》。

你的提议使我不好意思。拒绝你的提议会使我更加不好意思。后来我在新疆学会了一句维吾尔谚语：伸手求援已经是一种灾难，求援而被拒绝则无异于被谋杀。你需要钱，当然。本来你的工资就没有我高。一九五七年的事情以后你又降了两级。于是当场成交，我买下了你的《辞海》。

我觉得你有一点变了。人生就是实实在在的。一九六三年的年底，你和我谈的都是一些实实在在的事。你已经回学校做职员了。你正在多方活动，设法谋到一个代课教历史的职位。我赞成你的活动，还为你出了一些主意，认为当教员更符合你酷爱治学的天性。

J 是一九五七年的高中毕业生。显然是由于你的原因,政治审查中出了问题,那一年她未能考取大学。一九五八年,在学校出具证明说明你"认罪与改造态度尚好"以后,她考入了纺织学院。毕业以后分配在远郊的一个工厂里,每天需要在市区与郊区的公共汽车上度过四个小时的光阴。我也习惯了。J 说。我建议她应该活动到一个离家近一些的工作岗位来。我出了一些基本无用的主意。

而我们从前,我们在几年以前是什么样的啊?一九五六年,我把你和另几位学校的团干部请到西郊我父亲的住宅,我把我的处女作《青春万岁》的修改稿的一些段落朗读给你们听。你完全沉醉了。只有你会现出这样诚挚的沉醉的表情。你"啊"地长出了一口气,你的三角眼里闪烁着湿润的感动的光。在我朗读到一个地方的时候你忽然大叫起来,你说那里面有作者自己的形象。我笑而不答。然后你沉默着,你回味着。在你强烈的由衷的反应面前别人的一切反应都黯然失色,我再也记不起还有谁有什么反应来了。请我的青春时期的战友们原谅我。

然后你突然问,为什么不写男学生们呢?王蒙,你应该写男生,写女学生总是、总是没有什么大意思。

我知道你看不起女人,从小。

我没有想到你会爱上年纪小小的圆脸的 J。然而在那个时期,在那个没有动员晚婚也没有规定中学生不准谈恋爱、但年轻人在与异性的友谊上要比现在纯洁得多的年代,我们为每个人的爱情而祝福。我们深信爱就是一切,爱本身就够了,就是幸福。我们这些同龄人前前后后参加了革命,又前前后后有了自己的爱情,有了红莓花儿一样的、山楂树一样的、纺织姑娘一样的、蓝色的星一样的爱情。我提到了一批苏联歌曲的名字。后来你还唱过它们吗?

而你最爱听的歌儿是苏联的《我们明朝就要远航》,索洛维约夫·谢多依作曲。你说你和 J 星期天到钓鱼台去了。那时候钓鱼台还是一片野地,没有修建气魄非凡的国宾馆。那时候钓鱼台有许多树,有自然的湖沼,有鸟,有开阔的田野,有扭绕如网的枝条,有经年的落叶和初萌的新叶,有树阴掩映的小路。在去钓鱼台的走着马车的土路上你还可以看到几株风姿苍劲的黄松。我去钓鱼台时曾经想到过,托尔斯泰或者契诃夫,一定常常在这样的夕阳映照的林间小路上散步。我从伟大的俄罗斯文学大师的著作里嗅到了这样的大自然的气息。那时候一想到《新娘》或者《樱桃园》我就想哭。你告诉我,你和J到钓鱼台去,你听到一个遥远的工地的高音喇叭里播放的《我们明朝就要远航》,你完全陶醉了。你说你从来没有听到过这样令人感动的歌。那时候到处都有许多工地。有工地就有高音喇叭。高音喇叭里播放的多半是《刘巧儿告状》或者《二郎山小调》,难得有播放我们心爱的苏联抒情歌曲的机会。我羡慕你在钓鱼台听到了远处的高音喇叭播放的浪潮一样的歌曲。我能想象你听到的歌曲的音响效果。你说这件事的时候激动极了。三十年后,当我写这篇纪实小说的时候我忽然产生了一种邪恶或者全无邪恶可言的念头。我相信、我猜测那次听到远航的歌的钓鱼台之游中或者前后你和J之间发生了什么事。你一定拥抱了她吻了她有了她。从此以后她便像一只待屠的羔羊一样无言地无望地跟随着你。

然而一九五七年初L向我发出警报向你发出了警告。L与我们的友谊正像我们之间的友谊。L告诉我说你有可能把J甩掉。L告诉我说你对一个厚嘴唇的丰满的归国华侨女生非常感兴趣。L说如果你抛弃了J,J将不可能活下去。我感到震惊。我不相信革命、青春、爱情能够与中途背叛连在一起。我想起了去团区委取申请表登记表的驯顺的J的纯洁的无所保护的大眼睛。我的观点当然与L一样。这是第一次你使我不放心,使我怀疑了善的力量、忠诚的力量。

在一九八〇年十一月,在美国东海岸的旧都费城,你对我说,在你身处逆境的时候,J对你太好了,所以你不能不和J结婚。但就在与J结婚的那天晚上,你已经意识到你正在酿就一个大错误。你后悔莫及。

我能相信你吗？

要知道这话是你在一九八〇年的深秋，在费城对我说的呵。你已经抛掉了 J。你有了 Z。

而 L 告诉过我，你在东郊劳动的时候，J 怎样一次又一次地去看你，用仅有的钱买下你爱吃的东西。

第一个给我印象的美国城市名称是费城，全称是费拉迪尔菲亚。江青还在台上的时候，第一个来中国访问的美国艺术表演团体似乎便是费城交响乐团。我在新疆便听到了关于费城交响乐团演出盛况的传闻。已经进入剧场的观众从楼窗上用线把入场券缓缓系下来，给自己的朋友，帮助自己的朋友混进去。你到了美国，便住在这个费城。一七七六年，美国在这里宣布了独立，敲响了"自由钟"。"自由钟"至今陈列在那里供人瞻仰。

在一九八〇年，在这个著名的费城。你下决心离弃你的妻子 J。J 已经与你隔着重洋。

一九八二年春天，在我第二次访美并见到了你以前，我托人给 J 带信，J 这才第一次到我这里来。她向我叙述她支持你出国自费留学的情景。你与 Z 的婚外"恋爱"关系败露了，你各方面的处境都不好。你的护照只有在 J 签字的情况下才能办成。你整日躺在床上不停地吸烟，两眼发直。J 判定你会发疯也会自杀。你只想着要到美国去。而 Z 已经先期到美国留学了。J 知道你渴望去美国包含着与 Z 会面的动机。J 想感化你。J 甚至想，你只要不与她离婚，你只要最后回国来，回到 J 的身边，哪怕你一去美国十年八年，哪怕你十年八年间完全与 Z 搞在一起，她也不管了。她签了字，支持你出国。你也给 J 写了一个保证书，保证永远不和她离婚。

J 哭了。

风霜。J 说话的样子像一个瘪嘴的老太婆，不一定是形象，我说的是精神。她的鼻子尖也有点变红了。她的不住地重复的口头语"您瞧这事"的北京土腔，使人联想起她多年在工厂工作的经历。她是衰弱的,她老了,她丑了,她不懂得也无兴趣去研究四维空间、耗散结构、极值原理,没有读过法国的新小说与拉丁美洲的"爆炸文学",她只能全身震颤着绝望地哀鸣:

他对我太狠了!

我想到了更可怕的事情。因为你已经不通过J而与你的一儿一女直接通信,你给他们寄来了卡西欧电子计算器与索尼袖珍录放机。而你的一儿一女不把与你通信的情况告诉他们的被抛弃的母亲。按照中国的一般规律,应该说是铁的法则,儿女本来是该绝对地站在母亲一边而同仇敌忾地反对有了外遇的父亲与破坏了自己的父母的情感的那一位勾引父亲的"坏女人"的。但是,一个卡西欧,一个索尼,再加一个日后去美国探亲、留学乃至定居的希望形成了高温,融化了子女痛恨"变节"的父亲一方的法则的铁的不可改变性。我曾经估计,你不但夺去了J的丈夫,夺去了J的美丽,也夺去J的最后的生命栖息的两个小岛。

这几年我看到过不止一个与J同样命运的女人。打击使她们变老变丑,使她们更加丧失了抵御打击、奋起一搏的力量和自信,甚至使她们丧失了一些男性本位利己主义者的同情。而同情她们的人也只能眼巴巴地看着她们走向灭亡。

一九八〇年深秋,继费城的会面之后我们又在美国东北海岸的新英格兰地区会面。那里靠近别有风味的波士顿市。著名的哈佛大学和威奥斯理女子学院就在那里。那里的教堂常常使我想起欧洲。我读的英语课本里有一节描写那个教堂的故事,说是独立战争期间是一个孩子首先发现了偷袭的英军,他勇敢地登上教堂的钟楼,敲钟报警。这个孩子牺牲了,但是英军被击退。堪称奇观的是教堂对面的一座天蓝色摩天大楼,天蓝色的玻璃面上映照出古老教堂的端庄的身影,使历史与现实、古典与现代融合在一起。据说这幢楼是著名的华裔建筑师贝聿铭设计的。这座城市的众多的枫树与多雨的气候也使我平添一种眷恋与感伤。我国五四时期的一位著名的女作家曾在这里的一所大学读书,写下她的脍炙人口的著作。我的父母在年轻的时候迷过这些作品,然后是我,童年。我们在这里见面,在湖畔差不多落尽了叶子的枫树下面。在这里,我见到了Z。

　　Z有很浓密的黑发。她简单地用橡皮筋(还是头绳?)把一绺头发束在脸侧,她的头发似乎炫耀着跳跃的波浪。潇洒。她的眼睛大而扁细,有点近视。她说话的样子看来有点……显然有意表现自己的可爱。她活泼。她想用自己的形象与活力说服我去支持她与你的"爱情"。我相信我的支持对于你们是重要的,因为我是你青春时代的挚友,因为我比你更能代表你的过去。取得我的首肯便是取得昨天的你的首肯,而且我相信它的意义更大。你谨慎地注意着我的反应实际上是在注意着故国的反应。我是中华人民共和国的代表,不是在外交上,而是在你的心里。

　　一九八二年的多雨的凉飕飕的春天我又来到这个城市。我刚刚参加完一次有点激烈的关于中国文学的讨论会。我打电话给你的时候是Z先接的电话。当我用英语说我可以与×先生通话吗以后,Z的回答是sure。她的回答的音调的美国味儿是那么足,使我马上想到四十年代罗丽泰·扬主演的故事片《农家女》。华语译制拷贝女主人公有一句口头语"敢情",非常传神,富于幽默感,引起了许多次爆发性的笑声。我相信那就是Z的这个sure。这样,我就设想我拨了电话,电话通了。

　　哈啰!

　　请问我可以与×先生讲话么?

　　敢情!

　　挺妙。同时我的耳边出现了J的哭声,J的愁苦呆闷的脸。

　　一九八〇年深秋你兴奋地、急切地想知道我对于Z的反应。那表情就像五十年代我给你读完《青春万岁》的修改稿以后想知道你的反应。你好像直言不讳地问我Z好吧?你的表情是沉醉的。

　　我冷冷地回答说:一般。

我知道"一般"这个词在这种场合、在英语里所表达的轻蔑与冷淡。当然这并不是由于我对 Z 有什么意见，我能有什么意见呢？但是我无法顺着你的口气赞许。一瞬间我看到你好像缩了一下脖，苦笑了一下，这是当年戴上帽以后常出现的表情。

我可能想安慰你两句。我说我绝对不想干涉你的私生活。你的私生活只能由你自己做主，也只有你自己最有权做出裁判。从我们的友谊来说我只盼望你幸福。同时我非常同情 J，我为 J 的命运非常难过。但我也知道，世上有许多事是不能面面俱到的。有权做出决定并评价这个决定的，首先仍然是你。我希望……

一九八一年见到 J 的时候我想起我在费城说的话。我甚至后悔没有谴责你，没有为 J 的命运痛切陈词。是不是客观上我也"出卖"了 J 了呢？

你说事情所以搞得这样糟是由于中国海关工作人员的恶作剧。Z 先期到了美国，她当时还没有与原来的丈夫离婚，她从美国发出了一封给她丈夫的信，一封给你的信。结果收到信的时候，信掉包了。你收到的是她给丈夫的信，她的丈夫收到了给你的信……还说什么呢？丑闻，轩然大波。

你坚持认为，Z 在发信的时候绝对不可能封错，是海关邮检人员故意这样做的。我惊异于你对我们国家机器的阴暗心理。我无法相信、无法理解、也无法推断这样的估计。我们都不可能查证，这就只能依赖于逻辑。你的恶意的猜测不符合任何逻辑。哪怕是江青的逻辑。

你又说，这段经历可以成为我的小说的材料。如果写小说靠你们这种——我不能对一个已经不在人间的老友用骂人的话——材料，实在是对小说的侮辱。

而你从前思想里一片光明。我终于越写越明白了，你的魅力首先不是来自你的会笑的眼睛，而是来自你的容易沉醉的心。五十年代我们主持的本区的每一次团书记的联席会上，当我们布置和总结

"三反""五反",参加军事干部学校,改造教会学校,发放助学金以及为迎接"五一""十一"怎样练队、怎样做花的时候,当我把每一件工作的政治意义浪漫地讲了个淋漓尽致的时候,你都显出了超乎常人的沉醉表情。

你常常写工作札记、笔记、读书笔记。你沉醉于团的工作。你把与每一个团员谈话的过程、做思想工作的过程都记录下来,有时候提高到理论原则上去。你在搞好班集体,启发青少年男女的政治热情方面做了许多许多创造性的工作。你为组织一次新年联欢或一次关于"什么是英雄行为"的讨论会而写过长长的、充满热情和文采的计划或者总结。你甚至亲自为联欢会制作灯谜,一晚上"创造"出上百个有趣的高雅或者通俗的灯谜来。

一九五二年,在马特洛索夫中学生夏令营里,你与女中的 H 共同负责组织文娱活动。我在《青春万岁》的后记里,提到过我的那本最初的小说是献给这个夏令营的朋友们的。月光晚会,就是你的主意。你把一切组织工作进行得井井有条,幽默欣喜地主持了晚会的进行。从那以后,H 对你也是崇拜的。当然,那时候 H 也已经有了自己的第一个恋人,那是一个著名的小提琴手。不知道为什么,他们的爱情终于没有成功。二十余年以后,经过了太多的风雨,H 在《光明日报》上读了我的《〈青春万岁〉后记》,第一个以前战士的身份向马特洛索夫前营长也就是我报到。不久我们在北京见面,她询问你的地址,不知道她见到了你没有。她一直在天津做中学语文教员,一家三口住着一间十平方米的小房。几次说是给教师分房,却没有分给她。然而她给学生讲高尔基的《海燕》,讲课的时候她常常热泪盈眶。她永远是马特洛索夫营的"战士"。

你太醉心于团的工作了。我记不起是一九五二还是一九五三年了,中学毕业时党支部动员你不要考大学,留校做专职团干部。我也为能与你继续共事下去而欣慰。

你当然不会忘记 W。W 比你高一级,他的一切性格都像你,才能也与你不相上下。区别是他个子高一些,肤色黑一些,面孔圆一些。在我的印象里W没有你可爱,因为他比你少了一点幽默感。也许只是没有来得及对我幽默,他就毕业了。他是你的前任(团总支副书记)。他的外号叫"高高的乌拉山",因为他朗诵过一首有过这样一句话的诗,他的热情的朗诵使听众特别使女生们倾倒。他每天跑三千米,锻炼得黑油油的。他被保送去苏联留学了,最初让他学工厂管理,他大闹了一通,最后根据他本人志愿去学了高能物理。他现在是中国科学院物理研究所的负责人之一。早在"四人帮"倒台以前,我便在当时好不容易允许出版的科技画报上看到过他在比利时的照片。真是幸运儿。一接触到他的名字,我就想起了你。

我还行。

你这样说,大概也包括事业。包括了与W的竞争心理。你对事业的期望与H不同。你早就不是马特洛索夫营的那个你了。在反右派斗争中,你首当其冲被揪了出来。你一遍又一遍地检查和交代自己的"反动思想"。想当这个想当那个,想干这个想干那个。早在马特洛索夫夏令营你就发表过这样的讲演:未来的五年计划建设者,未来的科学家、工程师、文学家、思想家和国家的未来的领导人们,让我们唱起来,跳起来吧。

你承认,你是个"野心家"。在一九五七年。听到你被揪出来我立刻失魂落魄。听说你真诚地说,我也没有想到我原来是这样地坏。我相信那时你的目光同样是专注的沉醉。

一九五七年以前我对你已经有不幸的预感。因为我已获悉,由于你的家庭主要成员的政治经历及"海外关系",属于不能吸收入党的那些杠杠之内。专职政治工作干部,却又不得入党。到哪里去呢?

然而你不知道。直到一九五七年你一直是生气勃勃的。一年有半年穿着短裤,露出你健壮的、发育良好的、似乎也是相当性感的大腿。你的身材丝毫不比我高,你怎么会有那么结实的腿呢?

就在一九五七年"整风"开始之前不久,你邀请我到你家去。这是唯一的一次,我见到你的父亲和继母。你家住在北京东郊,新兴的纺织工业区。你父亲是终身搞纺织工业的一个极高级的技术权威。这样的平地而起的工业区与这样的工业区住宅楼都使我兴奋。它们常常使我想起安东诺夫的脍炙人口的小说《第一个职务》。看了这篇小说以后,我为我未能去清华大学或同济大学学土木建筑深感痛惜。你们的公寓式楼房,一套至少有四间房子,一个门里又有那么多房门,使我感到敬畏叹服。两个小沙发与沙发桌上的挑花台布使我意识到自己进入了上流社会。你的父亲与继母各自有自己的卧室,这种高雅的文明使我觉得羽化而升空。你的父亲老态龙钟,面孔严肃。你的继母要年轻许多,说话是南方口音,有些字咬不准我也听不清。一位扎着围裙的保姆做饭端饭,筷子和碗碟都清洁得惊人。每碟菜的量都很小,但都雅致可口。饭后每人一块小方毛巾擦手擦口。

你的家给我以全新的经验。但是还是离开你的家以后我的心情更加舒畅。那天我们说好了散步,你送我直到朝阳门,一共走了一个多小时的路。两边是新的厂房,新的住宅、商店、饭馆、理发店。每一块红砖都沁发着建设的芳香。四层以上的楼房都是高层建筑。马路也是新铺的。过去这里只有沼泽和乱坟头,是一个夏天捉蝈蝈、秋天捉蟋蟀的好地方。一夜之间这里成了新的工业区。这里的空气似乎特别清爽。这里的新建的交通警岗台也令我倾心。

    我

       爱

          你

             新

                工

                   业

                      区

我的心情如马雅可夫斯基体的"楼梯诗"。

这一晚上我们谈到了我的小说《组织部来了个年轻人》引起的

惊涛骇浪。我们为毛主席讲了话而感到无限欣慰和振奋。在我们的面前出现了宽广而且灿烂的前景。

但更多的谈话是你介绍自己的身世。你说你的亲生母亲是得精神病而去世的。你依稀记得她曾被捆缚在床上。她曾经撕碎自己的衣衫，露出肉体，衣服被撕成一条一条。你说你的生母是当时一位非常新派的女性，她是县女子篮球队的主力队员，这个队在全省联赛中得过冠军。你父亲当时已经是一个有地位的人了，出身于豪富。他看球赛看中了你的母亲，不久就结了婚，就生下了你，就疯，就死去了。你说，你和你的父亲、继母，两个同父异母的弟、妹之间，似乎相当隔膜。

我坚信，这种不幸的事，都是旧社会的产物。一切对于昨天的不幸的回忆，只能使我们更加沉醉于今日的辉煌。

你建议我潜心研读一批外国哲学著作，提起它们来你非常兴奋。你给我讲解"我思故我在"的笛卡儿的命题的意义。我建议你学外语，当时指的是俄语。但是你拒绝接受。你说，随着国家文化建设的高潮的到来，翻译工作会越来越迅速，越来越完备。你如果去搞外语，就会用去你大量的本来可以阅读多得多的重要著作的时间。你宁愿意选择让翻译人员为你服务。

我建议你买一辆自行车，你也不同意。你认为公共交通的发展前景远远比自行车辉煌。"我的精力，包括我的钱，要派更重要的用场，不必花在购买和蹬自行车上。虽然我有足够的精力和钱去买、用自行车。"你的关于自行车的思想逻辑，也是艰深、浪漫、严谨的。

这次会面之后不久，你，然后是我，陷入了那个运动泥潭里。

六十年代中期你开始学习英语，"文化大革命"中你学英语进入了高潮。一九七九年以后你开始发表你翻译的英语文学作品。你也早就买了自行车。你给我形容过你骑着自己的从旧货委托商行买的破自行车去闯人民文学出版社外国文学部的景况。

你夹着一牛皮纸袋稿子走进了忙碌的编辑部。你问：这里收翻译稿吗？

一位大模大样的编辑点了点头。眼睛也不看你,用手指一下墙角的尘封已久的一大摞稿子,说是来稿太多,短期内不可能看完。

其实,不用看那么多。我译的稿子,只希望你们能读三行。

那人惊了,他看了一下你,他留下了你的稿子。一个月后,你得到通知,稿子已被接受。

然后你把你写的英语论文寄给了美国的十五所大学,为自己争取奖学金。你选择了费城的这所大学。你认为他们答应的条件更优惠。

一九七九年你曾对我讲过你正在联系赴美留学的事。我很惊奇,我不知道还有这种自行投书的办法。我觉得你的做法似乎很危险,我设法劝阻过你。

然而你成功了。

然后,一九八〇年十月我在宁静的美国中西部衣阿华城,衣阿华河岸的五月花公寓212A房间拆阅了你来自费城的信。你的信纸是蓝色的,字迹潦草,从中文中不时有几个英文单词跳入眼里。你说你是嚎啕大哭着离开了中国的,哭得整个经济舱的乘客惶惶不安。你是欣喜若狂地来到了美国的。到达费城的时候你的口袋里只剩下了十几个美元,这构成了第二天便挨饿的恰到好处的条件。你说你幸运地找到了一个属于教会的学生寓所,是一个喜欢助人的素不相识的美国青年人帮你找的。你说你已领到了奖学金,已经为赚钱给本校的教授修剪过草坪,打过工。你说你已经买到了一套旧家具,极便宜。

你说,你这一生做了许多梦。美国梦大概是最后一个梦。你的美国梦实现了,赤手空拳,只剩下十几个美金,闯到了费城。你生活下来了,随之你的美国梦也就破灭了。你完全不理解跑到美国是要做什么。你说,当你走到唐人街,看到那里定居多年的美籍华人的时候你觉得不寒而栗。你想死。只有死。

我当真以为你要自杀。我立刻按你信上说的电话号码给你拨电话。在美国打一次长途电话要拨十一个数字,我常常拨错。拨对了接电话的永远是一个美国老妇人,相隔几千公里我也听得出她的苍老和少牙缺齿。我的英语只够表达我与你通话的意愿,却完全听不懂随后这位老太太的踢里秃噜,我嗯嗯哈哈,发出不解的愚蠢的声音。于是老太太上气不接下气地用漏风的嘴又对我踢里秃噜一番,我愈发不解,我出了一身大汗,我忽然想起来应该三克油,也许实际上说成了顾得白。

后来收到了你的来信,说你搬了家了,电话号也换了。你一到美国就开始折腾上了。你是"还行"。

我们终于通了话,我知道你并未也未必自杀。你在电话里告诉我说,没劲,觉得没劲。你说你来了以后才知道自己的英语还差得那么远。你说教授上课口若悬河,信口一列举参考书就是十几本,你完全吃不消。你说你看到一些华人,心照不宣地努力消灭自己身上的一切华人迹象,只羞愧于未能投生在白人血统系列之内,这使你非常痛苦。我问你对美国的印象,你回答说两件事印象最深,一是走到大街上,横过马路时,汽车看到行人便主动停下,并含笑伸出手来向行人致意,请行人先走。二是到处都有遛狗的。遛狗的人有的带着器皿与工具,随时收拾狗屎。有的未带器皿,便掏出手绢,把鲜狗屎包起。你说费城所属的宾夕法尼亚州的法律规定,遗狗屎于公共场所、道路上者,处以重罚。你补充说,尽管如此,狗屎仍然到处可见。

你提醒说,我们的通话时间已经太长。而这次通话,自然是由我来支付电话费的。

在那么多令人激动的体验之后,我们在美国的第一次通话的话题似乎有些不可思议。我的电话费的百分之十五是为了费城街上的狗屎而赔(pay,支付)出去的。

一九八二年我们再一次在波士顿见面的时候你已经不谈梦、痛苦、破灭、死和狗屎,然而你仍然有一种失神和苦笑的神情。你的苦笑的嘴角使我难受,使我怜悯你,使我觉得你该失去的与不该失去的都失去了,想得到的却没得到。你是冷静的。你到波士顿去是因为Z在那里。你已买了一辆旧汽车,车身是橘黄色的,你常常驾车从费城到波士顿去。

我相信让飞速旋转的四个轮子带着你迅跑的体验填补了你的许多失落感,你年轻时就喜欢新的体验。一九五六年底,我在酒仙桥有线电厂做团的工作的时候,我们一起在酒仙桥商场的西餐馆吃过西餐。我们叫了炸大虾,叫了罐焖牛肉,叫了咖喱鸡。我们怯生生地觉得自己正在过着豪华的生活。你为了壮胆一再说:我们需要体验体验嘛。

Z已经找到了职业,给一家公司做操纵电脑的职员。你好像一面当着学生一面当着教师,给美国学生教授中文。然而你仍然向我诉苦,诉说在美国生活是多么艰难,生病的时候也不敢休息。你说,离开了大锅饭才知道大锅饭的好处,吃大锅饭简直是天堂一样的日子,一切都给你想到了,用不着你操一点心,到时候有你的吃,有你的穿,有你的说,有你的做。你说出国以后最怀念的是国内的政治学习讨论会,一屋子人吸着烟泡着茶谈论形势的大好、风气的不正,既可以发牢骚又可以表忠心,既可以引经据典,又可以天空海阔……这样的好时光美国人一辈子也享受不到。

我看了一下你的脸色,你不像是在讽刺。

然而我直觉地感到了你哭穷中的潜台词,后来变成了显台词。你忽然郑重地请求我回国以后不要把你买汽车的情况告诉J。我答应了你的请求。我知道,以中国的生活水平,很难不夸大买一辆旧车的意义。

两年以前在费城你还向我激昂地表示过,你承认你对不起J,这一生你永远对不起她。你说如果将来你有了钱,你一定给J许多钱。你甚至请求我关心一下J的未来,最好最好为J再介绍一个对象。上帝!

一九八二年，J告诉我说，她死活不同意与你离婚。你自费城写信威胁J说，如果J不同意离婚，你将单方向法院起诉，按照美国法律，法院将会判决这项离婚。

我对此颇表怀疑。在美国性关系确实是随便的，但婚姻关系却仍然神圣严肃。美国是一个重视契约关系的国家，而婚姻也是一种契约。我暗想，如果你能不费力地在美国解除你与J的婚姻，你也就不必软硬兼施地给J写信要求J签字画押同意与你离婚了。你的不断来信，正说明你解决不了这个问题，即使在美国，即使与Z公开同居。

当地的华人对于你与Z的同居反应恶劣。他们说："别的没学会，学这个倒挺快的！"

我想起在美国另一个小城相遇的一个新从中国大陆来的年轻女孩子。她是学体育的，健壮美丽。人们告诉我这位姑娘一到美国就立即美国化了，每天晚上都在夜生活中狂欢，花天酒地，使已经数代定居美国的那些华人青年瞠目结舌，自愧弗如。

他们叹道：中国大陆毕竟是经历过"文化大革命"啊！

据说，来自早就对美国大开门户、被参议员戈德华特称之为（美国的）不沉的航空母舰的台湾的中国留学生反而要拘谨得多。他们的演说能力、处世能力、活动能力与办事能力一般低于新自大陆来的同胞，更不要说是政治辩论的能力了。大陆来的哪怕是一位家庭妇女，谈起什么来也是一套一套的。

一说是台湾旅美华人中有强大严密的特务系统，一个台湾的旅美人士早晨在纽约说了什么，晚上台北警备司令部就会知道。如此这般还能不拘谨吗？不知道这种说法是否包含"艺术夸张"。

我不知道你在美国是否接触过那些当年的著名的"红卫兵"，他或她甚至曾经登上天安门城楼给毛泽东主席与林彪献"红卫兵"袖标。有的还按主席的意思更改了自己的姓名，穿着绿军装，梳着小刷子，英姿飒爽，抡着钢头皮带，出现在东方地平线上，横扫一切牛鬼蛇神,后来就"五一六"了。后来就不知所往。

后来就到了美国,成了美国名牌大学的留学生。他或她现在穿什么衣衫呢?英语讲得"味儿"如何?去打工刷过盘子吗?喜欢喝苏格兰威士忌还是拿破仑白兰地?还回忆自己的峥嵘岁月么?

了不起的中国大陆人,他们的"戏路子"竟有这么宽!干什么像什么,抡皮带头就抡皮带头,刷盘子就刷盘子!

而你远远没有这样轻松。你绝对不可能忘却你的祖国,你的前四十六年的生命,即使里边包括着那么多苦恼。一九八二年的会面我们只有一个多小时的谈话时间。诉苦哭穷之后你便急切地询问我国家大事,当得知海外的某些流言蜚语并无根据的时候,当你得知国家有了新的进步的时候,你欣慰由衷,长出了一口气。你又显出那热情专注而至沉醉的表情来了。你又告诉我:我绝对不会老死在美国的,我要回去。但是如果回去有挨整的危险,我就只能推迟我的归期。你激动了。

你又说:多待几年也可以,可以真正学到一点东西,可以得到学位学衔,可以多攒一些钱。穷,穷,穷真是遭罪啊!你的话使我沉重,也使我愈发骄傲。

你忽然兴奋起来,告诉我你在一些研讨会上与反华反共的政治谰言进行斗争的情况。你说,离祖国越远,越感到做泱泱大国的一分子的骄傲,越感到了中国的分量。你激烈抨击那些一到美国就马上用"白华"的口气把中国没头盖脸地骂一通,并以此来讨好邀功领赏的家伙们。你的话是那样尖刻,我几乎要说你有点"左"了。

很不同。

一九七五年我终于见到了你。阔别了十八年,从一九五七年运动起来之后我们就没有见面。一九七五与一九五七,像文字或者数字游戏。一九七五年我在新疆,回京探亲之前我给你写了信。你没有回信也没有按我信上所讲的时刻表在估计我到京之后去看我。我以为邮递出了问题,于是我到已被妻探寻出来的你供职的原学校去找你。那所学校我也是熟悉的。一进门是一个方砖铺起的院落,东面是一幢楼,木楼梯是裸露在外的。你当年穿着短裤跑上又跑下,踩出各种声响的楼梯,还是老样子。然而我已经看不到一个熟悉的面孔。暑假,你不在校,我留下了信,又留下了话。

你终于来看我了。你老了,然而,你还是你。一样的姿势,一样的脸孔,一样的语气,你不回答我的各种询问,却忙着劈腿一站告诉我的孩子:你爸爸是个×才。

当时正批判"唯心论的先验论"(天才论)"唯生产力论",也不知还有一个什么论,实质上是在批陈伯达。你却忽略了一切阔别多年之后的嘘寒叙旧,一张口便是极犯忌,令人一听就起鸡皮疙瘩的"×才"。我的孩子立刻认为你疯疯癫癫,神经不太正常。

然而你对"×才"老友的招待却并非过去那样真诚。你变得油腔滑调。你说,反正要请你们吃顿饭啊,要尽地主之谊啊,反正是地富反坏右,什么都齐了啊。你说除了学英语你就搞照相,你说给别人照照、洗洗、放放照片,该联络的人也就都联络到了,该交换的好处也就都交换到了。你紧接着说,怎么样,我也给你们拍两张照片,放大了留作纪念吧。你的神态里隐含着不情愿的施舍的厌烦,倒像我们千方百计地找你是为了揩你的洗相纸和洗相液的油,我脸红了。

为什么我们见面以后谈话是这种腔调呢?我还以为你见了我会落泪,会握住我的手,至少说一句:想不到今生又见面了。我当时已在远离北京的地方工作了呵!

五十年代,一去不返。维吾尔语的"一去不返"是说得很妙的,硬译出来便是"到那不会归来的地方去了"。

你吹英语,我只能吹维吾尔语。你认真地建议我学英语,倒像五十年代你认真地回答我不必把宝贵时间和精力放在攻外语上。我对这个话题并没有多大兴趣。

一九七五年我对你学英语的建议视若梦呓。我是一九八○年才断断续续地学起英语来的。失去了本来可以不失去的,事半功倍的五年。

你恶毒地笑着说,"感谢文化大革命",解除了你的一切政治压力、思想压力,再用不着认为自己是有罪的、至少是犯过错误的了。你的恶毒的笑容使我后背冒凉气。人人有罪,人人犯错误,不是说,轮到"小将们"犯错误了吗?大家轮流,机会均等,自由、平等、博爱!

J在我和妻到达你家以后半小时带着孩子看全国少数民族文艺调演节目去了。她呆板板地与我们告别。我们本来也是来看她的呀!她不是曾经常跑团区委的组织干事么?她忘了?这也使我不知所措。当时你们的关系已经处于危机之中。

J只来得及介绍我们参观你们暂借的这一套房子的堆满了书的卫生间。J用嘲笑的口吻说,你还要泡一盖碗茶,一面呷茶,一面读书,一面拉屎。要这个"样儿"呢。

后来在费城,你向我叙述的J的第一条"罪状",便是他不支持你读书。

"四人帮"倒台以后我们又见过。你反复地说你对西北一个地区喜欢吃自渍的酸菜的农民生活的印象。中国人生活得太苦了,你说了又说。你想哭。我感到,你仍然是幼稚的。

在14路汽车站等汽车的时候,你激烈地抨击市政建设的无计划,到处是洋灰、沙子、砖瓦。你说你什么都不信了。再也不傻了。我和你争论了两句,你不答。

我们已经谁也不能影响谁。

我们也说起过L,你说起L像说起一件遗失了的废品。L生活在老区,一九四六年就是"少年布尔什维克"。后来上到北京一个中学,没上完便调到党的区委组织部。

他酷爱文学,迷上了罗曼·罗兰。他写了许多诗,许多小说,在自己的心爱的笔记本上。他命名自己的笔记本为"心史"。我们一度几乎每个星期三个人都要聚会,各自朗诵自己的习作,讨论政治经济国际国内问题。我们还互相通报自己的恋爱情况,我们从三个人的友情中得到了许多温暖。一九五七年我们先后遭到"不测"之后，L几乎可以说是充满了温情地不断地来看望我，去看望你。在我情绪最恶劣的日子里，我见到他确实如溺于水中的人见到了一只橡皮船。在我"上山下乡"去劳动之后，他又竭力安慰我的亲属。他是我们全家老少的最好的朋友。

他大概同样温情地不断向党检查自己的思想。似乎他说过，他怀疑自己就是那个"组织部"新来的年轻人的模特儿。实在该死：由于他的诚实，由于他的忠厚，由于他的白璧无瑕的家庭出身与革命历史，他不断地被"帮助"，却迄无大难。终于，在一九六〇年，他被大大地"帮助"了，他的与"右派"划不清界限成了"劝其退党"的主要根据，他垮了。他不能不重新衡量和考虑一切。

一九六二年你就向我传递信息，说是L不准备再与我们往来。就是说，L也要和我们划清界限了。我不信。我试过几次之后，似乎你说得对。一九六三年，我要求向L辞行。我要到新疆去了，这一去不知何时才归。一位老作家给我写送行诗说：

  文章与我同甘苦，肝胆唯君最热肠。
  …………
  且喜华年身力健，不辞绝域做家乡。

新疆当然不是绝域。新疆对于新疆人之亲近正像北京对于"京油子"之亲近。然而当时我们对于举家迁疆还是看得很重的。我希望能与L告别。L谢绝了。

我感到痛苦。

后来我知道L比我还痛苦。我知道L因我而受的苦。

也许我太容易了解别人的苦了。我严峻不起来。我常常苦于无法做到动辄对别人进行判决式、毁灭式的政治谴责与道德谴责，以至有人说我是是非不分。有人说这也是世故。这么说，我学会了世故。

你对我则说，L已经完全变了。你告诉我，六十年代，L娶妻生子后不久,你去看望过一次 L,L 已经完全变成了一个婆婆妈妈、胆小如鼠的庸人。

谈起 L 来,我发现,无论处境如何,你仍然充满了智力的自信和优越感。你撇着嘴。

也没什么。我说。我们见过的人和事还少吗?

而后来在你去美国以后,L 与我恢复了友谊。L 一直用很谨慎的措辞谈论你。L 多年从事教育工作,忠诚质朴如一头黄牛。他的胃不好,面色褐黄。

一九八二年我第二次访美归来之后,有一次我们与 L 谈起了 J。叹息良久以后,L 终于有点激动地回溯了六十年代你判定他已变了的那次"断交"访问。

那时 L 的妻子刚出月子。你去找他时他房间里挂满了洗过未干的裤子。屋里弥漫着奶、肥皂、小孩的屎、尿的气味。他忙着给孩子煮奶瓶、换尿布,未能与你的高谈阔论配合呼应。他已经永远地失去了高谈阔论的豪兴。你最后用一种极端悲悯轻蔑的态度对 L 说:

L 呀,你怎么变成这样了?你的青春,你的生命已经完全淹没在尿褯子里了啊!

五十年代,如果我写契诃夫式的小说,大概也会用这样的句式。

几十年后,L 提到此事,仍然显出被侮辱的面红耳赤。他无法承认你的优越,无法认可你的蔑视他的权利。

L 强烈地谴责你对 J 的背叛,并认为你从小就是这样的人。

我也批评了你。

我们讨论帮助 J 的办法,一筹莫展。

青春的友谊,理想,爱情,莫非都是脆弱的?也许越是美丽的东西越脆弱吧?那么,我要说,世上最美、最可爱最容易失去的便是少年人的理想与单纯。

那么,成年人的呢?美国人的呢?美籍华人的呢?新大陆人的呢?

难忘的是一九八〇年深秋在费城的会见。我从纽约乘火车沿海岸南下，薄暮时分登车，车站上有巨大和并不辉煌的汽车广告牌。逐渐地，火车完全驶入黑暗，被喧嚣华丽的城市边缘的寂静和荒凉所吞没。我坐在火车的可以调节靠背角度的舒适的软椅上，喝着供应的喝惯了便也尝不出味儿来的软饮料，心里有一种莫名其妙的空荡。费城到了，下车。车站是旧式的，古旧的塔楼上悬挂着老式罗马字时钟。候车大厅既喧闹又空旷，人们提着行李走来走去，四面是话别和接吻，是酒吧、快餐和纪念品小卖。灯光昏暗，谁也看不清谁的脸。

我大约等了一分钟，有一点沮丧。你来了，仍然像当年一样的喜悦活泼热情真诚，你的笑容仍然像几十年前一样朴素天真，由于谦逊而显得有点苦，由于聪敏这笑容又显得有点"坏"。与你同来的是身材高大的V教授。你立刻从我手里接过去大小提包，我推让时你挤一挤眼说："催巴儿嘛。"就像我们从来没有离开过北京，没有离开过团区委与团总支。V教授你早就向我介绍过，原是留学我国的美国学生。一九五一年V夫妇因确有的间谍罪被我国逮捕判刑。一年多后，经当时的联合国秘书长哈马舍尔德斡旋，被我国驱逐出境。我始终记得五十年代哈马舍尔德访问北京的情景，那时候的大事小事、国事私事我永远记得那样明晰。是周恩来总理不卑不亢地，庄严而又风度翩翩地接待了他。后来，哈马舍尔德因飞机失事殉职。不久以前（一九八六年一月），我去纽约参加国际笔会第四十八届年会时应约去联合国参加座谈会，就是在以哈马舍尔德命名的大厅。

问题不在于V教授夫妇被捕、服刑、被驱逐的经历，而在于V夫妇回国后成了中国革命的拥护者、崇拜者，成了新中国的最好的朋友。不是在美国曾经喜欢议论"共产党中国"的"洗脑筋"吗，V夫妇则骄傲而快乐地叙述自己在新中国的经历，叙述他们在解放以后，包括在狱中思想上发生的转变。V写过一本题名《解放者的囚犯》的书，讲自己的经历，对新中国倍加赞扬。

他们的赞扬，大大超过了当今的一些中国人自己。

我们到一家墨西哥饭馆去吃饭。饭馆的布置是农家风味的,墙壁上有裸露的红砖,有抹得凹凸不平的黄色的草秸泥。菜里面有青辣椒,有玉米粉糊糊。席间我们叙谈甚欢。以至邻桌的一位谢顶的绅士委托服务员向我们致意,并说他无法判明我的国籍,但认定我是来自远方的客人,为了表达费城市民的好客心意,他建议由他"赔"(pay),请我们桌上的每个人一杯酒,不知我们是否接受。我们鼓掌称谢,点了各自要的酒。

V说,他觉得美国人民对中国有一种特殊的感情,是爱,是向往,也可以是怨恨和恶毒的咒骂,但永远不是无动于衷,不是冷漠。

后来,V的太太——一个高雅、朴素、大方的女人——告诉我,她在一九五一年被捕、被判刑的时候并没有流泪,在被驱逐出境的时候,她哭了。因为按照惯例,被驱逐者将不得再次入境。一九七二年尼克松访华后,她是第一批前来中国旅游的美国客人之一。从香港一进入深圳,她便向我方接待人员谈了自己的经历,接待人员笑着说,我们知道了,我们早就知道了。V太太说,一下子我的所有的包袱都放下了。

在我的短促的费城之行中,你确实只是扮演了一个殷勤的"催巴儿"的角色。你的目光忽然是明亮的,忽然又是黯淡的。你的笑容忽然是开阔的,忽然又是苦涩的,甚至是惨然的。你的说话忽然是热诚的,忽然又是油滑的。显然你有许多话想对我说,比在国内见面时还要想说,你又觉得没时间说,没办法说,无从说起。你只是说了你与J的感情变故,你希望得到我的谅解。你只是称颂V,这表明了你出国以后的"政治路线"。你给我介绍城市和你们的大学,第二天上午陪我参观"独立大厅""自由钟"这些美国独立战争时期的文物,帮我翻译。你又是小心翼翼的,接待我像接待"外宾"。这是客观上的而不是政策条文上的"内外有别"。

你是在临出国前不久被吸收为作家协会北京分会会员的,你的入会当然与我的介绍推荐有关,可并不是什么"后门"。你在费城一而再再而三地强调希望分会继续与你联系,给你寄"学习资料",也可以给你一些任务,表现出强得出奇的"组织观念"。这起初使我觉得几乎不可思议,一个作协分会会员,又能有多少活动、权利、义务?然而,这是你的最后的"组织"了……它像一条连接着你与祖国的丝线。

一九八四年初冬的一个夜晚,时间已经不早,我们家响起了敲门声。

一般客人是不会这么晚来造访的。我微感狐疑地去开门。但我仍然不可能想象,甚至至今不能相信下面所记的。

是J,还有两个陪同者,后来才知道是她们厂的人事干部。三个忧心忡忡的紧张的面孔。

J面孔紧张地告诉我:他出了车祸。

我失去了第二信号系统的反射能力。我不明白,什么叫出——了——车——祸——了呢?

沉默。

J的面色使我启齿:他——没——了?

回答:当时就死了。撞他的是一辆巨型载重卡车。我见过那样的车,大如一座楼房。

J咬牙切齿地说:我没有掉一滴泪。五天前我收到了他最后一封信,一是说他迁移了新址,让我以后再写信寄给一个他的美国朋友,由美国朋友再转给他。我猜测,我与他的通信使Z闹起来了,他不得不变换地址和收信人,背着Z通信。他的信上还用威胁的口气说,如果不签字同意与他离婚,他将通过美国法律自行解决。J发着抖,由于气愤还是由于痛苦?

J说,你就是在她收到你的最后一封信的那一天被汽车轧死的。我的心怦怦跳动起来。

J说,据悉你是在波士顿至费城的高速公路上出了车祸的。你开着快车,在和 Z 相会之后。

那是一条明光闪闪的公路,公路两边有巨大的广告牌,有麦克唐纳快餐店,有大片的休耕的绿草地,有小巧玲珑的兼卖饮料和小食品的汽车加油站、修理站。有一个美国人说,当"阿波罗"号登上月球,从月亮上看地球,能看到的地球人的建筑便包括埃及的金字塔、中国的长城和美国的这一条连接东海岸几大城市的公路。

我知道,你不久就学会了开快车。一九八二年,是你送我上的波士顿机场。你开车的速度之快甚至使招待我的久居美国自己经常开车的女主人惊异。就像你穿着短裤上下楼梯的时候迅跑,你开车的样子洋洋自得。

J 说:我一滴眼泪也没有掉。他对我太狠了,他报应了。

"报应"是人间最残酷、也许是最公正的一个字眼。

在这一瞬间我想到你开的小车被一辆重型卡车撞翻时的情景。我似乎听到你脑浆崩裂时发出爆炸似的响声。车翻滚着起了火。

在这一瞬间我不知道你是死于非命还是死得其所,你是在与 Z 幸福温存以后急于赶回费城做事吗?你又沉浸在新的梦想、新的苦恼里了吗?是政治的、文化的、民族的、意识形态的与生活方式的分裂终于使你掌握不住自己的方向盘了么?一位来自台湾、定居美国的著名诗人告诉我,他留在美国,没有回台湾,也许只是因为留恋美国大陆的平坦阔长的高速公路以及只有在这样的公路上才能有的高速开车。以你的性格,你会选择怎样的死呢?

在这一瞬间我想到,你总算不可能夺去 J 的最后的栖身的小岛了。孩子不会被你弄到美国。

在这一瞬间我想到"高高的乌拉山",我们的可敬的高能物理学家。他每年都几次出访西欧。是命运吗?

我想到了一切。我更想到了这一切的想已经毫无意义。

管理有序的高速公路。蓝底白字的指路牌。鱼贯飞驰的车龙。撞击。翻倾。死。一切本来就这么简单。

我干练地转而与J讨论她是否有可能以及怎样才能获取尽可能多的抚恤或者赔偿。虽然我心乱如麻,心跳过速。这是你对J的最后的奉献。而Z却不可能得到什么,法律——中国的和美国的——站在J这一边。我不能不为Z感到恐惧和渺茫。忽然,Z比J的下场还要惨。

我与J的讨论冷静而且干练,倒像我是法律顾问处的收费顾问人员。倒像我的心硬过石头。

然后我给L打了电话。我们说,是报应了。

是谁报应了?怎么报应了?为何报应了呢?

我给一位与你相熟的美国友人写了信,想多知道一些你生命的最后时刻的详情。甚至写信的时候我都怀着一种怀疑的心情,难道这能够是真实的么?这多么像一个人为的、才力不逮的、拙劣的、匆匆做出的小说结尾啊!

很快收到了美国朋友的回信,回信说:在美国,每年死于车祸的人将近五万,人们对于车祸并不认为有多么异常……

回信又说,他们在××教堂举行了葬礼。大学副校长参加了葬礼。许多朋友在葬礼上发言,称颂你的热情、真诚、谦逊、勤勉,都认为你是近年从中国大陆来美的最好的学人之一……葬礼的盛大是空前的。你并没有给新从大陆来到新大陆的人丢脸。

回信还对J获取补偿的可能做了相当悲观的估计。

这就是完结?时间不复存在。一万年以前与一万年以后,一秒钟以前与一秒钟以后,对于你来说,都是永恒的平静与安歇。空间也不复存在。这个星球与那个星球,这个大陆与那个大陆,都是同样的大,同样的小,同样的远,同样的亲近。

中国!中国!中国!你这个中国的不肖子!

发表于《小说家》1986年第4期

卡普琴诺

一

你请我喝"卡普琴诺"咖啡。

我没有想到东海岸的春天会这么多雨,冷飕飕的。在山上"写作之家"住的那一夜,我往铁炉里添了几次木柴。松木的香味迷人。我觉得不可思议。为什么我要到美国的这么一个山上住一夜而且生炉火呢?我后悔我缺少现代人的旅行观念。来开会就是开会,开完就走不就得了吗?

我与苏珊谈论好莱坞的怀旧影片,《回首往事》,我喜欢这个片子的主题歌。影片描写了一个美国共产党女党员。

在研讨会上,一个从大陆去了没几年的港仔暴跳如雷,口出不逊,他的老板也对我说"他有点失态"。台湾的同行则热衷于抱怨自己受到了冷遇:为什么讨论大陆的作家作品就一再延长时间,讨论台湾文学的时候一到点就被主席打断呢?

在旅馆旁边散步的时候我碰到一只肥胖的大灰狗,大灰狗对我很殷勤。有过在新疆三次被狗咬的经验,我对狗的亲昵产生了不安的反应。我们的旅美学者,胖胖的周教授告诉我,不要紧的,如果狗咬了你,你可以索取几万元的赔偿金。那不就成了美金万元户了吗?我们笑起来。

与我同行的柳老,每吃一次饭,每到一个新地方,每见到一个新的东道主都要用清清白白的英语解释一番:我是一个老人了,我有糖尿病,我不吃糖,不吃面包,不吃苹果排也不吃冰激凌……谈话的对象严肃起来,详细地询问他饮食上的禁忌,思索着对策。

应美中全国关系委员会的雇佣充当我们的导游和司机的苏珊小姐带着一个孩子。她没有结过婚。所以她也对苏联影片《莫斯科不相信眼泪》感兴趣。她会说非常当代的北京话,什么事儿——啊,事儿拉着长声。她在北京上的高小与初中。她妈妈是美国共产党党员,五十年代受麦卡锡-塔虎托法案的迫害,没有办法在国内生活下去,便举家到了中国。开始时很好,后来,后来,什么事儿——啊,您说。

其实也没什么。反正我也不是中国人。中国毕竟不是我的国家。她给了我一个平静的微笑,似乎有一点黯然。她个子不高,梳着男孩子式的头发。

所以她也喜欢获奥斯卡金像奖的《回首往事》。

卡普琴诺咖啡是一种土耳其风味的咖啡。泡沫溢在杯外,泡沫比咖啡还多。那泡沫来自咖啡脂还是奶油?你说卡普琴诺的意思是"神甫的道袍",因为那咖啡的土一样的黄色,像是神甫道袍的颜色。

二

我不知道你的名字。

四年以后,你又来了,到耶鲁大学的一间课堂听我的演讲。我一进课堂就认出了你。

我讲了有十句话吧,你被叫走了,再没有回来。

阴雨中的大西洋是灰蒙蒙的。无边的灰里时时亮起雪白的浪花。周说:快看那泡沫。我笑她不该把浪花叫做泡沫。

其实叫泡沫也行。大西洋是充溢着泡沫的。大西洋不过是大西洋罢了。

我没有见过这样的墙壁。过去我们只知道墙壁要平,要光滑。后来知道了塑料壁纸。而这个咖啡馆的墙上糊的全是——旧报,几十年前的、上百年前的,褪了色的旧报连同褪了色的新闻与图片歪歪斜斜,你压着我、我衬着你地贴在墙上。旧报外刷了一层清漆。真是别出心裁的设计。就不怕在这里喝咖啡的人感受到往事的无边的重压吗?

在一座到处都是明晃晃的玻璃大厦与五颜六色的广告灯的城市,人们需要一个黯淡的角落,需要我们这里连农民也不再用的用报纸糊墙的方式。人们需要历史的重压,需要卡普琴诺的苦味。

卡普琴诺是很苦的。人们需要这种苦。

苏珊小姐告诉我,她离华返美以后又返回中国参加编辑英汉词典的工作。她离家在中国工作了一年,回来后发现自己的房子受到了邻居的侵占。邻居修车房堵住了她的进出门,她气坏了,向法院告了状。诉讼没有结果。

有名的作家汤姆出生在中国的天津,直到一九五〇年他才离去。他还会说几句中文,他穿着一件黄得耀眼的雨衣,淋在雨中,站在码头上等待着我们。他吻了苏珊,与我们热烈握手。他的谦恭有礼的微笑表达着一种中国人的气质。他吩咐旅馆在我们几个人的房间里准备了开水,他把自己家里的茶拿来放在我们几个人的房间。我坚信他的笑容是中国式的。

你说,你没有读过那个电影剧本,也不想就此发表意见。你觉得这个英文词——"苦味的爱"倒是也表达了某种心情。

苏珊的儿子似乎一点不体贴他的妈妈,他趾高气扬又皱着眉,一进旅馆就没完没了地看着无聊的电视卡通片。

与汤姆研究了半天,决定柳老只吃生菜沙拉。显然,柳老的胃口很好,他狼吞虎咽地把粗大的黄瓜片、西红柿、青椒、酸奶油吃完了。他没饱。

我不想吃。我把我的虾给了他。他吃得很利索。

在车上,他们议论着各种事。都怀着一种急切的心情渴望着回家的"起飞"。当然,也有许多抱怨,许多祝福。但愿再不刮风了。我如坐针毡。

雨扫落了许多绿的树叶。我第一次看到街上有这么多绿叶。

有一处银行,似乎一半修在地下。门脸是不规则的巨石砌成的,使我联想起幼年看的动画片《火焰山》,那里面的牛魔王住的石洞和这家银行的外形差不多。

开汽车的时候我时时把车窗打开,我想离这个岛、这天空和地面更近一些。雨丝吹了进来,周向我抗议。我觉得清爽了许多。

一位德国朋友,自称具有奥地利的忧郁气质的,向我耸一耸肩,看一看那位失态的同胞,忧郁地摇着头。

你和汤姆站在一起迎接我们,就在这个小岛的满布帆船游艇的小码头。你的雨衣是火红色的,雨水燃烧了你的雨衣。你的面孔也许更像男人。坚毅的颧骨和下巴,紧闭的嘴。

苏珊抱怨从赫兹公司租的这辆深蓝色的旅行车用着不大合手。它的闸太灵,稍稍一踩全车的人便齐向前倾。后来我看到了她自己的一辆浅色的车。车顶上沾满了雨水和叶子。她扫清了树叶,又把车发动,开出去几米,换了一个地方停下来。她解释说,不能让一辆车长期停留在一个地方,不能让它埋在带雨的绿叶里,不能暴露出车的主人长期不在此地的征兆。

不仅是为了防贼。

真不巧。汤姆为了雨而向我抱歉。我说,我最喜欢雨。柳和周说,都是你闹的,从那天一离开纽约,天就没晴过。

坐飞机的时候我盼望晴天。

三

这是一位盛名煊赫的老祖母,八十岁了,如果不是更多。她一生写了许多戏,她把剧作集送给我。不写送给谁,只是龙飞凤舞地签上自己的名,已经是够被赠者光荣一阵子的了。

还有一位医生,他今天被邀请来不是为了治病而是为了照相。他有很好的设备与比设备更好的耐心与经验。

与旧报纸糊墙的咖啡馆相媲美的是一家意大利餐馆。意大利的面条并没有给人留下特异的了不起的印象。然而那所白房子里停留着几节旧式的有轨电车车厢,也许是原件,也许是仿造的。脚下的铃铛可以踩响,车前是掌握速度和刹车的驾驶盘,头上是扶手杆。吃饭的人进餐馆后还要从车门上车,坐在那里吃饭就像坐在几十年前的有轨电车上。车旁有一张广告画,还是第一次世界大战以前的呢。

这是一个小岛,是旅游胜地,夏天这里住满了人,一切物价都高得惊人。冬天一下子就萧条了,冷落岑寂。

各式各样的风景图片。帆船上的绳索。沙滩与浪花的白线。鸟瞰下的小岛。飞满天空的海鸥。街道。牛魔王的洞穴一般的银行房子。石头有一种奇怪的紫褐色。灯光被古老笨重的铜盏反射。

老祖母在二次世界大战期间去过苏联五次。她见过莫洛托夫。她说曾经建议她为了斯大林的接见而推迟行期,她认为并无必要。

你是汤姆的学生,也许这次来只是帮工。我们在汤姆的小岛上的别墅里聚会。汤姆的妻子温文尔雅。我连要了两杯苏格兰威士忌酒。客厅和起坐间里到处是装饰性的零碎儿。汤姆送给中国朋友每人一个用本岛出产的彩纹贝壳做的钥匙链。

雨下得越来越大了,春天来了又去了。新叶摇落。

医生的闪光灯一闪一闪。

在纽约,每天都有人请我去唐人街的中餐馆。我点过一次牛肉炒面、酸辣汤,还在"北京饺子馆"吃过明虾馅饺子。唐人街有一座高大的"至圣大成先师孔子"的铜像,是台湾送的。站在唐人街这边可以看到对面的一个老旧的咖啡馆。说是胡志明当年到这里来过。好像还有托洛茨基,他在纽约的这一带生活过。

有一位台湾来的小姐,很矜持。华人朋友向我耳语,让我注意,我不知道有注意之必要也不愿意这样无礼。后来他们说她长得太像某某人了。她是不是她的非婚生女?

台湾每到"双十节"都要雇人游行的,每一次给二十个美元左右。据说也有大陆去的学生去打这种工,比端盘子轻巧得多。

汤姆在阔别了三十余年之后又回天津去了一趟。他找到了他出生的地方。前租界的一幢小楼,面貌依然,一幢楼住了八九家。汤姆说,我原来住在这里。居民们热情相让,并且说,您要回来吗?您回来的话我们给您腾房子。

他喜欢吃"狗不理"包子。他写的文章刊登在著名的综合文艺刊物《纽约人》上,配有"狗不理"门面的照片。

汤姆笑得如同中国人。

四

你的话不多,声音低哑,每句话都是从深处汲上来的。你穿着简朴的学生服装,然而你的年龄要比一般大学生大一些。你说话的时候、笑的时候、沉思的时候,都显出了额头的皱纹。

你原来是北京的一个干部,大学毕业以后就赶上"文化大革命",上干校,三十多岁了才结婚。一九八〇年,你得到你的心肝小女儿才七个月,你到美国来了。

在美国已经两年了,每天晚上耳边仍是女儿的哭声。

岛上的活动结束了,你要回大学。雨仍然下着,论季节应该是初夏了,给人的感觉却是料峭的早春。汤姆仍然站在码头,仍然谦逊地笑着,淋在雨里,雨衣显出亮晶晶的橘黄。他送我们,也送你,他感谢你的帮忙。昨晚你做的中式锅贴和酸辣汤很好吃,与汤姆太太做的炸鸡、苹果排、草莓冰激凌组合在一起,成为一顿"中美友好饭"。

汤姆告诉我,老祖母对昨晚的会面非常满意。临走的时候我与老祖母拥抱话别——医生抢拍了这个镜头——使老祖母得意洋洋。回到自己的别墅以后,祖母又给汤姆挂了一个电话。她说,许多天来,她心绪不佳,经过与中国朋友的聚会,她已经彻底好转了。

汤姆说,老祖母开了一个玩笑,说她八十多岁的时候赢得了一位中国男朋友。说玩笑话的时候,汤姆的笑容仍是那么温文尔雅。

我、周、柳都笑了。你也笑了,你的笑也那么沉重。我不知道你的笑与苏珊的笑,谁的笑更沉重。

我们坐着从赫兹公司租来的蓝色的车,车开上了摆渡。汽笛响了,汤姆在雨中向我们招手。

汤姆真好。我们说。

凡是到过中国的人不会不爱上中国。我们真希望中国比现在更好。我希望、我的母亲和父亲也希望中国更发达更进步更繁荣也更强大,比美国还要强大!我们希望过……坐在驾驶位置上的这位美国共产党员的女儿哽咽了。

你说,在海外,我们这些留学生夜夜想念着祖国。我想过,还不如回"五七干校"去!这冲击真让人受不了!科学、技术、管理、效率、劳动生产率与服务态度……我们瞠乎其后,我们屈辱!我们痛恨那些看不起中国的人,不论是什么人。我们自己又暗暗地落泪……大好河山,怎么落后到这一步!您别给我解释,我都懂,我从来没有说美国好得如何了不得。在我们搞夺权背语录的那十年,正是全世界科学技术向前发展的关键的十年!我们失去的时间太多了,我们太没有出息了!

苏珊问了你要去的地方,她说还可以带你一段。汽车溅溅地前行,雨刷在挡风玻璃上神经质地摇来摆去。路标与广告牌令人应接不暇。到处都有挂着大字 M 招牌的快餐店与一个快乐的多须的老头肖像的肯德基炸鸡。快餐店也是一种美国文明,虽然受到许多有教养的人的嘲笑。千篇一律的白色木房,木房旁的小小的庭院与儿童游戏场。清漆漆过,保留着木材的新鲜原色的桌、椅、地板。大柜台后面穿戴得一尘不染的服务人员。有数的几样快餐和饮料、便宜的价格和永远不会有人中彩的附送奖券。

我们都被刺痛了,尊严与屈辱同在,反感与共鸣共存。

赫兹的汽车停在"灰狗"长途汽车公司的车站。你一个人下了车,你与我们一一握手,说是从这里坐三个小时的车找一个什么同学,再托那个同学找一辆便车把你带回大学去。当然,搭便车也是要花一些钱的。雨忽然停了,太阳依稀隔着薄云闪了闪,我们为天气的变好而鼓掌。我们注视着阳光下的你的渐渐远去、钻到陌生人流中的你的背影。

五

你听过滚石乐吗?

用三块美金买一张票,进门以后绕进酒吧,再要一杯饮料。滚石乐追求的是打击效果,应该说是石头砸的效果。嘭、嘭、嘭、嘭……超强力的噪音砸你的耳朵、你的脸、你的头皮、你的四肢、你的牙齿。第一次听,你几乎大叫起来。耳鼓砸疼了,脸似乎被拍打,太阳穴要胀破,四肢在颤抖。最奇妙的效应是你的牙齿,牙齿的震颤使你的牙花出血牙变松动。你坚信再有半个小时,你的全部牙齿不用打麻药针也不用钳子便会自动地被滚石拔出来。

唱歌的小姑娘天真可爱,健壮的皮肤白里透红,金发垂肩。

这一切都砸中了你的神经,于是发生了奇迹。你不再忧伤,不再惦念,不再赌气,不再疲倦,不再痛苦,不再矛盾……因为,正是在这种超强噪音的砸击下,你睡着了。

每秒钟你被砸醒一次,抖一次。每秒钟你被砸"着"一次,麻木一次。你竟没有觉察到侍者已经收去你的还剩半杯百事可乐的杯子。

你不想回宿舍,同室的那位美国女大学生对你极为友好。你们搭伙吃饭,你做的饭她们赞不绝口,她做的饭常常使你欲呕。中国人的炊艺就是这样高超或者中国人的口味就是这样褊狭吗?

当有人说中国的文明是一种吃的文明的时候你涨红了脸,你知道这话里的轻蔑意味。

然而你无论如何不能容忍她与她的男友竟能在你也在场的这一间集体宿舍为所欲为。这种事情简直令人发疯。再花三百块钱去买票听滚石乐或者砸石乐(比滚石乐还砸得厉害的新型通俗音乐)也砸不平。

周一个人在这里过得津津有味。她已经很胖了(对不起),吃起金枪鱼、龙虾、樱桃蛋糕和大杯奶油布丁仍然津津有味,边吃边感到无穷的欣慰。一到她的住地,她立刻打出去了十几个电话,十五分钟以后,她开始接电话,一个后面是另一个。她是老党员,是我国派出的交流学者,两年以后回国。

一个冰激凌店,它的特点是买一杯(好大杯呀!)冰激凌后可以自由添加各种果料。大盆的草莓、香蕉段、熟苹果块、橘瓣、芒果条、哈密瓜(来自以色列而不是新疆哈密)条和其他不知名的有一种特殊香气的果料,任你自由添加。

一个德国式的早餐馆,特点是交一份钱食量不限。有一些穷的台湾留学生前一天晚上不进食,第二天一早去拼命吃,回来以后又省去了午饭。

两位中国青年,没有一点英语基础,在国内都有正当的职业。他们有个亲戚在美国,便死乞白赖不放弃来美国的机会。来了呢,夜夜去餐馆洗盘子罢了,端盘子也端不了,他们听不懂顾客的点菜。他们倒是留起了长发,穿上了牛仔裤。他们的父母,既是书香门第、又是在延安待过的献身无产阶级解放事业终生的老同志。

六

你出生在北方的一个小县城,你看起来总有一种北方人的粗犷。一九八二年和一九八六年,你的面庞的红褐色透露着健康也透露着风吹日晒的辛劳。你的家乡在解放以前以蝗灾而著名,这并且成全了你的家乡风味——油炸蚂蚱,据说蚂蚱腿最好吃。县城里有过一个尼姑庵,庵院里有一株不结果的守寡守了一千多年的银杏树。秋天,银杏树的叶子灿黄可爱。县城西二十里有一个铁狮子,叫做镇海神狮。你们的家乡离海滨不算太远,历史上可能有过海啸之类的灾祸。有了神狮,从此风平浪静。二百多年过去了,神狮完全包在铁锈里,但仍然保持着令今人叹服的雄踞的神姿。

你哭了。

露从今夜白,月是故乡明。你说你最怕的是唐诗。

旅馆里的闭路广播。我把本来应该是震耳欲炸的滚石乐的音量调到最低点。这真可怖,我从来没有听到过这样压抑、这样胆怯、这样撕人心肠的痛苦的啜泣。扬声器和人一起哭泣。鼓点是一个悲哀的疯子的破碎的心跳。

我在一座高速公路的立交桥下伫立过那么两三分钟。我饱吸了充满硫化物的废气。所有的汽车都在我的面前我的跟前匆匆闪过,向着四面八方逝去。穿梭一样的眼花缭乱。疾驶的车声使我头昏。

我真盼望哪怕有一辆车是来谋杀我,是来撞我、把我撞倒以后从我的身上脸上轧过去的。

你为什么不回去?

我现在回去又能做什么呢?每天上班,喝茶,打毛衣,发牢骚,一天打两三个电话,然后回到九平方米的小屋。我的专业——莫名其妙,我是学美洲史的,中国人不需要,美国人也不需要。

现在已经不同了。

但愿如此。

如果我能安下心来就好了,一心一意地学英语,做生意,赚钱。也有很快就学会了在美国赚钱的。还有做股票和房地产的呢。然而你不能。

你说美国人不理解你为什么生活得那样苦。

"灰狗"车站前人来人往,有各式各样的提包和皮箱。不管走到哪里都可以买到纸杯可口可乐。吸管也是有花色的。你的背影消失在花花绿绿的影像里。美国虽然不像中国人口那么多,可也是大国,有一亿又一亿的人。都那么神气活现。

海鸥在碧蓝的海面和天空飞翔。白色的海鸥像是升起的信号。浪花温柔地卷过金色的沙滩。贝壳是彩色的。汤姆的酒柜里摆着那么多五颜六色形形状状的瓶子。老祖母作家于一九八三年溘然长逝。我喜爱的小说家约翰·契佛与杜鲁门·卡波特也先后谢世。

一九八六年与一九八二年相比,你明显地老了。当然。

你的一个亲戚公费派出到加拿大进修,你们在美国见过面。你搞的大陆架课题成绩斐然,公司愿意重金礼聘。实际上在加拿大期间他也挣了许多钱,他没有留给自己。他一个月就学会了开车。他按时回国去了。他为国家的新的希望而热泪盈眶。但是他告诉你,经过两年半的国外进修,他回国的时候,一进入中国境内,一看到那暂时还明显地显出落后的农村与小镇,他哭得不能自已。堂堂中华,为什么落后到了这一步?

我请你喝卡普琴诺,在海滨的咖啡店。大镜子反映出我们自己的与别人的与所有的空闲的桌椅的影像。咖啡店显得成倍成双倍地阔大了。黄昏,礁石上爬满了海狗,海狗悲天悯人地吼叫着,像在号召晚祷。

卡普琴诺像爆炸得一塌糊涂,泡沫比杯子还大,像帽子,也许更像原子弹的蘑菇云。苦而提神。

我翻译了《回首往事》主题歌的歌词：

那依稀的水彩的记忆
默默地保留在你的一隅
灿烂的微笑我们互相给予
我们曾经就是这样

留下了并肩前行的脚印
各奔前程选择了径直
美吗　难过吗　怨吗
我们曾经就是如此

如果一切有机会重新开始
我们就重新开始吗
会吗　能吗　该吗
我们曾经如此就是

发表于《上海文学》1986 年第 5 期

画家"沙特"诗话

一　歪诗二首

歪诗一首：

　　　日出桌八脚　　蚓死之字长　　四两埋篱下　　七钱卧道旁
　　　骑驴思母舅　　过渡想姨娘　　隔壁王二嫂　　鞋大一夜相

第二首是和这一首的：

　　　日出伸两脚　　夜半金棍长　　四百悬墙上　　二十放桌旁
　　　观影思沙特　　问时想俄娘　　脚本三突未　　老九日日相

看官，您读了这两首"诗"，可能如堕五里雾中。或以为朦胧象征，寻根意象，魔幻得气，王老二又要在诗界上有什么崭新表现……且慢，请听我慢慢道来。

二　"沙特"释名

先从"沙特"说起。此地的沙特并非法国大哲学家让·保罗·萨特的另译或误植，而是"沙皇特务"的缩写。您一准看过电影《列宁在一九一八》吧，影片中有一沙皇密探，形状七分似猿，三分像猴，在一场革命与反革命的搏斗中，他用右手拇指食指放在自己的脖子上做示范,教给警察们"往这儿掐,往这儿掐……"那形象、那动作、那气质,给人印象至深。

咱们这位"哥们儿",乍一看您还以为是"一九一八"里的特务下了凡。此公姓萨名卜鲁,单凭这个名字就引起了不少嘲弄。有人听到此名后反复打量他本人,然后一再皱眉头,咕哝一句:"怎么不像个中国人?"有人干脆问他是否想贴靠西蒙诺夫的名著《日日夜夜》中的主人公沙布洛夫并希望得到一位"安娘"?更熟一点的人则问名字里起一个"鲁"字,是否想从大文豪鲁迅身上借一点仙气,而北京"油子"则说:"什么萨卜鲁,干脆叫亻萝卜算啦!"

老萨前额低陷,额顶后靠,额头如小山坡,眉骨挺起,眉"毛"特长,蒜头鼻,嘴巴突出,嘴大,上唇形成第二山坡,与前额构成遥遥相应的两个平行平面。他肤色白里透红,毛发褐黄。熟朋友们结合取笑,常常审讯他的"出处"。有的干脆指出他的样子太像"杂种"。他坚决否认他的炎黄血统有任何不纯之处。好友们便指出:"八成你奶奶被八国联军的洋鬼子糟踏过!"听到这种粗野的诽谤性言语,老萨并不动怒,而是细致认真地介绍自己的家世,说明他家祖祖辈辈在四川做官,而八国联军也好,英法联军也好,都没有打到四川去过。他的坚定性消除了好友们的疑虑,只好承认咱们的汉人竟也有这种造型——做(读揍)相的。

三 罗曼司一曲

萨卜鲁,奇人也,其名奇,其形奇,其事更奇。他在〇区文化厅美工室工作。他是解放前的中央艺术专科学校毕业生。他来到边远的〇区,据自己招认就是为了娶一位有白俄血统的老婆。〇区因靠近苏联,十月革命后颇多白俄来到此地定居,不少人与汉人婚配生下儿女。这样的混血儿是以漂亮著称的。

老萨习油画,技艺颇精。来〇区后他因画肖像等机缘,不乏与这种混血女子交往的机会,但情场上只有失败接着失败、乃至于笑料接着笑料的记录。据说有一位混血女孩,本来对他印象不错,他给人家画着画着像,突然凑上去要"啃一口",结果呢,一个响亮的嘴巴。

他自己否认实有其事,但别人当面揭短的时候他也跟着大伙儿笑得流眼泪。

他坚定执着,绝不让步,非混血女不娶,谢绝了爱神的一次又一次眷顾。直到一九五八年,他已三十二岁,终于与一位别人都说其貌不扬的混血女同居。同居第二天两个人开始吵架。一个月后该女失踪,带走现款一百七十元,存单一纸(二百五十元),瑞士全钢欧米伽表一块,不知所往。

谈起此事,萨某憨厚地一笑再笑,笑中似乎也还有几分满意。对一切有关详情的善、恶意询问,他一概是"无可奉告"。

四 高尚的爱好

"沙特"其人,擅乒乓,曾参加〇省省委省人委直属机关乒乓球大赛,荣获冠军。他打守球,一拿起二十块钱买的高级墨绿色橡胶贴面球拍,他便弓腰缩肩探脖、浑身颤抖、足尖轻跳移挪、左手叉腰,一副灵活机动、准备随时应战的姿势,别有一番韵律。他的海底捞月式的救球,动作张燮林般的舒展却又多了一层神经质的滑稽和猿猴式的灵便。

他还能拉一点提琴。他的挂在自己的单身宿舍墙上的提琴是花了四百块钱买的。在五六十年代,四百元当然是一个大数字。他喜欢拉拉赫玛尼诺夫的曲子。但一九六〇年参加机关文艺会演之时否定了这个"什么诺夫",下令要他改拉"誓叫荒山变良田"变奏。他给变奏增加了许多变奏,竟在显摆自己的指法弓法乐感和自己的提琴的优良性能——它不仅值四百,而且值四千!一位负责人批评,听这样的提琴,感到荒山没能变成井井有条、阡陌纵横的样板田,却变成荆棘丛生、狐鼠出没的杂草滩了。大家鼓掌,认为这话说得太精彩太透辟太形象了。于是好友们见到他便说:"怎么样?再给拉个'杂草滩'或者'烂泥塘'吧?"

后来不知怎么的,随着觉悟的提高与阶级斗争的进展,人们渐渐感觉到他的提琴曲是不堪忍受的。一位年轻人向团支部反映,萨卜鲁的提琴吵得他睡不好觉,造成了神经官能症,影响了工作效率……后来萨卜鲁每逢星期天就背上提琴,骑自行车到郊外去,对着沙石、季节河道和干枯的芨芨草梭梭柴,吱吱扭扭地拉上一番。后来有一位懂点西洋音乐的朋友聆听了他的演奏以后发表意见说,他的提琴实在是不及格、未入流——简直比未入流还坏,他已经学歪了,教他还不如教一个从来不知道什么叫多来米法骚的孩子。那次萨兄是真的生气了,他的一贯不吃饭也红扑扑的脸就气成了煞白,鼻翼一扇一扇,他宣布从此与这位对他的提琴"恶毒攻击"的人绝交。

你可以攻击他的媳妇、他的奶奶、他的祖宗,你也可以攻击他的画。许多人当面对他说:"你的基本功是挺不错,可创作构思根本不行——一个哈萨克女人挤奶,要不就是提水,要不就是抱起羊羔——全是老一套!"

你也可以贬低他的乒乓。赛完球便传出了趣闻,说是萨某在决赛前一天请另一名冠军争夺者吃了涮羊肉而且送给他的这位对手两瓶茅台酒,以此为代价"买"到了冠军。当你问他时他随着你笑,理亏般地红着脸,又小声骂着"放屁",笑声很大而"放屁"声很小。

但你绝对不可以贬低他的提琴。甚至当你卖力地称赞他提琴拉得好时他也会闪过狐疑的目光。沾了提琴他就敏感,他怕你是在讽刺他。

而他的最感人的壮举是他的坐飞机。六十年代,一般干部罕有坐飞机的经验。此公竟然自费掏了五十多元,利用一个星期天乘飞机自U地至K地飞行了近一个小时,然后乘一辆破烂的防水布罩代客车(货车改的客车,坐在里边黑咕隆咚什么都看不见)返回U地,花了多半个月的工资。他乘坐的是安-2型运输机,座椅是两排长椅子,旅客相对而坐,而且飞机颠得厉害,降落时连"空中愣丫头"也面无人色(萨某说,空中服务员太蛮横,故而不能称"空中小姐")。据萨公自己说,除他本人外的全部乘客都呕吐了个一塌糊涂。不论此吹的真假,反正全文化厅除厅长一人而外再无他人有上天的经验。所有见面就嘲笑他的人见了飞往K地之后回到U地的萨卜鲁都觉得有所不同,肃然起敬。见到他就好比见到天上的雄鹰,云朵,星星。所有一贯以嘲笑他来取乐的人们,看到确实升入高空而又回到地面的这位老哥们儿,都痛心地感到了自身的渺小平庸,就像地下爬的田鼠仰首看着天上飞的鲲鹏。

五　得宠诀窍一

"文化大革命"开始后萨卜鲁成为一颗红里透紫的大明星。他首当其冲,一开始就被揪了出来。他直觉地被众人判定为"最像最像"的"牛鬼蛇神"。任何牛鬼蛇神粉墨登场的场合,不论是游街还是批斗会,没有萨卜鲁就不热闹,就没有笑声,就激不起欣赏者的快感高潮,就像一盘菜里缺少了盐、一碗汤里缺少了味精。

游街与批斗时萨卜鲁身穿一身破西服(那时穿西服比一丝不挂还要刺激),领带上挂着乒乓球拍,肩上斜挂着小提琴琴盒(这些都是"资产阶级生活方式"的象征),脸上用油画颜色涂成了现代抽象色(以示他是"黑画家"),头上戴的特制纸帽子不算高,做成了两端凸起中间凹的元宝形,帽子上画满了铜钱(以示他卖画赚钱的罪行)。

他的打扮奇特,形象与精神状态则更出奇。别的"牛鬼蛇神"在这种场合都是无精打采、战战兢兢、垂头丧气的被抽了筋拔了骨的千篇一律的样子,一副霉气相,令人败兴。唯有萨某人荣升牛鬼蛇神,与厅长、书记走资派平起平坐搅到了一堆之后,似乎深受鼓舞,得其所哉。不论在敞篷卡车上还是台上,他毫无羞愧恐惧忸怩之态,二目有神,慷慨大方,伸脖探脑,东张西望,摇头摆尾,其乐无穷。据说一次游街中他还哼哼京剧二黄小嗓花旦,被革命群众听见了,还为他喝了声"好"。小将给他一个耳光,他晃了晃身子,一个"鲤鱼打挺",用极大的坚定性与出色的技巧保持住了身体的平衡,仍然是气宇轩昂,兴致良好。又一个"好",是夸奖他的腰功腿功。红卫兵抬起一脚踩向他的腿肚子,他腿一软跪倒了,不用十分之一秒的时间他已一跃而起,而且一蹿老高,稳如泰山地落到地上,又是一声"好"!这样的武生上哪里找去,那年头!

其他牛鬼蛇神如死肉一堆,萨某则充满与洋溢着活泼泼的生命力。

这样的表演没有延续多久,当下令批判工作组的"资产阶级反动路线"以后,沙特紧随别的"牛鬼蛇神"贴出了"自己解放自己"的大字报声明。他成了革命群众。他没有参加那时人们心目中的"造反派",而是参加了死保厅长的"保守派"。当造反派们"一月夺权",一时得势,向他大兴问罪之师,给他大讲"造反有理"的大道理的时候,他蔫蔫地却又是十分坚持地半对答、半自言自语地说:"反正厅长对我不错,我不能打倒他,我不能干这种不讲信义的事!"

六　得宠诀窍二

厅长对萨卜鲁不错云云是确实的。一九六二年,从北京传来了"文艺十条""文艺八条"之类的信息,不知怎么的还推衍出画家可以当"自由职业者"的"精神"。萨卜鲁听完传达兴奋万分,他立即写申请要求退职,此后以卖画为生。他早就厌烦每天八小时上班,每周好几次政治学习了。而且他自信自己的绘画技术高超,"我一个月一张画就把现在的工资挣回来了。"他笑嘻嘻地说。许多朋友和中层领导劝他三思再行,不可造次。他哈哈大笑,甚至自吹自擂说:"各人情况不同,有了金刚钻,岂怕瓷器活儿!"

他"自由职业"了三个月就把两条毛料裤子拿到委托商行卖掉了。他的画能卖给谁?开初本省美术家协会分会设立了一个小画店,收购和代售画家们的作品,不久就维持不下去关了张。不仅关了张,而且成了城市"五反"(反贪污、浪费、投机倒把……)的重点,光查账就查了八年,一直查到"文化大革命"的"清理阶级队伍"阶段。

在萨卜鲁面临断顿威胁的时候,厅长力排众议,"收回"了萨卜鲁。只是碍于舆论,给他来了一个"重新定级",定的比原先低了两级。群众原来就觉得萨卜鲁的工资级别高了,对他的退职碰壁破产,都认为是自取其咎,"活大该"。许多人不赞成把这样的落后、腐烂分子再收回到"革命队伍"中来。

"清队"当中,把萨卜鲁也兴无灭资地"灭"了一番,最后定为"从旧社会来的资产阶级知识分子"。当时的原厅长已被结合为"新生的红色政权"省革命委员会文化局领导小组副组长。副组长给加了几个字,萨某的政治结论叫做:从旧社会来的跟着党走的有了一些改造的资产阶级知识分子。

萨某怎么能不感激厅长——副组长同志呢?

据说在加上了"跟着党走"与"有了一些改造"以后,萨兄还翘了一回尾巴。话说"清队"结束,偌大的前文化厅,有抓进监狱的,有定为敌我矛盾、"帽子拿在群众手里"的,有定为敌我矛盾按人民内部矛盾处理。与这些人相较,老萨的结论就算是呱呱叫的了。他一再表示感谢组织的信任,不免气宇有些微轩昂的干活了。

轩昂了没几日,阿尔巴尼亚的国防部长巴卢库将军来此地访问,文化厅选了一些职工前往机场欢迎,没有选中萨卜鲁。萨卜鲁很激动,涨红着脸去找政工组长,第一句话是:

"我要求把我枪毙!"

众人大惊,再一看他那副认真悲愤的样子,不由得扑哧笑了起来。

"为什么审查完了,有了那么好的结论我还没有资格欢迎巴卢库呀!"

萨卜鲁同志的声调嘶哑苍凉,如屈原之吟《离骚》,他是在"问天"。

七 得宠诀窍三

画画的同行们问萨公,"听说厅长对你很不错,是吗?"

萨兄微微一笑,诵道:"盖闻王者莫高于周文,伯者莫高于齐桓,皆待贤人而成名。今天下贤者智能,岂特古之人乎?患在人主不交故也,士奚由进……"

他用浓浓的四川口音低吟浅唱,其乐无穷。

"问你呢,小子,是不是厅长对你还挺欣赏?"

他微闭上眼,用同样的咏叹调诵道:"我们的共产党和共产党所领导的八路军新四军是革命的队伍,我们这个……"

"混蛋!别装孙子!问你呢,你是怎么拍厅长的马屁的?"

他睁眼不屑地扫了一下谈话的对手,摇头摆尾地吟道:

原来这贾芸最伶俐乖巧,听宝玉说像他的儿子,便笑道:俗话说得好,摇车儿里的爷爷,拄拐棍儿的孙子,虽然年纪大,山高遮不住太阳……

众人大惊失色,"什么?你小子连《红楼梦》都会背?"

萨卜鲁自得自赏自愉得十分满意了之后,才轻启朱唇,答道:"正人君子,岂有溜须谄媚之理?厅长的职责是领导,我辈的任务是接受领导,这个关系摆好了,自然和谐舒畅,不滞不梗,不吐不泻。你们这些家伙,画起画来自认为是老子天下第一,厅长提了意见让你改改,你比被人家挖掉一块肉还难受,或者言语顶撞,或者做起来打折扣,或者执行了以后背后发牢骚最后传到厅长耳朵里……厅长能待见你们吗?他不提意见还要他这个厅长干什么?"

"是啊是啊,那你是怎么办的呢?"众同行一面点头称是一面赶紧打听。

他微微一笑,不露真言了。

后来有人透露出来,萨卜鲁的诀窍是每画一张画,都故意留下一两处明显的缺陷。如把一个人的眼睛画得太高或太低,耳朵太大或太小,阴影画得过重或色彩令人生厌,这样厅长等领导人来了就会一眼发现这个缺点——厅长搞了多年文化领导工作,这点水平还是有的——就会皱着眉不满地说:"老萨这是怎么搞的?你还是专门学画的科班出身呢!看看,你自己看不出来吗?眼睛怎么长到脑门子(或腮帮子)上去了?耳朵怎么像是猪八戒(或米老鼠)的?这一团团的阴影怎么像是醉汉的呕吐物……"

老萨呢,自然是心悦诚服,愉快接受。厅长圣明,画家谦逊,领导抓到了痒处,"被领导"贯彻到了实处,皆大欢喜。

(别的画家就不然了,苦苦作画,精益求精,自以为画出了浑然天成,无懈可击的珍品,自娇自贵自护。厅长来了,总要提点意见建议之类,却无明显的毛病可剔挑。这就逼着领导鸡蛋里头挑骨头,挖空心思,寻找灵感,信马由缰,不免提出一些"天晓得"的意见来。意见一经提出,便变成了不依任何人的主观意志为转移的有分量的客观存在。任何顶撞,都令厅长不快……如此这般,岂有不讨厌那些画家之理?)

当人们当面问起是否诀窍在这里时,萨公骂道:"放屁!"接着便吟:

道可道,非常道……固一世之雄也,而今安在哉?

八　贱妾伐树

话说笔者对于萨画家是未见其面,久闻其名,或者叫做久闻大名,如雷贯耳,却少有与之打交道的机会。第一次见到他是在一九六四年,在一个县的"社会主义教育运动"展览馆,他与另一位说话诘屈聱牙的叫花子般的画家一人一身破衣烂衫,昼夜苦战赶画该县一位著名贫农先进人物的家史。第二次会合则已经到了"五七干校",在那白花花的碱滩上,在一年三百六十五天或三百六十六天的大风里,我们在同一干校的不同连队担任光荣的"五七战士"。

一九七三年春节,假期完了,人们还在拖拖拉拉,拖延返回干校的时间。一九七二年秋林彪机毁人亡,使紧绷了六年的"无产阶级文化大革命"之弦出现了松口儿。人们正在赖着、多在家里赖一天便是一天的时候,忽然传来吩咐,让萨、我等共五个人临时组成连环画编写组,火速下农村搜集素材,赶写脚本,赶画连环画,以便夏季进京参加连环画展。我等闻听,受宠若惊,如捧火炉,如坐春风。盖自一九六四年秋所谓文艺界"假整风"以来,我辈便被目为"烂掉了""不能用"之徒,排斥于一切业务活动之外久矣。其后能侥幸敬叨末座当了"五七战士",进了"无期"干校,每天晚上讨论"五七道路"是走一辈子还是走一阵子?一致认为应该活到老、劳动到老、改造到老、"五七"到老。我们在干校的联欢会上还高唱过"戈壁荒滩把根扎""走'五七'道路其乐无穷"之类的歌。如今,居然能受命于红色政权,戴往日之罪而立今日之功……欢愉雀跃,感恩何似?

我们拿着堂堂正正的革委会文化局的介绍信,穿上没有补丁的用新式衣料——的确良咔叽——做的中山服,人模狗样地住进了Y县革委会招待所。我们的任务是画该县著名的"血泪树"的故事。过去,地主庄园前有一株大胡杨树,恶霸地主曾经不止一次把敢于反抗的农民绑在树上鞭打致伤致死。土改时,此恶霸伏法。不久因这里修乡公所办公室与小礼堂将血泪树砍去。社会主义教育运动开始后,对树的被砍深感震惊愤怒,为失去了这样一个进行阶级教育的活道具而痛惜万分,而此时Y县的血泪树故事不但早已传诵全省,而且业已驰名全国。深挖细查了几次,没查出其他背景,糊里糊涂失去了无价之宝的血泪树。自从一九六四年,不断有诗人、作家、画家、演员被派到这里采写采画采演,也搞出了一些以血泪树为题材的节目,迄无成功者。

此次我辈旧话重提,奔赴 Y 县,浩浩荡荡,则是"文化大革命"后首次向血泪树艺术高峰的进军。大家情绪高涨。一进入"创作"却都傻了眼。另两位作家的构思离不了血泪树被暗藏的阶级敌人所砍掉,或者是欲砍未遂。萨卜鲁的构思离不开恶霸地主的小老婆。这位老画家庸俗地、露骨地、不可理喻地从早到晚向"作家"们呼吁,地主一定要多有几个小老婆,他甚至无耻放肆地说:"不管讲什么理论,咱们这套连环画的成功就靠用地主的小老婆的形象抓人!"

我气得七窍生烟。想不到美术界从业人员思想水平硬是低到了这般地步!文学界处处"反骨",却也没有到了一九七三年还公然这样讲话的啊!

对于阶级敌人的砍树与砍而未遂,我也是百思不得其"通"。阶级敌人干什么不行,非费老大的劲去砍树?砍了树就能抹掉地主阶级的罪恶?就能让贫下中农忘本?就能颠覆无产阶级专政?砍树与不砍树的斗争变成了两个阶级、两条路线的斗争?一切旧物不是都有可能用以忆苦思甜么?那么实际生活中的树的被砍,又将怎样解释呢?

我反对他们的艺术构思,却拿不出自己的构思来。连着抬了几天杠,萨画家干脆不再搭理"作家"们,自己每天找长得漂亮的大姑娘小媳妇画速写去了。画家拿上画夹画笔,走街串巷,要比所谓"作家"们受欢迎多了,画上几幅肖像送人,立即有了好吃好喝好待承,到处是羡慕讨好的笑脸。我们几个"作家"一旁嫉妒得牙痒。

我参加了几次讨论以后忽然明白过来,吓了一跳。我反对砍树故事又反对小老婆人物系列,一直搞得大家不愉快,连环画搞不成,自己又提不出任何好的方案——客观上我不是在"破坏"血泪树连环画的诞生吗?这不也形同砍树吗?这本身会不会被当成"阶级斗争的新动向"呢?我吓出了一身冷汗。从此自认无能,承认自己对于革命文艺三突出一窍不通,不过是白吃饭的寄生虫……从此听任众弟兄去搞地主小老婆砍树的血泪故事。

九　宠辱无惊

这段时间,我们几个人食同桌、寝同室,只要不讨论写小老婆砍树是否符合"三突出"原则,便不会发生纠纷,彼此相濡以沫,难兄难弟,相处甚欢。

萨画家身体强健,生活极有规律。每晚十时半用冷水擦洗全身,无分寒暑。擦洗毕便到野地大便,每次大便费时四十五分钟,自称这样才能做到内腑清爽舒畅,有延年益寿之功。十一时半回到房间钻入被窝,开始讲各种荤素雅俗故事,不论风花雪月、刁钻古怪、奇事异闻、偷鸡摸狗、野蛮粗鄙诸事,他无一不知,无一不晓,无一不一套一套讲起来没个完。无怪乎我们几位"作家"评之曰:老萨哥是要什么有什么,就是没有真正的艺术才能。萨大师是世界上的事情什么都知道,就是不知道害羞害臊。

萨卜鲁听到这种促狭嘲弄与听到赞美的表情无区别。赞曰:标榜宠辱无惊的人多矣,能修到萨兄这份道行的则罕见了。

每天早晨,萨卜鲁把两只脚伸出棉被透气,自称这样可以清脑,可以防脑溢血与脚气(癣)。他醒得很早,但醒后一小时不起,躺在床上吟书背文诵诗,曲折婉转,抑抑扬扬,即使语录也诵得古色古香,闻之幽然。几位贪睡的被他吵醒,没头盖脸地予以痛骂,一直骂到他娶不上媳妇,枉走阳世,搞了一位白俄混血儿,赔了夫人又折兵……用语恶毒,非常人堪忍受。但萨卜鲁我行我素,不予置理,只是随着骂声提高了自己吟诵的音调音量,而且愈是骂得凶他就吟诵得愈是自在,诵出花来。最后使骂他的人怒气尽消,转怒为喜,赞道:"这个孙子,越骂就越来神儿!"

二十分钟之后,他开始穿裤子,似自言自语,又似回击地说:"小人乎？小人也。作家乎？混蛋也。唯作家与画家之难养也。"

遇到我们几个人中谁读了一个错别字，他就会兴奋激动得浑身发抖，涨红着脸说："这样的文化，还要写文章，谬矣哉，谬矣哉！"

十　诗　骂

萨卜鲁给我们讲了许多杂七杂八的故事，印象最深的一个叫做《诗医》。说是有一位老儒生挂牌给"诗"看病。第一个人拿来一首诗，"诗医"说是气虚，需要补，给增加了几个字，果然诗面貌一新。第二个人拿来一首诗，"诗医"看了说是实症，需要泻，删除了几个字，诗也好了许多了。第三个人拿来一首诗，即"日出桌八脚"那首"五律"。"诗医"读之不解，愕然询问。"诗人"答道：桌有四脚，日出后每脚一影，合之成八脚也。"蚓死"句指蚯蚓死后不再蜷曲成"之"字，故变长了。"四两埋篱下"是说用四两银子买的一只猫死后埋于篱下。"七钱卧道旁"则是用七钱银子换的一只狗崽子健在无恙，大模大样地卧于道旁。舅舅脸长似驴，姨姨脚大如舟，故有"骑驴思母舅，过渡想姨娘"之妙联。最后两句是说隔壁王二嫂家，因鞋的大小不合脚与王二哥一夜相骂。"一夜相"者，一夜相骂之谓也，骂字不雅，从略。诗人释诗毕便问："请教诗医，我这诗有何症，宜补抑是宜泻呢？""诗医"愤然道："不必补也不必泻，只消购一帖狗皮膏药将您的嘴巴贴住，免开尊口，莫再放狗屁！"

也许这远远不是一个有趣或有意义的故事。引起听者注意的不是故事本身，而是这位"沙特"，哪儿来的这么好的记忆力，去记这些"狗杂碎"呢？

"狗杂碎"一词是起草"妾伐树"的血泪树连环画脚本的一位同行评论萨画家的学问本领的时候说的。

听完了这样的故事，大家亲昵地将"沙特"痛骂一顿。"瞧你小子这点能耐！""瞧你小子这点出息！""脑子里全是些狗杂碎，更证明你是'狗肉包子上不了台盘'！"……诸如此类，肆意贬损。然后"沙特"边得意地笑边反唇相讥："你们这些作家呀，连这样的狗屁诗也写不出来！连之乎者也都不会用，连《三字经》都背不下来！将来有朝一日我上去了，你们给我提鞋我也不要！"

作家们受了刺激，便步"狗屁诗"韵，写诗一首为萨某画像。"日出伸两脚"，实写其未起床之赖相。"夜半"句写其每夜拉屎之拖拉。"四百"句写小提琴，"二十"句写乒乓球拍。"沙特""俄娘"句看官自然分晓，"问时"是指问时间，因"俄娘"偷走了他的瑞士表。我们深为此天成贴切妙联而踌躇意满。最后是说写连环画脚本未能达到"三突出"的标准，几位老九便日日相争相吵。此诗嘲骂萨某，入木三分，又完全得自"狗屁诗"的真传，吸收借鉴，拿来为我，我们都认为诗意盎然，堪称绝唱，打中萨某要害，令人感到了无限的快意。

见到我们拿出了真才实学，炮制了真家伙，萨卜鲁颇有些紧张，说话也变得结巴起来，此状更使我们开心，叫做抖掌大笑。

于是，萨卜鲁每天念念叨叨，写写画画，撕了许多纸，改了好几稿，殚精竭虑，要报作家们的嘲笑之仇，终于给我们几个人各赠一首"诗"回骂。诗写得拙劣异常，不比不知道，一比吓一跳，狗杂碎毕竟只是狗杂碎，这位画家比起作家们，文字功力差老鼻子了。只有讽刺我的两句还略有才气，诗曰：

蒙王神怒如闪电，可惜隔着玻璃片。

后一句是讽刺我戴眼镜的。我读后给予了高姿态的公正的评价。

十一 其他狗杂碎

沙特喜欢做影戏。给他一根筷子再一张纸条他便可做出种种手影，包括猪八戒背媳妇与王二嫂回娘家。最精彩的是"松井大队长视察",灯光下他的手指加些微道具,变成了《平原游击队》里的日本军官,不但形似而且神似。一开头我们几个人欣赏鼓掌赞叹,后来招来了全县革委招待所的客人与服务人员来看,人人咋舌,个个称奇,无不五体投地。吓得我们的组长直怕被当做"四旧"回潮被汇报上去。

沙特最最恶劣的"狗杂碎"是对少数民族语言的污蔑。该语言问候吃饭是这样的:

Tamak yiding mu?(你吃饭了么?)

Yidim.(吃过了。)

沙特说,你说"掏茅坑一等馍",便是"你吃饭了没有";"一等",便是吃过了。还有许多其他,再抄下去便是破坏民族团结了。

至于谈到乒乓球,谈到网球,谈到游泳,谈到桥牌,谈到提琴,谈到交响乐……萨公那副自视如神人、不可一世的样子与视我们如粪土、如草芥的样子……提起来简直叫人伤心!

还有一次我与他谈到西方现代派的造型艺术,他激烈地抨击说:"毕加索有什么了不起?无非就是名声大罢了!信手胡画,谁不会?"

他很坚定。

十二 勇往直前

人生易分难聚。我们的"血泪树创作组"本来就是乌合之众,"创作出差"完毕后各自东西,连该连环画的命运也没再过问过。偶尔想起此行,对萨画家的印象比对树的印象似乎还要深刻一些。

不久,听说萨画家结了婚。对方是回族,比他年轻许多,还漂亮,没有太高的文化。大家(不管什么人)说起萨来都要加许多嘲骂咏叹词,并且在对萨的嘲骂中感到难以描述的情意。

不久,听说萨画家到处钻营活动,要到北京参加画展。他画了赤脚医生，画了马背小学，画了"五七战士"，全是红画，没有黑画。不久北京批开了"黑画"了。据说有一幅"黑画"题名《勇往直前》，画的是月黑风高，林中三只老虎奔突。"人们"指出，"三虎为彪"，该画是为林彪翻案的。是可忍，孰不可忍！恰恰萨画家送展的一幅画也名《勇往直前》，是画一位赤脚女医生冒着风雪出诊。她的短皮大衣口袋里插着红宝书——《毛主席语录》。她的一只手像《红灯记》中的铁梅一样高擎红色桅灯，确属英姿飒爽。说是批"黑画"时"人们"以萨卜鲁的《勇往直前》为例说明真正的勇往直前是什么样子，反证老虎的勇往直前是怀念林彪父子。于是○区报纸以显著位置刊登了《勇往直前》的红画，报纸上还刊登了萨卜鲁同志声讨黑画的发言。但萨有点不识抬举，见人便说"声讨"完全是记者捉刀，根本不是他的意思。为此工宣队给萨以警告，萨卜鲁立功未成反招过。反对原厅长的一派以为有机可乘，便突然贴出了一张纸，上写：

走资派×××包庇萨卜鲁欺骗党中央罪责难逃。下注一行小字：保留一周。

十三　当今新事

一九七七年底，忽然听说萨画家赴香港探亲去了，这才知道，原来他还有父亲，父亲在香港。

他请了半年假，半年后给官复原职的厅长写信续假半年。又半年后来信说请求将他除名，不要再由他老婆代他领工资了，他不准备回来了，他即将去美国，他老婆也积极申请出境。

朋友们议论："这小子不回来了！"对于他的一切举措，人们首先感到的是好笑。其次，不以为然地摇摇头，也就罢了。

又不久，他老婆也去美国了。

不久，传来消息，说"这小子"在外面发了财了，继承了遗产了，买了小楼了……

旋即传来另外的消息,说是他不但没有发财而且穷愁潦倒不堪,现在是依靠妻子操下等职业养活自己。人们议论,说不定厅长会再次把他收回来,再降两级。

十四　故人情深

一九八二年,我在美国西海岸 S 市偶然得知萨某也在 S 市,便在一次晚宴上问起一位搞绘画的友人。此友人办事甚麻利,立即离桌去投币式电话处叫了一个电话,回来告诉我说:"萨找到了,他现在等着与你通话。"

我去了拿起电话机。"怎么样伙计?"我的问候还是玩笑式的。

"王蒙同志,您能够不忘记我使我十分感动。我现在正给一位女孩子教绘画,一小时后下课,请问我能不能去看您?"他的话说得很严肃。

我们约定了会面地点。

两个小时后,我在旅馆见到了他。他穿一身蓝色西服,显得单薄。干干净净,但显著见老,见到我欷歔不已。

他说:"请您回去代我向文化厅汇报,我在这里生活一般。我没有汽车,我是乘地铁转巴士(公共汽车)来的,路上用了很长时间。我今天晚上其实还提前下了课,我给一位华人餐馆的老板的九岁的女儿补习绘画,一星期四个小时,挣二十四元美金。我给人画像,多半是本地的华人。他们还有'画影'的习惯,老人去世了,儿女们便拿来照片,叫我给他们画一个大影,这样的丧事显得更隆重。每画一张'影',我大约可以收入四十美元。另外,我有了一个小小的门面,一个画廊。我就不请你去看了。我很惭愧,那里卖的都是一些黄色的、不健康的画。我很惭愧,从年轻时候便受到了毛主席关于文艺为工农兵服务的教导,我……(说到这里他竟呜咽起来)我辜负了毛主席的教导……"

请原谅。我寻他见面有好奇之意,有叙旧谊之意,有利用各种机会积累"生活"之意,更有寻寻开心之意,这个人任何时候都是一颗开心果呀。

但他谈得这样严肃认真。我随即感到无比的沉重,却终于又觉得仍有一点滑稽。

我表示:"如果你在美国搞不成艺术,不妨回去么。回去你可以搞创作、搞教学、搞很多工作,生活苦一点,总还是可以做一点正经事么。"

他苦笑了,他说:"既然出来了,又谈什么回去……"

他苦笑的样儿使我不由得又想起了影片《列宁在一九一八》中的沙皇特务。道再见的时候我们互道珍重,紧紧地握着手。他流泪了。

乃赋诗一首:

无车仍靠脚,异国道路长。血泪已无树,杂碎恁断肠。
画影难糊口,赚钱须卖黄。犹有故人意,含泪两手相。

又有七律二首单说那萨卜鲁:

玩世不恭却自恭,雕虫小技亦为雄。
敢有志气争姚魏,更无机缘乘大风。
真真假假哭犹笑,热热轰轰鼠即龙。
忽然去国心惆怅,往事拳拳叹道穷。

猱猿雀鸟亦生活,故国艰难友爱多。
岁月悠悠琴共画,山河历历吟与哦。
异域哪得袒肺腑,洋邦便要工哈啰。
小说游戏心非戏,遥视海天祝顺和。

发表于《中国》1986年第6期

温　柔

　　她的声音温柔,又有点窘迫,仍然不失端庄。她的身材和面孔越来越丰满了,挺肉头。她的举止动作里包含着一种自我欣赏的满足。而最重要的是她的含笑——注意,不是那种目光慈祥、嘴角上弯的矜持的微笑,而是名副其实的含在口腔里的笑。小圆眼睛闪烁如星,急于讨好,嘴有一点前噘,一边说话一边把自己的美丽的笑意嚼成碎片,一点一点地吐出来。

　　"不,这次我不申请房子。处长说了,让我再等两年。处长说了,许多年没有分房了,这次分房,大家一起上、抢,都快打破头了……处长让我再带一次头……有什么办法呢？如果我们大家都不让,又让处长怎么办呢……"

　　在分房会上,在激烈拼搏、火併、比盖房还困难复杂的分房过程中,薛玉凤这样说。她的高姿态使庸人们愕然。她的文雅的腔调似乎来自另一个世界,她丝毫不掩盖她对处长的特殊的忠诚也令人感动。

　　处长五十多岁了,似乎在人们的记忆中他压根儿就是处长。他是Y县本地人,高个头,脸上有几粒麻子,嘴里有一颗银牙。他喜欢说粗话,喜欢显弄自己的权威,开起会来动辄把工作人员劈头盖脸地训一顿,甚至说过这样的无原则的话:"我不怕调皮的……这几年,我收拾的调皮捣蛋的家伙好几个……再调皮的孙猴子也跳不出我这个如来佛的手心。"会后个别接触,他又很注意小恩小惠的拉拢,似乎他是众人的和善的大哥。

处长的做派与薛玉凤毫无共同之处。他们之间充满了高低文野之分。但薛玉凤十余年如一日地毕恭毕敬处长，不但和处长说话的时候用一种天真的、听话的、无限忠爱的黑眼珠紧紧盯在处长脸上，而且，在任何公开的与私下的场合，她从不放弃任何一种向处长致敬致意的可能性。

她绰号叫做薛宝钗。

她年轻的时候大概挺漂亮。

现在也是满面春风，脸上总是有血色的。

每天早晨六点多钟，阴晴寒暑，风雨无论，她端着一个大搪瓷尿盆到厕所去倒尿。倒完这一大搪瓷盆还要再倒一瓦盆，瓦盆没有盖，热气腾腾。她家里有八口人，丈夫、三个孩子、公公、婆婆、小姑子。她的丈夫或者公婆当然不做倒尿盆的事了，她的小姑子也从来不管，甚至她感冒发烧请假的时候，每天早晨，红着两腮，也照倒不误。

只此一端，大家一致觉得她贤惠。而且她侍奉公婆，照顾小姑子，连滚带爬地带着孩子，令人钦佩。在机关、在处里对她有这样那样的微词和牢骚的人，回到家属院来，看到她十余年如一日端着尿盆踽踽而行的样子，便觉大大缓解了对她的不满意。便对她同情和赞叹起来。

她丈夫周至坚五短身材，肤色黝黑，小头小脸，戴一副小圆近视镜，经常叼着一个黑木大烟斗。到了冬天，一面吸烟一面肺部发出呼哧呼哧的声音，简直像个猫。但整个说来其人精神奕奕，动作敏捷。说话是 Y 地方言口音，音调平板，滔滔不绝，有股子坚持劲儿。他在地委宣传部理论教育科工作，这个科一共三个人，他自称是代理副科长。不管大事小事，他都喜欢一本正经地进行分析，说那是辩证法，这是矛盾的特殊性与普遍性，是一分为二。开会不宜迟到也不宜到得过早，买东西又要便宜又要禁用，对青年人又要关心又要鼓励又要敲敲打打……据周至坚说，这都是哲学，都是矛盾论实践论认识论，都是马列主义。有了马列主义就有了聪明就有了一切,没有了马列主义就没有了聪明就失去了一切,周至坚摇头晃脑地说。

周至坚工作积极,回到家他也是一心谈理论谈政治谈工作谈谁谁表现得好,谁谁表现得不好,谁谁的历史上有污点,谁谁的家庭出身有疑义。他饭来张口,衣来伸手,吃完饭把脏筷子往脏碟子上一扔,一根筷子横一根筷子竖。换袜子的时候把脏袜子往床上一扔,一只袜子床上一只袜子地下,绝不多动一手多走一步。

周至坚的父亲是车具店的师傅,老人年近七十,每天黎明即起,洒扫庭除、踢鸡毛毽子。然后张罗着缝制拥脖夹板、肚带、鞦带、鞍桥套具,身上散发着新鲜的与陈旧的皮革的香臭之气。说话声音洪亮,喜欢引用《三字经》、孔夫子的话与俚语谚语教训孙儿:"满招损,谦受益,怎么连这样的道理也不懂?己所不欲,勿施于人,明白不?在家靠父母,出门靠朋友,你不愿意受欺侮,咱们可也不能欺负人,欺负人的人哪儿来的朋友?"老人家的洪钟似的声音震动整个家属院。

遇到这种时候便会听到薛玉凤的温柔而窘迫的应和:"啊,爷爷说的你们好好听着⋯⋯"她随孩子的称呼,总是尊称公公为"爷爷"。"毛主席也说了么,'谦虚使人进步,骄傲使人落后',还说,要团结嘛,'团结起来,争取更大的胜利'嘛⋯⋯"她的补充提高了爷爷的教导的理论"格儿"。

可惜的是她的三个孩子不给父母做脸。大儿子两眼"离疾",精神恍惚,爱流鼻涕,常因考试成绩太差而被老师找到家里,使母亲薛玉凤脸色羞成了桃花。二儿子好勇斗狠,脸上身上常青一块紫一块,在外边打完了人回家挨爷爷打,有时候被扒开裤子打光腚,鬼哭狼嚎。三女儿是个小胖子,一天到头地吃、吃、吃,从地上捡起能吃的或者未必能吃的东西,就往嘴里擩。

有人问:这么积极、这么好、这么马列的父亲与母亲,怎么没有培养出相称的孩子来呢?没有人能解答。

薛玉凤的婆母比她老伴大四岁,身患偏瘫症,奄奄一息数年而不息。薛玉凤侍汤奉药,孝名远扬。

薛玉凤真不容易啊!包括在各种运动中和非运动中挨过薛玉凤的整的人,都这样由衷赞叹着。

薛玉凤并不钻营,并不急于表现效忠。"文化大革命"开始的时候她只是简明地表示:"我出身于剥削阶级的家庭,但我不愿做为剥削阶级殉葬的金童玉女。我不能选择自己的家庭出身,却可以选择自己的生活道路。我的丈夫是世世代代贫农出身,我一定要完成阶级本质的转变,改造一生,改造一辈子。我反对修正主义!我反对《海瑞罢官》和《燕山夜话》,打倒邓拓、吴晗、廖沫沙!"

有人嗅到了某种气候,反对工作组。她立刻表示:"我认为咱们的工作组是好的。别的工作组执行了资产阶级反动路线,不等于咱们的工作组也执行了错误路线……"工作组组长听到了这话,投向她一个那样感激的感人的目光。

后来工作组垮台了,难得的是薛玉凤一点也不尴尬。她扎扎实实,清清楚楚,条条理理地表达了对于代替工作组的"文化革命委员会"的忠诚。干干净净,大大方方,愉愉快快地检讨了自己一度"路线觉悟不高,保了工作组"。

让批评谁就批评谁。让揭发谁就揭发谁。揭发批评中没有诬陷,没有添油加醋,没有个人情绪。遇到比较"恶"的被批评者孤注一掷,指名道姓地反扑向薛玉凤,说出"你这地主官僚的狗崽子不要假积极捞稻草……"之类的恶毒的话语,使一切旁观者旁听者都为之一惊、为之心悸为之赶紧把目光移开温柔美丽的薛玉凤的时候,薛玉凤本人却相当镇静。她最多轻轻皱一下眉,苦笑一下,然后脸上呈现出诚实文雅的笑容,苦口婆心地劝说对方,"你不要生气嘛,激动对你没有好处。有问题就是有问题,没问题就是没问题。真的就是真的,假的就是假的。假的成不了真的,真的成不了假的。我们批评你,指出你的问题是为了帮助你,是对你有好处的,你为什么不虚心检查自己呢?"

"少跟我来这一套,自己放尊重一点。"薛玉凤越是温柔地帮助,被帮助的人就越是怒不可遏。

薛玉凤不过扬一扬眉,再浅浅一笑而已。

以后她轻描淡写地说起这个"被帮助"的人有一次在火车站旁的水果店偷了一个梨,"为这个事他写过检讨。后来他就改了,改了就好,改了就好,咱们也就别再老提这事了!"

"被帮助"的人怒冲冲来到周——薛家门口骂阵,口出秽言,要薛玉凤出来答话,薛玉凤一声也不吭。第二天,上班来到处里,薛玉凤照旧打电话,收发文件,起草报告,帮助处长指定的需要被帮助的人。

后来"文化大革命"终于结束了。先是"胜利结束"最后总算"彻底否定"了。这个局派来了新任命的局长,这局长恰恰就是当年被轰走的工作组长,前组长早就对薛玉凤有了好印象,来后又获悉了她孝敬公婆、贤妻良母、让房子等诸多先进事迹,非常激动。局长指示整理了她的先进典型材料,登了报,授予了先进称号,而且批驳了种种对先进不服气、嫉妒,乃至挑剔打击的说法。薛玉凤认真地先进起来了,和群众的距离确实也拉开了。甚至最好的朋友到她家去,也常常感到先进的气氛叫人受不了。

薛玉凤一家终于分到了房子,一次分到了两套单元房。朋友们去祝贺她的乔迁,周至坚端端地坐在自己的大木椅上,叼着烟斗,仰着头,垂目看着客人们,用教训的口吻说:"分到房子不是什么了不起的大事嘛。我早就对玉凤说过,群众的眼睛是雪亮的,领导的眼睛也是雪亮的嘛。该分自然就分了嘛。我们从来不为房子的事去叫,去闹,去跳,去争。如果现在人们关心自己的工作像关心自己的房子,哪怕能有关心自己的房子的三分之一的积极性用在工作上,恐怕中国的面貌就大不一样了。"

客人们几乎是灰溜溜地走掉了。

不几天之后,周至坚到江苏省参加一个会,开完会后到无锡、苏州、杭州出差,汲取当地组织政治理论学习的经验。同事们闻听这一消息,不免一番议论,西湖如何之美丽,太湖如何之开阔,苏州园林如何之小巧精致。薛玉凤听后,立刻坚决地微笑着说:"他是出差工作去了。他可不是去游山玩水。按他的脾气,你就算把他放到天下风景最优美的地方,他一心想着的只有工作、工作……第三还是工作。"同事们面面相觑,不再说什么。

处里的一位老科员因照顾家庭团聚办好了调往广西的手续,同事们自发地轮流请吃饭为之饯行。当然,每次饯行都请了全处的"同僚",薛玉凤被请自不例外。她既不拒绝也不真正接受,每次都是晚到一个半小时,饭快吃完的时候,她姗姗而来,柔柔地一笑,略略地一吃,浅浅地一谈,淡淡地归去。相形之下,不论做饭的吃饭的喝酒的,都成了世俗蠢物。

人们不再与之来往。她却浑然不觉,见人仍然温和,说话仍然含笑,举止仍然优雅。人们反而更加愤慨起来:怎么这人竟不需要友谊,竟不需要私交,竟不需要与人交心与人交流,怎么这人竟能永远与别人拉开距离并且严严地包着自己生活下去?

也有少数人提出疑问,也许恰恰是人家彻头彻尾地先进呢?也许恰恰是我们太庸俗太低劣因而理解不了崇高呢?

人们点点头,觉得倒也是,但又不真服气。这年春天,薛玉凤的小儿子放学归家时被一辆重型卡车挂倒,左腿受了重伤,中度脑震荡。孩子脱离了危险,一条腿留下了后遗症。处里的同事觉得无论如何应该前去探望安慰,便纷纷买一点苹果香蕉藕粉麦乳精去探视。说起此事,薛玉凤表示很难过。周至坚立即在旁补充说,薛玉凤因孩子被挂撞受伤住院前后请过三个半天假,但料理孩子后立即加班完成任务,对工作并没有造成任何损失。"我们可不像有些人,家里出点事便是找到了借口,一请假就是一个礼拜,活像是要捞一把!"

慰问者讪讪而退。

一九八〇年开始,薛玉凤忽然在政治学习时大发起牢骚来。先是骂商店售货员服务态度不好。"一点也没有教养,哪一年能赶上日本和美国!"她严厉地说。人们一怔,这是薛玉凤吗?居然谈到了日本又谈到了美国,真让人"刮目相看"了!

不久,她又抨击起特权来:"昨晚上去看杂技,过点二十分钟了还不开演。一问,原来是等赵书记,简直不像话!列宁去理发,还按次序排队呢,中国要实现现代化,先得破除这种封建特权思想!"人们又是一惊,却又总觉得她说得有点生硬,好像她嘴里讲出的不是她的话。是的,她讲这些话时失去了含笑的表情与声音效果,这使人们一时接受不下来,习惯不了。

此后,对知识分子政策落实,对公共卫生,对工作效率与劳动纪律,对道路工程,对国产洗衣机的质量,对电视节目……薛玉凤都发表了尖锐抨击性的意见。人们不习惯也得习惯了,她就是要抨击时弊。不同的是,别人发牢骚是有传染性和带动性的,别人发牢骚是此起彼伏,你唱我和,相互呼应。而她的发牢骚却是具有免疫性和先天隔离性的。她抨击什么,大家点点头,诺诺而已。或者头也不点,诺也不诺。别人替她觉得尴尬,她却从容大方,毫不计较,而且在抨击完时弊以后立即含起笑来。

一九八三年春节刚过,喜庆劲儿还没散完,薛玉凤家突然传出了她的哭声,她哭得这样伤心,这样尽情,使家属院的人们不得不去探视。谁也没有见过薛玉凤这样心碎地哭泣,谁也没有想到过薛玉凤会这样哭,真是哭了个撕肝裂胆,天昏地暗。人们还以为薛玉凤只会含笑呢。而这次,她哭得如此富有感染力,人们毋需弄清她所为何哭,已经感到心弦深处的共鸣,已经为之垂泪了。

最后才问明白,薛玉凤收到了来自美国密苏里河畔的奥马哈市的大哥的信。薛玉凤与她的这位大哥同父异母,年龄相差十九岁。"我两岁的时候爸爸就死了,妈妈又得了瘫痪症,是大哥把我们带大了的。他最喜欢的就是我,一直到五岁了,到哪里去玩,我走累了,一撒娇,他就背起我。一九四九年他随着国民党到了台湾……从此,他就是我的耻辱我的心病我的癌细胞啊,我交代了、检查了、批判他一百次一千次也许是两千次啊……他却没有忘记我,他终于通过侨委找到了我,他现在已经是美籍华人了。我的大哥,我的亲大哥,我的好大哥呀……"薛玉凤又泣不成声了。

骨肉深情,令人欷歔。但是包括与薛玉凤共事多年、多次听到薛玉凤讲自己"家庭成分不好"的人也觉得这位美籍华人"大哥"是从天上掉下来的。怎么从来没听薛玉凤讲起过呢?包括在"文化大革命"的"清理阶级队伍"过程中,怎么也没听薛玉凤具体讲起过这位大哥呢?批判了成百上千次,怎么"群众"竟一次也没有听到过呢?

哭以后是喜。每隔一段时间,人们就会看到薛玉凤和她的丈夫的喜滋滋的笑容,诉说着又收到了美国大哥的信,寄来了彩色的照片。大哥家有游泳池。大哥家养着一条狗一只鸟一只猫。大哥的房前有一片草地。圣诞节时大哥和大嫂和侄子吃桃仁蛋糕。春节时他们包饺子……差不多整个一个处的人都知道了薛玉凤家的大哥的种种事了。

薛玉凤的工作仍然很好。政治学习会上的发言仍然很好。她参加了省妇代会而且当选为妇联执行委员,她是"侨属",大概有代表性。后来又参加了一个什么参观团,也去了杭州、无锡、苏州。回来后也是只讲新气象和时弊,不讲风光。后来她几十年兢兢业业工作如一日的事迹刊登在报纸上。

一九八四年初,薛玉凤获准赴美国探亲。她请了半年假,但直到一九八六年,时已两年,她仍然没有回来。小地方不免议论纷纷,有说薛玉凤已经"叛国"了的,有说她这次出去另有秘密任务的,有说她正在积极准备,不但自己不会回来,而且要把全家都接出去的。

人们到周至坚处看望,伺机打探一点消息。周至坚依然稳稳地坐在自己的太师椅上,态度严肃倨傲,居高临下地与人们搭讪着。对于薛玉凤何时回来,是否他也要去或带孩子去探亲的问题,他不做正面回答,只是得意洋洋地说:"玉凤在那里很忙,她做了许多团结的工作。炎黄子孙嘛,许多海外华人还是心向着祖国的。实现'四化'要坚持开放,在美国也要为中国的'四化'而奋斗啊!"大家都觉得他说得挺对。

"玉凤走了两年了,你够想她的吧?"一位友人颇具"人情美"地说。

"没有什么。女儿大了,她可以做饭。再说,我们现在住的是有卫生设备的单元楼房,根本用不着倒尿盆了。"

友人觉得他回答得挺好。

发表于《雨花》1986年第7期